CITADELLE (VOLUME II) (1948)

ANTOINE DE SAINT-EXUPÉRY (29 juin 1900- 31 juillet 1944)

LXVI

Cependant il me vint le problème de la saveur des choses. Et ceux de ce campement-ci fabriquaient des poteries qui étaient belles. Et ceux de cet autre, qui étaient laides. Et je comprenais avec évidence qu'il n'était point de loi formulable pour embellir les poteries. Ni par dépense pour l'apprentissage, ni par concours et honneurs. Et même je remarquais que ceux-là qui travaillaient au nom d'une ambition autre que la qualité de l'objet, et même s'ils consacraient leurs nuits à leur travail, aboutissaient à des objets prétentieux et vulgaires et compliqués. Car en fait, leurs nuits de veille, il les accordaient à leur vénalité ou à leur luxure ou à leur vanité, c'est-à-dire à soi-même, et ils ne s'échangeaient plus en Dieu en s'échangeant contre un objet devenu source de sacrifice et image de Dieu, où les rides et les soupirs et les paupières alourdies et les mains tremblantes d'avoir tant pétri et les satisfactions du soir après le travail et l'usure de la ferveur vont se confondre. Car je ne connais qu'un acte fertile qui est la prière, mais je connais aussi que tout acte est prière s'il est don de soi pour devenir. Tu es comme l'oiseau qui bâtit son nid et le nid est tiède, comme l'abeille qui fait son miel et le miel est doux, comme l'homme qui pétrit son urne par l'amour de l'urne, donc par amour, donc par prière. Crois-tu au poème qui fut écrit pour être vendu ? Si le poème est objet de commerce, il n'est plus poème. Si l'urne est objet de concours elle n'est plus urne et image de Dieu. Mais image de ta vanité ou de tes appétits vulgaires.

LXVII

Ils vinrent, ceux-là plus sots encore avec leurs raisons et leurs mobiles et leurs belles argumentations. Mais moi qui sais que le langage désigne mais ne saisit point et que les discours montrent la démarche de la pensée mais ne la contredisent ni ne l'étayent, je riais d'eux.

« Ce général, m'expliquait l'un, n'a pas écouté mes conseils. Je lui ai pourtant montré l'avenir... »

Certes, il se trouve que chez lui ce jour-là le vent des paroles charria des images auxquelles l'avenir daigna ressembler — comme sans doute un autre jour, chez lui encore, le vent des paroles charria des images contraires, car chacun a tout dit. Mais il reste qu'un général qui a disposé ses armées, pesé ses chances, senti le vent, écouté dormir l'ennemi, mesuré le poids du réveil des hommes, si celui-là change ses plans, mute ses capitaines, renverse la marche des armées et improvise ses batailles à cause que d'un passant oisif est sorti pendant cinq minutes un ridicule vent de paroles qui s'ordonnait en syllogismes, alors ce général je le destitue, l'enferme dans un cachot et ne prends point la peine inutilement de le nourrir.

Car j'aime celui-là qui me vient avec des gestes de pétrisseur de pain et qui me dit :

« Je les sens là-bas prêts à céder si tu l'exiges. Mais prêts à s'enhardir si tu uses de la fanfare de ces mots-là. Car ils sont chatouilleux d'oreille. Je les ai entendus dormir et leur sommeil ne m'a point plu. Je les ai vus se réveiller et se nourrir... »

J'aime celui-là qui connaît la danse et qui danse. Car là seulement est la vérité. Car pour séduire il faut épouser. Et il faut épouser pour réussir un meurtre. Tu appuies ton épée contre l'épée et l'acier contre l'acier. Mais as-tu jamais vu celui qui combat, raisonner ? Où est le temps pour raisonner ? Et le sculpteur ? Regarde-les ses doigts dans la glaise qui dansent, car il a donné ce coup de pouce pour corriger la marque de l'index. Pour contredire en apparence, mais en apparence seulement, car le mot seul signifie quelque chose mais il n'est point de contradictions en dehors des mots. La vie n'est ni simple ni complexe, ni claire ni obscure, ni contradictoire ni cohérente. Elle est. Le langage seul l'ordonne ou la complique, l'éclairé ou l'obscurcit, la diversifie ou l'assemble. Et si tu as donné un coup à droite et un coup à gauche il n'en faut point déduire deux vérités contraires mais la vérité une de la rencontre. Et la danse seule épouse la vie.

Ceux-là qui se proposent avec des raisons cohérentes et non avec leur richesse de cœur, et qui discutent pour agir selon la raison, tout d'abord ils n'agiront point, car à leurs syllogismes, plus habile leur opposera des arguments meilleurs, auxquels ayant réfléchi à leur tour ils opposeront de meilleurs arguments encore. Et ainsi d'avocat habile en avocat plus habile, pour l'éternité. Car il n'est point de vérités qui se démontrent sinon celles du passé, d'abord évidentes puisqu'elles sont. Et si tu veux par la raison expliquer pourquoi telle œuvre est grande, tu réussiras. Car tu connais d'avance ce que tu désires démontrer. Mais la création n'est point de ce domaine.

Ton comptable, donne-lui des pierres, il ne bâtira point de temple.

Et voilà que tes techniciens intelligents discutent leurs coups comme aux échecs. Et je veux bien admettre en fin de compte qu'ils joueront le coup sûr (bien que je m'en méfie encore car tu joues aux échecs sur des éléments simples, mais les dilemmes de la vie ne se pèsent point. Quand l'homme est ladre et vaniteux, va-t-on me dire par le calcul, si pour quelque raison ses défauts entrent en conflit, lequel de sa ladrerie ou de sa vanité l'emportera ?) — Peut-être donc jouera-t-il le coup le plus sûr. Mais il a oublié la vie. Car au jeu des échecs ton adversaire attend pour pousser sa pièce que tu aies daigné poussé la tienne. Et tout se passe ainsi hors du temps qui n'alimente plus d'arbre pour grandir. Le jeu d'échecs est comme rejeté hors du temps. Mais il est dans la vie un organisme qui évolue. Un organisme et non une succession de causes et d'effets — si même ensuite pour les étonner, tes élèves, tu les y découvres. Car cause et effet ne sont que reflets d'un autre pouvoir : la création à dominer. Et dans la vie ton adversaire n'attend pas. Il a joué vingt pièces avant que tu aies poussé la tienne. Et ton coup désormais est absurde. Et pourquoi donc attendrait-il ? As-tu vu le danseur attendre ? Il est lié à son adversaire et ainsi il règne sur lui. Ceux qui font de l'intelligence je sais bien qu'ils viendront trop tard. C'est pourquoi je convie au gouvernement de mon empire celui-là qui, s'il entre chez moi, me montre par ses gestes qui se corrigent l'un l'autre qu'il traite une pâte qui se nouera entre ses doigts.

Et celui-là, je le découvre permanent tandis que l'autre, la vie l'oblige de se rebâtir une logique dans chaque instant.

LXVIII

M'apparut éclatante cette autre vérité de l'homme, à savoir que ne signifie rien pour lui le bonheur — et que non plus ne signifie rien l'intérêt. Car le seul intérêt qui le meuve n'est que celui d'être permanent et de durer. Et pour le riche de s'enrichir et pour le marin de naviguer et pour le maraudeur de faire le guet sous les étoiles. Mais le bonheur je l'ai vu facilement dédaigné par tous quand il n'était qu'absence de souci et sécurité. Dans cette ville noirâtre, cet égout qui coulait vers la mer, il arriva que mon père s'émut du sort des prostituées. Elles pourrissaient comme une graisse blanchâtre et pourrissaient les voyageurs. Il expédia ses hommes d'armes se saisir de quelques-unes d'entre elles comme on capture des insectes pour en étudier les mœurs. Et la patrouille déambula entre les murs suintants de la cité pourrie. Parfois d'une échoppe sordide d'où coulait, comme une glu, un relent de cuisine rance, les hommes apercevaient, assise sur son tabouret sous la lampe qui la désignait, blafarde et triste elle-même comme une lanterne sous la pluie, son masque lourd de bœuf marqué d'un sourire comme d'une blessure, la fille qui attendait. Il était d'usage chez elle de chanter un chant monocorde pour retenir l'attention des passants à la façon des méduses molles qui disposent la glu de leur piège. Ainsi montaient le long de la ruelle ces litanies désespérées. Et quand l'homme se laissait prendre, la porte se fermait sur lui pour quelques instants et l'amour se consommait dans le délabrement le plus amer, la litanie un instant suspendue, remplacée par le souffle court du monstre blême et le silence dur du soldat qui achetait à ce fantôme le droit de ne plus songer à l'amour. Il venait faire éteindre des songes cruels, car il était peut-être d'une partie de palmes et de filles souriantes. Et peu à peu, au cours des expéditions lointaines, les images de ses palmeraies avaient développé dans son cœur un branchage au poids intolérable. Le ruisseau s'était fait musique cruelle et les sourires des filles et leurs seins tièdes sous l'étoffe et les ombres de leurs corps devinés et la grâce qui nouait leurs gestes, tout s'était fait pour lui brûlure du cœur de plus en plus dévorante. C'est pourquoi il venait user sa maigre solde pour demander au quartier réservé de le vider d'un songe. Et quand la porte se rouvrait, il se retrouvait sur la terre, refermé en soi-même, dur et méprisant, ayant pour quelques heures décoloré son seul trésor dont il ne soutenait plus la lumière.

Donc revinrent les hommes d'armes avec leurs madrépores aveuglés par la lumière dure du poste de garde. Et mon père me les montra :

« Je vais t'enseigner, me dit-il, ce qui d'abord nous gouverne. »

Il les fit habiller d'étoffes neuves et installa chacune d'elles dans une maison fraîche ornée d'un jet d'eau et leur fit remettre comme ouvrage de fines dentelles à broder. Et il les fit payer de façon qu'elles gagnassent deux fois plus qu'elles n'avaient gagné. Puis il interdit qu'on les surveillât.

« Certes, ces moisissures tristes d'un marais, les voilà heureuses, me dit-il. Et propres et calmes et rassurées... »

Et cependant l'une après l'autre disparut et revint au cloaque.

« Car, me dit mon père, c'est leur misère qu'elles ont pleurée. Non par goût stupide de la misère contre le bonheur, mais parce que l'homme va d'abord vers sa propre densité. Et il se trouve que la maison dorée et la dentelle et les fruits frais sont récréation et jeu et loisir. Mais qu'elles n'en pouvaient faire leur existence, et qu'elles s'ennuyaient. Car long est l'apprentissage de la lumière, de la propreté et de la dentelle, s'il doit cesser d'être spectacle rafraîchissant pour se transformer en réseau de liens et en obligation et en exigence. Elles recevaient mais ne donnaient rien. Et voilà qu'elles ont regretté, non parce qu'amères, mais quoique amères, les heures lourdes de leurs attentes et le regard posé sur le carré noir de la porte où d'heure en heure s'encadre un cadeau de la nuit, têtu et plein de haine. Elles ont regretté le léger vertige qui les remplissait d'un poison vague, quand le soldat ayant poussé la porte, les regardait, comme on regarde la bête marquée, fixant des yeux la gorge... Car il arrivait que l'un d'eux trouait l'une d'elles comme une outre d'un poignard qui fait le silence, afin de déterrer, sous quelques briques, ou quelques tuiles, les pièces d'argent de leur capital.

« Voici qu'elles regrettaient le bouge sordide où elles se retrouvaient entre elles, à l'heure où le quartier réservé se ferme enfin selon l'ordre des ordonnances et où, buvant leur thé ou calculant leur gain, elles s'injuriaient l'une l'autre et se faisaient prédire l'avenir dans le creux de leurs mains obscènes. Et peut-être leur prédisait-on cette même maison et ces fleurs grimpantes habitées alors par plus dignes qu'elles. Et le merveilleux d'une telle maison construite en rêve est qu'elle abrite, au lieu de soi, un soi-même transfiguré. Ainsi du voyage qui te doit changer. Mais si je t'enferme dans ce palais, c'est toi qui y traînes tes vieux désirs, tes vieilles rancœurs, tes vieux dégoûts, c'est toi qui y boites si tu boitais, car il n'est point pour te transfigurer de formule magique. Je ne puis que lentement, à force de contraintes et de souffrances, t'obliger de muer pour te faire devenir. Mais celle-là n'a point mué qui se réveille dans ce cadre simple et pur et qui y bâille et qui, n'étant plus menacée par les coups, rentre sans objet désormais la tête dans les épaules quand on frappe à la porte, et qui, si l'on frappe encore, espère également sans objet car il n'est plus de cadeaux de la nuit. N'étant plus lasses de leurs nuits fétides elles ne goûtent plus la délivrance du petit jour. Leur destinée peut être désormais souhaitable mais elles y ont perdu de posséder au gré de prédictions changeantes une destinée pour chaque soir, vivant ainsi dans l'avenir une vie plus merveilleuse qu'il n'y en eut jamais. Et voici qu'elles ne savent plus quoi faire de leurs brusques colères, fruits d'une vie sordide et malsaine, mais qui leur reviennent malgré elles, comme à ces animaux retirés des rivages ces contractions qui les ferment longtemps encore sur eux-mêmes à l'heure des marées. Quand ces colères leur viennent il n'est plus d'injustice contre quoi crier et les voilà tout à coup semblables à ces mères d'un enfant mort en qui remonte un lait qui ne servira point.

« Car l'homme, je te le dis, cherche sa propre densité et non pas son bonheur. »

LXIX

Me vint encore l'image du temps gagné, car je demande : « Au nom de quoi ? » Et voici que l'autre me répond : « Au nom de sa culture. » Comme si elle pouvait être exercice vide. Et voici que celle-là qui allaite ses enfants, nettoie sa maison et coud son linge, on la délivre de ces servitudes et désormais sans qu'elle s'en mêle, ses enfants sont allaités, sa maison lustrée, son linge cousu. Voilà maintenant que ce temps gagné il faut le remplir de quelque chose. Et je lui fais entendre la chanson de l'allaitement et l'allaitement devient cantique, et le poème de la maison qui fait peser la maison sur le cœur. Mais voici qu'elle bâille à l'entendre car elle n'y a point collaboré. Et de même que la montagne pour toi c'est ton expérience des ronces, des pierres qui boulent et du vent sur les crêtes, et que je ne transporte rien en toi en prononçant le mot « montagne », si tu n'as jamais quitté ta litière, je ne dis rien pour elle en lui parlant maison car la maison n'est point faite de son temps ni de sa ferveur. Elle n'en a point goûté le jeu de la poussière, quand on ouvre la porte au soleil pour en balayer au jour levant la poudre de l'usure des choses, elle n'a point régné sur le désordre qu'a fait la vie, quand vient le soir, la trace des tendres passages et les écuelles sur le plateau et la braise éteinte dans l'âtre, jusqu'aux langes souillés de l'enfant endormi, car la vie est humble et merveilleuse. Elle ne s'est point levée avec le soleil pour elle-même chaque jour se rebâtir une maison neuve, comme les oiseaux que tu as observés dans l'arbre, et qui se refont d'un bec agile des plumes lustrées, elle n'a point de nouveau disposé les objets dans leur perfection fragile afin que de nouveau la vie de la journée et les repas et les allaitements et les jeux des enfants et le retour de l'homme y laissent une empreinte dans la cire. Elle ne sait point qu'une maison est pâte dans l'aube pour devenir le soir livre de souvenirs. Elle n'a jamais préparé la page blanche. Et que lui diras-tu quand tu lui parleras maison qui ait un sens pour elle ?

Si tu veux la créer vivante, tu l'emploieras à lustrer une aiguière de cuivre terni afin que quelque chose d'elle luise le long du jour dans la pénombre, et, pour faire de la femme un cantique, tu inventeras peu à peu pour elle une maison à rebâtir dans l'aube...

Sinon, le temps que tu gagneras n'aura point de sens.

Fou celui-là qui prétend distinguer la culture d'avec le travail. Car l'homme d'abord se dégoûtera d'un travail qui sera part morte de sa vie, puis d'une culture qui ne sera plus que jeu sans caution, comme* la niaiserie des dés que tu jettes, s'ils ne signifient plus ta fortune et ne roulent plus tes espérances. Car il n'est point de jeu de dés mais jeu de tes troupeaux, de tes pâturages, ou de ton or. Ainsi de l'enfant qui bâtit son pâté de sable. Il n'est point ici poignée de terre, mais citadelle, montagne ou navire.

Certes, j'ai vu l'homme prendre avec plaisir du délassement. J'ai vu le poète dormir sous les palmes. J'ai vu le guerrier boire son thé chez les courtisanes. J'ai vu le charpentier goûter sur son porche la tendresse du soir. Et certes, ils semblaient pleins de joie. Mais je te l'ai dit : précisément parce qu'ils étaient las des hommes. C'est un guerrier qui écoutait les chants et regardait les danses. Un poète qui rêvait sur l'herbe. Un charpentier qui respirait l'odeur du soir. C'est ailleurs qu'ils étaient devenus. La part importante de la vie de chacun d'entre eux restait bien la part de travail. Car ce qui est vrai de l'architecte, qui est un homme et qui s'exalte et prend sa pleine signification quand il gouverne l'ascension de son temple et non quand il se délasse à jouer aux dés, est vrai de tous. Le temps gagné sur le travail, s'il n'est point simple loisir, détente des muscles après l'effort ou sommeil de l'esprit après l'invention, n'est que temps mort. Et tu fais de la vie deux parts inacceptables : un travail qui n'est qu'une corvée à quoi l'on refuse le don de soi-même, un loisir qui n'est qu'une absence.

Bien fous ceux qui prétendent arracher les ciseleurs à la religion de la ciselure et, les parquant dans un métier qui n'est plus nourriture pour leur cœur, prétendant les faire accéder à l'état d'homme en leur fournissant ciselures fabriquées ailleurs, comme si l'on s'habillait d'une culture comme d'un manteau. Comme s'il était des ciseleurs et des fabricants de culture.

Moi je dis que pour les ciseleurs il n'est qu'une forme de culture et c'est la culture des ciseleurs. Et qu'elle ne peut être que l'accomplissement de leur travail, l'expression des peines, des joies, des souffrances, des craintes, des grandeurs et des misères de leur travail.

Car seule est importante et peut nourrir des poèmes véritables la part de la vie qui t'engage, qui engage ta faim et ta soif, le pain de tes enfants et la justice qui te sera ou non rendue. Sinon il n'est que jeu et caricature de la vie et caricature de la culture.

Car tu ne deviens que contre ce qui te résiste. Et puisque rien de toi n'est exigé par le loisir et que tu pourras aussi bien l'user à dormir sous un arbre ou dans les bras d'amours faciles, puisqu'il n'y est point d'injustice qui te fasse souffrir, de menace qui te tourmente, que vas-tu faire pour exister sinon réinventer toi-même le travail ?

Mais ne t'y trompe point, le jeu ne vaut rien car il n'est point là de sanction qui te contraigne d'exister en tant que joueur de ce jeu-là. Et je refuse de confondre celui-là qui se couche pour l'après-midi dans sa chambre, fût-elle vide et protégée du jour *pour* le repos des yeux, avec l'autre que j'ai condamné et muré pour la fin des jours dans sa cellule, malgré que les deux soient semblablement étendus, malgré que les deux cellules soient également vides, malgré que la même lumière soit répandue dans l'une et l'autre. Et malgré encore que le premier prétende jouer au condamné qui est enfermé pour la vie. Va les interroger à la tombée du premier jour. Le premier rira d'un jeu pittoresque, mais les cheveux de l'autre, tu découvriras qu'ils ont blanchi. Et il ne saura point te raconter l'aventure qu'il vient de vivre tant il manquera de mots pour la dire, semblable à celui-là qui, ayant gravi une montagne et de la crête découvert un monde inconnu dont le climat l'a changé pour toujours, ne peut se transporter en toi.

Les enfants seuls plantent un bâton dans le sable, le changent en reine et éprouvent l'amour. Mais si je désire, moi, par de tels moyens, augmenter les hommes et les enrichir de ce qu'ils éprouvent, il me faut de ce bâton-là faire une idole, l'imposer aux hommes, et les contraindre à des offrandes qui les grèveront de sacrifices.

Alors le jeu cessera d'être jeu. Le bâton deviendra fertile. L'homme deviendra cantique de crainte ou d'amour. De même que la chambre de la même après-midi tiède, si la voilà cellule pour la vie, tire de l'homme une apparition qui s'ignorait et le brûle dans la racine de ses cheveux.

Le travail t'oblige d'épouser le monde. Celui qui laboure rencontre des pierres, se méfie des eaux du ciel ou les souhaite, et ainsi communique et s'élargit et s'illumine. Et chacun de ses pas se fait retentissant. De même la prière et les règles d'un culte qui te force bien de passer par là et t'oblige d'être fidèle ou de tricher, de goûter la paix ou le remords. Ainsi le palais de mon père qui obligeait les hommes d'être ceux-là et non plus un bétail informe dont les pas n'eussent point eu de sens.

LXX

Certes d'abord elle était belle cette danseuse dont la police de mon empire s'était saisie. Belle et mystérieusement habitée. Il m'apparut qu'en la connaissant seraient connues des réserves de territoire, de calmes plaines, des nuits de montagne et des traversées de désert par plein vent.

« Elle existe », me disais-je. Mais je la savais de coutumes lointaines et travaillant ici pour une cause ennemie. Cependant, lorsque l'on tenta de forcer son silence, mes hommes n'arrachèrent qu'un sourire mélancolique à son impénétrable candeur.

Et moi j'honore d'abord ce qui dans l'homme résiste au feu. Humanité de pacotille, ivre de vanité et vanité toi-même, tu te considères avec amour comme s'il était en toi quelqu'un. Mais il te suffit d'un bourreau et d'un peu de braise agitée pour te faire vomir par toi-même, car il n'est rien en toi qui aussitôt ne fonde. Cet opulent ministre m'ayant par sa morgue déplu, et par ailleurs ayant comploté contre moi, ne sut point résister aux menaces, me vendit les conjurés, se confessa, suant de peur, de ses complots, de ses croyances, de ses amours, étala devant moi sa tripaille — car il en est qui ne cachent rien derrière leurs faux remparts. A celui-là donc quand il eut bien craché sur ses complices et abjuré :

« Qui t'a bâti ? lui demandais-je. Pourquoi cette opulence de ventre et cette tête rejetée en arrière et ce pli des lèvres si solennel ? Pourquoi cette forteresse s'il n'est à l'intérieur rien à défendre ? L'homme est celui qui porte en soi plus grand que lui. Et ta chair flasque, tes dents branlantes, ton ventre lourd, tu les sauves comme essentiels en me vendant ce qu'ils eussent dû servir et en quoi tu prétendais croire ! Tu n'es qu'une outre, pleine d'un vent de paroles vulgaires… »

Celui-là, lorsque le bourreau lui rompit les os, fut laid à voir et à entendre.

Mais celle-là, quand je la menaçai, ébaucha devant moi une révérence légère :

« Je regrette, Seigneur… »

Je la considérai sans plus rien dire et elle prit peur. Blanche déjà, et, d'une révérence plus lente :

« Je regrette, Seigneur… »

Car elle pensait qu'il lui faudrait souffrir.

« Songe, lui dis-je, que je suis maître de ta vie.

— J'honore, Seigneur, votre pouvoir… »

Elle était grave de porter en elle un message secret et de risquer par fidélité d'en mourir.

Et voilà qu'elle devenait à mes yeux tabernacle d'un diamant. Mais je me devais à l'empire :

« Tes actes méritent la mort.

— Ah ! Seigneur… (elle était plus pâle que dans l'amour)… Sans doute sera-ce juste… »

Et je compris, sachant les hommes, le fond d'une pensée qu'elle n'eût su dire : « Il est juste, non peut-être que je meure, mais que soit sauvé, plutôt que moi, ce qu'en moi je porte… »

« Il est donc en toi, lui demandai-je, plus important que ta chair jeune et que tes yeux pleins de lumière ? Tu crois protéger en toi quelque chose et cependant il ne sera plus rien en toi lorsque tu seras morte… »

Elle se troubla en surface à cause de mots qui lui manquaient pour me répondre :

« Peut-être, Seigneur, avez-vous raison… »

Mais je sentais qu'elle me donnait raison dans le seul empire des paroles, ne sachant point s'y défendre.

« Donc, tu t'inclines.

— Excusez-moi, oui, je m'incline mais ne saurais parler, Seigneur… »

Je méprise quiconque est forcé par des arguments, car les mots te doivent exprimer et non conduire. Ils désignent sans rien contenir. Mais cette âme n'était point de celles qu'un vent de paroles déverrouille :

« Je ne saurais parler, Seigneur, mais je m'incline… »

Je respecte celui qui, à travers les mots et même s'ils se contredisent, demeure permanent comme l'étrave d'un navire, laquelle malgré la démence de la mer revient inexorable à son étoile. Car ainsi, je sais où l'on va. Mais ceux qui s'enferment dans leur logique suivent leurs propres mots, et tournent en rond comme des chenilles.

Je la fixai donc longuement :

« Qui t'a forgée ? D'où viens-tu ? » lui demandai-je.

Elle sourit sans répondre.

« Veux-tu danser ? »

Et elle dansa.

Or sa danse fut admirable, ce qui ne pouvait me surprendre puisqu'il était quelqu'un en elle.

As-tu considéré le fleuve observé du haut des montagnes ? Il a rencontré ici le roc et, ne l'ayant point entamé, en a épousé le contour. Il a viré plus loin pour user d'une pente favorable. Dans cette plaine il s'est ralenti en méandres à cause du repos de forces qui ne le tiraient plus vers la mer. Ailleurs, il s'est endormi dans un lac. Puis il a poussé cette branche en avant, rectiligne, pour la poser sur la plaine comme un glaive.

Ainsi me plaît que la danseuse rencontre des lignes de force. Que son geste ici se freine et là se délie. Que son sourire qui tout à l'heure était facile, maintenant peine pour durer comme une flamme par grand vent, que maintenant elle glisse avec facilité comme sur une invisible pente, mais que plus tard elle ralentisse, car les pas lui sont difficiles comme s'il s'agissait de gravir. Me plaît qu'elle bute contre quelque chose. Ou triomphe. Ou meure. Me plaît qu'elle soit d'un paysage qui a été bâti contre elle, et qu'il soit en elle des pensées permises et d'autres qui lui sont condamnées. Des regards possibles, d'autres impossibles. Des résistances, des adhésions et des refus. Je n'aime point qu'elle soit semblable dans toutes les directions comme une gelée. Mais structure dirigée comme l'arbre vivant, lequel n'est point libre de croître mais va se diversifiant selon le génie de sa graine.

Car la danse est une destinée et démarche à travers la vie. Mais je te désire fonder et animer vers quelque chose, pour m'émouvoir de ta démarche. Car si tu veux franchir le torrent et que le torrent s'oppose à ta marche, alors tu danses. Car si tu veux courir l'amour et que le rival s'oppose à ta marche, alors tu danses. Et il est danse des épées si tu veux faire mourir. Et il est danse du voilier sous sa cornette s'il lui faut user, pour gagner le port vers lequel il penche, et choisir dans le vent d'invisibles détours.

Il te faut l'ennemi pour danser, mais quel ennemi t'honorerait de la danse de son épée s'il n'est personne en toi ?

Cependant la danseuse s'étant pris le visage dans les mains se fit pathétique pour mon cœur. Et j'y vis un masque. Car il est des visages faussement tourmentés dans la parade des sédentaires, mais ce sont couvercles de boîtes vides. Car il n'est rien en toi si tu n'as rien reçu. Mais celle-là, je la reconnaissais comme dépositaire d'un héritage. Il était en elle ce noyau dur qui résiste au bourreau lui-même, car le poids d'une meule n'en ferait point sourdre l'huile du secret. Cette caution pour laquelle on meurt et qui fait que l'on sait danser. Car il n'est d'homme que celui-là que le cantique a embelli ou le poème ou la prière et qui est construit à l'intérieur. Son regard se pose sur toi avec clarté car il est d'un homme habité. Et si tu prends l'empreinte de son visage elle devient masque dur de l'empire d'un homme. Et tu connais de celui-là qu'il est gouverné et qu'il dansera contre l'ennemi. Mais que sauras-tu de la danseuse si elle n'est qu'une contrée vide ? Car il n'est point de danse du sédentaire. Mais là où la terre est avare, où la charrue accroche aux pierres, où l'été trop dur sèche les moissons, où l'homme résiste aux barbares, où le barbare écrase le faible, alors naît la danse à cause du sens de chacun des pas. Car la danse est lutte contre l'ange. La danse est guerre, séduction, assassinat et repentir. Et quelle danse tirerais-tu de ton bétail trop bien nourri ?

LXXI

J'interdis aux marchands de vanter trop leurs marchandises. Car ils se font vite pédagogues et t'enseignent comme but ce qui n'est par essence qu'un moyen, et te trompant ainsi sur la route à suivre les voilà bientôt qui te dégradent, car si leur musique est vulgaire ils te fabriquent pour te la vendre une âme vulgaire. Or, s'il est bon que les objets soient fondés pour servir les hommes, il serait monstrueux que les hommes fussent fondés pour servir de poubelles aux objets.

LXXII

Mon père disait :

« Il faut créer. Si tu en possèdes le pouvoir ne te préoccupe point d'organiser. Il naîtra cent mille serviteurs qui serviront ta création sur laquelle ils prendront comme vers sur la viande. Si tu fondes ta religion ne te préoccupe point du dogme. Il naîtra cent mille commentateurs qui se chargeront de le bâtir. Créer, c'est créer l'être et toute création est inexprimable. Si je débarque un soir dans ce quartier de ville qui est égout qui plonge vers la mer, ce n'est pas à moi d'inventer l'égout, les champs d'épandage et les services de voirie. J'apporte l'amour du seuil lustré, et naissent autour de cet amour les laveurs de trottoirs, les ordonnances de police et les ramasseurs de poubelles. N'invente pas un univers non plus où, par la magie de tes ordonnances, le travail au lieu de l'abrutir grandisse l'homme, où la culture naisse du travail et non du loisir. Tu ne vas point contre le poids des choses. C'est le poids des choses qu'il faut changer. Or cet acte est poème ou pétrissement du sculpteur ou cantique. Et si tu chantes assez fort le cantique du travail noble qui est sens de l'existence, contre le cantique du loisir qui relègue le travail au rang de l'impôt et morcelle la vie de l'homme en travail d'esclave et loisir vide, ne te préoccupe point des raisons et de la logique et des ordonnances particulières. Ils viendront, les commentateurs, expliquer pourquoi ton visage est beau et comment il se doit construire. Ils pencheront dans cette direction et sauront bien argumenter pour te démontrer qu'elle est la seule. Et cette pente fera que les ordonnances t'accompliront et que ta vérité deviendra.

« Car seule compte la pente et la direction et la tendance vers. Car celle-là seule est force de marée qui, peu à peu, sans l'intelligence des logiciens, dissout les digues et fonde plus loin l'empire de la mer. Je te le dis : toute image forte devient. Ne te préoccupe point d'abord des calculs, des textes de lois et des inventions. N'invente point une cité future, car celle-là qui naîtra ne saurait *point* lui ressembler. Fonde l'amour des tours qui dominent les sables. Et les esclaves des esclaves de tes architectes découvriront bien comment réussir le charroi des pierres. Comme l'eau découvre, parce qu'elle penche vers le bas, comment tromper la vigilance des citernes.

« C'est pourquoi, m'expliquait mon père, la création demeure invisible comme l'amour qui dans le disparate des choses exalte un domaine. Il est stérile de frapper ou de démontrer. Car tu te hérisses dans l'étonnement contre qui t'étonne, et à toute démonstration tu en opposes une qui est plus belle. Et comment démontrerais-tu le domaine ? Si tu le touches pour en parler ce n'est déjà plus qu'assemblage. Si pour expliquer l'ombre et le silence du temple tu touches au temple et en démontes les pierres, ton œuvre est vaine car à peine y as-tu touché, il n'est plus que pierres en vrac et non silence.

« Mais je te prendrai par la main et nous cheminerons ensemble. Et, au hasard des pas, nous aurons gravi la colline. Là, je parlerai sur le mode d'une voix quelconque et je dirai des évidences que tu croiras toi-même avoir pensées. Car il se trouve que la colline que j'ai choisie crée cet ordre-ci et non un autre. La grande image ne se remarque point comme image. Elle est. Ou plus exactement tu t'y trouves. Et comment saurais-tu lutter contre ? Si je t'installe dans la maison, tu habites simplement la maison et tu pars de cette origine pour juger des choses. Si je t'installe dans l'angle d'où la femme est plus belle et exalte l'amour, tu éprouves simplement l'amour. Comment refuserais-tu cet amour au nom de l'arbitraire qui te tient ici en cet instant-ci et non en un autre ? Il faut bien que tu sois quelque part ! Et ma création n'est qu'un choix du jour et de l'heure qui ne se discute point mais qui est. Et tu te moques bien de cet arbitraire. As-tu entendu celui que l'amour a noué se sauver de l'amour en protestant que telle rencontre fut hasard et que cette femme qui le déchire eût pu être morte ou n'être point née ou se trouver alors ailleurs ? J'ai créé ton amour en choisissant l'heure et le lieu — et, que tu soupçonnes ou non mon action, cela ne t'aide point à te défendre et te voilà mon prisonnier.

« Si je désire fonder en toi le montagnard qui marche la nuit vers la crête d'étoiles, je fonde l'image qui te rend évident que t'abreuvera seul ce lait d'étoiles sur la crête. Et je n'aurai été pour toi que hasard qui t'a fait découvrir en toi ce besoin, car ce besoin est bien de toi, comme l'émotion due au poème. Et que tu soupçonnes ou non mon action, à quel titre cela t'empêchera-t-il de marcher ? Comment, ayant poussé la porte et vu dans l'ombre luire le diamant, désirerais-tu moins t'en saisir à cause qu'il est fruit d'une porte poussée qui eût pu te conduire ailleurs ?

« Si je te couche dans un lit avec un breuvage de sommeil, ce breuvage est vrai et le sommeil. Créer, c'est situer l'autre là où il voit le monde comme l'on désire, et non lui proposer un monde nouveau.

« Si je t'invente un monde et te laisse en place pour te le montrer, tu ne le vois point. Et tu as raison. Car de ton point de vue il est faux et tu défends avec raison ta vérité. Ainsi suis-je sans efficacité quand je me montre pittoresque ou brillant ou paradoxal, car seul est pittoresque ou brillant ou paradoxal ce qui, regardé d'un point de vue, était cependant fait pour être vu d'un autre. Tu m'admires, mais je ne crée point, je suis jongleur et bateleur et faux poète.

« Mais si dans ma démarche qui n'est ni vraie ni fausse — il n'est point de pas que tu puisses nier puisqu'ils sont — je t'entraîne là d'où la vérité est nouvelle, alors tu ne me remarques point comme créateur et je ne suis pour toi ni pittoresque ni brillant ni paradoxal, les pas étaient simples et se succédaient simplement et je ne suis point cause critiquable de ce que, vue d'ici, l'étendue augmente ton cœur, ou de ce que la femme soit plus belle, puisqu'il est vrai que vue d'ici cette femme est plus émouvante, comme l'étendue est plus vaste. Mon acte domine et ne s'inscrit point dans les traces, dans les reflets ni dans les signes, et, de ne les y point retrouver tu ne peux lutter contre moi. Alors seulement je suis créateur et vrai poète. Car le créateur ou le poète n'est point celui qui invente ou démontre, mais celui qui fait devenir.

« Et toujours il s'agit, si l'on crée, d'absorber des contradictions. Car rien n'est ni clair ni obscur, ni incohérent ni cohérent, ni complexe ni simple en dehors de l'homme. Tout est, tout simplement. Et quand tu veux t'y débrouiller avec ton maladroit langage et penser ton acte à venir, alors tu ne peux rien saisir qui ne te soit contradictoire. Mais je viens avec mon pouvoir qui n'est pas de te rien démontrer selon ton langage, car elles sont sans issue les contradictions qui te déchirent. Ni te montrer la fausseté de ton langage, car il n'est point faux mais incommode. Mais simplement de t'amener dans une promenade où les pas se suivent l'un l'autre, t'asseoir sur la montagne d'où sont résolus tes litiges et te laisser toi-même en faire ta vérité. »

LXXIII

Me vint donc le goût de la mort :

« Donnez-moi la paix des étables, disais-je à Dieu, des choses rangées, des moissons faites. Laissez-moi être, ayant achevé de devenir. Je suis fatigué des deuils de mon cœur. Je suis trop vieux pour recommencer toutes mes branches. J'ai perdu, l'un après l'autre, mes amis et mes ennemis et s'est faite une lumière sur ma route de loisir triste. Je me suis éloigné, je suis revenu, j'ai regardé : j'ai retrouvé les hommes autour du veau d'or non intéressés mais stupides. Et les enfants qui naissent aujourd'hui me sont plus étrangers que de jeunes barbares sans religion. Je suis lourd de trésors inutiles comme d'une musique qui jamais plus ne sera comprise.

« J'ai commencé mon œuvre avec ma hache de bûcheron dans la forêt et j'étais ivre du cantique des arbres. Ainsi faut-il s'enfermer dans une tour pour être juste. Mais maintenant que de trop près j'ai vu les hommes, je suis las.

« Apparais-moi, Seigneur, car tout est dur lorsque l'on perd le goût de Dieu. »

Me vint un songe après le grand enthousiasme.

Car j'étais entré vainqueur dans la ville, et la foule se répandit dans une saison d'oriflammes, criant et chantant à mon passage. Et les fleurs nous faisaient un lit pour notre gloire. Mais Dieu ne m'envahit que d'un seul sentiment amer. J'étais le prisonnier, me semblait-il, d'un peuple débile.

Car cette foule qui fait ta gloire te laisse d'abord tellement seul ! Ce qui se donne à toi se sépare de toi car il n'est point de passerelle de toi en l'autre sinon par le chemin de Dieu. Et ceux-là seuls me sont compagnons véritables qui se prosternent avec moi dans la prière. Confondus dans la même mesure et grains du même épi en vue du pain. Mais ceux-là m'adoraient et faisaient en moi le désert, car je ne sais point respecter qui se trompe et je ne puis pas consentir à cette adoration de moi-même. Je n'en sais recevoir l'encens car je ne me jugerai point d'après les autres et je suis fatigué de moi qui suis lourd à porter et qui ai besoin, pour entrer en Dieu, de me dévêtir de moi-même. Alors ceux-là qui m'encensaient me faisaient triste et désert comme un puits vide quand le peuple a soif et se penche. N'ayant rien à donner qui valût la peine et, de ceux-là, puisqu'ils se prosternaient en moi, n'ayant plus rien à recevoir.

Car j'ai besoin de celui-là d'abord qui est fenêtre ouverte sur la mer et non miroir où je m'ennuie.

Et de cette foule-là, les morts seuls, qui ne s'agitaient plus pour des vanités, me paraissaient dignes.

Alors me vint ce songe, les acclamations m'ayant lassé comme un bruit vide qui ne pouvait plus m'instruire.

Un chemin escarpé et glissant surplombait la mer. L'orage avait crevé et la nuit coulait comme une outre pleine. Obstiné, je montais vers Dieu pour lui demander la raison des choses, et me faire expliquer où conduisait l'échange que l'on avait prétendu m'imposer.

Mais au sommet de la montagne je ne découvris qu'un bloc pesant de granit noir — lequel était Dieu.

« C'est bien Lui, me disais-je, immuable et incorruptible », car j'espérais encore ne point me renfoncer dans la solitude.

« Seigneur, Lui dis-je, instruisez-moi. Voici que mes amis, mes compagnons et mes sujets ne figurent plus pour moi que pantins sonores. Je les tiens dans la main et les meus à mon gré. Et ce n'est point qu'ils m'obéissent qui me tourmente, car il est bon que ma sagesse descende en eux. Mais qu'ils soient devenus ce reflet de miroir qui me fait plus seul qu'un lépreux. Si je ris, ils rient. Si je me tais, ils s'assombrissent. Et ma parole que je connais les emplit comme le vent les arbres. Et je suis seul à les emplir. Il n'est plus d'échange pour moi car dans cette audience démesurée je n'entends plus que ma propre voix qu'ils me renvoient comme les échos glacés d'un temple. Pourquoi l'amour m'épouvante-t-il et qu'ai-je à attendre de cet amour qui n'est que multiplication de moi-même ? »

Mais le bloc de granit ruisselant d'une pluie luisante me demeurait impénétrable.

« Seigneur, lui dis-je, car il était sur une branche voisine un corbeau noir, je comprends bien qu'il soit de Ta majesté de Te taire. Cependant, j'ai besoin d'un signe. Quand je termine ma prière, Tu ordonnes à ce corbeau de s'envoler. Alors ce sera comme le clin d'œil d'un autre que moi et je ne serai plus seul au monde. Je serai noué à Toi par une confidence, même obscure. Je ne demande rien sinon qu'il me soit signifié qu'il est peut-être quelque chose à comprendre. »

Et j'observais le corbeau. Mais il se tint immobile. Alors je m'inclinai vers le mur.

« Seigneur, lui dis-je, Tu as certes raison. Il n'est point de Ta majesté de Te soumettre à mes consignes. Le corbeau s'étant envolé, je me fusse attristé plus fort. Car un seul signe je ne l'eusse reçu que d'un égal, donc encore de moi-même, reflet encore de mon désir. Et de nouveau je n'eusse rencontré que ma solitude. »

Donc, m'étant prosterné, je revins sur mes pas.

Mais il se trouva que mon désespoir faisait place à une sérénité inattendue et singulière. J'enfonçais dans la boue du chemin, je m'écorchais aux ronces, je luttais contre le fouet des rafales et cependant se faisait en moi une sorte de clarté égale. Car je ne savais rien mais il n'était rien que j'eusse pu connaître sans écœurement. Car je n'avais point touché Dieu, mais un dieu qui se laisse toucher n'est plus un dieu. Ni s'il obéit à la prière. Et pour la première fois, je devinais que la grandeur de la prière réside d'abord en ce qu'il n'y est point répondu et que n'entre point dans cet échange la laideur d'un commerce. Et que l'apprentissage de la prière est l'apprentissage du silence. Et que commence l'amour là seulement où il n'est plus de don à attendre. L'amour d'abord est exercice de la prière et la prière exercice du silence.

Et je revins parmi mon peuple, pour la première fois l'enfermant dans le silence de mon amour. Et provoquant ainsi ses dons jusqu'à la mort. Ivres qu'ils étaient de mes lèvres closes. J'étais berger, tabernacle de leur cantique et dépositaire de leurs destinées, maître de leurs biens et de leurs vies et cependant plus pauvre qu'eux et plus humble dans mon orgueil qui ne se laissait point fléchir. Sachant bien qu'il n'était rien là à recevoir. Simplement ils devenaient en moi et leur cantique se fondait dans mon silence. Et par moi, eux et moi, n'étions plus que prière qui se fondait dans le silence de Dieu.

LXXIV

Car je les ai vus pétrir leur glaise. Leur femme vient, les touche à l'épaule, c'est l'heure du repas. Mais ils la renvoient aux écuelles, attachés qu'ils sont à leur œuvre. Puis vient la nuit et, dans la pâleur des lampes à huile, tu les retrouves qui cherchent dans la pâte une forme qu'ils ne sauraient dire. Et peu s'éloignent s'ils sont fervents car elle tient à eux comme un fruit à l'arbre. Ils sont tronc de sève pour la nourrir. Ils ne lâcheront point leur œuvre qu'elle ne se détache d'elle-même comme un fruit qui est devenu. Où as-tu vu, à l'instant qu'ils s'épuisent, que compte pour eux l'argent gagné ou les honneurs ou le destin final de leur objet ? Ils ne travaillent jamais dans l'instant du travail, ni pour les marchands ni pour eux-mêmes, mais pour l'urne de terre et la courbure de son anse. C'est pour une figure qu'ils veillent, laquelle lentement satisfait leur cœur, de même que vient à la femme l'amour maternel dans la mesure où l'enfant pétri lui remue au ventre.

Mais si je vous rassemble pour tous ensemble vous soumettre à la grande urne que je bâtis au cœur des cités pour qu'elles soient, au grenier de silence du temple, alors il est bon que dans son ascension il tire de vous quelque chose et que vous le puissiez aimer. Il est bon que je vous contraigne de bâtir, d'un voilier qui ira sur la mer, la coque, les ponts et la mâture, puis que dans un beau jour, comme un jour de mariage, je vous le fasse habiller de voiles et offrir à la mer.

Alors le bruit de vos marteaux sera cantique, votre sueur et vos ahans ! seront ferveur. Et votre lancée du navire sera geste miraculeux car vous aurez fleuri les eaux.

LXXV

C'est pourquoi l'unité de l'amour je la développe en colonnes diverses et en coupoles et en sculptures pathétiques. Car l'unité, si je l'exprime, à l'infini je la diversifie. Et tu n'as point le droit de te scandaliser.

Seul compte l'absolu qui provient de la foi, de la ferveur ou du désir. Car une est la marche en avant du navire, mais il se trouve qu'il collabore, celui-là qui affûte un ciseau, lave à eau de mousse les planches du pont, grimpe dans le mât ou huile l'éclisse.

Or, ce désordre vous tourmente car il vous semble que si les hommes se soumettaient aux mêmes gestes et tiraient dans le même sens ils y gagneraient en puissance. Mais je réponds : la clef de voûte, s'il est question de l'homme, ne réside point dans les traces visibles. Il faut s'élever pour la découvrir. Et de même qu'à mon sculpteur tu ne reproches point d'avoir, pour atteindre et saisir l'essence, simplifié jusqu'à l'extrême, mais usé de signes divers tels que des lèvres, des yeux, des rides et de la chevelure, car il lui fallait structure d'un filet pour saisir sa proie — filet grâce à quoi, si tu ne demeures pas myope et le nez contre, rentrera en toi telle mélancolie qui est une et te fera autrement devenir — de même ne me reproche point de ne point m'inquiéter de tel désordre dans mon empire. Car cette communauté des hommes, ce nœud du tronc qui pousse des branches diverses, cette unité que je désire d'abord atteindre et qui est sens de mon empire, il faut, quand tu te perds dans l'observation des équipes qui tirent autrement leurs cordages, t'éloi-gner un peu pour la découvrir. Et tu ne verras plus que navire en marche sur la mer.

Et par contre, si je communique à mes hommes l'amour de la marche sur la mer, et que chacun d'eux soit ainsi en pente à cause d'un poids dans le cœur, alors tu les verras bientôt se diversifier selon leurs mille qualités particulières. Celui-là tissera des toiles, l'autre dans la forêt par l'éclair de sa hache couchera l'arbre.

L'autre, encore, forgera des clous, et il en sera quelque part qui observeront les étoiles afin d'apprendre à gouverner. Et tous cependant ne seront qu'un. Créer le navire ce n'est point tisser les toiles, forger les clous, lire les astres, mais bien donner le goût de la mer qui est un, et à la lumière duquel il n'est plus rien qui soit contradictoire mais communauté dans l'amour.

C'est pourquoi toujours je collabore, ouvrant les bras à mes ennemis pour qu'ils m'augmentent, sachant qu'il est une altitude d'où le combat me ressemblerait à l'amour.

Créer le navire, ce n'est point le prévoir en détail. Car si je bâtis les plans du navire, à moi tout seul, dans sa diversité, je ne saisirai rien qui vaille la peine. Tout se modifiera en venant au jour et d'autres que moi peuvent s'employer à ces inventions. Je n'ai point à connaître chaque clou du navire. Mais je dois apporter aux hommes la pente vers la mer.

Et plus je grandis à la façon de l'arbre, plus je me noue en profondeur. Et ma cathédrale, qui est une, est issue de ce que celui-là qui est plein de scrupules sculpte un visage de remords, de ce que cet autre qui sait se réjouir se réjouit et sculpte un sourire. De ce que celui-là qui est résistant me résiste, de ce que celui-là qui est fidèle demeure fidèle. Et n'allez point me reprocher d'avoir accepté le désordre et l'indiscipline, car la seule discipline que je reconnaisse est celle du cœur qui domine, et quand vous entrerez dans mon temple vous serez saisi par son unité et la majesté de son silence, et quand vous y verrez côte à côte se prosterner le fidèle et le réfractaire, le sculpteur et le polisseur de colonnes, le savant et le simple, le joyeux et le triste, n'allez point me dire qu'ils sont exemples d'incohérence car ils sont un par la racine, et le temple, à travers eux, est devenu, ayant trouvé à travers eux toutes les voies qui lui furent nécessaires.

Mais celui-là se trompe qui crée un ordre de surface, ne sachant dominer d'assez haut pour découvrir le temple, le navire ou l'amour et, en place d'un ordre véritable, fonde une discipline de gendarmes où chacun tire dans le même sens et allonge le même pas. Car si chacun de tes sujets ressemble à l'autre tu n'as point atteint l'unité, car mille colonnes identiques ne créent qu'un stupide effet de miroirs et non un temple. Et la perfection de ta démarche serait, de ces mille sujets, de les massacrer tous sauf un seul.

L'ordre véritable c'est le temple. Mouvement du cœur de l'architecte qui noue comme une racine la diversité des matériaux et qui exige pour être un, durable et puissant, cette diversité même.

Il ne s'agit point de t'offusquer de ce que l'un diffère de l'autre, de ce que les aspirations de l'un s'opposent aux aspirations de l'autre, de ce que le langage de l'un ne soit point le langage de l'autre, il s'agit de t'en réjouir, car si te voilà créateur tu bâtiras un temple de portée plus haute qui sera leur commune mesure.

Mais je dis aveugle celui-là qui s'imagine créer s'il démonte la cathédrale et aligne dans l'ordre par rang de taille les pierres l'une après l'autre.

LXXVI

Ne t'inquiète donc point des cris que soulèvera ta parole car une vérité nouvelle est une structure nouvelle offerte d'emblée (et non une proposition évidente dont l'on puisse progresser de conséquence en conséquence) et chaque fois que tu signifieras un élément de ton visage on t'objectera que dans l'autre visage cet élément jouait un rôle différent et d'abord l'on ne comprendra point que tu paraisses et te contredire et contredire.

Mais tu diras : « Voulez-vous accepter de mourir à vous-mêmes, d'oublier et d'assister sans résister à ma création nouvelle ? Ainsi seulement pourrez-vous muer, vous étant fermés en chrysalides. Et vous me direz, expérience faite, si vous n'êtes point plus clairs, plus paisibles et plus vastes. »

Car il n'est point de proche en proche, plus que de la statue que je taille, de vérité qui se démontre. Mais elle est une, et ne se voit qu'une fois faite. Et même ne se remarque point car on s'y trouve. Et la vérité de ma vérité c'est l'homme qui en sort.

Ainsi d'un monastère où je t'enferme pour te changer. Mais si tu me demandes, du milieu de tes vanités et de tes problèmes vulgaires, de te démontrer ce monastère, je dédaignerai de répondre, car celui qui pourrait comprendre est autre que toi et je dois d'abord l'appeler au jour. Je ne sais que te contraindre à devenir.

Ne t'inquiète donc point non plus des protestations que soulèvera ta contrainte. Car ils auraient raison ceux-là qui crient si tu les touchais dans leur essence et les frustrais de leur grandeur. Mais le respect de l'homme c'est le respect de sa noblesse. Mais eux ils nomment justice de continuer d'être, même pourris, parce qu'ainsi venus au monde. Et ce n'est point Dieu que tu lèses si tu les guéris.

LXXVII

C'est pourquoi je puis dire qu'à la fois je refuse de pactiser et refuse d'exclure. Je ne suis ni intransigeant ni mou ou facile. Je reçois l'homme dans ses défauts et exerce pourtant ma rigueur. Je ne fais pas de mon adversaire un témoin, simple bouc émissaire de nos malheurs, et qu'il serait bon de brûler en totalité en place publique. Mon adversaire je le reçois entièrement et cependant je le refuse. Car l'eau est fraîche et souhaitable. Souhaitable aussi le vin pur. Mais le mélange j'en fais breuvage pour châtrés.

Il n'est nul au monde qui n'ait point raison absolument. Sauf ceux-là qui raisonnent, argumentent, démontrent et, d'user d'un langage logique sans contenu, ne peuvent avoir ni tort ni raison. Mais font un simple bruit qui, si les voilà qui s'enorgueillissent d'eux-mêmes, peut faire couler longtemps le sang des hommes. Ceux-là donc je les tranche simplement d'avec l'arbre.

Mais a raison quiconque accepte la destruction de son urne de chair pour sauver le dépôt qui s'y trouve enfermé. Je te l'ai déjà dit. Protéger les faibles et épauler les forts, voilà le dilemme qui te tourmente. Et il se peut que ton ennemi, contre toi qui épaules les forts, protège les faibles. Et vous voilà bien contraints de combattre pour sauver à l'un son territoire de la pourriture des démagogues qui chantent l'ulcère pour l'ulcère, pour sauver à l'autre son territoire de la cruauté des maîtres d'esclaves qui, usant du fouet pour contraindre, empêchent l'homme de devenir. Et la vie te propose ces litiges dans une urgence qui exige l'emploi des armes. Car une seule pensée (si elle croît comme une herbe), que nul ennemi n'équilibre, devient mensonge et dévore le monde.

Ceci est dû au champ de ta conscience, lequel est minuscule. Et de même que tu ne peux à la fois, si quelque maraudeur t'attaque, penser le combat dans sa tactique et sentir les coups, de même que tu ne peux à la fois en mer recevoir la peur du naufrage et les mouvements de la houle et que celui-là qui a peur ne vomit plus et que celui-là qui vomit est indifférent à la peur, de même si l'on ne t'y aide pas par la clarté d'un langage neuf, il t'est impossible d'à la fois penser et vivre deux vérités contraires.

LXXVIII

Me vinrent donc, pour me faire des observations, non les géomètres de mon empire qui se réduisaient d'ailleurs à un seul, et qui, de surcroît, était mort, mais une délégation des commentateurs des géomètres, lesquels commentateurs étaient dix mille.

Quand celui-là crée un navire il ne se préoccupe point des clous, des mâts ni des planches du pont, mais il enferme dans l'arsenal dix mille esclaves et quelques adjudants munis de fouets. Et s'épanouit la gloire du navire. Et je n'ai jamais vu un esclave qui se vantât d'avoir vaincu la mer.

Mais lorsque celui-là crée une géométrie, lequel ne se préoccupe point de la déduire jusqu'au bout de conséquence en conséquence, car ce travail dépasse et son temps et ses forces, alors il suscite l'armée de dix mille commentateurs qui polissent les théorèmes, explorent les chemins fertiles et recueillent les fruits de l'arbre. Mais à cause qu'ils ne sont point esclaves et qu'il n'est point de fouet pour les accélérer, il n'en est pas un qui ne s'imagine s'égaler au seul géomètre véritable, puisque d'abord il le comprend, et puisque ensuite il enrichit son œuvre.

Mais moi, sachant combien est précieux leur travail — car il faut bien rentrer les moissons de l'esprit — mais sachant aussi qu'il est dérisoire de le confondre avec la création, laquelle est geste gratuit, libre et imprévisible de l'homme, je les fis tenir à bonne distance de peur qu'ils ne se gonflassent d'orgueil à m'aborder comme des égaux. Et je les entendais qui murmuraient entre eux pour s'en plaindre.

Puis ils parlèrent :

« Nous protestons, dirent-ils, au nom de la raison. Nous sommes les prêtres de la vérité. Tes lois sont lois d'un dieu moins sûr que n'est le nôtre. Tu as pour toi tes hommes d'armes, et ce poids de muscles nous peut écraser. Mais nous aurons raison contre toi, même dans les caves de tes geôles. »

Ils parlaient, devinant bien qu'ils ne risquaient point ma colère.

Et ils se regardèrent l'un l'autre, satisfaits de leur propre courage.

Moi je songeais. Le seul géomètre véritable, je l'avais chaque jour reçu à ma table. La nuit, parfois, dans l'insomnie, je m'étais rendu sous sa tente, m'étant pieusement déchaussé, et j'avais bu son thé et goûté le miel de sa sagesse.

« Toi, géomètre…, lui disais-je. — Je ne suis point d'abord géomètre, je suis homme. Un homme qui rêve quelquefois de géométrie quand plus urgent ne le gouverne pas, tel que le sommeil, la faim ou l'amour. Mais aujourd'hui que j'ai vieilli, tu as sans doute raison : je ne suis plus guère que géomètre.

— Tu es celui à qui se montre la vérité…

— Je ne suis que celui qui tâtonne et cherche un langage comme l'enfant. La vérité ne m'est point apparue. Mais mon langage est simple aux hommes comme ta montagne et ils en font d'eux-mêmes leur vérité.

— Te voilà amer, géomètre.

— J'eusse aimé découvrir dans l'univers la trace d'un divin manteau et, touchant en dehors de moi une vérité, comme un dieu qui se fût longtemps caché aux hommes, j'eusse aimé l'accrocher par le pan de l'habit et lui arracher son voile du visage pour la montrer. Mais il ne m'a pas été donné de découvrir autre chose que moi-même… »

Ainsi parlait-il. Mais eux me brandissaient la foudre de leur idole au-dessus de la tête.

« Parlez plus bas, leur dis-je, si je comprends mal j'entends fort bien. »

Et, moins fort toutefois, ils murmurèrent.

Enfin l'un d'eux les exprima, qu'ils poussèrent doucement en avant car il leur venait le regret d'avoir montré tant de courage.

« Où vois-tu, me dit-il, qu'il est création arbitraire et acte de sculpteur et poésie dans le monument de vérités que nous te convions de reconnaître ? Nos propositions découlent l'une de l'autre, du point de vue de la stricte logique, et rien de l'homme n'a dirigé l'œuvre. »

Ainsi, d'une part, revendiquaient-ils la propriété d'une vérité absolue — comme ces peuplades qui se réclament d'une quelconque idole de bois peint, laquelle, disent-elles, lance la foudre — et ainsi, d'autre part, s'égalaient-ils au seul géomètre véritable puisque tous avec plus au moins de réussite avaient semblablement servi ou découvert, mais non créé.

« Nous allons établir devant toi les relations entre les lignes d'une figure. Or si nous pouvons transgresser tes lois, par contre il ne t'est point possible de t'affranchir des nôtres. Tu dois nous prendre pour ministres, nous qui savons. »

Je me taisais, réfléchissant sur la sottise. Ils se méprirent sur mon silence et hésitèrent :

« Car nous désirons d'abord te servir », dirent-ils.

Je répondis donc :

« Vous prétendez ne point créer et c'est heureux. Car qui est bigle crée des bigles. Les outres pleines d'air ne créent que du vent. Et si vous fondiez des royaumes, le respect d'une logique qui ne s'applique qu'à l'histoire déjà révolue, à la statue déjà fondée et à l'organe mort, les créerait soumis par avance au sabre barbare.

« On découvrit une fois les traces d'un homme qui, ayant à l'aube quitté sa tente en direction de la mer, marcha jusqu'à la falaise qui était verticale et se laissa choir. Il était là des logiciens qui se penchèrent sur les signes et connurent la vérité. Car aucun chaînon ne manquait à la chaîne des événements. Les pas se succédaient les uns aux autres, il n'en était aucun que le précédent n'autorisât. En remontant les pas de conséquence à cause on ramenait le mort vers sa tente. En descendant les pas de cause à conséquence on le renforçait dans sa mort.

— Nous avons tout compris », s'écrièrent les logiciens qui, les uns les autres, se congratulèrent.

Et moi j'estimais que comprendre c'eût été connaître, comme il se trouvait que je connusse, un certain sourire plus fragile qu'une eau dormante puisqu'il eût suffi d'une simple pensée pour le ternir, et qui peut-être en cet instant n'existait point puisque d'un visage endormi, et qui justement n'était point d'ici mais de la tente d'un étranger située à cent jours de marche.

Car la création est d'une autre essence que l'objet créé, s'évade des marques qu'elle laisse derrière elle, et ne se lit jamais dans aucun signe. Toujours ces marques, toujours ces traces et toujours ces signes tu les découvriras qui découlent les uns des autres. Car l'ombre de toute création sur le mur des réalités est logique pure. Mais cette découverte évidente n'empêchera *point* que tu sois stupide.

Comme ils n'étaient point convaincus je poursuivis dans ma bonté pour les instruire :

« Il était une fois un alchimiste qui étudiait les mystères de la vie. Il se fit que de ses cornues, de ses alambics, de ses drogues il retira un minuscule fragment de pâte vivante. Les logiciens donc accoururent. Ils recommencèrent l'expérience, mêlèrent les drogues, soufflèrent le feu sous les cornues et dégagèrent une autre cellule de chair. Et ils s'en furent en proclamant qu'il n'était plus de mystère de la vie. La vie n'était que conséquence naturelle de cause en effet et d'effet en cause, de l'action du feu sur les drogues et des drogues les unes sur les autres, lesquelles ne sont point d'abord vivantes. Les logiciens comme toujours avaient parfaitement compris. Car la création est d'une autre essence que l'objet créé qu'elle domine, ne laisse point de traces dans les signes. Et le créateur s'évade toujours de sa création. Et la trace qu'il laisse est logique pure. Et moi, plus humblement, je fus m'instruire auprès du géomètre mon ami : « Que vois-tu là, dit-il, de neuf sinon que la vie ensemence la vie ? » La vie ne fût point apparue sans la conscience de l'alchimiste, lequel, à ma connaissance, vivait. On l'oublie car, comme toujours, il s'est retiré de sa création. Ainsi toi-même quand tu as conduit l'autre sur le sommet de ta montagne d'où sont ordonnés les problèmes, cette montagne devient vérité en dehors de toi qui le laisses seul. Et nul ne se demande d'où vient que tu aies choisi cette montagne puisque simplement on s'y trouve et qu'il faut bien que l'on soit quelque part. »

Mais comme ils murmuraient, car les logiciens ne sont point logiques :

« Prétentieux que vous êtes, leur dis-je, qui suivez la danse des ombres sur les murs avec l'illusion de connaître, qui lisez pas à pas les propositions de géométrie sans concevoir qu'il fut quelqu'un qui marcha pour les établir, qui lisez les traces dans le sable sans découvrir qu'il fut quelqu'un ailleurs qui refusa d'aimer, qui lisez l'ascension de la vie à partir des matériaux sans connaître qu'il fut quelqu'un qui réfuta et qui choisit, ne venez pas auprès de moi, vous les esclaves, armés de votre marteau à clous, feindre d'avoir conçu et lancé le navire.

« Celui-là qui était seul de son espèce et qui est mort, je l'eusse certes assis à mes côtés s'il l'eût souhaité afin qu'auprès de moi il gouvernât les hommes. Car celui-là venait de Dieu. Et son langage savait me découvrir cette bien-aimée lointaine qui, n'étant point de l'essence du sable, n'y était point d'emblée possible à lire.

« De mélanges possibles en nombre infini il savait élire celui-là que nulle réussite ne distinguait encore et qui cependant seul conduisait quelque part. Quand, faute de fil conducteur dans le labyrinthe des montagnes, nul ne peut progresser par déduction, car ton chemin tu connais qu'il échoue à l'instant seulement où se montre l'abîme, et qu'ainsi le versant opposé est encore ignoré des hommes, alors parfois se propose ce guide qui, comme s'il revenait de là-bas, te trace la route. Mais une fois parcourue, cette route demeure tracée et t'apparaît comme évidente. Et tu oublies le miracle d'une démarche qui fut semblable à un retour. »

LXXIX

Vint celui-là qui contredit mon père : « Le bonheur des hommes... », disait-il. Mon père lui coupa la parole :

« Ne prononce point ce mot chez moi. Je goûte les mots qui portent en eux leur poids d'entrailles, mais rejette les écorces vides.

— Cependant, lui dit l'autre, si toi, chef d'un empire, tu ne te préoccupes point le premier du bonheur des hommes...

— Je ne me préoccupe point, répondit mon père, de courir après le vent pour en faire des provisions, car, si je le tiens immobile, le vent n'est plus.

— Mais, dit l'autre, si j'étais le chef d'un empire, je souhaiterais que les hommes fussent heureux...

— Ah ! dit mon père, ici je t'entends mieux. Ce mot-là n'est point creux. J'ai connu, en effet, des hommes malheureux et des hommes heureux. J'ai connu aussi des hommes gras ou maigres, malades ou sains, vivants ou morts. Et moi aussi je souhaite que les hommes soient heureux, de même que je les souhaite vivants plutôt que morts. Encore qu'il faut bien que les générations s'en aillent.

— Nous sommes donc d'accord, s'écria l'autre.

— Non », dit mon père. Il songea, puis :

« Car quand tu parles de bonheur, ou bien tu parles d'un état de l'homme qui est d'être heureux comme d'être sain, et je n'ai point d'action sur cette ferveur des sens, ou bien tu parles d'un objet saisissable que je puis souhaiter de conquérir. Et où donc est-il ?

« Tel homme est heureux dans la paix, tel autre est heureux dans la guerre, tel souhaite la solitude où il s'exalte, tel autre a besoin pour s'en exalter des cohues de fête, tel demande ses joies aux méditations de la science, laquelle est réponse aux questions posées, l'autre, sa joie, la trouve en Dieu en qui nulle question n'a plus de sens.

« Si je voulais paraphraser le bonheur je te dirais peut-être qu'il est pour le forgeron de forger, pour le marin de naviguer, pour le riche de s'enrichir, et ainsi je n'aurais rien dit qui t'apprît quelque chose. Et d'ailleurs le bonheur parfois serait pour le riche de naviguer, pour le forgeron de s'enrichir et pour le marin de ne rien faire. Ainsi t'échappe ce fantôme sans entrailles que vainement tu prétendais saisir.

« Si tu veux comprendre le mot, il faut l'entendre comme récompense et non comme but, car alors il n'a point de signification. Pareillement je sais qu'une chose est belle, mais je refuse la beauté comme un but. As-tu entendu le sculpteur te dire : « De cette pierre je dégagerai la beauté ? » Ceux-là se dupent de lyrisme creux qui sont sculpteurs de pacotille. L'autre, le véritable, tu l'entendras te dire : « Je cherche à tirer de la pierre quelque chose qui ressemble à ce qui pèse en moi. Je ne sais point le délivrer autrement qu'en taillant. » Et, que le visage devenu soit lourd et vieux, ou qu'il montre un masque difforme, ou qu'il soit jeunesse endormie, si le sculpteur est grand tu diras de même que l'œuvre est belle. Car la beauté non plus n'est point un but mais une récompense.

« Et lorsque je t'ai dit plus haut que le bonheur serait pour le riche de s'enrichir, je t'ai menti. Car il s'agit du feu de joie qui couronnera quelque conquête, ce seront ses efforts et sa peine qui se trouveront récompensés. Et si la vie qui s'étale devant lui apparaît pour un instant comme enivrante, c'est au titre où t'emplit de joie le paysage entrevu du haut des montagnes quand il est construction de tes efforts.

« Et si je te dis que le bonheur pour le voleur est de faire le guet sous les étoiles, c'est qu'il est en lui une part à sauver et récompense de cette part. Car il a accepté le froid, l'insécurité et la solitude. L'or qu'il convoite, je te l'ai dit, il le convoite comme une mue soudaine en archange, car, lourd et vulnérable, il s'imagine qu'est allégé d'ailes invisibles celui qui s'en va, dans la ville épaisse, l'or serré contre le cœur.

« Dans le silence de mon amour je me suis beaucoup attardé à observer ceux de mon peuple qui paraissaient heureux. Et j'ai toujours conçu que le bonheur leur venait, comme la beauté à la statue, pour n'avoir point été cherché.

« Et il m'est toujours apparu qu'il était signe de leur perfection et de la qualité de leur cœur. Et à celle-là seule qui peut te dire : « Je me sens tellement heureuse », ouvre ta maison pour la vie, car le bonheur qui lui vient au visage est signe de sa qualité puisqu'il est d'un cœur récompensé.

« Ne me demande donc point à moi, chef d'un empire, de conquérir le bonheur pour mon peuple. Ne me demande point à moi, sculpteur, de courir après la beauté : je m'assiérai ne sachant où courir. La beauté devient ainsi le bonheur. Demande-moi seulement de leur bâtir une âme où un tel feu puisse brûler. »

LXXX

Je me souvins de ce que mon père avait dit ailleurs : « Pour bâtir l'oranger je me sers d'engrais et de fumier et de coups de pioche dans la terre et je tranche aussi à travers les branches. Et ainsi monte un arbre qui est susceptible de porter des fleurs. Et moi, le jardinier, je retourne la terre sans me préoccuper des fleurs ni du bonheur, car pour que soit un arbre fleuri, il faut d'abord que soit un arbre et pour que soit un homme heureux, il faut d'abord que soit un homme. »

Mais l'autre l'interrogea encore :

« Si ce n'est point vers le bonheur que courent les hommes, vers quoi courent-ils ?

— Eh ! dit mon père, je te le montrerai plus tard.

« Mais je remarquerai d'abord qu'à constater que la joie souvent couronne l'effort et la victoire, tu en fais découler en logicien stupide que les hommes luttaient en vue du bonheur. A quoi je répondrai que la mort couronnant la vie, les hommes n'ont qu'un souhait qui est la mort. Et ainsi usons-nous de mots qui sont méduses sans vertèbres. Et moi je te dis qu'il est des hommes heureux et qui sacrifient leur bonheur pour partir en guerre.

— C'est qu'ils trouvent dans l'accomplissement de leur devoir une forme plus haute de bonheur…

— Je refuse de parler avec toi si tu ne remplis pas tes mots d'une signification qui saurait être ou confirmée ou démentie. Je ne saurais lutter contre cette gelée qui change de forme. Car si le bonheur est aussi bien surprise du premier amour que vomissement de la mort lorsqu'une balle au ventre te rend le puits inaccessible, comment veux-tu que je confronte tes affirmations avec la vie ? Tu n'as rien affirmé sinon que les hommes cherchent ce qu'ils cherchent et courent ce qu'ils courent. Tu ne risques point d'être contredit et je n'ai que faire de tes vérités invulnérables.

« Tu parles comme on jongle. Et si tu renonces à soutenir ta baliverne, si tu renonces à expliquer par le goût du bonheur le départ des hommes pour la guerre, et si tu tiens quand même à m'affirmer que le bonheur explique tout du comportement de l'homme, je t'entends d'avance me prétendre que les départs en guerre s'expliquent par des mouvements de folie. Mais là encore j'exige que tu te compromettes, en m'éclai-rant d'abord les mots dont tu uses. Car si tu nommes fou celui-là, par exemple, qui verse l'écume ou marche exclusivement sur la tête, ayant observé les soldats qui vont à la guerre sur leurs deux pieds, je ne saurai point me satisfaire.

« Mais il se trouve que tu n'as point de langage pour me dire ce vers quoi s'efforcent les hommes. Ni ce vers quoi je me dois de les conduire. Et tu uses de vases trop maigres, tels que la folie ou le bonheur, dans l'espoir vain d'y enfermer la vie. A la façon de cet enfant qui, usant d'une pelle et d'un seau au pied de l'Atlas, prétendait déplacer la montagne. — Alors, instruis-moi », souhaita l'autre.

LXXXI

Si tu te détermines non pour un mouvement de ton esprit ou de ton cœur mais pour des motifs énonçables et entièrement contenus dans l'énoncé, alors je te renie.

C'est que tes mots ne sont point signe d'autre chose à la façon du nom de ton épouse qui signifie mais qui ne contient rien. Tu ne peux raisonner sur un nom car le poids est ailleurs. Et il ne te vient pas à l'esprit de me dire : « Son nom enseigne qu'elle est belle… »

Comment voudrais-tu donc qu'un raisonnement sur la vie pût se suffire à lui-même ? Et s'il est autre chose au-dessous comme caution il se pourrait qu'une telle caution se fût faite plus lourde sous un raisonnement moins brillant. Et peu m'importe de comparer entre eux le bonheur de formules. La vie, c'est ce qui est.

Si donc le langage par lequel tu me communiques tes raisons d'agir est autre chose que le poème qui doit me charrier de toi une note profonde, s'il ne couvre rien d'informulable mais dont tu prétendes me charger, alors je te refuse.

Si tu changes ton comportement non pour un visage apparu qui fonde ton nouvel amour mais pour un faible tremblement de l'air qui ne charrie que logique stérile et sans poids, alors je te refuse.

Car on ne meurt point pour le signe mais pour la caution du signe. Laquelle impose, si tu veux l'exprimer, ou commencer de l'exprimer, le poids des livres de toutes les bibliothèques de la terre. Car ce que j'ai saisi si simplement dans ma capture je ne puis point te l'énoncer. Car il faut bien que tu aies toi-même marché pour recevoir dans son plein sens la montagne de mon poème. Et de combien de mots, pendant combien d'années, ne faudrait-il pas que j'use si je désirais transporter la montagne en toi qui n'as jamais quitté la mer ?

Et la fontaine, si tu n'as jamais eu soif et n'as jamais l'une contre l'autre serré les mains, les offrant pour recevoir. Je puis bien chanter les fontaines : où est l'expérience que je mets en marche et les muscles que réveilleront tes souvenirs ?

Je sais bien qu'il ne s'agissait pas de te parler d'abord des fontaines. Mais de Dieu. Mais pour que mon langage morde et puisse me devenir et te devenir opération, il faut bien qu'il accroche en toi quelque chose. C'est pourquoi, si je désire t'enseigner Dieu, je t'enverrai d'abord gravir des montagnes afin que crête d'étoiles ait pour toi sa pleine tentation. Je t'enverrai mourir de soif dans les déserts afin que fontaines te puissent enchanter. Puis je t'enverrai six mois rompre des pierres afin que soleil de midi t'anéantisse. Après quoi je te dirai : « Celui-là qu'a vidé le soleil de midi, c'est dans le secret de la nuit venue qu'ayant gravi la crête d'étoiles, il s'abreuve au silence des divines fontaines. »

Et tu croiras en Dieu.

Et tu ne pourras me le nier puisque simplement il sera, comme est la mélancolie dans le visage si je l'ai sculptée.

Car il n'est point langage ou acte mais deux aspects du même Dieu. C'est pourquoi je dis prière le labeur, et labour, la méditation.

LXXXII

Et me vint la grande vérité de la permanence.

Car tu n'as rien à espérer si rien ne dure plus que toi. Et je me souviens de cette peuplade qui honorait ses morts. Et la pierre tombale de chaque famille l'une après l'autre recevait les morts. Et elles étaient là qui établissaient cette permanence.

« Etes-vous heureux ? leur demandai-je.

— Et comment ne le serions-nous pas, sachant où nous irons dormir ?... »

LXXXIII

Me vint une lassitude extrême. Et me parut plus simple de me dire que j'étais comme abandonné de Dieu. Car je me sentais sans clef de voûte et rien ne retentissait plus en moi. Elle s'était tue la voix qui parle dans le silence. Et ayant gravi la tour la plus haute je songeais : « Pourquoi ces étoiles ? » Et mesurant du regard mes domaines, je me demandais : « Pourquoi ces domaines ? » Et comme montait une plainte de la ville endormie je m'interrogeais : « Pourquoi cette plainte ? » J'étais perdu comme un étranger dans une foule disparate qui ne parle point son langage. J'étais comme un habit dont l'homme s'est dévêtu. Défait et seul. J'étais pareil à une maison inhabitée. Et très exactement c'est la clef de voûte qui me manquait car rien de moi ne pouvait plus servir. « Et cependant je suis le même, me disais-je, sachant les mêmes choses, conscient des mêmes souvenirs, spectateur du même spectacle, mais désormais noyé dans le disparate inutile. » Ainsi la basilique la mieux jaillie, s'il n'est personne pour la considérer dans son ensemble, ni pour en goûter le silence, ni pour en faire la signification dans la méditation de son cœur, n'est plus que somme de pierres. Ainsi de moi et de ma sagesse et des perceptions de mes sens et de mes souvenirs. J'étais somme d'épis et non plus gerbe. Et je connus l'ennui qui est d'abord d'être privé de Dieu.

Non supplicié, ce qui est d'un homme, mais avorté. J'eusse aisément été cruel, dans cet ennui de mon jardin où j'allais à pas vides exactement comme quelqu'un qui attend quelqu'un. Et qui persiste dans un univers provisoire. J'adressais bien des prières à Dieu mais ce n'étaient point des prières, car elles ne montaient point d'un homme, mais d'une apparence d'homme, cierge préparé mais sans flamme. « Ah ! que rentre en moi ma ferveur », disais-je. Sachant que la ferveur n'est fruit que du nœud divin qui noue les choses. Il est alors un navire gouverné. Il est une basilique vue. Mais qu'est-il, sinon matériaux en vrac, si tu ne sais plus lire à travers, ni l'architecte ni le sculpteur ?

C'est alors que je compris que celui-là qui reconnaît le sourire de la statue ou la beauté du paysage ou le silence du temple, c'est Dieu qu'il trouve. Puisqu'il dépasse l'objet pour atteindre la clef, et les mots pour entendre le cantique, et la nuit et les étoiles pour éprouver l'éternité. Car Dieu d'abord est sens de ton langage et ton langage, s'il prend un sens, te montre Dieu. Ces larmes du petit enfant, si elles t'émeuvent, sont lucarne ouverte sur la pleine mer. Car voilà que retentissent sur toi non ces seules larmes mais toutes les larmes. L'enfant n'est que celui qui te prend par la main pour t'enseigner.

« Pourquoi m'obligez-vous, Seigneur, à cette traversée de désert ? Je peine parmi les ronces. Il suffit d'un signe de Vous pour que le désert se transfigure, et que le sable blond et l'horizon et le grand vent pacifique ne soient plus somme incohérente mais empire vaste où je m'exalte, et qu'ainsi je sache Vous lire à travers. »

Et m'apparut que Dieu se lit évidemment à son absence s'il se retire. Car il est pour le marin signification de la mer. Et pour l'époux signification de l'amour. Mais il est des heures où le marin s'interroge : « Pourquoi la mer ? » Et l'époux : « Pourquoi l'amour ? »

Et ils s'occupent dans l'ennui. Rien ne leur manque sinon le nœud divin qui noue les choses. Et tout leur manque.

« Si Dieu se retire de mon peuple, pensais-je, comme il s'est retiré de moi, j'en ferai les fourmis de la fourmilière, car ils se videront de toute ferveur. Lorsque les dés se vident de sens il n'est plus de jeu possible. »

Et je découvris que l'intelligence ne te servira ici de rien. Tu peux certes raisonner sur l'arrangement des pierres du temple, tu ne toucheras point l'essentiel qui échappe aux pierres. Et tu peux raisonner sur le nez, sur l'oreille et les lèvres de la statue, tu ne toucheras point l'essentiel qui échappe à l'argile. Il s'agissait de la capture d'un dieu. Car il se prend avec des pièges qui ne sont point de son essence.

Lorsque j'ai, moi sculpteur, fondé un visage, j'ai fondé une contrainte. Toute structure devenue est contrainte. Lorque j'ai saisi quelque chose j'ai noué un poing pour le garder. Ne me parle pas de la liberté des mots d'un poème. Je les ai soumis les uns aux autres selon tel ordre qui est mien.

Il peut se faire que mon temple on le jette à bas pour user de ses pierres en vue d'un autre temple. Il est des morts et des naissances. Mais ne me parle pas de la liberté des pierres. Car alors il n'est point de temple.

Je n'ai point compris que l'on distingue les contraintes de la liberté. Plus je trace de routes, plus tu es libre de choisir. Or chaque route est une contrainte car je l'ai flanquée d'une barrière. Mais qu'appelles-tu liberté s'il n'est point de routes entre lesquelles il te soit possible de choisir ? Appelles-tu liberté le droit d'errer dans le vide ? En même temps qu'est fondée la contrainte d'une voie, c'est ta liberté qui s'augmente.

Sans instrument tu n'es point libre dans la direction de tes mélodies. Sans obligation de nez et d'oreilles tu n'es point libre du sourire de ta statue. Et celui-là qui est fruit subtil de civilisations subtiles se trouve enrichi de leurs bornes, de leurs limites et de leurs règles. On est plus riche de mouvements intérieurs dans mon palais que dans le pourrissoir de la pègre.

Or, de l'une à l'autre la différence réside d'abord en l'obligation, comme du salut au roi. Qui veut monter dans une hiérarchie, et s'enrichir d'éprouver plus, prie d'abord qu'on le contraigne. Et les rites imposés t'augmentent. Et l'enfant triste, s'il voit jouer les autres, ce qu'il réclame d'abord c'est qu'on lui impose à lui aussi les règles du jeu qui seules le feront devenir. Mais triste est celui-là qui écoute sonner la cloche sans qu'elle exige rien de lui. Et quand chante le clairon tu es triste de ne point devoir te mettre debout, mais tu le vois heureux celui-là qui te dit : « J'ai entendu l'appel qui est pour moi et je me lève. » Mais pour les autres il n'est chant de cloche ni de clairon et ils demeurent tristes. La liberté pour eux n'est que liberté de ne point être.

LXXXIV

Ceux-là qui mélangent les langages se trompent, car, certes, il peut manquer çà et là une épithète comme d'un certain vert qui est celui de l'orge jeune et peut-être la trouverai-je dans le langage de mon voisin. Mais il s'agit ici de signes. Ainsi puis-je désigner la qualité de mon amour en disant que la femme est belle. Ainsi puis-je désigner la qualité de mon ami en parlant de sa discrétion. Mais ainsi je ne porte rien qui soit mouvement de la vie. Mais considération sur l'objet tel que mort.

Il est certes des peuples qui ont construit une qualité de qualités diverses. Qui ont donné un nom à un autre dessin dessiné à travers les mêmes matériaux. Et qui ont un mot pour le dire. Ainsi, peut-être est-il un mot possible pour désigner la mélancolie qui sans raison te prend le soir devant ta porte, quand le soleil cesse de brûler et que la nuit doit bientôt te mettre en veilleuse, laquelle est crainte de vivre à cause du souffle des enfants toujours si près de se changer en souffles trop courts de maladie, comme de la montagne à gravir, quand te vient cette crainte qu'ils renoncent et que tu aimerais les prendre par la main pour les aider. En ce mot-là serait l'expression de ton expérience et le patrimoine de ton peuple s'il se trouvait qu'il fût souvent à employer.

Mais ainsi je ne transporte rien que tu ne saches. Et mon langage dans son essence n'est point fait pour charrier des touts déjà devenus, comme de peindre en rosé la fleur, mais de construire à l'aide des mots les plus simples des opérations qui te nouent, et non de dire celle-là belle, mais qu'elle faisait le silence dans le cœur comme un jet d'eau d'apiès-midi.

Et tu dois tenir aux opérations que rend possibles le génie de ton peuple et qui nouent selon son génie, de même que la trame des corbeilles d'osier ou des filets de la mer. Mais si tu mélanges les langages, loin d'enrichir l'homme, tu le vides, car au lieu d'exprimer la vie dans ses opérations tu ne lui proposes plus que des opérations déjà faites et usées, et au lieu de me dire la découverte que provoque en toi ce certain vert, et comment t'alimente et te change la vue de l'orge jeune quand tu reviens de ton désert, te voilà qui te sers d'un mot offert déjà comme provision et qui, te permettant de désigner, t'épargne de saisir.

Car vaine était ta prétention de me dénommer toutes les couleurs en en prenant les noms là où elles sont désignées et tous les sentiments en prenant leurs noms là où on les éprouve et où un mot résume l'expérience subie par des générations et toutes les attitudes internes, comme le goût du soir, en les prenant là où le hasard les a fait énoncer. Croyant enrichir l'homme de la possession de ce charabia universel. Quand la seule véritable richesse et divinité de l'homme n'étaient point ce droit à la référence du dictionnaire, mais bien de sortir de soi, dans son essence, ce que précisément il n'est point de mot pour dire, sinon d'abord tu ne m'apprendrais rien, sinon ensuite il faudrait plus de mots qu'il n'est de grains de sable le long des mers.

Qu'est-ce, en comparaison de ce que tu pourrais avoir à dire, les mots que tu auras volés et qui pourriront ton langage ?

Car seuls sont à dénommer les sommets de montagnes distingués des autres et qui te font un monde plus clair. Et il se peut que je t'apporte ainsi, si je crée, quelques vérités nouvelles dont le nom une fois formulé sera comme le nom dans ton cœur de quelque nouvelle divinité. Car une divinité exprime une certaine relation entre des qualités dont les éléments ne sont pas neufs mais le sont devenus en elle.

Car j'ai conçu. Et il est bon que je marque au fer dans ton cœur le chiffre qui te peut augmenter. De peur qu'ensuite tu ne t'égares.

Mais sache que hors les clefs de voûte qui me sont découvertes par d'autres que toi, tu ne peux rien désigner, par les mots, qui soit de son essence et de ta vie. Et si tu me peins le ciel en rouge et la mer en bleu, je refuse d'être ému car il te deviendrait vraiment trop aisé de m'émouvoir !

Pour m'émouvoir il faut me nouer dans les liens de ton langage et c'est pourquoi le style est opération divine. C'est ta structure alors que tu m'imposes et les mouvements mêmes de ta vie, lesquels n'ont point d'égaux au monde. Car si tous ont parlé des étoiles et de la fontaine et de la montagne, nul ne t'a dit de gravir la montagne pour boire aux fontaines d'étoiles leur lait pur.

Mais s'il est par hasard un langage où ce mot soit, c'est qu'alors je n'ai rien inventé et n'apporte rien qui soit vivant. Ne t'encombre point de ce mot s'il ne doit pas chaque jour te servir. Car ce sont des faux dieux ceux qui ne servent pas dans les prières de chaque soir.

Mais s'il se trouve que l'image t'illumine, alors elle est crête de montagne d'où le paysage s'ordonne. Et cadeau de Dieu. Donne-lui un nom pour t'en souvenir.

LXXXV

Me vint l'impérissable désir de bâtir les âmes. Et me vint la haine des adorateurs de l'usuel. Car en fin de compte si tu dis servir la réalité tu ne trouveras rien que la nourriture à offrir à l'homme, laquelle change peu de goût selon la civilisation. (Et encore ai-je parlé de l'eau qui devient cantique !)

Car ton plaisir d'être gouverneur de province tu ne le dois qu'à mon architecture, laquelle ne te sert de rien dans l'instant, mais seulement t'exalte selon l'image que j'ai fondée de mon domaine. Et les plaisirs même de ta vanité ne sont pas dus aux objets pondérables qui dans l'instant ne te servent de rien, et dont tu ne considères que la couleur qu'ils ont dans l'éclairage de mon empire.

Et celle-là qui a baigné quinze ans dans les aromates et les huiles, à qui furent enseignés la poésie, la grâce et le silence qui seul contient et qui, sous le front lisse, est patrie de fontaines, me diras-tu, parce qu'un autre corps ressemble au sien, qu'elle compose pour tes nuits le même breuvage que la prostituée que tu paies ?

Et, de ne point les distinguer sous prétexte de t'enrichir en facilitant tes conquêtes, car il te coûtera moins de soins de bâtir une prostituée que de fonder une princesse, tu t'appauvriras.

Il se peut que tu ne saches point goûter la princesse, car le poème lui-même n'est ni cadeau ni provision mais ascension de toi-même, il se peut que tu ne sois point lié par la grâce du geste, de même qu'il est des musiques auxquelles tu n'accéderas point faute d'effort, mais ce n'est pas qu'elle ne vaille rien, mais que simplement tu n'existes pas.

Dans le silence de mon amour j'ai écouté parler les hommes. Je les ai entendus s'émouvoir. J'ai vu luire l'acier des couteaux dans les disputes. Aussi sordides qu'ils fussent et que fussent leurs bouges, hors l'appétit de nourriture, je n'ai jamais trouvé qu'ils s'animassent pour des biens qui eussent un sens hors du langage qu'ils parlaient. Car la femme pour laquelle tu désires tuer est elle-même toujours autre chose qu'un simple corps, mais telle patrie particulière hors de laquelle tu te découvres exilé et sans signification. Car la bouilloire où se prépare le thé du soir, voilà brusquement qu'elle te manque, de perdre son sens à travers elle.

Mais si dans la démarche de ta stupidité tu t'y trompes, et de voir les hommes chérir la bouilloire du soir, tu l'honores pour elle-même et asservis l'homme à la forger, alors il n'est plus d'hommes pour l'aimer et tu as ruiné l'un et l'autre.

Ainsi si tu morcelles un visage, ayant reconnu la douceur des enfants et la piété d'un lit de malade et le silence comme autour d'un autel et la grave maternité. Alors tu me feras, pour en favoriser le nombre, des écuries ou des étables et tu parqueras tes troupeaux de femmes afin qu'elles accouchent.

Et tu auras perdu pour toujours ce que tu prétendais favoriser, car peu t'importent les fluctuations d'un bétail, s'il s'agit de bêtes à l'engrais.

Moi je construis l'âme de l'homme et je lui bâtis des frontières et des limites et je lui dessine des jardins — et *pour* que soit le culte de l'enfant et qu'il prenne un sens dans le cœur, il se peut que peut-être en apparence j'en favorise moins le nombre — car je ne crois point en ta logique mais en la pente de l'amour.

Si tu es, tu construis ton arbre, et si j'invente et fonde l'arbre ce n'est qu'une graine que je propose. Les fleurs et les fruits y dorment en puissance dans le lit de ce pouvoir. Si tu te développes, tu te développes selon mes lignes non préconçues car je ne m'en suis point préoccupé. Et d'être, tu peux devenir. Et ton amour devient enfant de cet amour.

LXXXVI

Et je me heurtais à un seuil car il est des époques où le langage ne peut rien saisir ni rien prévoir. Ceux-là m'opposent le monde comme un rébus et exigent que je le leur explique. Mais il n'est point d'explication et le monde n'a point de sens.

« Faut-il nous soumettre ou lutter ? » Il faut se soumettre pour survivre et lutter pour continuer d'être.

Laisse faire la vie. Car telle est la misère du jour que la vérité de la vie, laquelle est une, prendra pour s'exprimer des formes contraires. Mais ne te fais point d'illusions : tel que tu es, tu es mort. Et tes contradictions sont celles de la mue, et tes déchirements et tes misères. Tu craques et te déchires. Et ton silence est du grain de blé dans la terre où il pourrit afin de devenir. Et ta stérilité est stérilité dans ta chrysalide. Mais tu renaîtras embelli d'ailes.

Tu te diras, du haut de la montagne d'où sont résolus tes problèmes : « Comment n'ai-je pas d'abord compris ? » Comme s'il était d'abord quelque chose à comprendre.

LXXXVII

Tu ne recevras point de signe car la marque de la divinité dont tu désires un signe c'est le silence même.

Et les pierres ne savent rien du temple qu'elles composent et n'en peuvent rien savoir. Ni le morceau d'écorce, de l'arbre qu'il compose avec d'autres. Ni l'arbre lui-même, ou telle demeure, du domaine qu'ils composent avec d'autres. Ni toi de Dieu. Car il faudrait que le temple apparût à la pierre ou l'arbre à l'écorce, ce qui n'a point de sens car il n'est point pour la pierre de langage où le recevoir. Le langage est de l'échelle de l'arbre. Ce fut ma découverte après ce voyage vers Dieu.

Toujours seul, enfermé en moi en face de moi. Et je n'ai point d'espoir de sortir par moi de ma solitude. La pierre n'a point d'espoir d'être autre chose que pierre. Mais, de collaborer, elle s'assemble et devient temple.

L'apparition de l'archange je n'ai plus l'espoir d'y prétendre car ou bien il est invisible ou bien il n'est pas. Et ceux qui espèrent un signe de Dieu c'est qu'ils en font un reflet de miroir et n'y découvriraient rien qu'eux-mêmes. Mais me vient, d'épouser mon peuple, la chaleur qui me transfigure. Et cela est marque de Dieu. Car une fois fait le silence, il est vrai pour toutes les pierres.

Donc moi-même, hors de toutes communautés, je ne suis rien qui compte et ne saurais me satisfaire.

Donc laissez-vous être grain de blé pour l'hiver dans la grange, et y dormir.

LXXXVIII

Ce refus d'être transcendés :

« Moi », disent-ils.

Et ils se frappent le ventre. Comme s'il était quelqu'un en eux, par eux. Ainsi des pierres du temple qui diraient : « Moi, moi, moi… »

De même ceux-là que je condamnais à extraire les diamants. La sueur, les ahans, l'abrutissement devenaient diamants et lumière. Et ils existaient par le diamant qui était leur signification. Mais vint le jour où ils se révoltèrent. « Moi, moi, moi ! » disaient-ils. Voici qu'ils refusaient de se soumettre au diamant. Ils ne voulaient plus devenir. Mais se sentir honorés pour eux-mêmes. Au lieu du diamant ils se proposaient eux-mêmes pour modèle. Ils étaient laids car ils sont beaux en le diamant. Car les pierres sont belles en le temple. Car l'arbre est beau en le domaine. Car le fleuve est beau en l'empire. Et l'on chante le fleuve : « Toi, le nourricier de nos troupeaux, toi le sang lent de nos plaines, toi le conducteur de nos navires… »

Mais ceux-là s'estimaient comme but et comme fin, et ne s'intéressant plus désormais qu'à ce qui les servait, non à plus haut qu'eux-mêmes qu'ils eussent servi.

Et c'est pourquoi ils massacrèrent les princes, écrasèrent en poudre les diamants pour les partager entre eux tous, enfouirent dans les cachots ceux qui, chercheurs de vérités, eussent pu un jour les dominer. « Il est temps, disaient-ils, que le temple serve les pierres. » Et tous ils s'en allaient enrichis, pensaient-ils, de leurs morceaux de temple, mais dépossédés de leur part divine et devenus simples gravats !

LXXXIX

Et cependant tu interroges :

« Où commence l'esclavage, où finit-il, où commence l'universel, où finit-il ? Et les droits de l'homme où commencent-ils ? Car je connais les droits du temple qui est sens des pierres et les droits de l'empire qui est sens des hommes et les droits du poème qui est sens des mots. Mais je ne reconnais point les droits des pierres contre le temple, ni les droits des mots contre le poème, ni les droits de l'homme contre l'empire. »

Il n'est point d'égoïsme vrai mais mutilation. Et celui-là qui s'en va tout seul disant : « Moi, moi, moi… », il est comme absent du royaume. Ainsi la pierre hors du temple ou le mot sec hors du poème ou tel fragment de chair qui ne fait point partie d'un corps.

« Mais, lui dit-on, je puis supprimer les empires et unir les hommes en un seul temple, et voilà qu'ils reçoivent leur sens d'un temple plus vaste…

— C'est que tu ne comprends rien, répondit mon père. Car ces pierres-là tu les vois d'abord qui composent un bras et y reçoivent leur sens. D'autres une gorge et d'autres une aile. Mais ensemble elles composent un ange de pierre. Et d'autres, ensemble, composent une ogive. Et d'autres ensemble une colonne. Et maintenant si tu prends ces anges de pierre, ces ogives et ces colonnes, tous ensemble composent un temple. Et maintenant si tu prends tous les temples, ils composent la ville sainte qui te gouverne dans ta marche dans le désert. Et prétends-tu qu'au lieu de soumettre les pierres au bras, à la gorge, et à l'aile d'une statue, puis à travers les statues au temple, puis à travers les temples à la ville sainte, il te soit plus profitable de soumettre d'emblée des pierres à cette ville sainte et en faisant un grand tas uniforme, comme si le rayonnement de la ville sainte, lequel est un, ne naissait point de cette diversité. Comme si le rayonnement de la colonne, lequel est un, ne naissait pas du chapiteau, du fût et du socle, lesquels sont divers. Car plus la vérité est haute, plus tu dois observer de haut *pour* la saisir. La vie est une, de même que la pente vers la mer, et cependant d'étage en étage se diversifie, déléguant son pouvoir d'Être en Être comme d'échelon en échelon. Car ce voilier est un, bien qu'assemblage divers. Car, de plus près, tu y découvres des voiles, des mâts, une proue, une coque, une étrave. De plus près encore, ayant chacun d'eux des cordes, des éclisses, des planches et des clous. Et chacun d'eux encore plus loin se décompose.

« Et mon empire n'a point de signification ni de vie véritable, ni les parades de soldats au garde-à-vous, comme de la ville simple si elle n'est que pierres bien alignées. Mais d'abord ton foyer. Puis les foyers une famille. Puis les familles une tribu. Puis les tribus une province. Puis les provinces mon empire. Et cet empire tu le vois fervent et animé de l'est à l'ouest et du nord au sud, ainsi qu'un voilier en mer qui se nourrit de vent et l'organise vers un but qui ne varie pas, bien que le vent varie et bien que le voilier soit assemblage.

« Et maintenant tu peux le continuer, ton travail d'élévation, et prendre les empires pour en faire un navire plus vaste qui absorbe en lui les navires et les emporte dans une direction qui sera une, nourrie de vents divers et qui varient, sans que varie le cap de l'étrave dans les étoiles. Unifier, c'est nouer mieux les diversités particulières, non les effacer pour un ordre vain. »

(Mais il n'est point d'étage en soi. Tu en as dénommé quelques-uns. Tu eusses pu en dénommer d'autres qui eussent emboîté les premiers. Pas sûr.)

XC

Et voici cependant qu'il te vient de t'inquiéter, car tu as vu le mauvais tyran écraser les hommes. Et l'usurier les tenir dans son esclavage. Et quelquefois le bâtisseur de temples ne point servir Dieu mais se servir soi et tirer *pour* soi la sueur des hommes. Et il ne t'est pas apparu que les hommes en fussent grandis.

C'est que mauvaise était la démarche. Car il ne s'agit point de faire l'ascension, et au hasard des pierres qui le composent, d'en tirer le bras. Au hasard des membres l'ange de pierre. Au hasard des anges ou des colonnes ou des ogives le temple. Car tu es libre ainsi de t'arrêter à l'étage que tu souhaites. Il n'est point meilleur de soumettre les hommes au temple qu'au simple bras de la statue. Car ni le tyran, ni l'usurier, ni le bras, ni le temple n'ont qualité pour absorber les hommes et les enrichir en retour de leur propre enrichissement.

Ce ne sont point les matériaux de la terre qui s'organisent par hasard et font leur ascension dans l'arbre. Pour créer l'arbre, tu as jeté d'abord la graine où il dormait. Il est venu d'en haut et non d'en bas.

Ta pyramide n'a point de sens si elle ne s'achève en Dieu. Car celui-là se répand sur les hommes après les avoir transfigurés. Tu peux te sacrifier au prince si lui-même en Dieu se prosterne. Car alors ton bien te revient ayant changé de goût et d'essence. Et l'usurier ne sera point, ni le bras seul, ni le temple seul, ni la statue. Car d'où viendrait ce bras s'il n'est pas né d'un corps ? Le corps n'est point assemblage de membres. Mais de même que le voilier n'est point, au hasard de leur assemblage, un effet d'éléments divers, mais au contraire découle par diversités et contradictions apparentes de la seule pente vers la mer, laquelle est une, de même que le corps se diversifie en membres mais n'est point une somme, car on ne va point des matériaux à l'ensemble, mais comme te le dira tout créateur et tout jardinier et tout poète, de l'ensemble aux matériaux. Et qu'il me suffit d'enflammer les hommes de l'amour des tours qui dominent les sables pour que les esclaves des esclaves de mes architectes inventent le charroi des pierres et bien d'autres choses.

XCI

La grande erreur est de ne point connaître que la loi est signification des choses, non rite plus ou moins stérile à l'occasion de ces choses. De légiférer sur l'amour je fais naître telle forme d'amour. Mon amour est dessiné par les contraintes mêmes que je lui impose. La loi peut donc être coutume aussi bien que gendarme.

XCII

C'est pourquoi cette nuit, du haut des remparts où je tiens la ville dans ma puissance, où mes garnisons tiennent les villes de l'empire et communiquent l'une avec l'autre à l'aide de feux sur les montagnes — de même que parfois s'appellent l'une l'autre les sentinelles qui se promènent le long des remparts, et chacune s'ennuie (mais cependant s'apercevra plus tard qu'elle tirait son sens de cette promenade, car il n'est point de langage offert à la sentinelle pour que ses pas soient retentissants en son cœur, et elle ne sait pas ce qu'elle fait, et chacune croit s'ennuyer et attendre l'heure de la soupe. Mais je sais bien qu'il n'est point d'intérêt à accorder au langage des hommes et que mes sentinelles qui rêvent de soupe et bâillent de la corvée de garde se trompent. Car ensuite, à l'heure du repas, c'est une sentinelle qui se nourrit et lance une bourrade au voisin — et qui est vaste — car, si je les bloquais autour de leur auge, il n'y aurait plus rien que bétail).

Donc cette nuit-là que l'empire se lézarde, où pesante est l'absence de quelques feux sur les montagnes, car la nuit peut gagner de les éteindre l'un après l'autre, ce qui est éboulement de l'empire, lequel éboulement menacera jusqu'au goût du repas du soir et jusqu'au sens du baiser que donne la mère à l'enfant. Car autre est cet enfant qui n'est point d'un empire, et l'on n'embrasse plus Dieu à travers.

Quand l'incendie menace, on use du contre-feu. J'ai fait de mes guerriers fidèles un cercle de fer et tout ce que j'y ai enfermé je l'ai écrasé. Génération transitoire, qu'importent les bûchers auxquels je t'ai réduite ! Il faut sauver le temple de la signification des choses. Car me l'a enseigné la vie, il n'est point de torture véritable dans la chair mutilée ni même dans la mort. Mais le retentissement grandit selon l'envergure du temple qui donne leur sens aux actes des hommes. Et celui-là qui a été formé fidèle à l'empire, si tu le tiens hors de l'empire dans sa prison d'exil, tu le vois qui s'écorche aux barreaux et refuse de boire, car son langage n'a plus de sens. Et qui, sinon lui, s'écorcherait ? Et celui-là qui a été forgé selon la morale du père, si son fils a chu dans le torrent et que tu le retiens sur la rive, tu le sens qui se tord dans tes bras pour t'échapper et il hurle, et veut se jeter dans le gouffre, car son langage n'a plus de sens. Mais ce premier, tu le vois enorgueilli et majestueux le jour de la fête de l'empire, et le second, tu le vois resplendir le jour de la fête du fils. Et, ce qui cause tes souffrances les plus graves, c'est cela même qui t'apporte tes joies les plus hautes. Car souffrances et joies sont fruits de tes liens, et tes liens des structures que je t'ai imposées. Et moi je veux sauver les hommes et les contraindre d'exister, même si je les touche par la voie même de ce qui les fait souffrir, comme de la prison qui sépare de la famille, ou de l'exil qui sépare de l'empire, car si tu me reproches cette souffrance à cause de ton goût pour la famille ou pour l'empire, je te répondrai qu'absurde est ta démarche puisque précisément je sauve ce qui te fait être.

Génération transitoire, dépositaire d'un temple que peut-être tu ne sais voir, faute de recul, mais qui fait l'étendue de ton cœur et le retentissement de tes paroles et les grands feux intérieurs de tes joies, à travers toi je sauverai le temple. Qu'importé donc le cercle des guerriers de fer ?

On m'a surnommé le juste. Je le suis. Si j'ai versé le sang, c'est pour établir non ma dureté mais ma clémence. Car celui-là qui maintenant me baise aux genoux je le puis bénir. Et il est enrichi de ma bénédiction. Et il s'en va en paix. Mais celui-là qui doute de ma puissance qu'y gagne-t-il ? Si je lève les doigts sur lui, versant le miel de mon sourire, il ne le sait point recevoir. Et il va, pauvre. Car ne l'enrichit point dans sa solitude de désormais s'écrier : « Moi, moi, moi… », à quoi il n'est point de réponse. S'il me basculait du haut des remparts, ce n'est point moi d'abord qui leur manquerais. Mais la douceur d'être des fils. Mais l'apaisement d'être bénis. Mais l'eau pure sur le cœur d'être pardonnes. Mais le refuge, mais la signification, mais le grand manteau du berger. Qu'ils s'agenouillent pour que je leur puisse être bon, qu'ils m'honorent dans ma grandeur pour que je les en puisse grandir. Qui donc ici parle de moi ?

Je n'ai point fait servir les hommes à ma gloire car je m'humilie devant Dieu, et ainsi Dieu, qui la reçoit seul, les enveloppe-t-il tous en retour de sa gloire. Je n'ai point usé des hommes pour servir l'empire. Mais j'ai usé de l'empire pour fonder les hommes. Si j'ai prélevé comme mon dû le fruit de leur travail, ce fut pour le remettre à Dieu, afin de le répandre en retour sur eux comme un bienfait. Et voici que de mes greniers coule un blé qui est récompense. Ainsi, en même temps qu'aliment se fait-il lumière, cantique et paix du cœur.

Ainsi de toute chose qui concerne les hommes car ce bijou a sens de mariage, ce campement sens de la tribu, ce temple sens de Dieu et ce fleuve sens de l'empire.

Sinon que posséderaient-ils ?

On ne bâtit pas l'empire avec les matériaux. On absorbe les matériaux dans l'empire.

XCIII

Il y avait des êtres et la fidélité. Je dis fidélité le lien aux êtres, comme la meunerie, ou l'empire, ou le temple, ou le jardin, car grand celui-là fidèle au jardin.

Vient alors celui qui ne comprend rien de ce qui seul compte et à cause d'une illusion de fausse science qui est de démonter pour connaître (connaître mais non contenir, car manque l'essentiel comme des lettres du livre si tu les as mêlées : ta présence. Si tu mêles tu effaces le poète. Et si le jardin n'est plus qu'une somme tu effaces le jardinier). Celui-là donc découvre comme arme l'ironie qui n'est que du cancre. Car elle est de mêler les lettres sans lire le livre. Et il te dit : « Pourquoi mourir pour un temple qui n'est que somme de pierres ? » Et tu n'as rien à lui répondre. « Pourquoi mourir pour un jardin qui n'est que somme d'arbres et d'herbe ? » Et tu n'as rien à lui répondre. « Pourquoi mourir pour des caractères de l'alphabet ? » Et comment accepterais-tu de mourir ?

Mais en réalité, une à une il détruit tes richesses. Et tu refuses de mourir, donc d'aimer, et tu nommes ce refus exercice de l'intelligence quand tu es ignare et te donnes tant de mal pour défaire ce qui a été fait, et manger ton bien le plus précieux : le sens des choses.

Et lui en tire vanité, bien qu'il ne soit qu'un pillard puisqu'il ne construit point dans son acte comme construirait celui qui, en même temps qu'il polit sa phrase, forge le style qui lui permettra de polir plus loin. Il obtient un effet de surprise en cassant la statue pour te distraire de ses morceaux, car ce temple tu le croyais méditation et silence, mais il n'est qu'amas de gravier et ne mérite point que l'on meure.

Et quand il t'a enseigné cette opération qui tue les dieux il ne te reste rien pour respirer ni vivre. Car ce qui compte d'abord dans l'objet c'est la lumière dont le colore la civilisation que tu parles. Ainsi de la pierre du foyer qui est amour, et de l'étoile qui est du royaume de Dieu, et de la charge que je te confère qui est de la dignité royale. Et de l'écusson qui est de la dynastie. Mais que ferais-tu d'une pierre, d'une charge, d'un chiffre qui ne seraient point éclairés ?

Alors de destruction en destruction tu glisses vers la vanité, car elle demeure seule coloration possible quand il n'est plus que résidu dont tu ne saurais te nourrir. Alors ton objet, son sens, faute d'un autre sens, il faut bien qu'il le tire de toi-même. Et voilà que tu demeures seul à colorer les choses de ta maigre lumière. Car ce vêtement neuf, il est de toi. Et ce troupeau, il est de toi. Et cette demeure plus riche qu'une autre, elle est de toi. Et tout ce qui est d'un autre que toi, ce vêtement, ce troupeau, cette demeure, te devient ennemi. Car il est contre toi un empire opposé et semblable. Te voilà bien obligé dans ton désert de te montrer satisfait de toi-même puisque hors de toi il n'est plus rien d'autre. Et te voilà désormais condamné à crier : « Moi, moi, moi » dans le vide, ce à quoi il n'est point de réponse.

Et je n'ai point connu de jardinier qui fût vaniteux si, simplement, il aimait son jardin.

XCIV

Apparition du dieu qui donne leur couleur aux choses.

Qu'elle s'en aille celle-là, et toutes les choses seront changées. Qu'est-ce que ce gain du jour s'il ne sert plus à embellir l'autre ? Tu croyais pouvoir l'user pour saisir, et voilà qu'il n'est rien à saisir. Qu'est-ce que ton aiguière d'argent pur si elle n'est plus de la cérémonie du thé auprès d'elle avant l'amour ? Qu'est-ce que la flûte de buis pendue au mur si elle n'est plus pour lui chanter ? Qu'est-ce que les paumes de tes mains si elles ne sont plus pour contenir le poids du visage s'il s'endort ? Te voilà comme une boutique où ne seraient qu'objets à vendre et qui n'ont point reçu de place en elle et donc en toi. Chacun avec leur étiquette et qui attendent de vivre.

Ainsi des heures du jour qui ne sont plus attente d'un pas léger, puis d'un sourire dans ta porte, lequel sourire est le gâteau de miel que l'amour loin de toi a composé dans le silence et dont tu vas te rassasier. Qui ne sont plus heures de l'adieu quand il faut bien que l'on s'en aille. Qui ne sont plus heures du sommeil où tu répares ton désir.

Il n'est plus temple mais pierres en vrac. Et tu n'es plus. Et comment renoncerais-tu, sachant même que tu oublieras et construiras un autre temple, car la vie est ainsi, qu'un jour, elle reprendra cette aiguière et ce tapis de haute laine et ces heures du matin, du midi et du soir, et de nouveau donnera un sens à tes gains et de nouveau donnera un sens à tes fatigues et de nouveau te fera près ou loin, ou t'approchant, ou t'éloignant, ou perdant, ou retrouvant quelque chose. Car maintenant qu'elle ne sert plus de clef de voûte, tu ne t'approches, ni ne t'éloignes, ni ne perds, ni ne retrouves, ni ne prolonges, ni ne recules quoi que ce soit au monde.

Car si tu crois communiquer avec ces choses et les prendre et les désirer et y renoncer et les espérer et les briser et les répandre et les conquérir et les posséder, tu te trompes car tu ne prends, ne retiens, ne possèdes, ne perds, ne retrouves, n'espères, ne désires que la lumière qui leur est donnée par leur soleil. Car il n'est point de passerelle entre les choses et toi, mais entre toi et les visages invisibles qui sont de Dieu, ou de l'empire, ou de l'amour. Et si je te vois, marin, sur la mer, c'est à cause d'un visage qui a fait de l'absence un trésor, à cause du retour que te disent les chants anciens des galères, à cause des histoires d'îles miraculeuses et des récifs de corail de là-bas. Car je te le dis, le chant des galères charge pour toi le chant des vagues quand bien même les galères ne sont plus, et les récifs de corail, même si jamais tes voiles ne t'y emporteront, augmentent de leur couleur la couleur de tes crépuscules sur les eaux. Et les naufrages que l'on t'a dits, même si tu ne dois jamais sombrer, font aux plaintes de la mer, le long des falaises, leur musique de cérémonie qui est d'ensevelir les morts. — Sinon que ferais-tu sauf de bâiller en tirant des cordages secs, alors que te voilà fermant tes bras sur ta poitrine, grand comme la mer. Car je ne connais rien qui ne soit d'abord visage, ou civilisation, ou temple bâti pour ton cœur.

Et c'est pourquoi tu ne veux point renoncer à toi-même quand, ayant trop longtemps vécu d'un amour, tu n'as plus d'autre sens.

Et c'est pourquoi les murs de la prison ne peuvent enfermer celui qui aime, car il est d'un empire qui n'est point des choses mais du sens des choses et se rit des murs. Et qu'elle existe quelque part même endormie, et donc comme morte et ne lui servant de rien dans l'instant, et même si tu bâtis ces murs de forteresse entre elle et lui, voilà qu'en silence dans le secret de son esprit, elle s'alimente. Et tu ne saurais les séparer.

Ainsi de toute apparition née du nœud divin qui noue les choses. Car tu ne peux rien recevoir, si tu en es privé, de celle-là que seulement tu désires et qui t'exaspère dans ta nuit blanche, non plus que ton chien, s'il a faim, d'une image de viande, car n'est point né le dieu qui est de l'esprit et franchit les murs. Mais je te l'ai dit de celui-là qui est le maître du domaine et se promène à l'aube dans la terre mouillée. Rien du domaine ne le sert dans l'instant. Il ne voit rien qu'un chemin creux. Et cependant il n'est point le même qu'un autre, mais grand de cœur. Ainsi celui-là qui est sentinelle de l'empire dont il ne touche rien qu'un chemin de ronde qui est de granit sous les étoiles. Il va de long en large, menacé dans sa chair. Que connais-tu de plus pauvre que lui, prisonnier d'une prison de cent pas ? Alourdi d'armes, puni de geôle s'il s'assoit et de mort s'il s'endort. Glacé par le gel, trempé par la pluie, brûlé par le sable et n'ayant rien d'autre à attendre sinon d'un fusil ajusté dans l'ombre, et qui s'aligne sur son cœur. Que connais-tu de plus désespéré ? Quel mendiant n'est pas plus riche dans la liberté de sa démarche, et le spectacle du peuple où il trempe, et le droit qu'il a de se distraire de droite à gauche ?

Et cependant ma sentinelle est de l'empire. Et l'empire l'alimente. Elle est plus vaste que le mendiant. Et sa mort même sera payante parce qu'alors elle s'échangera contre l'empire.

J'envoie mes prisonniers rompre des pierres. Et ils les rompent et ils sont vides. Mais si tu bâtis ta maison, crois-tu rompre les mêmes pierres ? Tu bâtis le mur d'une maison et tes gestes sont non d'un châtiment mais d'un cantique.

Car il suffit pour y voir clair de changer de perspective. Certes, celui-là tu le trouves enrichi si à l'instant qu'il va mourir il est sauvé et vit plus loin. Mais si tu changes de montagne et considères sa destinée faite, et déjà nouée comme gerbe, tu le trouveras plus heureux d'une mort qui a eu un sens.

Ainsi encore de celui-là que j'ai fait saisir une nuit de guerre afin qu'il me livre les projets de mon ennemi. « Je suis de chez moi, me dit-il, et tes bourreaux n'y peuvent rien… » J'eusse pu l'écraser sous une meule sans en faire sourdre l'huile du secret, car il était de son empire.

« Pauvre es-tu, lui disais-je, et à ma merci. »

Mais il riait de m'entendre le dire pauvre. Car son bien possédé, je ne pouvais pas le trancher de lui.

Voici donc le sens de l'apprentissage. Car tes richesses véritables ne sont point objets, lesquels vaudraient quand tu en uses, comme il en est de ton âne quand tu le chevauches ou de tes écuelles lorsque tu manges, mais qui n'ont plus de sens une fois rangés. Ni lorsque la force des choses t'en sépare, comme la femme que tu te bornes à désirer sans l'aimer.

Car, certes, l'animal ne peut accéder qu'à l'objet. Et non à la couleur de l'objet selon un langage. Mais tu es homme et t'alimentes du sens des choses et non des choses.

Et toi je te construis et je t'élève. Et je te montre dans la pierre ce qui n'est point de la pierre, mais mouvement du cœur du sculpteur et majesté du guerrier mort. Et tu es riche de ce qu'existé quelque part le guerrier de pierre. Et des moutons, des chèvres, des demeures et des montagnes, je bâtis pour toi, t'ayant élevé encore, un domaine. Et si rien du domaine ne te sert dans l'instant t'en voilà cependant rempli. Je prends les mots vulgaires et, les nouant dans le poème, je t'en enrichis. Je prends des fleuves et des montagnes et les nouant dans mon empire je t'en exalte. Et, les jours de victoire, les cancéreux sur leurs grabats, les prisonniers dans leurs prisons, les perdus de dettes parmi leurs huissiers, les voilà rayonnant d'orgueil car il n'est point de mur ni d'hôpital ni de prison qui t'empêchent de recevoir car j'ai tiré de cette matière disparate un dieu qui se rit des murs et qui est plus fort que les supplices.

Et c'est pourquoi, t'ai-je dit, je construis l'homme et renverse les murs, et arrache les barreaux et le délivre.

Car j'ai bâti celui qui communique et se rit des remparts. Et se rit des geôliers. Et se rit des fers de bourreaux qui ne le peuvent point réduire.

Car, certes, tu ne communiques point de l'un en l'autre. Mais de l'un en l'empire et de l'autre en l'empire qui est pour vous deux significations. Et si tu me demandes : « Comment la joindre, celle-là que j'aime quand les murs ou les mers ou la mort m'en séparent ? », je te répondrai qu'inutile est de crier vers elle pour elle, mais qu'il te suffit de chérir ce dont aucun mur ne te sépare, ce visage de la maison, du plateau à thé et de la bouilloire et du tapis de haute laine dont est clef de voûte l'épouse qui dort, puisqu'il t'est donné de l'aimer bien qu'absente et bien qu'endormie…

C'est pourquoi je dis qu'importé d'abord, dans la construction de l'homme, non de l'instruire, ce qui est vain s'il n'est plus qu'un livre qui marche, mais de l'élever et de le conduire aux étages où ne sont plus les choses mais les visages nés du nœud divin qui noue les choses. Car il n'est rien à espérer des choses si elles ne retentissent les unes sur les autres, ce qui est seule musique pour le cœur.

Ainsi de ton travail s'il est pain des enfants ou échange de toi en plus vaste. Ainsi de ton amour s'il est autre chose de plus haut que recherche d'un corps à saisir, car close en soi est la joie qu'il te donne.

Et c'est pourquoi je parlerai d'abord sur la qualité des créatures.

Quand dans la tristesse des nuits chaudes, de retour des sables, tu visites le quartier réservé et choisis celle-ci pour oublier en elle l'amour, et si tu la caresses et l'entends qui te parle et répond, cependant l'amour une fois consommé et même si elle était belle, tu repars dévêtu de toi-même et n'ayant point formé de souvenir.

Mais s'il se trouve que la même d'apparence, aux mêmes gestes, de la même grâce, aux mêmes mots, c'était cette princesse issue d'une île au fil de lentes caravanes, baignée quinze ans d'abord dans la musique, dans le poème et la sagesse, et permanente et sachant brûler de colère sous l'affront, et brûler de fidélité sous les épreuves, et riche de sa part irréductible, pleine de dieux qu'elle ne saurait trahir, et capable d'offrir au bourreau sa grâce extrême pour un seul mot exigé d'elle qu'elle dédaignerait de dire, si bien fondée dans sa noblesse que son dernier pas serait plus pathétique qu'une danse, s'il se trouve que c'est celle-là qui, lorsque tu entres dans la salle de lune aux dalles luisantes où elle t'attend, ouvre pour toi ses jeunes bras, et si maintenant elle prononce les mêmes mots, mais qui seront ici expression d'une âme parfaite, alors je te le dis : tu repartiras au petit jour vers tes sables et vers tes ronces, non plus le même, mais cantique d'action de grâces. Car ne pèse point l'individu avec sa pauvre écorce et son bazar d'idées, mais avant tout compte l'âme plus ou moins vaste avec ses climats, ses montagnes, ses déserts de silence, ses fontes des neiges, ses versants de fleurs, ses eaux dormantes, toute une caution invisible et monumentale. Et c'est d'elle que tu tiens ton bonheur. Et tu ne peux plus t'en distraire. Car n'est point la même ta navigation sur la maigre rivière, même si tu fermes les yeux pour goûter son balancement, et ton voyage sur l'épaisseur des mers. Car n'est point le même ton plaisir, bien que l'objet en soit semblable, du faux diamant ou du diamant pur. Et celle-là qui se tait devant toi n'est point la même qu'une autre dans la profondeur de son silence.

Et tu ne t'y trompes point d'abord.

Et c'est pourquoi je refuse de te faciliter ta besogne et, puisque les femmes sont douces à ton corps, de t'augmenter la facilité de capture en les vidant de leurs consignes, de leur refus et de leur noblesse, car j'aurais détruit par cela même ce que tu prétendais saisir.

Et si les voilà prostituées, tu ne puiseras plus en elles que le pouvoir d'y oublier l'amour, alors que la seule action que je sauve est celle qui enrichit pour l'action prochaine, comme de te pousser à vaincre, dans ton ascension, la montagne, ce qui te prépare à vaincre l'autre qui est plus haute, comme de te proposer, afin de fonder ton amour, de gravir l'âme inaccessible.

XCV

Le diamant est fruit de la sueur d'un peuple mais un peuple ainsi ayant sué, un diamant est devenu qui n'est point consommable ni divisible, et ne sert point chacun des travailleurs. Dois-je renoncer à la capture du diamant qui est étoile réveillée de la terre ? Du quartier de mes ciseleurs si j'extirpe les ciseleurs qui cisèlent des aiguières en or, lesquelles ne sont point non plus divisibles puisque chacune coûte une vie et que tandis que celui-là la cisèle il faut bien que je le nourrisse d'un froment cultivé ailleurs — et que, si je l'envoie à son tour labourer la terre il ne sera plus d'aiguière d'or mais une charge plus lourde de froment à distribuer — vas-tu me prétendre qu'il soit de la noblesse de l'homme de ne pas extraire le diamant et de ne plus ciseler l'objet d'or ? Où vois-tu que l'homme en soit enrichi ? Que m'importe le destin du diamant ? J'accepterai à la rigueur, pour plaire à la jalousie de la multitude, de brûler une fois l'an tous ceux que j'aurai récoltés, car ainsi ils bénéficieront d'un jour de fête, ou encore d'inventer une reine que je chargerai de leur éclat et ainsi ils posséderont une reine endiamantée. Et ainsi l'éclat de la reine ou la chaleur de la fête, en retour se répandra sur eux. Mais où vois-tu qu'ils soient plus riches de les enfermer dans leur musée, ces diamants, qui là non plus ne serviront de rien dans l'instant à personne, sauf à quelques oisifs stupides, et n'ennobliront qu'un gardien grossier et lourd ?

Car il te faudra bien admettre que seul vaut ce qui a coûté du temps aux hommes, comme du temple. Et que la gloire de mon empire, dont chacun recevra sa part, ne découle que du diamant que je les contrains d'extraire et de la reine que j'en aurai ornée.

Car je ne connais qu'une liberté qui est exercice de l'âme. Et non l'autre qui n'est que risible, car te voilà contraint quand même de chercher la porte pour franchir les murs et tu n'es point libre d'être jeune ni d'user du soleil la nuit. Si je t'oblige de choisir cette porte plutôt que l'autre, tu te plaindras de ma brimade, quand tu n'as point vu, s'il n'est qu'une porte, que tu subissais la même contrainte. Et si je te refuse le droit d'épouser celle-là qui te semble belle, tu te plaindras de ma tyrannie, quand tu n'as point remarqué, faute d'en avoir connu une autre, que dans ton village toutes étaient bigles.

Mais celle-là que tu épouseras, comme je l'ai contraint de devenir et qu'à toi aussi j'ai forgé une âme, vous userez tous deux de la seule liberté qui ait un sens et qui est exercice de l'esprit.

Car la licence t'efface et selon les paroles de mon père : « Ce n'est point être libre que de n'être pas. »

XCVI

Car je te parlerai un jour de la nécessité ou de l'absolu qui est nœud divin qui noue les choses.

Car impossible il est de jouer dans le pathétique au jeu de dés si les dés ne signifient rien. Et celui-là que j'envoie par ordre sur la mer, si elle se montre orageuse et qu'avant de s'y embarquer il en prend connaissance par un vaste regard, et que les nuages lourds il les pèse comme adversaires, et que cette houle il la mesure, et que ce fléchissement du vent il le respire, toutes ces choses pour lui retentiront les unes sur les autres et, de par la nécessité qui est mon ordre, à quoi il n'y a rien à répondre, il ne sera plus pour lui spectacle disparate de foire mais basilique construite et moi comme clef de voûte pour établir sa permanence. Ainsi celui-là sera-t-il magnifique quand il entrera, déléguant à son tour ses ordres dans le cérémonial du navire.

Mais tel autre, hors de moi, s'il prétend visiter la mer en promeneur et qu'il y peut errer comme il le souhaite et se résoudre selon sa propre pente au demi-tour, il n'a point accès à la basilique et ces nuages lourds ne lui sont point épreuve mais guère plus importants que d'une toile peinte, et ce vent qui fraîchit n'est point transformation du monde mais faible caresse sur la chair, et cette houle qui se creuse n'est que fatigue pour son ventre.

Et c'est pourquoi ce que j'appellerai devoir, qui est nœud divin qui noue les choses, ne te construira ton empire, ton temple, ou ton domaine que s'il se montre à toi comme absolue nécessité et non comme jeu dont les règles seraient changeantes.

« Tu reconnaîtras un devoir, disait mon père, à ce que d'abord il n'est point de toi de le choisir. »

C'est pourquoi se trompent ceux-là qui cherchent à plaire. Et pour plaire se font malléables et ductiles. Et répondent d'avance aux désirs. Et trahissent en toute chose afin d'être comme on les souhaite. Mais qu'ai-je affaire de ces méduses qui n'ont ni os ni forme ? Je les vomis et les rends à leurs nébuleuses : venez me voir quand vous serez bâtis.

Ainsi les femmes elles-mêmes se lassent-elles de qui les aime quand celui-là pour montrer son amour accepte de se faire écho et miroir, car nul n'a besoin de sa propre image. Mais j'ai besoin de toi qui es bâti en forteresse avec ton noyau que je rencontre. Assieds-toi car tu existes.

Celui-là qui est d'un empire, la femme l'épouse et se fait servante.

XCVII

Me vinrent donc ces remarques sur la liberté.

Quand mon père mort devint montagne et barra l'horizon des hommes, se réveillèrent les logiciens, les historiens et les critiques, tous enflés du vent de paroles qu'il leur avait fait ravaler, et ils découvrirent que l'homme était beau.

Il était beau puisque mon père l'avait fondé.

« Puisque l'homme est beau, s'écrièrent-ils, il convient de le délivrer. Et il s'épanouira en toute liberté, et toute action de lui sera merveille. Car on brime sa splendeur. »

Et moi qui vais le soir dans mes plantations d'orangers dont on redresse les troncs et taille les branches, je pourrais dire : « Mes orangers sont beaux et lourds d'oranges. Alors pourquoi trancher ces branches qui eussent aussi formé des fruits ? Il convient de délivrer l'arbre. Et il s'épanouira en toute liberté. Car il se trouve que l'on brime sa splendeur. »

Donc ils délivrèrent l'homme. Et l'homme se tint droit car il avait été taillé droit. Et quand se montrèrent les gendarmes qui s'efforçaient, non par respect de la matrice irremplaçable mais par besoin vulgaire de domination, de les faire rentrer dans leur contrainte, ces hommes brimés dans leur splendeur se révoltèrent. Et le goût de la liberté les embrasa d'un bout à l'autre du territoire comme un incendie. Il s'agissait pour eux de la liberté d'être beaux. Et quand ils mouraient pour la liberté, ils mouraient pour leur propre beauté et leur mort était belle.

Et le mot liberté sonnait plus pur que le clairon.

Mais je me souvenais des paroles de mon père :

« Leur liberté, c'est la liberté de n'être point. »

Car voici que, de conséquence en conséquence, ils devinrent cohue de place publique. Car si tu décides selon toi et si ton voisin décide, de même les actes dans leur somme se détruisent. Si chacun peint le même objet selon son goût, l'un badigeonne en rouge, l'autre en bleu, l'autre en ocre, et l'objet n'a plus de couleur. Si la procession s'organise et que chacun choisisse sa direction, la folie souffle cette poussière et il n'est plus de procession. Si ton pouvoir tu le divises et le distribues entre tous, tu n'en retires pas le renforcement mais la dissolution de ce pouvoir. Et si chacun choisit l'emplacement du temple et apporte sa pierre où il veut, alors tu trouves une plaine pierreuse au lieu d'un temple. Car la création est une et ton arbre n'est explosion que d'une seule graine. Et certes cet arbre est injuste car les autres graines ne germeront point.

Car le pouvoir, s'il est amour de la domination, je le juge ambition stupide. Mais s'il est acte de créateur et exercice de la création, s'il va contre la pente naturelle qui est que se mélangent les matériaux, que se fondent les glaciers en mare, que s'effritent les temples contre le temps, que se disperse en molle tiédeur la chaleur du soleil, que se brouillent quand l'usure les défait les pages du livre, que se confondent et s'abâtardissent les langages, que s'égalisent les puissances, que s'équilibrent les efforts et que toute construction née du nœud divin qui noue les choses se rompe en somme incohérente, alors ce pouvoir je le célèbre. Car il en est comme du cèdre qui aspire la rocaille du désert, plonge des racines dans un sol où les sucs n'ont point de saveur, capture dans ses branches un soleil qui s'irait mêler à la glace et pourrir avec elle et qui, dans le désert désormais immuable, où tout peu à peu s'est distribué, aplani et équilibré, commence de bâtir l'injustice de l'arbre qui transcende roc et rocaille, développe au soleil un temple, chante dans le vent comme une harpe et rétablit le mouvement dans l'immobile.

Car la vie est structure, lignes de force et injustice. Que fais-tu s'il est des enfants qui s'ennuient, sinon de leur imposer tes contraintes, lesquelles sont règles d'un jeu, après quoi tu les voir courir.

Donc vinrent les temps où la liberté, faute d'objets à délivrer, ne fut plus que partage de provisions dans une égalité haineuse.

Car dans ta liberté tu heurtes le voisin et il te heurte. Et l'état de repos que tu trouves c'est l'état de billes mêlées quand elles ont cessé de se mouvoir. La liberté ainsi mène à l'égalité et l'égalité mène à l'équilibre qui est la mort. N'est-il pas préférable que la vie te gouverne et que tu te heurtes comme à des obstacles aux lignes de force de l'arbre qui vient ? Car la seule contrainte qui te brime et qu'il importe que tu haïsses se montre dans la hargne de ton voisin, la jalousie de ton égal, l'égalité avec la brute. Elles t'engloutiront dans la tourbe morte, mais si stupide est le vent des paroles que vous parlez de tyrannie si vous êtes ascension d'un arbre.

Donc vinrent les temps où la liberté ne fut plus la liberté de la beauté de l'homme mais expression de la masse, l'homme nécessairement s'y étant fondu, laquelle masse n'est point libre car elle n'a point de direction mais pèse simplement et demeure assise. Ce qui n'empêchait pas que l'on dénommât liberté cette liberté de croupir et justice ce croupissement.

Vint le temps où le mot liberté, qui singeait encore l'appel d'un clairon, se vida de son pathétique, les hommes rêvant confusément d'un clairon neuf qui les eût réveillés et les eût contraints de bâtir.

Car seul est beau le chant du clairon qui t'arrache au sommeil.

Mais la contrainte valable est exclusivement celle qui te soumet au temple selon ta signification, car ne sont point libres les pierres où bon leur semble, ou alors il n'est rien à quoi elles donnent et dont elles reçoivent signification. Elle est de te soumettre au clairon quand il soulève et fait surgir de toi plus grand que toi. Et ceux-là qui mouraient pour la liberté quand elle était visage d'eux-mêmes plus grand qu'eux et démarche pour leur propre beauté, s'étant soumis à cette beauté, acceptaient des contraintes, et se levaient la nuit à l'appel du clairon, non libres de continuer de dormir ni de caresser leurs femmes, mais gouvernés, et peu m'importe de connaître, puisque te voilà obligé, si le gendarme est au-dedans ou au-dehors.

Et s'il est au-dedans je sais qu'il fut d'abord dehors, de même que ton sens de l'honneur vient de ce que la rigueur de ton père t'a fait pousser d'abord selon l'honneur.

Et si par contrainte j'entends le contraire de la licence, laquelle est de tricher, je ne souhaite point qu'elle soit l'effet de ma police, car j'ai observé, en me promenant, dans le silence de mon amour ces enfants dont je te parlais, soumis aux règles de leur jeu, et ne trichant point sans honte. Et c'est qu'ils connaissaient le visage du jeu. Et je dis visage ce qui naît d'un jeu. Leur ferveur, leur plaisir des problèmes dénoués, leur jeune audace, un ensemble dont le goût est de ce jeu-là et non d'un autre, un certain dieu qui les fait ainsi devenir, car nul jeu ne te pétrit de même, et tu changes de jeu pour te changer. Mais si te voilà qui t'observes grand et noble dans ce jeu-là, tu découvres, s'il t'arrive de tricher, que précisément tu détruis ce pour quoi tu jouais. Cette grandeur et cette noblesse. Et te voilà contraint par l'amour d'un visage.

Car le gendarme, ce qu'il fonde, c'est ta ressemblance avec l'autre. Comment verrait-il plus haut ? L'ordre pour lui c'est l'ordre du musée où l'on aligne. Mais je ne fonde pas l'unité de l'empire sur ce que tu ressembles à ton voisin. Mais sur ce que ton voisin et toi-même, comme la colonne et la statue dans le temple, se fondent dans l'empire, lequel seul est un.

Ma contrainte est cérémonial de l'amour.

XCVIII

Si ton amour n'a point l'espoir d'être reçu, tu dois le taire. Il peut couver en toi s'il est silence. Car il crée une direction dans le monde et toute direction t'augmente qui te permet de t'approcher, de t'éloigner, d'entrer, de sortir, de trouver, de perdre. Car tu es celui qui doit vivre. Et il n'est point de vie si nul dieu pour toi n'a créé de lignes de force.

Si ton amour n'est point reçu et qu'il devient vaine supplication comme de récompense à ta fidélité, et qu'il n'est point de ta force d'âme de te taire, alors, s'il est un médecin fais-toi guérir. Car il ne faut point confondre l'amour avec l'esclavage du cœur. L'amour qui prie est beau, mais celui qui supplie est d'un valet.

Si ton amour se heurte à l'absolu des choses comme d'avoir à franchir l'impénétrable mur d'un monastère ou de l'exil, alors remercie Dieu si celle-là t'aime en retour, bien qu'en apparence sourde et aveugle. Car il est une veilleuse allumée pour toi dans le monde. Et peu m'importe que tu ne puisses t'en servir. Car celui-là qui meurt dans le désert est riche d'une maison lointaine, bien qu'il meure.

Car si je bâtis de grandes âmes et que je choisisse la plus parfaite pour la murer dans le silence, nul, te semble-t-il, n'en reçoit rien. Et cependant voici qu'elle ennoblit tout mon empire. Quiconque passe au loin se prosterne. Et naissent les signes et les miracles.

Alors s'il est amour vers toi, bien qu'inutile, et amour en retour de ta part, tu marcheras dans la lumière. Car grande est la prière à laquelle seul répond le silence, s'il se trouve qu'existé le dieu.

Et si ton amour est reçu et si des bras s'ouvrent pour toi, alors prie Dieu qu'il sauve cet amour de pourrir, car je crains pour les cœurs comblés.

XCIX

Et pourtant, comme j'avais aimé la liberté qui fit mon cœur retentissant, et comme j'eusse versé mon sang pour la conquérir, et comme j'ai observé lumineux le regard des hommes qui luttaient pour cette conquête (comme par ailleurs j'ai vu sinistres et moutonneux comme un bétail et vulgaires de cœur vers les provisions, ceux dont on suspendait la ration dans l'étable, et qui, le groin levé, devenaient porcs autour de l'auge).

Comme ainsi j'ai vu la flamme de la liberté faire resplendir les hommes, et la tyrannie les abrutir.

Et comme il n'est point de ma démarche de rien abandonner de moi, et que je méprise les bazars d'idées, sachant que si les mots ne rendent point compte de la vie, ce sont les mots qu'il faut changer et que si tu te trompes, bloqué dans une contradiction sans issue, c'est la phrase qu'il faut rompre, et qu'il te faut découvrir la montagne d'où la plaine se montrera claire.

Découvrant ici à la fois que seules sont grandes les âmes qui furent fondées, et forgées, et bâties en forteresses par la contrainte et par le culte et par le cérémonial qui est à la fois tradition et prière et obligation non discutée.

Et que seules sont belles les âmes fières qui n'acceptent point de plier, tiennent les hommes droits dans les supplices, libres de soi et de ne point abjurer, donc libres de soi et choisissant et décidant, et épousant celle-là qu'ils aiment contre la rumeur de la multitude ou la disgrâce du roi.

Il me vint que contrainte ni liberté n'avaient de sens.

Car aucun de mes mouvements n'est à refuser, bien que les mots qui les signifient se tirent la langue.

Si donc tu emprisonnes selon une idée préconçue et s'il se trouve que tu en emprisonnes beaucoup (et peut-être les pourrais-tu emprisonner tous, car tous charrient une part de ce que tu condamnes, comme le serait d'emprisonner les désirs illégitimes, et des saints eux-mêmes iraient en prison), c'est que ton idée préconçue est mauvais point de vue pour juger des hommes, montagne interdite et sanglante qui départage mal et te force d'agir contre l'homme lui-même. Car celui-là que tu condamnes, sa belle part pourrait être grande. Or, il se trouve que tu l'écrases.

Et si tes gendarmes, lesquels nécessairement sont stupides, et agents aveugles de tes ordres et de par leur fonction à laquelle tu ne demandes point d'intuition mais bien au contraire refuses ce droit, car il s'agit pour eux, non de saisir et de juger mais de distinguer selon tes signes, si tes gendarmes reçoivent pour consigne de classer en noir et non en blanc — car il n'est pour eux que deux couleurs — celui-là par exemple qui fredonne quand il est seul ou doute quelquefois de Dieu ou bâille au travail de la terre ou en quelque sorte pense, agit, aime, hait, admire ou méprise quoi que ce soit, alors s'ouvre le siècle abominable où d'abord te voilà plongé dans un peuple de trahison dont tu ne sauras point trancher assez de têtes, et ta foule sera foule de suspects, et ton peuple d'espions, car tu as choisi un mode de partage qui passe non en dehors des hommes, ce qui te permettrait de ranger les uns à droite et les autres à gauche, opérant ainsi œuvre de clarté, mais à travers l'homme lui-même, le divisant d'avec lui-même, le faisant espion de soi-même, suspect de soi-même, traître de soi-même, car il est de chacun de douter de Dieu par les nuits chaudes. Car il est de chacun de fredonner dans la solitude ou de bâiller au travail de la terre, ou à certaines heures, de penser, agir, aimer, haïr, admirer ou mépriser quoi que ce soit au monde. Car l'homme vit. Et seul t'apparaîtrait comme saint, sauvé et souhaitable celui dont les idées seraient d'un ridicule bazar et non mouvements de son cœur.

Et comme tu demandes à tes gendarmes de dépister de l'homme ce qui est de l'homme lui-même et non de tel ou tel, ils y mettront leur zèle, le découvriront de chacun, puisqu'il s'y trouve, s'épouvanteront des progrès du mal, t'épouvanteront par leurs rapports, te feront partager leur foi en l'urgence de la répression et, quand ils t'auront converti, te feront bâtir des cachots pour y enfermer ton peuple entier. Jusqu'au jour où tu seras bien obligé, puisque eux aussi sont des hommes, de les y enfermer eux-mêmes.

Et si tu veux un jour que des paysans labourent tes terres dans la bonté de leur soleil, que des sculpteurs sculptent leurs pierres, que des géomètres fondent leurs figures, il te faudra bien changer de montagne. Et, selon la montagne choisie, tes bagnards deviendront tes saints, et tu élèveras des statues à celui-là que tu condamnais à casser des pierres.

CI

Me vint donc la notion de pillage à quoi j'avais toujours pensé mais sans que Dieu m'eût éclairé sur elle. Et certes je savais qu'est pillard celui-là qui brise le style en profondeur pour en tirer des effets qui le servent, effets louables en soi car il est du style de te les permettre, lequel est fondé pour que les hommes y puissent charrier leurs mouvements intérieurs. Mais il se trouve que tu brises ton véhicule sous prétexte de véhiculer, à la façon de celui-là qui tue son âne par des charges qu'il ne saurait supporter. Alors que par des charges bien mesurées tu l'exerces au travail et qu'il travaillera d'autant mieux qu'il travaille déjà. Donc celui qui écrit contre les règles je l'expulse. Qu'il se débrouille pour s'exprimer selon les règles car alors seulement il fonde les règles.

Or il se trouve que l'exercice de la liberté, quand elle est liberté de la beauté de l'homme, est pillage comme d'une réserve. Et certes ne sert de rien une réserve qui dort et une beauté due à la qualité de la matrice mais que tu ne sortiras jamais du moule pour l'exposer à la lumière. Il est beau de fonder des greniers où s'engrangent les graines. Ils n'ont de sens pourtant que si ces graines tu les y puises pour les disperser en hiver. Et le sens du grenier c'est le contraire du grenier qui est ce lieu-là où tu fais rentrer. Il devient le lieu dont tu fais sortir. Mais un langage maladroit est seul cause de la contradiction, car entrer ou sortir sont mots qui se tirent la langue quand il s'agissait simplement de dire non : « Ce grenier est lieu où je fais rentrer » à quoi cet autre logicien te répondra avec raison : « C'est le lieu dont je fais sortir », quand tu dominais leur vent de paroles, absorbais leurs contradictions et fondais la signification du grenier en le disant escale des graines.

Aussi ma liberté n'est que l'usage des fruits de ma contrainte, qui a seul pouvoir de fonder quelque chose qui mérite d'être délivré. Et celui-là que je vois libre dans les supplices puisqu'il refuse d'abjurer, et puisqu'il résiste en soi-même aux ordres du tyran et de ses bourreaux, celui-là, je le dis libre, et l'autre qui résiste aux passions vulgaires je le dis libre aussi, car je ne puis juger comme libre celui qui se fait l'esclave de toute sollicitation quand bien même ils appellent liberté, la liberté de se faire esclaves.

Car si je fonde l'homme, je délivre de lui des démarches d'homme, si je fonde le poète je délivre des poèmes, et si je fais de toi un archange je délivre des paroles ailées et des pas sûrs comme d'un danseur.

CII

Je me méfie de celui qui tend à juger d'un point de vue. Comme de celui-là qui, se trouvant ambassadeur d'une grande cause, s'y étant soumis, se fait aveugle.

S'agit de réveiller en lui l'homme, quand je parle. Mais je me méfie de son audience. Elle sera d'abord habileté, ruse de guerre, et il digérera ma vérité pour la soumettre à son empire. Et comment lui reprocherais-je cette démarche quand sa grandeur naissait de celle de sa cause ?

Celui-là qui m'entend et avec qui je communique de plain-pied et qui ne digère point ma vérité pour en faire la sienne et s'en servir au besoin contre moi, celui-là que je dis parfaitement éclairé, c'est en général qu'il ne travaille point, n'agit point, ne lutte point, et ne résout point de problème. Il est quelque part, lampion inutile luisant pour soi-même et pour le luxe, fleur la plus délicate de l'empire, mais stérile d'être trop pure.

Alors se pose le problème de mes rapports et de mes communications et de la passerelle entre cet ambassadeur d'une cause autre que la mienne, et moi-même. Et du sens de notre langage.

Car il n'est de communication qu'à travers le dieu qui se montre. Et de même que je ne communique avec mon soldat qu'à travers le visage de l'empire qui est pour l'un et l'autre signification, de même celui qui aime ne communique à travers les murs qu'avec celle-là qui est de sa maison et qu'il lui est donné d'aimer bien qu'absente et bien qu'endormie. S'il s'agit de l'ambassadeur d'une cause étrangère et si je prétends avec lui jouer plus haut qu'au jeu d'échecs et rencontrer l'homme à cet étage où la rouerie se trouve dominée et où, même si nous nous étreignons dans la guerre nous nous estimons et respirons en présence l'un de l'autre comme de ce chef qui régnait à l'est de l'empire et qui fut l'ennemi bien-aimé, je ne l'aborderai qu'à travers l'image nouvelle, laquelle sera notre commune mesure.

Et s'il croit en Dieu, et moi de même, et s'il soumet son peuple à Dieu, et moi le mien, nous nous abordons à égalité sous la tente de trêve dans le désert, maintenant au loin nos troupes à genoux, et nous pouvons, nous rejoignant en Dieu, prier ensemble.

Mais si tu ne trouves point quelque dieu qui domine il n'est point d'espoir de communiquer car les mêmes matériaux ont sens dans son ensemble et sens différent dans le tien, de même que les pierres semblables font, selon l'architecte, un autre temple et comment saurais-tu t'exprimer quand victoire signifie pour toi sa défaite et signifie pour lui sa victoire ?

Et je compris, sachant que rien d'énonçable n'importe, mais seule la caution qui est en arrière et dont l'énoncé se réclame ou dont il transporte le poids, sachant que l'usuel ne provoque point de mouvement de l'âme ni du cœur et que le « prête-moi ta bouilloire », s'il peut agiter l'homme, c'est à cause d'un visage lésé, comme si par exemple bouilloire était de ta patrie intérieure et signifiait le thé auprès d'elle après l'amour, ou si elle était dehors et signifiait opulence et faste… Je compris donc pourquoi nos réfugiés berbères réduits aux matériaux, sans nœud divin qui noue les choses, incapables avec ces matériaux, même fournis à profusion, de bâtir l'invisible basilique dont ils n'eussent été que pierres visibles, descendaient au rang de la bête dont la seule différence est qu'elle n'accède pas à la basilique et borne ses maigres joies à la maigre jouissance des matériaux.

Et je compris pourquoi tant les émut le poète que fournit mon père, quand il chanta tout simplement les choses qui retentissent les unes sur les autres.

Et les trois cailloux blancs de l'enfant : richesse plus grande que tant de matériaux en vrac.

CIII

Mes gardes-chiourme en savent plus long sur les hommes que n'en savent mes géomètres. Fais-les agir et tu jugeras. Ainsi du gouvernement de mon empire. Je puis bien hésiter entre les généraux et les gardes-chiourme. Mais non entre ceux-là et les géomètres.

Car il ne s'agit point de connaître les mesures ni de confondre l'art des mesures avec la sagesse, « connaissance de la vérité », disent-ils. Oui. D'une vérité laquelle permet les mesures. Et certes tu peux maladroitement te servir de ce langage inefficace pour gouverner. Et tu prendras laborieusement des mesures abstraites et compliquées que tu eusses simplement pu prendre en sachant danser, ou surveiller les geôles. Car les prisonniers sont des enfants. Ainsi des hommes.

CIV

Ils assiégeaient mon père :

« Il est à nous de gouverner les hommes. Nous connaissons la vérité. »

Ainsi parlaient les commentateurs des géomètres de l'empire. Et mon père leur répondait :

« Vous connaissez la vérité des géomètres…

— Eh quoi ? n'est-ce pas la vérité ?

— Non », répondait mon père.

« Ils connaissent, me disait-il, la vérité de leurs triangles. D'autres connaissent la vérité du pain. Si tu le pétris mal il n'enfle pas. Si ton four est trop chaud il brûle. S'il est trop froid la pâte englue. Bien que de leurs mains sorte un pain craquant et qui te fait les dents joyeuses, les pétrisseurs de pain ne viennent cependant point solliciter de moi le gouvernement de l'empire.

— Peut-être dis-tu vrai des commentateurs des géomètres. Mais il est des historiens et des critiques. Ceux-là ont démontré les actes des hommes. Ils connaissent l'homme.

— Moi, dit mon père, je donne le gouvernement de l'empire à celui-là qui croit au diable. Car, depuis le temps qu'on le perfectionne, il débrouille assez bien l'obscur comportement des hommes. Mais certes le diable ne sert de rien pour expliquer des relations entre des lignes. C'est pourquoi je n'attends point des géomètres qu'ils me montrent le diable dans leurs triangles. Et rien de leurs triangles ne les peut aider à guider les hommes.

— Tu es obscur, lui dis-je, crois-tu donc au diable ?

— Non », dit mon père.

Mais il ajouta :

« Car que signifie croire ? Si je crois que l'été fait mûrir l'orge je ne dis rien qui soit fertile ni critiquable puisque j'ai d'abord dénommé été la saison où l'orge mûrit. Et ainsi des autres saisons. Mais si j'en tire des relations entre les saisons, comme de connaître que l'orge mûrit avant l'avoine, je croirai en ces relations puisqu'elles sont. Peu m'importent les objets reliés : je m'en suis servi comme d'un filet pour saisir une proie. »

Et mon père ajoutait :

« Il en est ici comme de la statue. Imaginerais-tu que pour le créateur il s'agisse de la description d'une bouche, d'un nez ou d'un menton ? Non, certes. Mais du seul retentissement de tels objets les uns sur les autres, lequel retentissement sera par exemple douleur humaine. Et lequel par ailleurs il est possible de te faire entendre car tu communiques non avec les objets mais avec les nœuds qui les nouent.

« Le sauvage croit seul, ajouta mon père, que le son est dans le tambour. Et il adore le tambour. Un autre croit que le son est dans les baguettes, et il adore les baguettes. Un dernier croit que le son est dans la puissance de son bras et tu le vois qui se pavane le bras en l'air. Tu reconnais, toi, qu'il n'est ni dans le tambour, ni dans les baguettes, ni dans les bras et tu dénommes vérité le tambourinage du tambourineur.

« Je refuse donc à la tête de mon empire les commentateurs des géomètres qui vénèrent comme idole ce qui a servi à bâtir et, de ce que les émeut un temple, adorent son pouvoir dans les pierres. Ceux-là me viendraient gouverner les hommes avec leurs vérités pour triangles. »

Cependant je m'attristai :
« Il n'est donc point de vérité, dis-je à mon père.
— Si tu réussis à me formuler, m'expliqua-t-il en souriant, à quel souhait de la connaissance Une réponse est refusée, je pleurerai aussi sur l'infirmité qui nous entrave. Mais je ne conçois point l'objet que tu me prétendais saisir. Celui-là qui lit une lettre d'amour s'estime comblé quels que soient l'encre et le papier. Il ne cherchait l'amour ni dans le papier ni dans l'encre. »

CV

Il m'apparut donc que les hommes, soumis aux illusions de leur langage et ayant observé qu'est fertile de démontrer l'objet pour acquérir des connaissances, ayant constaté de cette méthode l'efficacité foudroyante, ruinèrent leur patrimoine. Car ce qui est vrai, et sans doute non absolument de la matière, devient faux pour l'esprit. Tu es en effet toi, homme, ainsi bâti que les objets te sont vides et morts s'ils ne sont point d'un royaume spirituel et que même si te voilà épais et ladre tu ne souhaites cet objet-ci plus beau que l'autre qu'à cause du sens qu'il a chez toi, de même que l'or, tu le souhaites comme gonflé de trésors invisibles et que ta femme, si elle souhaite cette parure ce n'est point pour s'en alourdir la chevelure mais à cause qu'elle est convention dans un langage et hiérarchie et message secret et signe de domination.

M'apparut ainsi la seule fontaine où se pussent abreuver l'esprit et le cœur. Le seul aliment qui te convînt. Le seul patrimoine à sauver. Et qu'il te fallait rebâtir là où tu avais dilapidé. Car te voilà assis parmi tes ruines d'objets épars, et si l'animal est satisfait, l'homme est chez toi menacé par la famine et ne connaissant point ce dont il a faim, car tu es de même ainsi bâti que ton besoin de nourriture est le fruit de ta nourriture et que si une part de toi est maintenue chétive et en demi-sommeil faute d'aliment ou d'exercice, tu ne réclames ni cet exercice ni cet aliment.

C'est pourquoi tu ne sauras point, si nul ne descend vers toi de sa montagne et ne t'éclaire, quelle route à suivre te sauvera. De même que tu ne croiras point, aussi savamment que l'on te raisonne, quel homme naîtra de toi ou s'y réveillera puisqu'il n'y est point encore.

C'est pourquoi ma contrainte est puissance de l'arbre et par elle libération de la rocaille.

Et je puis, d'étage en étage, te faire communiquer avec des trésors de plus en plus vastes. Car certes est déjà beau celui de l'amour et de la maison et du domaine et de l'empire et du temple et de la basilique qu'est devenue l'année quand l'ont changée les jours de fête, mais si tu me permets de te guider pour t'aider à gravir la plus haute montagne, j'ai des trésors pour toi si durs à conquérir que beaucoup y renonceront dans leur ascension, car pour bâtir l'image nouvelle, je leur vole les pierres d'autres temples auxquels ils tiennent.

Mais, réussissant pour quelques-uns, je leur suis tellement pathétique que l'âme leur brûle. Car il est des structures si chaudes qu'elles sont comme un feu pour les âmes. Ceux-là je les dirai embrasés par l'amour.

Viens donc chez moi te faire bâtir, tu sortiras resplendissant.

Mais Dieu se perd. Car je te l'ai dit du poème. Si beau qu'il soit il ne peut pas t'alimenter pour tous les jours... Ma sentinelle qui va de long en large ne peut non plus être jour et nuit fervente à l'empire. Se défait souvent dans les âmes le nœud divin qui noue les choses. Va voir chez le sculpteur. Il est triste aujourd'hui. Il hoche la tête devant son marbre. « Pourquoi, se dit-il, ce nez, ce menton, cette oreille… » car il ne voit plus la capture. Et le doute est rançon de Dieu, car il te manque alors et te fait mal.

CVI

Mais tu ne communiques qu'à travers un cérémonial. Car si, distrait, tu écoutes cette musique et considères ce temple, il ne naîtra rien en toi et tu ne seras pas alimenté. C'est pourquoi je n'ai point d'autre moyen de t'expliquer la vie à laquelle je te convie que de t'y engager de force et de t'en allaiter. Comment t'expliquerais-je cette musique quand l'entendre ne te suffit pas, si tu n'es pas préparé pour t'en faire combler ? Si prête à mourir en toi l'image du domaine, pour ne laisser d'elle que ses gravats. Le mot d'ironie qui n'est que de cancre, un mauvais sommeil, un bruit qui te gêne et te voilà privé de Dieu. Te voilà refusé. Te voilà assis sur ton seuil avec en arrière ta porte close, et totalement séparé du monde qui n'est plus que somme d'objets vides. Car tu ne communiques point avec les objets mais avec les nœuds qui les nouent.

Comment donc t'y ferai-je accéder quand tu t'en décroches si aisément ?

D'où l'importance de mon cérémonial, car il s'agit de te sauver de tout détruire quand il t'arrive d'être à la porte de chez toi.

C'est pourquoi je condamne avant tout le mélangeur de livres.

Et je te bâtis et te maintiens tel, non que tu sois perpétuellement alimenté, ce qui n'est point de la faiblesse de ton cœur, mais que tu sois route bien tracée, porte bien ouverte, temple bien bâti pour recevoir. Je te veux instrument de musique attendant le musicien.

C'est pourquoi je t'ai dit que le poème que je t'ai réservé était ascension de toi-même.

Et ceux-là seuls accèdent à la connaissance véritable qui refont le chemin perdu et retrouvent les êtres qu'ils ont répandus en gravats.

Je veux te montrer ta patrie qui est la seule où ton esprit se puisse mouvoir.

Et c'est pourquoi je dis encore que ma contrainte te délivre et t'apporte la seule liberté qui compte. Car tu appelais liberté ce pouvoir que tu as de démolir ton temple, de mêler les mots du poème, d'égaliser les jours que mon cérémonial avait bâtis en basilique. Liberté de faire le désert. Et où te trouveras-tu ?

Moi j'appelle liberté ta délivrance.

C'est pourquoi je t'ai dit autrefois : liberté de l'esclave ou de l'homme, respect de l'ulcère ou de la chair saine ? Justice pour l'homme ou pour la pègre ? C'est contre toi, à travers toi, pour toi que je suis juste. Et certes je suis injuste pour l'homme de la pègre ou le cancre ou la chenille qui n'a pas mué puisque je les force de se renoncer et de devenir.

CVII

Car t'instruisant je te contrains. Mais telle est la contrainte qu'une fois absolue elle

devient invisible, comme de t'obliger au détour pour chercher la porte à travers le mur, et tu ne me la reproches ni ne t'en lamentes.

Car les règles du jeu de l'enfant sont contraintes. Mais il les souhaite. Car mes notables tu les vois briguer les charges et les devoirs des notables, lesquels sont contraintes. Et les femmes tu les vois qui obéissent à l'usage dans le choix de leurs parures, lesquelles varient chaque année et là aussi il s'agit d'un langage qui est contrainte. Car nul ne souhaite la liberté de ne plus être compris.

Si je dénomme maison tel arrangement de mes pierres tu n'es point libre de changer le mot sous peine d'être seul, faute de savoir te faire entendre.

Si je dis de fête et de joie tel jour de l'année, tu n'es point libre de n'en point tenir compte sous peine d'être seul, faute de communier avec le peuple dont tu sors.

Si je tire un domaine de tel arrangement de mes chèvres, de mes moutons, de mes demeures, de mes montagnes, tu n'es point libre de t'en affranchir sous peine d'être seul, faute de collaborer quand tu travailles à l'embellissement du domaine.

Ta liberté quand elle a fondu tes glaciers en mare te laisse d'abord seul, car tu n'es plus élément du glacier qui gravit le soleil sous son manteau de neige, mais égal à l'autre et au même niveau, sous peine de vous haïr à cause de vos différences, et ayant trouvé l'état de repos que trouvent bientôt les billes mêlées, et n'étant plus soumis à rien qui vous domine, même à l'absolu du langage, voilà désormais interdite toute communication entre vous, et, vous ayant inventé pour chacun votre langage particulier, ayant élu chacun votre jour de fête, vous voilà tranchés les uns d'avec les autres et plus seuls que les astres dans leur infranchissable solitude.

Car de votre fraternité que sauriez-vous attendre si elle n'est point fraternité dans l'arbre dont vous êtes les éléments, lequel vous domine et vous vient de l'extérieur, car je dis cèdre la contrainte de la rocaille, laquelle n'est point fruit de la rocaille mais de la graine.

Comment sauriez-vous devenir cèdre si chacun choisit l'arbre à bâtir ou ne prétend point servir un arbre ou même s'oppose à la montée d'un arbre qu'il dénommera tyrannie, et convoite la même place, il faut bien que l'on vous départage et que vous serviez l'arbre, plutôt que de prétendre vous en faire servir.

C'est pourquoi j'ai jeté ma graine et vous soumets à son pouvoir. Et je me connais comme injuste si justice est égalité. Car je crée des lignes de force et des tensions et des figures. Mais grâce à moi qui vous ai changés en branchages vous vous nourrirez de soleil.

CVIII

De ma visite à la sentinelle endormie.

Car il est bon que celle-là soit punie de mort. Puisque repose sur sa vigilance tant de sommeil au souffle lent, quand la vie t'alimente et se perpétue à travers toi, comme au creux d'une anse ignorée la palpitation des mers. Et les temples fermés, aux richesses sacerdotales lentement récoltées comme un miel, tant de sueur et de coups de ciseau et de coups de marteau et de pierres charriées, et d'yeux usés aux jeux d'aiguille dans les draps d'or, afin de les fleurir, et d'arrangements délicats sous l'invention de mains pieuses. Et les greniers aux provisions afin que l'hiver soit doux à subir. Et les livres sacrés dans les greniers de la sagesse où repose la caution de l'homme. Et les malades dont j'aide la mort en la faisant paisible dans la coutume parmi les leurs, et presque inaperçue de simplement déléguer plus loin l'héritage. Sentinelle, sentinelle, tu es sens des remparts lesquels sont gaine pour le corps fragile de la ville et l'empêchant de se répandre, car si quelque brèche les crève il n'est plus de sang pour le corps. Tu vas de long en large, d'abord ouvert à la rumeur d'un désert qui prépare ses armes et inlassablement te revient frapper comme la houle, et te pétrir et te durcir en même temps que te menacer. Car il n'est point à distinguer ce qui te ravage de ce qui te fonde, car c'est le même vent qui sculpte les dunes et les efface, le même flot qui sculpte la falaise et l'éboulé, la même contrainte qui te sculpte l'âme ou l'abrutit, le même travail qui te fait vivre et t'en empêche, le même amour comblé qui te comble et te vide. Et ton ennemi c'est ta forme même car il t'oblige à te construire à l'intérieur de tes remparts, de même que l'on pourrait dire de la mer qu'elle est ennemie du navire, puisqu'elle est prête à l'absorber et puisque le navire est avant tout lutte contre elle, mais dont on peut dire aussi qu'elle est mur et limite et forme du même navire, puisque au cours des générations c'est la division des flots par l'étrave qui a peu à peu sculpté la carène, laquelle s'est faite plus harmonieuse pour s'y couler, et ainsi l'a fondée et l'a embellie. Puisqu'on peut dire que c'est le vent, lequel déchire les voiles, qui les a dessinées comme il dessina l'aile, et que sans ennemi tu n'as ni forme ni mesure. Et que seraient les remparts s'il n'était point de sentinelle ?

C'est pourquoi donc celle-là qui dort fait que la ville est nue. Et c'est pourquoi l'on vient s'en saisir quand on la trouve, afin de la noyer dans son propre sommeil.

Or, voici qu'elle dormait la tête appuyée à la pierre plate et la bouche entrouverte. Et son visage était visage d'un enfant. Elle tenait encore son fusil pressé contre elle à la façon d'un jouet qu'on emporte dans le rêve. Et la considérant j'en eus pitié. Car j'ai pitié, par les nuits chaudes, de la défaillance des hommes.

Défaillance des sentinelles, c'est le barbare qui vous endort. Conquises par le désert et laissant les portes libres de tourner lentement sur leurs gonds d'huile dans le silence, pour que soit fécondée la ville quand elle est épuisée et qu'elle a besoin du barbare.

Sentinelle endormie. Avant-garde des ennemis. Déjà conquise, car ton sommeil est de ne plus être de la ville et bien nouée et permanente, mais d'attendre la mue, et de t'ouvrir à la semence.

Donc me vint l'image de la ville défaite à cause de ton simple sommeil car tout se noue en toi et s'y dénoue. Que tu es belle si tu veilles, oreille et regard de la ville… Et tellement noble de comprendre, dominant par ton simple amour l'intelligence des logiciens, car ils ne comprennent point la ville mais la divisent. Il est pour eux ici une prison, là un hôpital, là une maison de leurs amis et celle-là même ils la décomposent dans leur cœur, y voient cette chambre, puis une autre, puis l'autre. Et non point seulement les chambres mais de chacune cet objet-ci, cet objet-là, cet autre encore. Puis l'objet lui-même ils l'effacent. Et que feront-ils de ces matériaux dont ils ne veulent rien construire ?

Mais toi, sentinelle, si tu veilles, tu es en rapport avec la ville livrée aux étoiles. Ni cette maison, ni cette autre, ni cet hôpital, ni ce palais. Mais la ville. Ni cette plainte de mourant, ni ce cri de femme en gésine, ni ce gémissement d'amour, ni cet appel de nouveau-né, mais ce souffle divers d'un corps unique. Mais la ville. Ni cette veille de celui-là, ni ce sommeil de celui-ci, ni ce poème de cet autre, ni cette recherche de ce dernier, mais ce mélange de ferveur et de sommeil, ce feu sous les cendres de la Voie Lactée. Mais la ville. Sentinelle, sentinelle, l'oreille collée à la poitrine d'une bien-aimée, écoutant ce silence, ces repos et ces souffles divers qu'il importe de ne point diviser si l'on désire entendre, car c'est le battement d'un cœur. Lequel est battement du cœur. Et non rien d'autre.

Sentinelle, si tu veilles te voilà mon égal. Car la ville repose sur toi et sur la ville repose l'empire. Certes j'agrée que si je passe tu t'agenouilles, car ainsi vont les choses, et la sève de la racine vers le feuillage. Et il est bon que monte vers moi ton hommage car c'est circulation du sang dans l'empire, comme de l'amour du marié vers la mariée, comme du lait de la mère vers l'enfant, comme du respect de la jeunesse vers la vieillesse, mais où vas-tu me dire que quelqu'un reçoive quelque chose ? Car d'abord moi-même je te sers.

C'est pourquoi, de profil, quand tu t'appuies contre ton arme, ô mon égal en Dieu, car qui peut distinguer les pierres de la base et de la clef de voûte, et qui peut se montrer jaloux de l'une ou de l'autre ? C'est pourquoi j'ai le cœur qui me bat d'amour à te regarder sans que soit rien qui m'empêche de te faire saisir par mes hommes d'armes.

Car voilà que tu dors. Sentinelle endormie. Sentinelle morte. Et je te regarde avec épouvante car en toi dort et meurt l'empire. Je le vois malade à travers toi, car est mauvais ce signe, qu'il me délègue des sentinelles pour dormir...

« Certes, me dis-je, le bourreau fera son office et noiera celui-là dans son propre sommeil... » Mais me venait dans ma pitié un litige nouveau et inattendu. Car seuls les empires forts tranchent la tête des sentinelles endormies, mais ceux-là n'ont plus le droit de rien trancher qui ne délèguent plus que des sentinelles pour dormir. Car il importe de bien comprendre la rigueur. Ce n'est point en tranchant les têtes des sentinelles endormies que l'on réveille les empires, c'est quand les empires sont réveillés que sont tranchées les têtes des sentinelles endormies. Et ici encore tu confonds l'effet et la cause. Et de voir que les empires forts tranchent les têtes, tu veux créer ta force en les tranchant, et tu n'es qu'un bouffon sanguinaire. Fonde l'amour et tu fondes la vigilance des sentinelles et la condamnation de celles-là qui dorment, car elles se sont d'elles-mêmes tranchées déjà d'avec l'empire.

Et tu n'as rien pour te dominer sinon la discipline qui te vient de ton caporal, lequel te surveille. Et les caporaux n'ont de discipline, s'ils doutent de soi, que celle qui leur vient de leurs sergents, lesquels les surveillent. Et les sergents des capitaines, lesquels les surveillent. Et ainsi jusqu'à moi, qui n'ai plus que Dieu pour me gouverner et qui demeure, si je doute, en porte à faux dans le désert.

Mais je veux te dire un secret et qui est celui de la permanence. Car si tu dors ta vie est suspendue. Mais elle est suspendue de même quand te viennent ces éclipses du cœur qui sont secret de ta faiblesse. Car autour de toi rien n'a changé et tout a changé en toi-même. Et te voici devant la ville, toi sentinelle, mais non plus appuyé contre la poitrine de ta bien-aimée à écouter les battements du cœur que tu ne distingues point d'avec son silence ou son haleine car tout n'est que signe de cette bien-aimée, laquelle est une, mais perdu parmi des objets en vrac que tu ne sais plus réunir en un, soumis aux airs nocturnes qui se contredisent les uns les autres, à ce chant de l'ivrogne qui nie la plainte du malade, à cette lamentation autour de quelque mort qui nie le cri du nouveau-né, à ce temple qui nie cette cohue de foire. Et tu te dis : « Qu'ai-je affaire de tout ce désordre et de ce spectacle incohérent ? », car si tu ne sais plus qu'il est ici un arbre, alors racines, tronc, branches et feuillage n'ont plus de commune mesure. Et comment serais-tu fidèle quand il n'est plus personne pour recevoir ? Je sais de toi que tu ne dormirais point si tu veillais quelque malade que tu aimerais. Mais s'est évanoui celui que tu eusses pu aimer et il s'est fait matériaux en vrac.

Car s'est défait le nœud divin qui noue les choses.

Mais je te désire fidèle à toi-même, sachant que tu vas revenir. Je ne te demande point de comprendre ni de ressentir dans chaque instant, sachant trop que l'amour même le plus ivre est fait de traversées de tant de déserts intérieurs. Et devant la bien-aimée elle-même tu te demandes : « Son front est un front. Comment puis-je l'aimer ? Sa voix est cette voix. Elle a dit ici cette sottise. Elle a fait ici ce faux pas... » Elle est somme qui se décompose et ne peut plus t'alimenter, et bientôt tu la crois haïr. Mais comment la haïrais-tu ? Tu n'es même pas capable d'aimer.

Mais tu te tais car tu sais bien obscurément qu'il ne s'agit là que d'un sommeil. Ce qui est, dans l'instant, vrai de la femme, est vrai du poème que tu lisais ou du domaine ou de l'empire. Te manque le pouvoir d'être allaité et de même de découvrir, qui est aussi amour et connaissance, les nœuds divins qui nouent les choses.

Toi, ma sentinelle endormie, tes amours tu les retrouveras ensemble comme un tribut qui te reviendra, non l'un ou l'autre, mais tous, et il convient de respecter en toi, quand te vient l'ennui d'être infidèle, cette maison abandonnée.

Quand vont sur le chemin de ronde mes sentinelles, je ne prétends pas que toutes soient ferventes. Beaucoup s'ennuient et rêvent de la soupe, car si tous les dieux dorment en toi, te reste l'appel animal des satisfactions de ton ventre, et qui s'ennuie pense à manger. Je ne prétends point que leurs âmes à toutes soient éveillées. Car je dis âme ce qui de toi communique avec ces ensembles qui sont nœuds divins qui nouent les choses et se rit des murs. Mais simplement de temps à autre que l'une de leurs âmes brûle. Qu'il en soit une dont le cœur batte. Qu'il en soit une qui connaisse l'amour et tout à coup se sente remplie par le poids et les bruits de la ville. Une qui se sente vaste et respire les étoiles et contienne l'horizon comme ces conques que remplit le chant de la mer.

Il me suffit que tu aies connu la visite et cette plénitude d'être un homme, et que tu te tiennes bien préparé pour recevoir, car il en est comme du sommeil bu de la faim ou du désir qui te reviennent par intervalles, et ton doute n'est rien que de pur et je t'en voudrais consoler.

Te reviendra, si tu es sculpteur, le sens du visage. Te reviendra, si tu es prêtre, le sens de Dieu, te reviendra, si tu es amant, le sens de l'amour, te reviendra, si tu es sentinelle, le sens de l'empire, te reviendra, si tu es fidèle à toi-même et nettoies ta maison bien qu'elle semble abandonnée, ce qui peut seul t'alimenter le cœur. Car tu ne connais point l'heure de la visite, mais il importe que tu saches qu'elle est seule au monde à pouvoir combler.

C'est pourquoi je te construis tel par de mornes heures d'étude pour que le poème, par miracle, te puisse incendier, et par les rites et les coutumes de l'empire pour que cet empire te puisse prendre au cœur. Car il n'est point de don que tu n'aies préparé. Et la visite ne vient pas s'il n'est point de maison bâtie pour la recevoir.

Sentinelle, sentinelle, c'est en marchant le long des remparts dans l'ennui du doute qui vient des nuits chaudes, c'est en écoutant les bruits de la ville quand la ville ne te parle pas, c'est en surveillant les demeures des hommes quand elles sont morne assemblage, c'est en respirant le désert autour quand il n'est que vide, c'est en t'efforçant d'aimer sans aimer, de croire sans croire, et d'être fidèle quand il n'est plus à qui être fidèle, que tu prépares en toi l'illumination de la sentinelle, qui te viendra parfois comme récompense et don de l'amour.

Fidèle à toi-même n'est point difficile quand se montre à qui être fidèle, mais je veux que ton souvenir forme un appel de chaque instant et que tu dises : « Que ma maison soit visitée. Je l'ai construite et la tiens pure… » Et ma contrainte est pour t'aider. Et j'oblige mes prêtres au sacrifice même si les voilà, ces sacrifices, qui n'ont plus de sens. J'oblige mes sculpteurs à sculpter même si voilà qu'ils doutent d'eux-mêmes. J'oblige mes sentinelles à faire les cent pas sous peine de mort, sinon les voilà mortes d'elles-mêmes, tranchées déjà par elles-mêmes, d'avec l'empire.

Je les sauve par ma rigueur.

Ainsi de celui-là qui se prépare dans l'austérité du poste de garde. Car je l'envoie en éclaireur franchir les rangs de l'ennemi. Et il sait bien qu'il en mourra. Car ils sont en éveil. Et il redoute les supplices dont on l'écrasera pour faire sourdre, mêlés de cris, les secrets de la citadelle. Et certes il est des hommes noués par l'amour dans l'instant, et qui se harnachent chauds de joie car la seule joie est d'épouser et voilà qu'ils épousent. Car ne crois pas, quand tu te saisis de la bien-aimée au soir des noces qu'il soit d'abord pour toi simple conquête d'un corps, duquel tu eusses pu hériter dans le quartier réservé de la ville où sont des filles semblables d'apparence, mais changement du sens et de la couleur de toute chose. Et ton retour vers la maison le soir, et ton réveil devenu héritage rendu, et l'espérance des enfants et leur enseignement par toi de la prière. Et jusqu'à cette bouilloire qui devient du thé auprès d'elle avant l'amour. Car à peine a-t-elle franchi ta maison que tes tapis de haute laine deviennent prairie pour ses pas. Et de tout ce que tu reçois et qui est sens nouveau du monde, il est si peu de chose dont tu uses. Tu n'es comblé ni par l'objet donné ni par la caresse du corps, ni par l'usage de tel ou tel avantage mais par la seule qualité du nœud divin qui noue les choses.

Et celui-là qui se harnache pour mourir et dont il te semble qu'il ne reçoive rien dans l'instant puisque cette caresse même qui est si peu de chose ne lui est pas promise, mais bien au contraire la soif dans le soleil, le vent de sable qui crisse aux dents, puis les hommes autour de lui devenus pressoir de secrets, et celui qui se harnache pour la mort pour entrer vêtu dans la mort de son uniforme de mort et dont il te semble qu'il devrait crier son désespoir comme tel que j'ai condamné à la pendaison pour quelque crime, et qui lutte de sa chair contre d'implacables barreaux, mais celui-là qui se harnache pour la mort tu le découvres pacifique, te regardant d'un regard calme et répondant aux plaisanteries du corps de garde, lesquelles sont affection bourrue, et non par forfanterie ni pour montrer quelque courage, ou quelque dédain de la mort, ou quelque cynisme, ni quoi que ce soit de semblable, mais transparent comme une eau calme et n'ayant rien à te cacher — et s'il est triste un peu, disant sans gêne sa tristesse — rien à te cacher sinon son amour. Et je te dirai pourquoi plus tard.

Mais ce même qui ne tremble pas en bouclant ses courroies de cuir, je sais des armes contre lui qui prévalent sur la mort. Car il est vulnérable par tant de côtés. Ont barre sur lui toutes les divinités de son cœur. Et la simple jalousie si elle est menace d'un empire et d'un sens des choses et d'un goût du retour chez soi, comme elle ruinera bien cette belle image de calme, de sagesse et de renoncement ! Tu vas tout lui prendre puisqu'il va rendre à Dieu non seulement celle-là qu'il aimait mais sa maison et les vendanges de ses vignes et la moisson crissante de ses champs d'orge. Et non seulement les moissons, les vendanges et les vignes, mais son soleil. Et non seulement son soleil, mais celle-là qui est de chez lui. Et tu le vois qui abdique tant de trésors sans marquer de ruine. Alors qu'il suffirait pour le jeter hors de lui-même et pour le changer en dément de lui voler un sourire de la bien-aimée. Et n'as-tu pas touché ici à une grande énigme ? C'est que tu le tiens non par les objets possédés mais par le sens qu'il tire du nœud divin qui noue les choses. Et qu'il préfère sa propre destruction à la destruction de ce en quoi il s'échange et dont en retour il reçoit son allaitement. Il est circulation de l'un en l'autre. Et celui-là qui porte au cœur la vocation de la mer accepte de mourir d'un naufrage. Et s'il est vrai qu'à l'instant du naufrage il éprouvera peut-être le tumulte de l'animal quand le piège sur lui se referme, il demeure vrai que ne compte point cette explosion de panique, laquelle il prévoit, accepte et dédaigne, mais que bien au contraire lui plaît la certitude qu'il mourra un jour de la mer. Car si je les écoute se plaindre de cette mort aussi cruelle qui les attend, j'y entends autre chose que vantardise pour séduire les femmes, mais souhait secret de l'amour et pudeur pour le dire.

Car il n'est point ici, comme nulle part, de langage qui te permette de t'exprimer. S'il s'agit de la civilisation de l'amour tu peux dire « elle » et te traduire, croyant que c'est d'elle qu'il s'agit, alors qu'il s'agit du sens des choses, et qu'elle n'est là que pour te signifier le nœud divin qui les noue au Dieu qui est sens de ta vie, et mérite selon toi tes élans, alors qu'ils sont de communiquer de telle façon et non d'une autre avec le monde. Et d'être soudain tellement vaste que l'âme, telles les conques marines, te devient retentissante. Et peut-être peux-tu dire « l'empire » dans la certitude d'être compris et de prononcer un mot tout simple, si tous autour de toi l'entendent, selon ton instinct, mais non s'il peut être là quelqu'un qui n'y voit qu'une somme et rira de toi car il ne s'agit point du même empire. Et il te déplairait que l'on crût que tu offrais ta vie pour un magasin d'accessoires.

Car il en est ici comme d'une apparition qui s'ajoute aux choses et les domine et si elle échappe à ton intelligence apparaît pourtant comme évidente à ton esprit et à ton cœur. Et te gouverne mieux ou plus durement et plus sûrement que quoi que ce soit de saisissable (mais dont tu ne peux être certain que d'autres en même temps que toi l'observent) et te fait rester silencieux de peur d'être taxé de folie et de voir soumis à l'ironie qui n'est que du cancre ce visage qui t'est apparu. Car l'ironie le détruira en cherchant à montrer de quoi il est fait. Comment lui répondrais-tu qu'il est ici tout autre chose, puisque cette autre chose est pour ton esprit et non pour tes yeux ?

J'ai souvent réfléchi sur ces apparitions, lesquelles sont seules auxquelles tu puisses prétendre, mais plus belles que celles que tu as coutume, dans le désespoir des nuits chaudes, de solliciter. Mais alors que tu as coutume, quand tu doutes de Dieu, de souhaiter que Dieu se montre à la façon d'un promeneur qui te rendrait visite — et qui rencontrerais-tu alors sinon ton égal et semblable à toi ne te conduisant nulle part et t'enfermant ainsi dans sa solitude — alors que tu souhaites non l'expression de la majesté divine mais spectacle et fête foraine dont tu ne recevrais qu'un plaisir vulgaire de fête foraine et ta déception toute hérissée contre Dieu. (Et comment ferais-tu une preuve de tant de vulgarité ?) Alors que tu souhaites que quelque chose descende vers toi, te visite à ton étage tel que tu es, s'humiliant ainsi à toi et sans raison, et tu ne seras jamais exaucé, comme il en fut de mon enquête vers Dieu, s'ouvrent bien au contraire les empires spirituels et t'éblouissent les apparitions qui sont non pour les yeux ni pour l'intelligence mais pour le cœur et pour l'esprit, si tu fais effort d'ascension et accèdes à cet étage où ne sont plus les choses mais les nœuds divins qui les nouent.

Et voici que tu ne peux même plus mourir, car mourir c'est perdre. Et abandonner en arrière. Et il ne s'agit pas d'abandonner mais te confondre en. Et toute ta vie est remboursée.

Et tu le sais bien, toi, d'un incendie où tu as mesuré la mort pour sauver des vies. Toi d'un naufrage.

Et tu les vois mourir acceptant leur mort, les yeux ouverts sur la connaissance véritable, ceux-là qui eussent rugi, volés, frustrés et bafoués pour un sourire tourné ailleurs.

Dis-leur qu'ils se trompent : ils vont rire.

Mais toi, sentinelle endormie, non parce que tu as abandonné la ville mais parce que la ville t'a abandonnée, il me vient, devant ton visage d'enfant pâle, l'inquiétude de l'empire s'il ne peut plus me réveiller mes sentinelles.

Mais certes je me trompe recevant dans sa plénitude le chant de la ville et découvrant noué ce qui pour toi se divisa. Et je sais bien qu'il te fallait attendre, droit comme le cierge, pour en être récompensé à ton heure par ta lumière et ivre tout à coup de tes pas de ronde comme d'une danse miraculeuse sous les étoiles dans l'importance du monde. Car il est là-bas dans l'épaisse nuit des navires qui déchargent leurs cargaisons de métaux précieux et d'ivoire, et il se trouve, sentinelle sur les remparts, que tu contribues à les protéger et à embellir d'or et d'argent l'empire que tu sers. Car il est quelque part des amants qui se taisent avant d'oser parler et ils se regardent et voudraient dire… car si l'un parle et si l'autre ferme les yeux c'est l'univers qui va changer. Et tu protèges ce silence. Car il est quelque part ce dernier souffle avant la mort. Et ils se penchent pour recueillir le mot du cœur et la bénédiction pour toujours que l'on enfermera en soi, l'ayant reçue, et tu sauves le mot d'un mort.

Sentinelle, sentinelle, je ne sais où s'arrête ton empire quand Dieu te fait la clarté d'âme des sentinelles, ce regard sur cette étendue à laquelle tu as droit. Et peu m'importe que tu sois en d'autres instants tel qui rêve de la soupe en grommelant dans sa corvée. Il est bon que tu dormes et il est bon que tu oublies. Mais il est mauvais qu'oubliant tu laisses crouler ta demeure.

Car la fidélité c'est d'être fidèle à soi-même.

Et moi je veux sauver non toi seul mais tes compagnons. Et obtenir de toi cette permanence intérieure qui est d'une âme bien bâtie. Car je ne détruis pas ma maison lorsque je m'en éloigne. Ni ne brûle mes rosés si je cesse de les regarder. Elles demeurent disponibles pour un nouveau regard qui bientôt les fera fleurir.

J'enverrai donc mes hommes d'armes se saisir de toi. Tu seras condamné à cette mort qui est la mort des sentinelles endormies. Il te reste de te reprendre et d'espérer de t'échanger, par l'exemple de ton propre supplice, en vigilance des sentinelles.

CIX

Car certes il est triste que celle-là que tu observes tendre et pleine de naïveté, de confiance et de pudeur se puisse trouver menacée par le cynisme, l'égoïsme ou la fourberie qui exploitera cette grâce fragile et cette foi toute consentie, et il peut arriver que tu la souhaites plus avertie. Mais il ne s'agit point de souhaiter que soient méfiantes, averties ou avares de dons les filles de chez toi, car tu auras ruiné, en les créant telles, ce que tu prétendais abriter. Certes toute qualité comporte les ferments de sa destruction. La générosité, le risque du parasite qui l'écœurera. La pudeur, le risque de la grossièreté qui la ternira. La bonté, le risque de l'ingratitude qui la rendra amère. Mais toi, pour le soustraire aux risques naturels de la vie, tu souhaites un monde déjà mort. Et tu interdis d'édifier un temple qui soit beau par horreur des tremblements de terre qui détruiraient alors un beau temple.

Celles-là donc qui te font confiance, je les perpétue, bien que celles-là seules on les puisse trahir. Si donc le voleur de femmes en pille une, certes j'en souffrirai dans mon cœur. Et si je désire un beau guerrier, j'accepte le risque de le perdre en guerre.

Renonce donc à tes souhaits contradictoires.

Tant il est vrai qu'une fois encore était absurde ta démarche. De même qu'ayant admiré l'admirable visage que la coutume de chez toi avait créé, tu t'es pris à haïr la coutume, laquelle te paraissait contrainte, et en effet puisqu'elle était celle de devenir ! Et, ayant détruit ta coutume, il s'ensuit que tu as détruit ce que tu prétendais sauver.

Et en effet par horreur de la brutalité grossière et de la rouerie qui menace les âmes nobles tu as réduit ces âmes nobles à se montrer plus grossières et plus rouées.

Sache que ce n'est point en vain que j'aime ce qui est menacé. Car il n'est point à déplorer que les choses précieuses le soient. Puisque précisément j'y trouve une condition de leur qualité. J'aime l'ami fidèle dans les tentations. Car s'il n'est point de tentation, il n'est point de fidélité et je n'ai point d'ami. Et j'accepte que quelques-uns tombent pour faire le prix des autres. J'aime le soldat courageux debout sous les balles. Car s'il n'est point de courage je n'ai plus de soldats. Et j'accepte qu'il en meure quelques-uns s'ils fondent par leur mort la noblesse des autres.

Et si tu m'apportes un trésor, je le veux si fragile que le vent me le puisse dépenser.

J'aime du jeune visage qu'il soit menacé de vieillir et du sourire qu'un mot de moi le puisse aisément changer en larmes.

CX

Et c'est alors que m'apparut la solution de la contradiction sur laquelle j'avais tant réfléchi. Car me blessait ce litige cruel quand je me penchais, moi le roi, sur ma sentinelle endormie. *De* prendre un enfant dans ses songes heureux pour le déposer tel quel dans la mort, et tout étonné, pendant la courte veille, d'avoir à souffrir du fait des hommes.

Car il s'éveilla devant moi et se passa la main sur son front puis, ne m'ayant point reconnu, offrit son visage aux étoiles en poussant un faible soupir qui était de reprendre le poids des armes. Et c'est alors qu'il m'apparut qu'une telle âme était à conquérir.

A son côté moi, son roi, je me tournais vers la ville respirant la même ville que lui en apparence et cependant non la même. Et je songeais : « Du pathétique auquel j'assiste il n'est rien à lui démontrer. Il n'est d'autre démarcher qui ait un sens que de le convertir et de le charger non de ces choses, puisque tout aussi bien que moi il les regarde et les respire et les mesure et les possède, mais du visage qui est apparition à travers et nœud divin qui noue les choses. » Et je compris qu'il importait de distinguer d'abord la conquête de la contrainte. Conquérir c'est convertir. Contraindre c'est emprisonner. Si je te conquiers je délivre un homme. Si je te contrains je l'écrase. La conquête c'est en toi et à travers toi une construction de toi-même. La contrainte c'est le tas de pierres alignées et toutes semblables dont rien ne naîtra.

Et m'apparut que tous les hommes étaient ainsi à conquérir. Ceux qui veillaient et ceux qui dormaient, ceux qui faisaient leur ronde sur les remparts et ceux qu'abritait cette ronde. Ceux qui se réjouissaient à cause d'un nouveau-né ou qui se lamentaient à cause d'un mort. Ceux qui priaient et ceux qui doutaient. La conquête c'est de te bâtir ton armature et t'ouvrir l'esprit aux provisions pleines. Car il est des lacs pour t'abreuver si l'on te montre le chemin. Et j'installerai mes dieux en toi pour qu'ils t'éclairent.

Et sans doute est-ce dans l'enfance qu'il importe de te conquérir d'abord sinon te voilà pétri et durci et ne sachant plus apprendre un langage.

CXI

Car me vint un jour la connaissance de ce que je ne pouvais pas me tromper. Non que je me jugeasse plus fort qu'un autre ou raisonnant mieux, mais parce que, ne croyant plus aux raisons qui se succèdent de proposition en proposition selon les règles de la logique, ayant appris que la logique est gouvernée par plus haut qu'elle et ne figure que trace sur le sable d'une marche qui est d'une danse, et conduit ou non vers le puits qui sauve selon le génie du danseur, ayant compris avec certitude que l'histoire une fois faite est tributaire de la raison puisque aucun pas ne manquera dans la succession des pas, mais que l'esprit qui domine les pas ne s'y lit pas vers l'avenir, ayant bien compris qu'une civilisation, comme un arbre sort, de la seule puissance de la graine, laquelle est une, malgré qu'elle se diversifie et se distribue et s'exprime en organes divers qui sont racines, tronc, branches, feuilles, fleurs et fruits, lesquels sont pouvoir de la graine une fois exprimé. Ayant bien compris que certes une civilisation une fois faite se remonte sans hiatus vers l'origine, ce qui montre aux logiciens une piste à remonter mais qu'ils n'eussent su descendre car ils n'ont point contact avec le conducteur. Ayant écouté les hommes disputer sans qu'aucun l'emportât véritablement, ayant prêté l'oreille aux commentateurs des géomètres qui croyant saisir des vérités n'y renonçaient l'an d'après qu'avec hargne ou accusaient leurs adversaires de sacrilège, accrochés qu'ils étaient à leurs branlantes idoles, mais ayant aussi partagé la table du seul géomètre véritable mon ami, lequel savait qu'il cherchait aux hommes un langage, comme le poète s'il veut dire son amour, et qui fut simple pour les pierres dans le même temps que pour les étoiles, et lequel savait parfaitement qu'il aurait d'année en année à changer de langage car c'est la marque de l'ascension. Ayant bien découvert qu'il n'est rien qui soit faux pour la simple raison qu'il n'est rien qui soit vrai (et qu'est vrai tout ce qui devient comme est vrai l'arbre), ayant écouté avec patience dans le silence de mon amour les balbutiements, les cris de colère, les rires et les plaintes de mon peuple. Ayant dans ma jeunesse, quand on résistait aux arguments par lesquels je cherchais non à bâtir mais à habiller ma pensée, abandonné la lutte faute de langage efficace contre un avocat meilleur que moi, mais sans jamais renoncer à ma permanence, sachant que ce qu'il me démontrait, c'était simplement que je m'exprimais mal et usant plus tard d'armes plus fortes, car il en est indéfiniment, comme d'une source, s'il est en toi caution véritable. Ayant une fois renoncé à entendre le sens incohérent des paroles confuses des hommes, me parut plus fertile que tout simplement ils essayassent de m'entendre, préférant simplement me laisser épanouir comme l'arbre à partir de sa graine jusqu'à l'achèvement des racines, du tronc et des branches, car alors il n'est plus à discuter puisque l'arbre est — et il n'est plus non plus à choisir entre cet arbre-là et un autre puisque seul il accorde un feuillage assez vaste pour abriter.

Et me venait la certitude que les obscurités de mon style comme la contradiction de mes énoncés n'étaient point conséquences d'une caution incertaine ou contradictoire ou confuse, mais d'un mauvais travail dans l'usage des mots car ne pouvait être ni confuse, ni contradictoire ni incertaine une attitude intérieure, une direction, un poids, une pente qui n'avait pas à se justifier puisque étant, tout simplement, comme est, dans le sculpteur quand il pétrit sa glaise, un certain besoin qui n'a encore point de forme mais deviendra visage dans la glaise qu'il pétrira.

CXII

Naissance aussi de la vanité lorsque non soumis à la hiérarchie. (Exemple : général, gouverneur.) Une fois fondé l'être qui les soumet l'un à l'autre, tombe la vanité. Car la vanité vient de ce que, billes mêlées, si aucun être ne vous domine dont vous soyez le sens, vous voilà ombrageux de la place occupée.

Et la grande lutte contre les objets : l'heure est venue de te parler de ta grande erreur. Car j'ai jugé fervents et j'ai reconnu comme heureux, brassant et rebrassant la gangue dans le dénuement des terres craquantes, meurtris de soleil comme un fruit blet, écorchés aux pierres, taraudant dans la profondeur de l'argile pour remonter dormir nus sous la tente, ceux-là qui vivaient d'extraire une fois l'an un diamant pur. Et j'ai vu malheureux, aigres de cœur et divisés ceux qui, de recevoir dans leur luxe des diamants, ne disposaient cependant plus que de verroterie inutile. Car tu n'as pas besoin d'un objet mais d'un dieu.

Car la possession de l'objet certes est permanente, mais non point l'aliment que tu en reçois. Car l'objet n'a de sens que de t'augmenter, et tu t'augmentes de sa conquête mais non de sa possession. C'est pourquoi je vénère celui-là qui provoque, étant conquête difficile, cette ascension de montagne, cette éducation en vue d'un poème, cette séduction de l'âme inaccessible, et t'oblige ainsi de devenir. Mais je méprise tel autre qui est provision faite car tu n'as plus rien à en recevoir. Et, une fois dégagé le diamant, qu'en feras-tu ?

Car j'apporte le sens de la fête, lequel était oublié. La fête est couronnement des préparatifs de la fête, la fête est sommet de montagne après l'ascension, la fête est capture du diamant quand il t'est permis de le dégager de la terre, la fête est victoire couronnant la guerre, la fête est premier repas du malade dans le premier jour de sa guérison, la fête est promesse de l'amour quand elle baisse les yeux si tu lui parles…

Et c'est pourquoi j'inventai pour t'instruire cette image :

Si je le désirais je te pourrais créer une civilisation fervente, pleine de joie dans les équipes et de rires clairs des ouvriers qui reviennent de leur travail, et d'un goût puissant de la vie, et d'attente chaude des miracles du lendemain et du poème où l'on fera retentir sur toi les étoiles et où, cependant, tu ne ferais rien d'autre que de piocher le sol pour en extraire ces diamants qui deviendront enfin lumière après cette mue silencieuse dans les entrailles du globe. (Car venus du soleil, puis devenus fougères, puis nuit opaque, les voilà redevenus lumière.) Donc, t'ai-je dit, je t'assure une vie pathétique si je te condamne à cette extraction et te convie pour un jour de l'année à la fête capitale, laquelle consistera en offrande des diamants, qui devant le peuple en sueur seront brûlés et rendus en lumière. Car tes mouvements intérieurs ne sont point gouvernés par l'usage des objets conquis et ton âme s'alimente du sens des choses et non des choses.

Et certes, ce diamant, j'en pourrais tout aussi bien pour ton luxe fleurir une princesse plutôt que le brûler. Ou, l'enfermant dans un coffret au secret d'un temple, le faire rayonner plus fort non pour les yeux mais pour l'esprit (qui à travers les murs s'en alimente). Mais, certes, je n'en ferai rien d'essentiel pour toi si je te le donne.

Car il se trouve que j'ai compris le sens profond du sacrifice qui n'est point de t'amputer de rien mais de t'enrichir. Car tu te trompes de mamelle quand tu tends les bras vers l'objet alors que tu cherchais son sens. Car si je t'invente un empire où chaque soir on te distribue des diamants récoltés ailleurs, autant t'enrichir de cailloux, car tu n'y trouveras plus rien de ce que tu souhaitais d'obtenir. Plus riche celui-là qui peine l'année durant contre le roc et brûle une fois l'an le fruit de son travail pour en tirer l'éclat de lumière, que celui-là qui tous les jours reçoit, venus d'ailleurs, des fruits qui n'ont rien exigé de lui.

(Ainsi d'une quille : ta joie est de la renverser. Et c'est la fête. Mais tu n'as rien à attendre d'une quille tombée.)

C'est pourquoi sacrifices et fêtes se confondent. Car tu montres par là le sens de ton acte. Mais comment prétendrais-tu que la fête est autre chose qu'une fois ramassé le bois, le feu de joie quand tu le brûles, une fois gravie la montagne, tes muscles heureux dans l'étendue, une fois extrait le diamant, son apparition à la lumière, une fois mûres les vignes, la vendange ? Où vois-tu qu'il serait possible d'user d'une fête comme d'une provision ? Une fête c'est après la marche ton arrivée et couronnement ainsi de ta marche, mais tu n'as rien à espérer de ton changement en sédentaire. Et c'est pourquoi tu ne t'installes ni dans la musique, ni dans le poème, ni dans la femme conquise, ni dans le paysage entrevu du haut des montagnes. Et je te perds si je te distribue dans l'égalité de mes jours. Si je ne les ordonne selon un navire qui va quelque part. Car le poème lui-même est une fête à condition de le gravir. Car le temple est une fête de t'y délivrer des soucis médiocres. Tu as tous les jours souffert de la ville qui t'a brisé de son charroi. Tu as tous les jours subi cette fièvre née de l'urgence et du pain à gagner et des-maladies à guérir et des problèmes à dénouer, te rendant ici, te rendant là, riant ici et pleurant là. Puis vient l'heure accordée au silence et à la béatitude. Et tu montes les marches et pousses la porte et il n'est plus rien pour toi que pleine mer et contemplation de la Voie Lactée et provision de silence et victoire contre l'usuel, et tu en avais besoin comme de nourriture car tu avais souffert des objets et des choses lesquels ne sont point pour toi. Et il te fallait ici devenir pour qu'un visage te naisse des choses et qu'une structure s'établisse qui leur donnât un sens à travers les spectacles disparates du jour. Mais que viendras-tu faire dans mon temple si tu n'as point vécu dans la ville, et lutté et gravi et souffert, si tu n'apportes point la provision de pierres qu'il s'agit en toi de bâtir. Je te l'a dit de mes guerriers et de l'amour. Si tu n'es qu'amant il n'est personne qui aime et la femme bâille auprès de toi. Le guerrier seul peut faire l'amour. Si tu n'es que guerrier il n'est personne qui meure sinon insecte vêtu d'écaillés de métal. L'homme seul et qui a aimé peut mourir en homme. Et il n'est point ici contradiction sinon dans le langage. Ainsi fruits et racines ont même commune mesure qui est l'arbre.

CXIII

Car nous ne nous entendons pas sur la réalité. Et moi je dénomme réalité non ce qui est mesurable dans une balance (de laquelle je me moque car je ne suis point une balance et peu m'importent les réalités pour balance), mais ce qui pèse sur moi. Et pèse sur moi ce visage triste ou cette cantate ou cette ferveur dans l'empire ou cette pitié pour les hommes ou cette qualité de la démarche ou ce goût de vivre ou cette injure ou ce regret ou cette séparation ou cette communion dans la vendange (bien plus que les grappes vendangées, car si même on les porte ailleurs pour les vendre, j'en ai déjà reçu l'essentiel. Ainsi de celui-là qui devait être, décoré par le roi et qui participa à la fête, jouit de son rayonnement, reçut les félicitations de ses amis, et connut ainsi l'orgueil du triomphe — mais le roi mourut d'une chute de cheval avant d'avoir accroché contre sa poitrine l'objet de métal. Me diras-tu que l'homme n'a rien reçu ?).

La réalité pour ton chien c'est un os. La réalité pour ta balance c'est un poids de fonte. Mais la réalité pour toi est d'une autre nature.

Et c'est pourquoi je dis futiles les financiers et raisonnables les danseuses. Non que je méprise l'œuvre des premiers mais parce que je méprise leur morgue, leur assurance et leur satisfaction de soi car ils se croient le but et la fin et l'essence quand ils ne sont que des valets, et qu'ils servent d'abord les danseuses.

Car ne te trompe point sur le sens du travail. Il est des travaux qui sont urgents. Comme des cuisines de mon palais. Car s'il n'est point de nourriture il n'est point d'hommes. Et il convient que les hommes d'abord soient nourris, vêtus et abrités. Il convient qu'ils soient, tout simplement. Et de tels services sont d'abord urgents. Mais l'important ne se loge point ici : il se loge dans leur seule qualité. Et les danses et les poèmes et les ciseleurs des étages d'en haut, et le géomètre et l'observateur des étoiles, que permet d'abord le travail des cuisines, sont seuls qui honorent l'homme et qui lui donnent un sens.

Donc quand vient celui-là qui ne connaît que les cuisines, desquelles en effet sont charriés des réalités pour balances et des os pour chiens, je lui interdis de parler de l'homme car il négligera l'essentiel, à la façon de l'adjudant qui ne considère rien de l'homme que son aptitude au maniement d'armes.

Et pourquoi danserait-on dans ton palais alors que les danseuses expédiées aux cuisines t'enrichiraient d'un supplément de nourriture ? Et pourquoi y cisèlerait-on des aiguières d'or quand en expédiant les ciseleurs au chantier des aiguières d'étain on disposerait de plus d'aiguières ? Et pourquoi taillerait-on des diamants, et pourquoi écrirait-on des poèmes, et pourquoi observerait-on les étoiles, quand tu n'as qu'à les expédier ceux-là battre le blé pour disposer d'un supplément de pain ?

Mais comme dans ta cité il te manquera quelque chose qui est pour l'esprit et non pour les yeux et non pour le sens, tu seras bien contraint de leur inventer de fausses nourritures, lesquelles ne vaudront plus rien. Et tu leur chercheras des fabricants qui leur fabriqueront leurs poèmes, des automates qui leur fabriqueront des danses, des escamoteurs qui de verre taillé tireront pour eux des diamants. Et voici qu'ils auront l'illusion de vivre. Bien qu'il ne soit plus rien en eux que caricature de la vie. Puisque celui-là aura confondu le sens véritable de la danse, du diamant et du poème — lesquels ne t'alimentent de leur part invisible qu'à condition d'avoir été gravis — avec un fourrage pour râteliers. La danse est guerre, séduction, assassinat et repentir. Le poème est ascension de montagne. Le diamant est année de travail changée en étoile. Mais l'essentiel leur manquera.

Ainsi du jeu de quilles : puisque ta joie est de faire tomber les quilles ennemies, tu tirerais bien du plaisir en t'en alignant des centaines et en te bâtissant une machine à les faire tomber...

CXIV

Mais ne crois pas que je méprise en rien tes besoins. Ni même ne m'imagine qu'ils sont opposés à ta signification. Car je veux bien me traduire, pour te démontrer ma vérité, en mots qui se tirent la langue comme nécessaire et superflu, cause et effet, cuisine et salle de danse. Mais je ne crois point en ces divisions qui sont d'un langage malheureux et du choix d'une mauvaise montagne d'où lire les mouvements des hommes.

Car de même que le sens de la ville, ma sentinelle n'y accède que quand Dieu l'enrichit de la clarté d'œil et d'oreille des sentinelles et qu'alors le cri du nouveau-né ne s'oppose plus aux plaintes autour du mort, ni la foire au temple, ni le quartier réservé à la fidélité autre part dans l'amour, mais que de cette diversité naît la ville qui absorbe, épouse et unifie, de même que l'arbre surgit un, des éléments divers de l'arbre, et de même que le temple domine de la qualité de son silence ce disparate de statues, de piliers, d'autels et de voûtes, de même je ne rencontre l'homme qu'à l'étage où il ne m'apparaît plus comme celui qui chante contre celui qui bat le blé, ou danse contre celui qui verse le grain dans les sillons, ou observe les étoiles contre celui qui forge les clous, car si je te divise, je ne t'ai point compris et je te perds.

C'est pourquoi m'enfermant dans le silence de mon amour je m'en fus observer les hommes dans ma ville. Ayant désir de la comprendre.

(Note *pour* plus tard : Ne croyant point qu'il soit d'une idée préconçue de choisir le rapport des activités. La raison n'a rien à y voir. Car tu ne construis point un corps à partir d'une somme. Mais tu plantes une graine et c'est telle somme qui se montre. Et c'est la qualité de l'amour dont naîtra seule raisonnablement la proportion, laquelle te sera invisible par avance, sauf dans le langage stupide des logiciens, des historiens et des critiques qui te montreront tes morceaux et combien tu eusses pu en grossir l'un aux dépens des autres, démontrant aisément que celui-là est à grossir plutôt que l'autre, alors qu'ils eussent tout aussi bien établi le contraire, car si tu inventes l'image des cuisines et celle de la salle de danse, il n'est point de balance pour te départager l'importance de l'une ou de l'autre. C'est que ton langage devient vide de sens dès que tu préjuges de l'avenir. Construire l'avenir c'est construire le présent. C'est créer un désir qui est pour aujourd'hui. Qui est d'aujourd'hui vers demain. Et non réalité des actes qui n'ont de sens que pour demain. Car si ton organisme s'arrache au présent il meurt. La vie qui est adaptation au présent et permanence dans le présent repose sur des liens innombrables que le langage ne peut saisir. L'équilibre est fait de mille équilibres. Et il en est, si tu en tranches un seul à la suite d'une démonstration abstraite, comme de l'éléphant qui est construction énorme et qui cependant, si tu tranches un seul de ses vaisseaux, va mourir. Il ne s'agit point là de souhaiter que tu ne changes rien. Car tu peux tout changer. Et d'une plaine âpre tu peux faire une plantation de cèdres. Mais il importe non pas que tu construises des cèdres mais sèmes des graines. Et à chaque instant la graine elle-même ou ce qui naîtra de la graine sera en équilibre dans le présent.)

Mais il est plusieurs angles sous lesquels voir les choses. Et si je choisis la montagne qui me départage les hommes selon leur droit aux provisions, il est probable que je m'irriterai selon ma justice. Mais probable il est aussi que ma justice serait autre d'une autre montagne qui autrement départagerait les hommes. Et je voudrais que toute justice soit rendue. C'est pourquoi je fis observer les hommes.

(Car il n'est point une justice mais un nombre infini. Et je puis bien départager par l'âge pour récompenser mes généraux en les faisant croître en honneurs et en charges. Mais je puis aussi bien leur permettre un repos qui augmente avec les années et, en les déchargeant de leurs charges et en couvrant des épaules jeunes. Et je puis juger selon l'empire. Et je puis juger selon les droits de l'individu ou, à travers lui, contre lui, selon l'homme.)

Et si considérant la hiérarchie de mon armée je tiens à juger de son équité me voilà pris dans un réseau de contradictions irréductibles. Car il est les services rendus, les capacités, le bien de l'empire. Et je trouverai toujours une échelle de qualité indiscutable qui me démontrera mon erreur selon une autre. Donc peu me trouble que l'on me montre qu'il est un code évident selon lequel mes décisions sont monstrueuses, connaissant d'avance que quoi que je fasse il en sera ainsi et qu'il importe de peser un peu, de mûrir un peu la vérité pour l'obtenir non dans les mots mais dans son poids. (Ici peut être parlé des lignes de force.)

CXV

Donc je considérais comme vain de lire ma cité du point de vue des bénéficiaires. Car tous sont critiquables. Et ce n'était point là mon problème. Ou plus exactement il ne se posait qu'en second. Car ensuite je désire certes que mes bénéficiaires soient ennoblis et non abâtardis par l'usage du bénéfice. Mais m'importe d'abord le visage de ma cité.

Donc je m'en fus me promener, flanqué d'un lieutenant qui interrogeait les passants.

« Que fais-tu dans la vie ? demandait-il, au hasard des rencontres, à l'un ou à l'autre.

— Je suis charpentier, disait celui-là.

— Je suis laboureur, disait cet autre.

— Je suis forgeron, disait le troisième.

— Je suis berger », disait un autre.

Ou je creuse des puits. Ou je soigne des malades. Ou j'écris pour ceux qui ne savent écrire. Ou je suis boucher pour la viande. Ou je martèle des plateaux à thé. Ou je tisse des toiles. Ou je couds des vêtements. Ou…

Et il m'apparaissait que ceux-là travaillaient pour tous. Car tous consomment du bétail, de l'eau, des remèdes, des planches, du thé et des vêtements. Et nul ne consomme exagérément pour son propre usage car tu manges une fois et te soignes une fois, tu t'habilles une fois, tu bois une fois le thé, tu écris une fois tes lettres et tu dors dans un lit d'une maison.

Mais il arrivait que l'un d'entre eux me répondît :

« Je bâtis des palais, je taille des diamants, je sculpte des statues de pierre… »

Et ceux-là certes ne travaillaient point pour tous mais pour quelques-uns seulement car le produit de leur activité n'était point divisible.

Et en effet si tu observes celui-là qui travaille une année pour peindre son vase, comment distribuerais-tu de tels vases à tous ? Car un homme travaille pour plusieurs dans une cité. Il est les femmes, les malades, les infirmes, les enfants, les vieillards et ceux qui aujourd'hui se reposent. Il est aussi des serviteurs de mon empire, lesquels ne façonnent point d'objets : les soldats, les gendarmes, les poètes, les danseurs, les gouverneurs. Et ceux-là cependant autant que les autres consomment, s'habillent, se chaussent, mangent, boivent et dorment dans un lit d'une maison. Et puisqu'ils n'échangent point d'objet contre les objets qu'ils consomment, il faut bien que quelque part tu voles ces objets à ceux-là qui les fabriquent afin d'en alimenter également ceux qui ne les fabriquent point. Et aucun homme installé dans son atelier ne peut prétendre consommer la totalité de ce qu'il produit. Donc il est des objets que tu ne peux prétendre offrir à tous car il ne serait personne pour les façonner.

Et cependant n'importe-t-il pas que de tels objets soient conçus et soient fabriqués puisqu'ils sont le luxe et la fleur et le sens de ta civilisation ? Et puisque précisément l'objet qui vaut et qui est digne de l'homme est celui qui a coûté beaucoup de temps. Et c'est le sens même du diamant, lequel est année de travail qui donne une larme grande comme l'ongle. Ou la goutte de parfum tirée du tombereau de fleurs. Et que m'importe à moi le destin de la larme et de la goutte de parfum puisque je connais d'avance qu'elles ne sont point distribuables à tous et que je connais également qu'une civilisation repose non sur le destin de l'objet mais sur sa naissance ?

Moi le seigneur je vole du pain et des vêtements aux travailleurs pour les donner à mes soldats, à mes femmes et à mes vieillards.

Pourquoi serais-je plus troublé de voler du pain et des vêtements pour les donner à mes sculpteurs et aux polisseurs de diamants et aux poètes qui, bien qu'ils écrivent leurs poèmes, doivent se nourrir ?

Sinon il n'est plus ni diamant, ni palais, ni quoi que ce soit qui soit souhaitable.

Et ce qui enrichit bien peu mon peuple : il s'enrichit du seul déversement dans les autres activités de ses activités de civilisation qui certes coûtent beaucoup de temps à ceux qui s'y emploient, mais emploient peu d'hommes dans la cité comme me le montrèrent nos rencontres.

Et par ailleurs je réfléchissais sur ce que, si le destinataire de l'objet n'avait point d'importance puisque de toute façon cet objet n'était pas distribuable-à-tous et que par conséquent je ne pouvais prétendre qu'il volât les autres, il me venait cette évidence que le canevas des destinataires est chose délicate à toucher et qui demande beaucoup de précautions car il est trame d'une civilisation. Et peu importe leur qualité ou les justifications morales.

Il est certes là un problème moral. Mais il est un problème exactement opposé. Et si je pense avec des mots qui excluent les contradictions j'éteins chez moi toute lumière.

CXVI

(Notes pour plus tard : Les réfugiés berbères qui ne veulent travailler se couchent. Action impossible.

Mais j'impose non des actes mais des structures. Et je différencie les jours. Et je hiérarchise les hommes et je crée des habitations plus ou moins belles pour apporter la jalousie. Et je crée des règles plus ou moins justes pour provoquer des mouvements divers. Et je ne puis m'intéresser à la justice car elle est ici de laisser croupir cette mare absolument morte. Et je les oblige bien à prendre mon langage puisque mon langage a un sens pour eux. Et ce n'est là qu'un système de conventions à l'aide desquelles je veux atteindre, comme à travers l'aveugle sourd-muet, l'homme, qui est entièrement endormi en eux. Ainsi l'aveugle sourd-muet, tu le brûles et tu lui dis : feu. Et chaque fois que tu le brûles tu lui dis : feu. Et tu es injuste pour l'individu puisque tu le brûles. Mais tu es juste pour l'homme puisque lui ayant dit : feu, tu l'éclaires. Et viendra le jour où quand tu lui diras : feu sans le brûler il retirera aussitôt la main. Et ce sera signe qu'il est né.

Les voilà donc noués malgré eux dans l'absolu d'un réseau qu'ils ne peuvent juger puisqu'il est, tout simplement. Les maisons « sont » différentes. Les repas « sont » différents. (Et j'introduis aussi la fête qui est de tendre vers un jour et dès lors d'exister, « et je les soumettrai à des torsions et des tensions et des figures. Et certes toute tension est injustice car il n'est pas juste que ce jour diffère des autres ».) Et la fête les fait s'éloigner ou s'approcher de quelque chose. Et les maisons plus ou moins belles gagner ou perdre. Et entrer et sortir. Et je dessinerai des lignes blanches à travers le camp pour que soient des zones dangereuses et d'autres de sécurité. Et j'introduirai le lieu interdit où l'on est puni de mort pour les orienter dans l'espace. Et voilà ainsi qu'il sera créé des vertèbres à la méduse. Et elle commencera de marcher, ce qui est admirable.

L'homme disposait d'un langage vide. Mais le langage sera de nouveau sur lui comme un mors. Et il sera des mots cruels qui le pourront faire pleurer. Et il sera des mots chantants qui lui éclaireront le cœur.

« Je vous facilite les choses… » et tout est perdu. Non à cause des richesses, mais parce qu'elles ne sont plus tremplin pour quoi que ce soit mais provisions gagnées. Tu t'es trompé non de donner plus mais d'exiger moins. Si tu donnes plus, tu dois exiger plus.

La justice et l'égalité. Et voilà la mort. Mais la fraternité ne se trouve que dans l'arbre. Car tu ne dois point confondre alliance et communauté, laquelle n'est que promiscuité sans dieu qui domine, ni irrigation, ni musculature, et donc pourrissement.

Car ils se sont dissous d'avoir vécu dans l'égalité, la justice et la communauté totales. Ceci est repos des billes mêlées.

Jette-leur une graine qui les absorbe dans l'injustice de l'arbre.)

CXVII

En ce qui concerne donc mon voisin, j'ai observé qu'il n'était point fertile d'examiner de son empire les faits, les états de choses, les institutions, les objets, mais exclusivement les pentes. Car si tu examines mon empire tu t'en iras voir les forgerons et les trouveras forgeant des clous et se passionnant pour les clous et te chantant les cantiques de la clouterie. Puis tu t'en iras voir les bûcherons et tu les trouveras abattant des arbres et se passionnant pour l'abattage d'arbres, et se remplissant d'une intense jubilation à l'heure de la fête du bûcheron, qui est du premier craquement, lorsque la majesté de l'arbre commence de se prosterner. Et si tu vas voir les astronomes, tu les verras se passionnant pour les étoiles et n'écoutant plus que leur silence. Et en effet chacun s'imagine être tel. Maintenant si je te demande : « Que se passe-t-il dans mon empire, que naîtra-t-il demain chez moi ? » tu me diras : « On forgera des clous, on abattra des arbres, on observera les étoiles et il y aura donc des réserves de clous, des réserves de bois et des observations d'étoiles. » Car myope et le nez contre, tu n'as point reconnu la construction d'un navire.

Et certes nul d'entre eux n'aurait su te dire : « Demain nous serons embarqués sur la mer. » Chacun croyait servir son dieu et disposait d'un langage malhabile pour te chanter le dieu des dieux qui est navire. Car la fertilité du navire est qu'il devienne amour des clous pour le cloutier.

Et quant à la prévision de l'avenir tu en aurais su bien plus long si tu avais dominé cet assemblage disparate et pris conscience de ce dont j'ai augmenté l'âme de mon peuple et qui est pente vers la mer. Alors tu l'eusses vu, ce voilier, assemblage de clous, de planches, de troncs d'arbres et gouverné par les étoiles, se pétrir lentement dans le silence et s'assembler à la façon du cèdre qui draine les sucs et les sels de la rocaille pour les établir dans la lumière.

Et tu la reconnaîtras cette pente qui va vers demain à ses effets irrésistibles. Car là il n'est point à t'y tromper : partout où elle se peut montrer, elle se montre. Et je reconnais la pente vers la terre à ce que je ne puis lâcher, aussi court soit l'instant, la pierre que je tiens dans la main sans qu'aussitôt elle tombe.

Et si je vois un homme se promenant et qu'il marche vers l'est je ne prévois point son avenir. Car il est possible qu'il fasse les cent pas et qu'à l'instant où je l'imagine bien établi dans son voyage il me désoriente par son demi-tour. Mais je prévois l'avenir de mon chien si chaque fois que je relâche sa corde aussi peu que ce soit c'est vers l'est qu'il me fait faire un pas et qu'il tire, car l'est alors est odeur de gibier et je sais bien où mon chien courra si je le délivre. Un pouce de corde m'en a plus appris que mille pas.

Ce prisonnier je l'observe qui est assis ou couché comme défait et dévêtu de tout désir. Mais il pèse vers la liberté. Et je reconnaîtrai sa pente à ce qu'il me suffira de lui montrer un trou dans le mur pour qu'il frémisse et redevienne musculature et attention. Et si la brèche donne sur la campagne, montre-moi celui-là qui a oublié de la voir !

Si tu raisonnes dans ton intelligence tu oublieras ce trou ou l'autre ou encore, le regardant, comme tu penses alors à autre chose, ne le verras point. Ou, le voyant, et enchaînant des syllogismes pour connaître s'il est habile d'en user, tu te décideras trop tard, car les maçons te l'auront effacé du mur. Mais montre-moi, de ce réservoir où l'eau pèse, quelle fissure elle peut oublier ?

C'est pourquoi je dis que la pente, même informulable faute de langage, est plus puissante que la raison et seule gouverne. Et c'est pourquoi je dis que la raison n'est que servante de l'esprit et d'abord transforme la pente et en fait des démonstrations et des maximes, ce qui te permet ensuite de croire que ton bazar d'idées t'a gouverné. Quand je dis que tu n'as été gouverné que par les dieux qui sont temple, domaine, empire, pente vers la mer ou besoin de la liberté.

Ainsi, de mon voisin qui règne de l'autre côté de la montagne, je n'observerai point les actes. Car je ne sais *point* reconnaître au vol du pigeon une fois qu'il vole s'il cingle vers un pigeonnier ou s'il s'huile les ailes de vent, car je ne sais point reconnaître au pas de l'homme vers sa maison s'il cède au désir de sa femme ou à l'ennui de son devoir, et si son pas construit le divorce ou l'amour. Mais celui-là que je tiens dans sa geôle, s'il ne manque point d'occasion et pose son pied sur la clef que j'oublie, tâte les barreaux pour connaître si l'un d'eux remue, et soupèse de l'œil ses geôliers, je le devine déjà déambulant dans la liberté des campagnes.

Je veux connaître ainsi de mon voisin non ce qu'il fait mais ce qu'il n'oublie jamais de faire. Car alors je connais quel dieu le domine même si lui-même l'ignore, et la direction de son avenir.

CXVIII

Je me souvins de ce prophète au regard dur et qui par surcroît était bigle. Il me vint voir et le courroux montait en lui. Un courroux sombre :

« Il convient, me dit-il, de les exterminer. »

Et je compris qu'il avait le goût de la perfection. Car seule est parfaite la mort.

« Ils pèchent », dit-il.

Je me taisais. Je voyais bien sous mes yeux cette âme taillée comme un glaive. Mais je songeais :

« Il existe contre le mal. Il n'existe que par le mal. Que serait-il donc sans le mal ? »

« Que souhaites-tu, lui demandai-je, pour être heureux ?

— Le triomphe du bien. »

Et je comprenais qu'il mentait. Car il me dénommait bonheur l'inemploi et la rouille de son glaive.

Et m'apparaissait peu à peu cette vérité pourtant éclatante que, qui aime le bien, est indulgent au mal. Que, qui aime la force, est indulgent à la faiblesse. Car si les mots se tirent la langue, le bien et le mal cependant se mêlent et les mauvais sculpteurs sont terreau pour les bons sculpteurs, et la tyrannie forge contre elle les âmes fières, et la famine provoque le partage du pain, lequel est plus doux que le pain. Et ceux-là qui ourdissaient des complots contre moi, traqués par mes gendarmes, privés de lumière dans leurs caves, familiers d'une mort prochaine, sacrifiés à d'autres qu'eux-mêmes, ayant accepté le risque, la misère et l'injustice par amour de la liberté et de la justice, m'ont toujours apparu d'une beauté rayonnante, laquelle brûlait comme un incendie aux lieux du supplice, ce pourquoi je ne les ai jamais frustrés de leur mort. Qu'est-ce qu'un diamant s'il n'est point de gangue dure à creuser, et qui le cache ? Qu'est-ce qu'une épée s'il n'est point d'ennemi ? Qu'est-ce qu'un retour s'il n'est point d'absence. Qu'est-ce que la fidélité s'il n'est point de tentation ? Le triomphe du bien c'est le triomphe du bétail sage sous sa mangeoire. Et je ne compte point sur les sédentaires ou les repus.

« Tu luttes contre le mal, lui dis-je, et toute lutte est une danse. Et tu tires ton plaisir du plaisir de la danse donc du mal. Je te préférerais dansant par amour.

« Car si je te fonde un empire où l'on s'exalte pour des poèmes, viendra l'heure des logiciens qui ratiocineront là-dessus et te découvriront les dangers qui menacent les poèmes dans le contraire du poème, comme s'il existait un contraire de quoi que ce soit dans le monde. Te naîtront alors les policiers qui, confondant amour du poème et haine du contraire du poème, s'occuperont non plus d'aimer mais de haïr. Comme si équivalait à l'amour du cèdre la destruction de l'olivier. Et ils t'enverront au cachot soit le musicien, soit le sculpteur, soit l'astronome, au hasard de raisonnements qui seront stupide vent de paroles et faible tremblement de l'air. Et mon empire désormais dépérira car vivifier le cèdre ce n'est point détruire l'olivier ni refuser l'odeur des rosés. Plante au cœur d'un peuple l'amour du voilier et il te drainera toutes les ferveurs de ton territoire pour les changer en voiles. Mais tu veux, toi, présider aux naissances des voiles en pourchassant, et en dénonçant et en exterminant des hérétiques. Or il se trouve que tout ce qui n'est point voilier peut être dénommé contraire du voilier, car la logique mène où tu veux. Et d'épuration en épuration tu extermineras ton peuple car il se trouve que chacun aussi aime autre chose. Bien plus, tu extermineras le voilier lui-même car le cantique du voilier était devenu chez le cloutier cantique de la clouterie. Tu l'auras donc emprisonné. Et il ne sera point de clous pour le navire.

« Ainsi de celui-là qui croit favoriser les grands sculpteurs en exterminant les mauvais sculpteurs, lesquels, dans son stupide vent de paroles, il dénomme contraire des premiers. Et je dis, moi, que tu interdiras à ton fils de choisir un métier qui offre si peu de chances de vivre.

— Si je t'entends bien, se hérissa le prophète bigle, je devrais tolérer le vice !

– Non point. Tu n'as rien compris », lui dis-je.

CXIX

Car si je ne veux pas faire la guerre et que mon rhumatisme me tire la jambe, il deviendra peut-être pour moi objection à la guerre alors que si je penchais vers la guerre je penserais le guérir par l'action. Car c'est mon simple désir de paix qui s'est habillé en rhumatisme, comme en amour peut-être de la maison ou comme en respect de mon ennemi ou comme en quoi que ce soit au monde. Et si tu veux comprendre les hommes, commence d'abord par ne jamais les écouter. Car le cloutier te parle de ses clous. L'astronome de ses étoiles. Et tous oublient la mer.

CXX

Car très important m'apparut qu'il ne te suffit pas de regarder pour voir. Car du haut de ma terrasse, je leur montrais le domaine et leur exposais ses contours et ils hochaient la tête disant : « Oui, oui… » Ou bien alors je leur faisais ouvrir le monastère et leur en expliquais les règles et ils bâillaient avec discrétion. Ou bien je leur montrais l'architecture du temple neuf ou la sculpture ou la peinture d'un sculpteur et d'un peintre qui avaient apporté quelque chose d'encore non habituel. Et ils s'en détournaient aussitôt. Tout ce qui eût pu frapper quelqu'un d'autre au cœur les laissait indifférents.

Et je me disais : __

« Ceux qui, à travers les choses, savent toucher le nœud divin qui les noue, ne disposent point de ce pouvoir en permanence. L'âme est pleine de sommeil. L'âme non exercée l'est plus encore. Comment espérer de ceux-ci qu'ils soient frappés par la révélation comme par la foudre ? Car ceux-là seuls rencontrent la foudre qui reçoivent en elle leur solution, car ils attendaient ce visage, tout construits qu'ils étaient *pour* en être embrasés. Ainsi de celui-là que j'ai délié *pour* l'amour en l'exerçant à la prière. Je l'ai si bien fondé qu'il est des sourires qui seront pour lui comme des glaives. Mais les autres ne connaîtront que le désir. Si je les ai bercés des légendes du Nord où passent des cygnes et des vols gris de canards sauvages et des appels qui remplissent l'étendue, car le Nord pris dans le gel se remplit d'un seul cri comme un temple de marbre noir, alors ceux-là sont prêts pour les yeux gris et le sourire qui brûle en dedans comme la lumière d'une auberge mystérieuse dans la neige. Et je les en verrai frappés au cœur. Mais ceux-là qui remontent des déserts brûlants ne tressaillent point à cette forme de sourire.

Si donc je t'ai construit semblable aux autres dans l'enfance, tu découvriras les mêmes visages que ceux de ton peuple, tu éprouveras les mêmes amours et vous saurez communiquer. Car vous communiquez non l'un vers l'autre mais par la voie des nœuds divins qui nouent les choses et il importe que pour tous ils soient semblables.

Et quand je dis semblables, je ne dis point qu'il s'agit de créer cet ordre qui n'est qu'absence et mort, comme de pierres alignées ou de soldats marchant du même pas. Je dis que je vous ai exercés à reconnaître les mêmes visages, et ainsi à éprouver les mêmes amours.

Car je sais maintenant qu'aimer c'est reconnaître et c'est connaître le visage lu à travers les choses. L'amour n'est que connaissance des dieux.

Lorsque le domaine, la sculpture, le poème, l'empire, la femme ou Dieu, à travers la pitié des hommes, te sont pour un instant donnés à saisir en leur unité, je dis amour cette fenêtre qui vient en toi de s'ouvrir. Et je dis mort de ton amour s'il n'est plus pour toi qu'assemblage. Et cependant ce qui t'est remis par la voie des sens n'a point changé.

Et c'est pourquoi je dis aussi qu'ils ne peuvent plus communiquer sinon comme l'animal en vue du seul usuel, ceux qui ont renoncé aux dieux : bétail rentré.

C'est pourquoi ceux-là qui me viennent, regardant sans voir, il importe de les convertir. Car alors seulement ils s'éclaireront et se feront vastes. Et alors seulement ils seront nus. Car hors ta recherche des satisfactions de ton ventre, que désirerais-tu et où irais-tu et d'où naîtrait le feu de ton plaisir ?

Convertir c'est tourner vers les dieux afin qu'ils soient vus.

Mais je n'ai point de passerelle qui me permette de m'expliquer à toi. Si tu regardes la campagne et que, de mon bâton tendu, je t'y dessine mon domaine, je ne puis pas transporter en toi mon amour par un mouvement aussi quelconque, car il serait par trop aisé pour toi de t'émouvoir. Et les jours d'ennui, tu t'en irais sur les montagnes y faire tourner un bâton pour t'exalter.

Je ne puis qu'essayer sur toi mon domaine. Et c'est pourquoi je crois aux actes. Car m'ont toujours semblé puérils ou aveugles ceux qui distinguent la pensée de l'action. S'en distinguent les idées qui sont pensées changées en objets de bazar.

Je te confierai donc une charrue et des bœufs ou encore un fléau pour les graines. Ou la surveillance des puisatiers. Ou la récolte des olives. Ou la célébration des mariages. Ou l'ensevelissement des morts. Ou quoi que ce soit qui te fasse entrer dans l'invisible construction et te soumette à ses lignes de force et ces lignes de force te feront aisé tel geste et difficile tel autre.

Tu rencontreras donc des obligations et des défenses. Car ce champ est impropre au labour, mais non cet autre. Ce puits-là sauvera ce village, et cet autre le rendra malade. Cette fille est à marier et son village devient cantique. Mais l'autre village pleure son mort. Et quand tu tires par un bord, tout le dessin te vient. Car le laboureur boit. Et le puisatier marie sa fille. Et la mariée mange le pain du premier et boit l'eau du second, et tous célèbrent les mêmes fêtes, prient les mêmes dieux, pleurent les mêmes deuils. Et tu deviens ce que l'on devient dans ce village. Tu me diras ensuite qui en toi vient de naître. Et si celui-là ne te plaît point, alors seulement tu renieras mon village.

Car il n'est point de promeneur oisif auquel il soit donné de voir. L'assemblage n'est rien, lequel seul se montre, et comment saurais-tu d'emblée saisir le dieu quand il n'est qu'exercice de ton cœur ?

Et je dis vérité cela seul qui t'exalte. Car il n'est rien qui se démontre ni pour ni contre. Mais tu ne doutes point de la beauté si tu retentis à tel visage. Tu me diras alors qu'il est vrai qu'il est beau. Du domaine ainsi, ou de l'empire, s'il te fait accepter, une fois découvert, de mourir pour lui. Comment, me dirais-tu, sont vraies les pierres et non le temple ?

Et si du creux du monastère où je t'embrase du plus grand des visages après t'avoir bâti pour qu'il se montre à toi, comment le refuserais-tu ? Comment peux-tu me dire qu'est vraie la beauté dans le visage et non Dieu dans le monde ?

Car tu crois que t'est naturelle la beauté des visages ? Et moi je dis qu'elle est le fruit de ton seul apprentissage. Car je n'ai point connu d'aveugle-né, une fois guéri, qui fût touché d'emblée par un sourire. Il lui faut apprendre aussi le sourire. Mais il te vient, depuis l'enfance, qu'un certain sourire prépare tes joies, car il est d'une surprise que l'on te cache encore. Ou qu'un certain sourcil froncé prépare tes peines, ou qu'une certaine lèvre qui tremble annonce les larmes, ou qu'un certain éclat des yeux annonce le projet qui entraîne et qu'une certaine inclinaison annonce la paix et la confiance dans ses bras.

Et de tes cent mille expériences tu construis une image qui est de la patrie parfaite qui te peut tout entier recevoir et combler et vivifier. Et te voilà qui la reconnais dans la foule, et, plutôt que de la perdre, préfères mourir.

La foudre t'a frappé au cœur, mais ton cœur était prêt pour la foudre.

Aussi n'est-ce point l'amour dont je te dis qu'il est long à naître, car il peut être révélation du pain dont je t'ai appris à avoir faim. J'ai ainsi préparé en toi les échos qui vont retentir au poème. Et le poème t'illumine qui laisserait un autre bayant. Je t'ai préparé une faim qui s'ignore et un désir qui n'a point encore pour toi un nom. Il est ensemble de chemins et structure et architecture. Le dieu qui est pour lui le réveillera d'un coup dans son ensemble et toutes ces voies se feront lumière. Et certes tu en ignores tout : car si tu le connaissais et le cherchais c'est qu'il porterait déjà un nom. Et c'est que déjà tu l'aurais trouvé.

CXXI

(Note pour plus tard : A cause d'une fausse algèbre ces imbéciles ont cru qu'il existait des contraires. Et le contraire de la démagogie c'est la cruauté. Alors que le réseau de relations dans la vie est tel que, si tu anéantis l'un de tes deux contraires, tu meurs.

Car je dis que le contraire de quoi que ce soit, c'est et ce n'est que la mort.

Ainsi celui-là qui pourchasse le contraire de la perfection. Et, de rature en rature, il te brûle tout le texte.

Car rien n'est parfait. Mais celui qui aime la perfection, il embellit toujours.

Ainsi celui-là qui pourchasse lé contraire de la noblesse. Et il te brûle tous les hommes car aucun n'est parfait.

Ainsi celui-là qui anéantit son ennemi. Et il vivait de lui. Donc il en meurt. Le contraire du navire c'est la mer. Mais elle a dessiné et aiguisé l'étrave et la carène. Et le contraire du feu c'est la cendre mais elle veille sur le feu.

Ainsi celui-là qui lutte contre l'esclavage, faisant appel à la haine, au lieu de lutter pour la liberté, faisant appel à l'amour. Et comme il est partout, dans toute hiérarchie, des traces d'esclavage et que tu peux appeler esclavage le rôle des fondations du temple sur qui s'appuient les pierres nobles qui seules gravissent le ciel, te voilà obligé, de conséquence en conséquence, d'anéantir le temple.

Car le cèdre n'est point refus et haine de ce qui n'est point cèdre, mais rocaille drainée par le cèdre et devenue arbre.

Si tu luttes contre quoi que ce soit, le monde entier te deviendra suspect car tout est abri possible et réserve possible et nourriture possible pour ton ennemi. Si tu luttes contre quoi que ce soit, tu dois t'anéantir toi-même car il en est en toi une part, aussi faible soit-elle.

Car la seule injustice que je conçoive est celle de la création. Et tu n'as point détruit les sucs qui eussent pu nourrir la ronce, mais tu as édifié un cèdre qui les a pris pour soi et la ronce ne naîtra point.

Si tu deviens tel arbre tu ne deviendras point un autre. Et tu as été injuste pour les autres.)

Quand ta ferveur s'éteint tu fais durer l'empire avec tes gendarmes. Mais si les gendarmes seuls le peuvent sauver c'est que l'empire est déjà mort. Car ma contrainte c'est celle du pouvoir du cèdre qui noue dans ses nœuds les sucs de la terre, non la stérile extermination des ronces et des sucs, lesquels certes s'offraient aux ronces mais se fussent aussi offerts au cèdre.

Où vois-tu que l'on fasse la guerre contre quelque chose ? Le cèdre qui prospère et anéantit la broussaille se moque bien de la broussaille. Il n'en connaît point l'existence. Il fait la guerre pour le cèdre et transforme en cèdre la broussaille.

Veux-tu faire mourir contre ? Qui voudra mourir ? On veut bien tuer mais non mourir. Or l'acceptation de la guerre c'est l'acceptation de la mort. Et l'acceptation de la mort n'est possible que si tu t'échanges contre quelque chose. Donc dans l'amour.

Ceux-là haïssent autrui. Et s'ils ont des prisons ils y entassent des prisonniers. Mais tu bâtis ainsi ton ennemi car les prisons sont plus rayonnantes que les monastères.

Celui qui emprisonne ou exécute c'est que d'abord il doute de soi-même. Il extermine les témoins et les juges. Mais il ne te suffit pas pour te grandir d'exterminer ceux qui te voyaient bas.

Celui qui emprisonne et exécute c'est aussi qu'il rejette les fautes sur autrui. Donc qu'il est faible. Car plus te voilà fort plus tu prends les fautes à ta charge. Elles te deviennent enseignements pour ta victoire. Mon père, un de ses généraux s'étant fait battre et s'en excusant, l'interrompit : « Ne sois pas prétentieux au point de te flatter de ce que tu eusses pu commettre une faute. Lorsque je monte un âne et qu'il s'égare, ce n'est point l'âne qui se trompe. C'est moi. »

« L'excuse des traîtres, disait ailleurs mon père, c'est d'abord qu'ils ont pu trahir. »

CXXII

Quand les vérités sont évidentes et absolument contradictoires, tu ne peux rien, sinon changer ton langage.

La logique ne mord point pour t'aider à te faire passer d'un étage à l'autre. Tu ne prévois point le recueillement à partir des pierres. Et si tu parles du recueillement avec le langage des pierres, tu échoues. Il te faut inventer ce mot neuf pour rendre compte d'une certaine architecture de tes pierres. Car il est né un être neuf, non divisible, ni explicable, car expliquer c'est démonter. Et tu le baptises donc d'un nom.

Comment raisonnerais-tu sur le recueillement ? Comment raisonnerais-tu sur l'amour ? Comment raisonnerais-tu sur le domaine ? Ils sont non des objets mais des dieux.

Moi j'ai connu celui-là qui voulait mourir parce qu'il avait entendu chanter la légende d'un pays du Nord et, vaguement, connaissait que l'on y marche une certaine nuit de l'année dans la neige, laquelle est craquante, sous les étoiles vers des maisons de bois illuminées. Et si tu entres dans leur lumière après ta route et colles ton visage aux carreaux, tu découvres de cette clarté qu'elle te vient d'un arbre. Et l'on te dit que c'est une nuit qui a un goût de jouets de bois verni et une odeur de cire. Et l'on te dit des visages de cette nuit-là qu'ils sont extraordinaires. Car ils sont de l'attente d'un miracle. Et tu vois tous les vieux qui retiennent leur souffle et fixent les yeux des enfants, et se préparent à de grands battements de cœur. Car il va passer dans ces yeux d'enfants quelque chose d'insaisissable qui n'a point de prix. Car tu l'as bâti toute l'année par l'attente et par les récits et par les promesses et surtout par tes airs entendus et tes allusions secrètes et l'immensité de ton amour. Et maintenant tu vas détacher de l'arbre quelque humble objet de bois verni et le tendre à l'enfant selon la tradition de ton cérémonial. Et c'est l'instant. Et nul ne respire plus. Et l'enfant bat des paupières car on l'a fraîchement tiré du sommeil. Et il est là sur tes genoux avec cette odeur d'enfant frais que l'on a tiré du sommeil et qui te fait autour du cou quand il t'embrasse quelque chose qui est fontaine pour le cœur et dont tu as soif. (Et c'est le grand ennui des enfants que d'être pillés d'une source qui est en eux et qu'ils ne peuvent point connaître et à laquelle tous viennent boire, qui ont vieilli de cœur, pour rajeunir.) Mais les baisers sont ici suspendus. Et l'enfant regarde l'arbre, et tu regardes l'enfant. Car il s'agit de cueillir une surprise émerveillée comme une fleur rare qui naîtrait une fois l'an dans la neige.

Et te voilà comblé par une certaine couleur des yeux qui deviennent sombres. Car l'enfant s'enroule sur son trésor pour s'en éclairer à l'intérieur, d'un coup, dès que le cadeau l'a touché, comme le font les anémones de mer. Et il fuirait si tu le laissais fuir. Et il n'y a point d'espoir de l'atteindre. Ne lui parle pas, il n'entend plus.

Cette couleur à peine changée, plus légère que d'un nuage sur la prairie, ne va pas me dire qu'elle ne pèse point. Car si même elle se trouvait seule récompense de ton année et de la sueur de ton travail et de ta jambe perdue à la guerre, et de tes nuits de méditation et des affronts et des souffrances endurés, voici qu'elle te paierait quand même et t'émerveillerait. Car tu gagnes dans cet échange.

Car il n'est point de raisonnement pour raisonner sur l'amour du domaine, sur le silence du temple ni pour cette seconde incomparable.

Donc mon soldat voulait mourir — lui qui n'avait vécu que de soleil et que de sable, lui qui ne connaissait point d'arbre de lumière, lui qui savait à peine la direction du nord — parce qu'on lui avait dit qu'étaient menacées quelque part par quelque conquête une certaine odeur de cire et une certaine couleur des yeux et que les poèmes les lui avaient autrefois faiblement apportées comme le vent l'odeur des îles. Et je ne connais point de raison meilleure pour mourir.

Car il se trouve que t'alimente seul le nœud divin qui noue les choses. Lequel se rit des mers et des murs. Et te voilà comblé dans ton désert de ce qu'existe quelque part, dans une direction que tu ignores, chez des étrangers dont tu ne sais rien en un pays dont tu ne peux rien concevoir, une certaine attente d'une certaine image d'un pauvre objet de bois verni, laquelle s'enfonce dans les yeux d'un enfant comme une pierre dans les eaux dormantes.

Et il se trouve que l'aliment que tu en reçois te vaut la peine de mourir. Et que je lèverais des armées, si je le souhaitais, pour sauver quelque part dans le monde une odeur de cire.

Mais je ne lèverai point d'armée pour la défense des provisions. Car elles sont faites et tu n'as rien à en attendre, sinon de te changer en bétail morne.

C'est pourquoi si s'éteignent tes dieux tu n'accepteras plus de mourir. Mais tu ne vivras point non plus. Car n'existent point les contraires. Si la mort et la vie sont des mots qui se tirent la langue, reste cependant que tu ne peux vivre que de ce qui te peut faire mourir. Et qui refuse la mort, refuse la vie.

Car s'il n'est rien au-dessus de toi, tu n'as rien à recevoir. Sinon de toi-même. Mais que tires-tu d'un miroir vide ?

CXXIII

Je parlerai pour toi qui es seule. Car j'ai le désir de verser en toi cette lumière.

Ayant découvert que dans ton silence et dans ta solitude il était possible de t'alimenter. Car les dieux se rient des murs et des mers. Et tu es enrichie, toi aussi, de ce qu'il existe quelque part une odeur de cire. Même si tu n'espères point la goûter jamais.

Mais la qualité de la nourriture que je t'apporte, je n'ai d'autre moyen d'en juger que de te juger toi-même. Que deviens-tu l'ayant reçue ? Je veux que tu joignes les mains dans le silence, les yeux devenus sombres, comme de l'enfant auquel j'ai remis le trésor qui commence de le dévorer. Car ce n'était point objet non plus mon cadeau à l'enfant. Celui qui sait, de trois cailloux, bâtir une flotte de guerre et la menacer d'une tempête, si je lui donne le soldat de bois, il en fait armée et capitaines et fidélité à l'empire et dureté de la discipline et mort par la soif dans le désert. Car il en est ainsi de l'instrument pour la musique, lequel est bien autre chose qu'instrument mais matière du piège pour tes captures. Lesquelles ne sont jamais de l'essence du piège. Et toi aussi je t'illuminerai afin que ta mansarde soit claire et habite ton cœur. Car n'est point la même la ville endormie que tu regardes de ta fenêtre si je t'ai parlé du feu sous la cendre. Et n'est point le même le chemin de ronde pour ma sentinelle s'il est promontoire de l'empire.

Quand tu te donnes, tu reçois plus que tu ne donnes. Car tu n'étais rien et tu deviens. Et peu m'importe si les mots se tirent la langue.

Je parlerai pour toi qui es seule car j'ai le désir de t'habiter. Et peut-être t'est-il difficile à cause d'une épaule démise ou d'une infirmité de l'œil de recevoir l'époux de chair dans ta maison. Mais il est des présences plus fortes et j'ai observé que n'était plus le même le cancéreux sur son grabat un matin de victoire et que, malgré que l'épaisseur des murs empêche le bruit des clairons, sa chambre était comme pleine.

Et cependant qu'est-il passé du dehors au-dedans sinon le nœud des choses qui est victoire et se rit des murs et des mers ? Et pourquoi n'existerait-il point de divinité plus brûlante encore ? Laquelle te pétrira brûlante de cœur et fidèle et merveilleuse.

Car l'amour véritable ne se dépense point. Plus tu donnes, plus il te reste. Et si tu vas puiser à la fontaine véritable, plus tu puises plus elle est généreuse. Et l'odeur de cire est vraie pour tous. Et si l'autre la goûte aussi, elle sera plus riche pour toi-même.

Mais cet époux de chair de ta maison, il te pillera s'il sourit ailleurs, et te fera lasse d'aimer.

Et c'est pourquoi je te visiterai. Et je n'ai point besoin de me faire connaître de toi. Je suis nœud de l'empire et je t'ai inventé une prière. Et je suis clef de voûte d'un certain goût des choses. Et je te noue. Et c'en est fini de ta solitude.

Et comment donc ne me suivrais-tu pas ? Je ne suis plus autre chose que toi-même. Ainsi de la musique qui construit en toi une certaine structure, laquelle te brûle.

Et la musique n'est ni vraie ni fausse. C'est toi qui viens de devenir.

Je ne veux point de toi que tu sois déserte dans ta perfection. Déserte et amère. Je te réveillerai à la ferveur, laquelle donne et ne pille jamais car la ferveur ne revendique ni la propriété ni la présence.

Mais le poème est beau pour des raisons qui ne sont point de la logique puisque d'un autre étage. Et d'autant plus pathétique qu'il t'établit mieux dans l'étendue. Car il est un son à tirer de toi et que tu peux rendre mais non toujours de la même qualité. Il est de mauvaise musique qui t'ouvre des chemins médiocres dans le cœur. Et le dieu est faible qui t'apparaît.

Mais il est des visites qui te laissent endormie d'avoir tant aimé.

Et c'est pourquoi, pour toi qui es seule, j'ai inventé cette prière.

CXXIV

Prière de la solitude.

« Ayez pitié de moi, Seigneur, car me pèse ma solitude. Il n'est rien que j'attende. Me voici dans cette chambre où rien ne me parle. Et cependant ce ne sont point des présences que je sollicite, me découvrant plus perdue encore si je m'enfonce dans la foule. Mais telle autre qui me ressemble, seule aussi dans une chambre semblable, voici cependant qu'elle se trouve comblée si ceux de sa tendresse vaquent ailleurs dans la maison. Elle ne les entend ni ne les voit. Elle n'en reçoit rien dans l'instant. Mais il lui suffit pour être heureuse de connaître que sa maison est habitée.

« Seigneur, je ne réclame rien non plus qui soit à voir ou à entendre. Vos miracles ne sont point pour les sens. Mais il vous suffit pour me guérir de m'éclairer l'esprit sur ma demeure.

« Le voyageur dans son désert, s'il est, Seigneur, d'une maison habitée, malgré qu'il la sache aux confins du monde, il s'en réjouit. Nulle distance ne l'empêche d'en être nourri, et s'il meurt il meurt dans l'amour... Je ne demande donc même pas, Seigneur, que ma demeure me soit prochaine.

« Le promeneur qui dans la foule a été frappé par un visage, le voilà qui se transfigure, même si le visage n'est point pour lui. Ainsi de ce soldat amoureux de la reine. Il devient soldat d'une reine. Je ne demande donc même pas, Seigneur, que cette demeure me soit promise.

« Au large des mers il est des destinées brûlantes vouées à une île qui n'existe pas. Ils chantent, ceux du navire, le cantique de l'île et s'en trouvent heureux. Ce n'est point l'île qui les comble mais le cantique. Je ne demande donc même pas, Seigneur, que cette demeure soit quelque part...

« La solitude, Seigneur, n'est fruit que de l'esprit s'il est infirme. Il n'habite qu'une patrie, laquelle est sens des choses. Ainsi le temple quand il est sens des pierres. Il n'a d'ailes que pour cet espace. Il ne se réjouit point des objets mais du seul visage qu'on lit au travers et qui les noue. Faites simplement que j'apprenne à lire.

« Alors, Seigneur, c'en sera fini de ma solitude. »

CXXV

Car exactement comme la cathédrale est un certain arrangement de pierres toutes semblables mais distribuées selon des lignes de force dont la structure parle à l'esprit, exactement de même qu'il est un cérémonial de mes pierres. Et la cathédrale est plus ou moins belle.

Exactement comme la liturgie de mon année est un certain arrangement de jours d'abord tous semblables mais distribués selon des lignes de force dont la structure parle à l'esprit (et maintenant il est des jours où tu dois jeûner, d'autres où vous êtes conviés à vous réjouir, d'autres où tu ne dois pas travailler, et ce sont mes lignes de force que tu rencontres), exactement de même qu'il est un cérémonial de mes jours. Et l'année est plus ou moins vivante.

Exactement de même qu'il est un cérémonial des traits du visage. Et le visage est plus ou moins beau. Et un cérémonial de mon armée car ce geste-ci t'y est possible mais non cet autre qui te fait rencontrer mes lignes de force. Et tu es soldat d'une armée. Et l'armée est plus ou moins forte.

Et un cérémonial de mon village, car voici le jour de fête, ou la cloche des morts, ou l'heure des vendanges, ou le mur à bâtir ensemble, ou la communauté dans la famine et le partage de l'eau dans la sécheresse, et cette outre pleine n'est point pour toi seul. Et te voilà d'une patrie. Et la patrie est plus ou moins chaude.

Et je ne connais rien au monde qui ne soit d'abord cérémonial. Car tu n'as rien à attendre d'une cathédrale sans architecture, d'une année sans fêtes, d'un visage sans proportions, d'une armée sans règlements, ni d'une patrie sans coutumes. Tu ne saurais quoi faire de tes matériaux en vrac.

Pourquoi me dirais-tu de ces objets en vrac qu'ils sont réalité, et du cérémonial qu'il est illusion ? Puisque l'objet lui-même est cérémonial de ses parties. Pourquoi l'armée selon toi serait-elle moins réelle qu'une pierre ? Mais j'ai dénommé pierre un certain cérémonial de la poussière dont elle est composée. Et année le cérémonial des jours. Pourquoi l'année serait-elle moins vraie que la pierre ?

Ceux-là n'ont découvert que les individus. Et certes, il est bon que les individus prospèrent et se nourrissent et s'habillent et ne souffrent point exagérément. Mais ils meurent dans l'essentiel et ne sont plus que pierres en vrac si tu ne fondes pas dans ton empire un cérémonial des hommes.

Car autrement l'homme n'est plus rien. Et tu ne pleureras pas plus ton frère, s'il meurt, que le chien quand l'autre de la même portée se noie. Mais tu ne tireras point de joie non plus du retour de ton frère. Car le retour du frère doit être d'un temple qui s'embellit, et la mort du frère un éboulement dans le temple.

Et chez les réfugiés berbères je n'ai point observé que l'on pleurât les morts.

Comment saurai-je te démontrer ce que je cherche ? Il ne s'agit plus d'un objet qui parle aux sens mais à l'esprit. Ne me demande point de justifier le cérémonial que j'impose. La logique est de l'étage des objets et non de celui du nœud qui les noue. Ici je n'ai plus de langage.

Tu les as vues, les chenilles sans yeux s'acheminer vers la lumière ou faire l'ascension de l'arbre. Et toi qui les observes en homme, tu te formules ce vers quoi elles tendent. Tu conclus : « Lumière » ou « Sommet ». Mais elles l'ignorent. Ainsi si tu reçois quelque chose de ma cathédrale, de mon année, de mon visage, de ma patrie, voilà ta vérité et peu m'importe ton vent de paroles qui n'est bon que pour les objets. Tu es chenille. Tu ne conçois point ce que tu cherches.

Si donc de ma cathédrale, de mon année, de mon empire tu sors embelli, sanctifié ou nourri de quelque invisible nourriture, je me dirai : « Voici une belle cathédrale pour hommes. Une belle année. Un bel empire. » Même si je ne sais point d'où considérer pour savoir la cause.

J'ai simplement, comme la chenille, trouvé quelque chose qui est pour moi. Ainsi d'un aveugle en hiver qui cherche le feu avec ses paumes. Et il le trouve. Et il pose son bâton et s'assied auprès, les jambes en croix. Bien qu'il ne sache rien du feu, à la façon dont tu sais quelque chose, toi qui vois. Il a trouvé la vérité de son corps, car tu l'observeras qui ne changera plus de place.

Et si tu reproches à ma vérité de n'être point une vérité, je te raconterai la mort du seul géomètre véritable, mon ami, qui, comme il s'apprêtait de mourir, me pria de l'assister.

CXXVI

Je m'en vins donc à lui de mes pas lents car je l'aimais.

« Géomètre, mon ami, je prierai Dieu pour toi. »

Mais il était las, ayant souffert.

« Ne t'inquiète point pour mon corps. J'ai la jambe morte et le bras mort et me voici comme un vieil arbre. Laisse faire le bûcheron…

— Tu ne regrettes rien, géomètre ?

— Que regretterais-je ? J'ai le souvenir d'un bras valide et d'une jambe valide. Mais toute la vie est naissance. Et l'on s'adopte tel que l'on est. As-tu jamais regretté ta première enfance, tes quinze ans ou ton âge mûr ? Ces regrets-là sont regrets de mauvais poète. Il n'est point là regret, mais douceur de la mélancolie, laquelle n'est point souffrance, mais parfum dans le vase d'une liqueur évaporée. Certes ton œil, le jour où tu le perds, tu te lamentes car toute mue est douloureuse.

Mais il n'est point de pathétique à se promener dans la vie avec un seul œil. Et j'ai vu rire les aveugles.

— On peut se souvenir de son bonheur…

— Et où vois-tu qu'il y ait là souffrance ? Certes, j'ai vu celui-là souffrir du départ de celle qu'il aimait et qui était pour lui sens des jours, des heures et des choses. Car croulait son temple. Mais je n'ai point vu souffrir cet autre qui ayant connu l'exaltation de l'amour, puis ayant cessé d'aimer, a perdu le foyer de ses joies. Et il en est de même de celui qui était ému par le poème puis que le poème ennuie. Où vois-tu qu'il souffre ? C'est l'esprit qui dort et l'homme n'est plus. Car l'ennui n'est point le regret. Le regret de l'amour c'est toujours l'amour… et s'il n'est plus d'amour il n'est point de regret de l'amour. Tu ne rencontres plus que cet ennui qui est de l'étage des choses car elles n'ont rien à te donner. Les matériaux de ma vie ou bien ils s'effondrent dans l'instant que leur clef de voûte s'en va et c'est la souffrance de la mue et comment la connaîtrais-je ? Puisque c'est maintenant seulement que m'apparaît la clef de voûte véritable et la véritable signification et qu'ils n'ont jamais eu plus de sens qu'ils n'en ont. Et comment connaîtrais-je l'ennui puisqu'il est basilique construite et achevée et enfin éclairée pour mes yeux ?

— Géomètre, que me dis-tu là ! La mère peut se lamenter sur le souvenir de l'enfant mort.

— Certes dans l'instant où il s'en va. Car les choses perdent leur sens. Le lait monte à la mère et il n'est plus d'enfant. Te pèse la confidence qui est destinée à la bien-aimée et il n'est plus de bien-aimée. Et si te voilà d'un domaine vendu et dispersé que feras-tu de l'amour du domaine ? C'est l'heure de la mue laquelle est toujours douloureuse. Mais tu te trompes, car les mots embrouillent les hommes. Vient l'heure où les choses anciennes reçoivent leur sens et qui était de te faire devenir. Vient l'heure où tu te sens enrichi d'avoir autrefois aimé. Et c'est la mélancolie laquelle est douce. Vient l'heure où la mère ayant vieilli est de visage plus émouvant et de cœur mieux éclairé, bien qu'elle n'ose avouer, tant elle a peur aussi des mots, que lui est doux le souvenir de l'enfant mort. As-tu jamais entendu une mère te dire qu'elle eût préféré ne point le connaître, ne point l'allaiter, ne point le chérir ? »

Le géomètre s'étant tu longtemps me dit encore : « Ainsi ma vie bien rangée en arrière me devient aujourd'hui déjà souvenir…

— Ah ! géomètre mon ami, dis-moi la vérité qui te fait cette âme sereine…

— Connaître une vérité, peut-être n'est-ce que la voir en silence. Connaître la vérité, c'est peut-être avoir droit enfin au silence éternel. J'ai coutume de dire que l'arbre est vrai, lequel est une certaine relation entre ses parties. Puis la forêt laquelle est une certaine relation entre les arbres. Puis le domaine lequel est une certaine relation entre les arbres et les plaines et autres matériaux du domaine. Puis de l'empire lequel est une certaine relation entre les domaines et les villes et autres matériaux des empires. Puis de Dieu lequel est une relation parfaite entre les empires et quoi que ce soit dans le monde. Dieu est aussi vrai que l'arbre, bien que plus difficile à lire. Et je n'ai plus de questions à poser. »

Il réfléchit :

« Je ne connais point d'autre vérité. Je ne connais que des structures qui plus ou moins me sont commodes pour dire le monde. Mais… »

Il se tut longtemps cette fois et je n'osai point l'interrompre :

« Cependant il m'est apparu quelquefois qu'elles ressemblaient à quelque chose….

— Que veux-tu dire ?

— Si je cherche j'ai trouvé car l'esprit ne désire que ce qu'il possède. Trouver c'est voir. Et comment chercherais-je ce qui pour moi n'a point de sens encore ? Je te l'ai dit, le regret de l'amour c'est l'amour. Et nul ne souffre du désir de ce qui n'est pas conçu. Et cependant j'ai eu comme le regret de choses qui n'avaient point encore de sens. Sinon pourquoi aurais-je marché dans la direction de vérités que je ne pouvais concevoir ? J'ai choisi vers des puits ignorés des chemins rectilignes qui furent semblables à des retours. J'ai eu l'instinct de mes structures comme des chenilles aveugles de leur soleil.

« Et toi quand tu bâtis un temple et qu'il est beau, à qui ressemble-t-il ?

« Et quand tu légifères sur le cérémonial des hommes et qu'il exalte les hommes comme le feu réchauffe ton aveugle, à quoi ressemble-t-il ? Car les exemples ne sont pas tous beaux et il est des cérémonials qui n'exaltent pas.

« Mais les chenilles ne connaissent point leur soleil, les aveugles ne connaissent point leur feu et tu ne connais point le visage auquel tu le fais ressembler quand tu bâtis un temple qui est pathétique au cœur des hommes.

« Il était pour moi un visage qui m'éclairait d'un côté et non de l'autre puisqu'il me faisait tourner vers lui. Mais je ne le connais point encore... »

C'est alors qu'à mon géomètre Dieu se montra.

CXXVII

Les actes bas suscitent pour véhicule des âmes basses. Les actes nobles, des âmes nobles.

Les actes bas se formulent par des motifs bas. Les actes nobles par des motifs nobles.

Si je fais trahir je ferai trahir par des traîtres.

Si je fais bâtir je ferai bâtir par des maçons.

Si je fais la paix je la ferai signer par des lâches.

Si je fais mourir je ferai déclarer la guerre par des héros.

Car évidemment, les tendances diverses, si une tendance l'emporte, c'est celui-là qui a crié le plus fort dans cette direction qui en prendra la charge. Et si la direction nécessaire se trouve être humiliante c'est celui-là qui l'a souhaitée même quand elle n'était point nécessaire, par simple bassesse, qui t'y conduira.

Il est difficile de faire décider la reddition par les plus héroïques, comme de faire opter pour le sacrifice par les plus lâches.

Et si un acte est nécessaire bien qu'humiliant d'un certain point de vue, rien n'étant simple, je pousserai en avant celui qui puant le plus fera le moins dégoûté. Je ne les choisis pas délicats de narine, mes ramasseurs de poubelles.

Ainsi des négociations avec mon ennemi s'il vainqueur. Je choisirai pour les conduire l'ami de l'ennemi. Mais ne va pas me reprocher d'estimer l'un ni de me soumettre de bon gré à l'autre.

Car certes, mes ramasseurs de poubelles, si tu leur demandes de s'énoncer, ils te diront qu'ils ramassent les poubelles par goût de l'odeur des ordures.

Et mon bourreau il te dira qu'il décapite par goût du sang.

Mais tu te tromperais si tu me jugeais, moi qui les suscite, selon leur langage. Car c'est mon horreur des ordures et c'est mon amour du seuil lustré qui m'a fait faire appel à des ramasseurs de poubelles. Et c'est mon horreur du sang versé quand il est innocent qui m'a contraint d'inventer un bourreau.

Et maintenant n'écoute point parler les hommes si tu désires les comprendre. Car si j'ai décidé la guerre et le sacrifice de la vie pour sauver les greniers de l'empire, comme se seront poussés en avant, pour prêcher la mort, les plus héroïques, ils te parleront du seul honneur et de la seule gloire de mourir. Car nul ne meurt pour un grenier.

Et ainsi en est-il de l'amour du navire lequel devient amour des clous chez le cloutier.

Et si j'ai décidé la paix pour sauver du pillage total quelque chose des mêmes greniers, avant que le feu n'ait tout détruit et qu'il ne soit donc plus de problème de paix ou de guerre mais sommeil des morts, comme se seront poussés en avant pour signer les moins prévenus contre l'ennemi, ils te parleront de la beauté de ces lois et de la justice de ces décisions. Et ceux-là aussi croiront ce qu'ils disent. Mais il s'agissait de tout autre chose.

Si je fais refuser quelque chose c'est celui qui refuserait tout qui le refusera. Si je fais accorder quelque chose c'est celui qui accorderait tout qui l'accordera.

Car l'empire est chose puissante et lourde qui ne se charrie point dans un vent de paroles. Cette nuit-ci, du haut de ma terrasse, je considère cette terre noire où sont ces milliers de milliers qui dorment ou veillent, heureux ou malheureux, satisfaits ou insatisfaits, confiants ou désespérés. Et il m'est d'abord apparu que l'empire n'avait point de voix car c'est un géant sans langage. Et comment transporterai-je en toi l'empire avec ses désirs, ses ferveurs, ses lassitudes, ses appels si je ne sais même point trouver les mots qui transporteraient la montagne en toi qui n'as jamais connu que la mer ?

Ceux-là ils parlent tous au nom de l'empire, les uns les autres différemment. Et ils ont raison d'essayer de parler au nom de l'empire. Car il est bon, ce géant sans langage, de lui trouver un cri à rendre.

Et je te l'ai dit de la perfection. Le beau cantique naît des cantiques manques, car si nul ne s'exerce au cantique il ne naîtra point de beau cantique.

Donc tous ils se contredisent car il n'est point encore de langage pour dire l'empire. Laisse faire. Écoute-les tous. Tous ont raison. Mais ils n'ont point gravi assez haut leurs montagnes pour comprendre chacun que l'autre a raison.

Et s'ils commencent de se déchirer, de s'emprisonner et de s'entre-tuer c'est qu'ils sont désir d'une parole qu'ils ne savent point former encore.

Et moi je leur pardonne s'ils balbutient.

CXXVIII

Tu me demandes : « Pourquoi ce peuple accepte-t-il d'être réduit en esclavage et ne poursuit-il pas sa lutte jusqu'au dernier ? »

Mais il convient de distinguer le sacrifice par amour, lequel est noble, du suicide par désespoir, lequel est bas ou vulgaire. Pour le sacrifice il faut un dieu comme le domaine ou la communauté ou le temple, lequel reçoit la part que tu délègues et en laquelle tu t'échanges.

Quelques-uns peuvent accepter de mourir pour tous, même si la mort est inutile. Et elle ne l'est jamais. Car les autres en sont embellis et vont l'œil plus clair et l'esprit plus vaste.

Quel père ne s'arrachera pas à l'étreinte de tes bras pour plonger dans le gouffre où se noie son fils ? Tu ne pourras pas le retenir. Mais vas-tu souhaiter qu'ils plongent ensemble ? Qui s'enrichira de leurs vies ?

L'honneur est rayonnement non du suicide mais du sacrifice.

CXXIX

Si tu juges mon œuvre, je souhaite que tu m'en parles sans m'interposer dans ton jugement. Car si je sculpte un visage, je m'échange en lui et je le sers. Et ce n'est point lui qui me sert. Et en effet j'accepte jusqu'au risque de mort pour achever ma création.

Donc ne ménage point tes critiques par crainte de me blesser dans ma vanité car il n'est point en moi de vanité. La vanité n'a point de sens pour moi puisqu'il s'agit non de moi mais de ce visage.

Mais s'il se trouve que ce visage t'a changé, ayant transporté en toi quelque chose, ne ménage point non plus tes témoignages par crainte d'offenser ma modestie. Car il n'est point en moi de modestie. Il s'agissait d'un tir dont le sens nous domine mais auquel il est bon que nous collaborions. Moi comme flèche, toi comme cible.

CXXX

Quand je mourrai.

« Seigneur, j'arrive à toi car j'ai labouré en ton nom. A toi les semailles.

« Moi j'ai bâti ce cierge. Il est de toi de l'allumer.

« Moi j'ai bâti ce temple. Il est de toi d'habiter son silence.

« Car la capture n'est point pour moi : je n'ai fait que construire le piège. J'ai pris cette attitude pour en être animé. Et j'ai bâti un homme selon tes divines lignes de force afin qu'il marche. A toi d'user du véhicule si tu y trouves ta gloire. »

Ainsi du sommet des remparts je poussai un profond soupir. « Adieu mon peuple, pensais-je. Je me suis vidé de mon amour et vais dormir. Cependant je suis invincible comme est invincible la graine. Je n'ai point dit tous les aspects de mon visage. Mais créer ce n'est point énoncer. Je me suis entièrement exprimé si j'ai rendu un son qui est celui-là et non un autre. Saisi une attitude qui est celle-là et non une autre. Installé dans la pâte un ferment qui est tel ferment et non un autre. Vous êtes tous désormais nés de moi car s'il s'agit pour vous d'un acte à choisir parmi d'autres vous rencontrerez l'invisible pente qui vous fera développer mon arbre, et ainsi selon moi devenir.

« Certes, vous vous sentirez libres, moi mort. Mais comme le fleuve de se diriger vers la mer, ou la pierre lâchée de descendre.

« Faites-vous branches. Faites vos fleurs et faites vos fruits. On vous pèsera à la vendange.

« Mon peuple bien-aimé, sois fidèle de génération en génération si j'ai augmenté ton héritage. »

Et comme je priais, faisait les cent pas la sentinelle. Et je méditais.

« Mon empire me délègue des sentinelles qui veillent. Ainsi j'ai allumé ce feu qui devient dans la sentinelle flamme de vigilance.

« Est beau mon soldat s'il regarde… »

CXXXI

Car je vous transfigure le monde, comme de l'enfant ses trois cailloux, si je leur attribue des valeurs diverses et un autre rôle dans le jeu. Et la réalité pour l'enfant ne réside ni dans les cailloux ni dans les règles qui ne sont qu'un piège favorable, mais dans la seule ferveur qui naît du jeu. Et les cailloux en sont en retour transfigurés.

Et que ferais-tu de tes objets, de ta maison, de tes amours et des bruits qui sont pour tes oreilles et des images qui sont pour tes yeux s'ils ne deviennent point matériaux de mon invisible palais lequel les transfigure ?

Mais ceux-là qui ne tirent aucune saveur de leurs objets faute d'un empire qui les anime, ils s'irritent contre ces objets mêmes. « D'où vient que la richesse ne m'enrichisse point ? » se lamentent-ils et ils supputent qu'il ne convient que de l'accroître car elle n'était point suffisante. Et ils en accaparent d'autres, qui les encombrent plus encore. Et les voilà cruels dans leur irréparable ennui. Car ils ne savent point qu'ils cherchent autre chose faute de l'avoir rencontré. Ils ont rencontré celui-là qui se montrait tellement heureux de lire sa lettre d'amour. Ils se penchent sur son épaule et observant qu'il tire sa joie de caractères noirs sur page blanche, ils ordonnent à leurs esclaves de s'exercer sur page blanche à mille arrangements de signes noirs. Et ils les fouettent de ne point réussir le talisman qui rend heureux.

Car il n'est rien pour eux qui fasse retentir les objets les uns sur les autres. Ils vivent dans le désert de leurs pierres en vrac.

Mais moi je viens qui à travers bâtis le temple. Et les mêmes pierres leur versent la béatitude.

CXXXII

Car je les rendais sensibles à la mort. Sans d'ailleurs le regretter. Car ainsi ils étaient sensibles à la vie. Mais si j'établissais chez toi le droit d'aînesse tu y trouverais plus de raisons, certes, de haïr, mais en même temps d'aimer et pleurer ton frère. Si même c'était celui qui de par ma loi te frustrait. Car ainsi meurt le frère aîné, ce qui a un sens, et le responsable, et le guide, et le pôle de la tribu. Et lui, si tu meurs, pleure sa brebis, celui qu'il aidait, celui qu'il aimait aimer, celui qu'il conseillait sous la lampe du soir.

Mais si je vous ai faits, l'un par rapport à l'autre, égaux et libres, rien ne changera par la mort et vous ne pleurerez point. Je l'ai bien observé de mes guerriers dans le combat. Ton camarade est mort et cependant rien n'a beaucoup changé. Il est remplacé sur l'heure par un autre. Et tu dénommes dignité du soldat, sacrifice consenti, noblesse masculine ta réserve devant la mort. Et ton refus des larmes. Mais au risque de te scandaliser je te dirai : Tu ne pleures point faute de motifs pour pleurer. Car celui-là qui est mort tu ne sais point qu'il est mort. Il mourra plus tard peut-être la paix venue. Aujourd'hui il en est toujours un autre à ta gauche et un autre à ta droite, ajustant leurs fusils. Tu n'as point le loisir de demander à l'homme ce qu'il était capable de donner seul. Comme cette protection de ton aîné. Car ce que donnait l'un, l'autre le donnera. Les billes d'un sac ne pleurent point l'absence d'une bille car le sac est tout gonflé de billes semblables. De celui qui meurt tu dis simplement : « Je n'ai pas le temps... il mourra plus tard. » Mais il ne mourra plus car, la guerre achevée, les vivants aussi se disperseront. Ainsi se défera la figure que vous formiez. Vivants et morts vous vous ressemblerez. Les absents seront comme des morts et les morts comme des absents.

Mais si vous êtes d'un arbre, alors chacun dépend de tous et tous dépendent de chacun. Et vous pleurerez si l'un s'en va.

Car si vous êtes soumis à quelque figure, il y a entre vous hiérarchie. Alors votre importance l'un pour l'autre se montre. Car s'il n'est point de hiérarchie il n'est point de frères. Et j'ai toujours entendu dire « mon frère » quand il y avait quelque dépendance.

Et je ne veux point vous faire le cœur dur à la mort. Car alors il ne s'agit point de vous durcir contre une faiblesse humiliante comme le serait la peur du sang ou la crainte des coups, lequel durcissement vous fait grandir, mais de subir moins durement la mort parce qu'il mourrait moins de choses. Et certes, plus pour votre cœur votre frère se fera provision maigre, moins vous irez pleurer sa mort.

Je désire, moi, vous enrichir et faire retentir votre frère sur vous. Et faire que votre amour, si vous aimez, soit découverte d'un empire et non saillie comme du bouc. Car certes, ne pleure point le bouc. Mais qu'elle meure, celle de votre amour, et vous êtes en exil. Et celui-là qui dit qu'il prend sa mort en homme c'est qu'il en faisait un bétail. Et à son tour elle prendra sa mort à lui en bétail et dira : « Il est bon que les hommes meurent à la guerre... » Mais moi je veux que vous mourriez en guerre. Car qui aimera si ce n'est le guerrier ? Mais je ne veux point que par lâcheté vous ayez dégradé vos trésors, par désir de les moins regretter, car qui mourra sinon un automate morne et qui ne sacrifie rien à l'empire ?

J'exige, moi, que l'on me donne le meilleur. Car alors seulement vous voilà grands.

Donc il ne s'agit point de vous solliciter de mépriser la vie, mais bien de vous la faire aimer.

Et de vous faire aussi aimer la mort, si elle est échange contre l'empire.

Car rien ne s'oppose. L'amour de Dieu vous augmente l'amour de l'empire. L'amour de l'empire celui du domaine. Celui du domaine l'amour de l'épouse. Et l'amour de l'épouse l'amour du simple plateau d'argent qui est du thé auprès d'elle après l'amour.

Mais comme je vous fais la mort déchirante, je veux en même temps vous en consoler. C'est pourquoi pour ceux-là qui pleurent j'ai inventé cette prière : Prière contre la mort.

CXXXIII

« J'ai écrit mon poème. Il me reste à le corriger. »

Mon père s'irrita :

« Tu écris ton poème après quoi tu le corrigeras ! Qu'est-ce qu'écrire sinon corriger ! Qu'est-ce que sculpter sinon corriger ! As-tu vu pétrir la glaise ? De correction en correction sort le visage, et le premier coup de pouce déjà était correction au bloc de glaise. Quand je fonde ma ville je corrige le sable. Puis corrige ma ville. Et de correction en correction, je marche vers Dieu. »

CXXXIV

Car certes, tu t'exprimes par des relations. Et tu fais retentir les cloches les unes sur les autres. Et n'ont point d'importance les objets que tu fais retentir. Ce sont matériaux du piège pour des captures, lesquelles ne sont jamais de l'essence du piège. Et je t'ai dit qu'il fallait des objets reliés.

Mais dans la danse ou la musique il est un déroulement dans le temps qui ne me permet pas de me tromper sur ton message. Tu allonges ici, ralentis là, montes là et descends ici. Et fais maintenant écho à toi-même.

Mais là où tu me présentes tout en son ensemble il me faut un code. Car s'il n'est ni nez, ni bouche, ni oreille, ni menton, comment saurai-je ce que tu allonges ou raccourcis, épaissis ou allèges, redresses ou dévies, creuses ou bombes ? Comment connaîtrai-je tes mouvements et distinguerai-je tes répétitions et tes échos ? Et comment lirai-je ton message ? Mais le visage sera mon code car j'en connais un qui est parfait et qui est banal.

Et certes tu ne m'exprimeras rien si tu me fournis le visage parfaitement banal, sinon le simple don du code, l'objet de référence et le modèle d'académie. J'en ai besoin non pour m'émouvoir mais pour lire ce que tu charries dans ma direction. Et si tu me livres le modèle lui-même, certes tu ne charrieras rien. Aussi j'accepte bien que tu t'éloignes du modèle et déformes et emmêles, mais tant que je conserve la clef. Et je ne te reprocherai rien s'il te plaît de me placer l'œil sur le front.

Bien que je te jugerai alors malhabile, comme celui-là qui pour faire entendre sa musique ferait beaucoup de bruit ou qui rendrait trop ostensible dans son poème une image afin qu'elle se vît.

Car je dis qu'il est digne d'enlever les échafaudages quand tu as achevé ton temple. Je n'ai pas besoin de lire tes moyens. Et ton œuvre est parfaite si je ne les y découvre plus.

Car précisément ce n'est pas le nez qui m'intéresse et il ne faut pas trop me le montrer en me le plaçant sur le front, ni le mot, et il ne faut pas me le choisir trop vigoureux sinon il mange l'image. Ni même l'image sinon elle mange le style.

Ce que je sollicite de toi est d'une autre essence que le piège. Ainsi de ton silence dans la cathédrale de pierre. Or il se trouve que c'est toi, lequel me prétendais mépriser la matière et chercher l'essence, et qui t'es appuyé sur cette belle ambition pour me fournir tes indéchiffrables messages, qui me construis un piège énorme aux couleurs voyantes, lequel m'écrase, et me dissimule la souris mort-née que tu as prise.

Car tant que je te reconnais ou pittoresque ou brillant ou paradoxal c'est que je n'ai rien reçu de toi, car simplement tu te montres comme dans une foire. Mais tu t'es trompé dans l'objet de la création. Car ce n'est point de te montrer toi-même mais de me faire devenir. Or si tu agites devant moi ton épouvantail à moineaux, je m'en irai me poser ailleurs.

Mais celui-là qui m'a conduit là où il voulait, puis s'est retiré, il me fait croire que je découvre le monde et, comme il le désirait, devenir.

Mais ne crois point non plus que cette discrétion consiste à me polir une sphère où ondulent vaguement un nez, une bouche et un menton comme d'une cire oubliée au feu, car si tu méprises si fort les moyens dont tu uses, commence par me supprimer ce marbre lui-même ou cette argile ou ce bronze, lesquels sont plus matériels encore qu'une simple forme de lèvre.

La discrétion consiste à ne pas insister sur ce que tu veux me faire voir. Or je remarquerai du premier coup, car je vois de nombreux visages le long de la journée, que tu me veux effacer le nez et je n'appellerai point non plus discrétion de me loger ton marbre dans une chambre obscure.

Le visage véritablement invisible et dont je ne recevrai plus rien, c'est le visage banal.

Mais vous êtes devenus des brutes et il vous faut crier pour vous faire entendre.

Certes, tu me peux dessiner un tapis bariolé, mais il n'a que deux dimensions et, s'il parle à mes sens, il ne parle ni à mon esprit ni à mon cœur.

CXXXV

Je te veux dessiller les yeux sur le mirage de l'île. Car tu crois que dans la liberté des arbres et des prairies et des troupeaux, dans l'exaltation de la solitude des grands espaces, dans la ferveur de l'amour sans frein, tu vas jaillir droit comme un arbre. Mais les arbres que j'ai vus jaillir le plus droit ne sont point ceux qui poussent libres. Car ceux-là ne se pressent point de grandir, flânent dans leur ascension et montent tout tordus. Tandis que celui-là de la forêt vierge, pressé d'ennemis qui lui volent sa part de soleil, escalade le ciel d'un jet vertical, avec l'urgence d'un appel.

Car tu ne trouveras dans ton île ni liberté, ni exaltation, ni amour.

Et si tu t'enfonces pour longtemps dans le désert (car autre chose est de t'y reposer du charroi des villes), je ne sais qu'un moyen de l'animer pour toi, de t'y conserver en haleine et de le faire terreau de ton exaltation. Et c'est d'y tendre une structure de lignes de force. Qu'elles soient de la nature ou de l'empire.

Et j'installerai le réseau des puits assez avare pour que ta marche aboutisse sur chacun d'entre eux plus qu'elle n'y accède. Car il faut économiser vers le septième jour l'eau des outres. Et tendre vers ce puits de toutes ses forces. Et le gagner par ta victoire. Et sans doute perdre des montures à forcer cet espace et cette solitude, car il vaudra le prix des sacrifices consentis. Et les caravanes ensablées qui ne l'ont point trouvé attestent sa gloire. Et il rayonne sur leurs ossements sous le soleil.

Ainsi, à l'heure du départ, quand tu vérifies le chargement, tires sur les cordages pour juger si les marchandises balancent, contrôles l'état des réserves d'eau, tu fais appel au meilleur de toi-même. Et te voilà en marche vers ta contrée lointaine qu'au-delà des sables bénissent les eaux, gravissant l'étendue d'un puits à l'autre puits, comme les marches d'un escalier, pris, puisqu'il est une danse à danser et un ennemi à vaincre, dans le cérémonial du désert. Et, en même temps que des muscles, je te bâtis une âme.

Mais si je veux te l'enrichir encore, si je veux que les puits comme des pôles attirent ou repoussent avec plus de force et qu'ainsi le désert soit construction pour ton esprit et pour ton cœur, je te le peuplerai d'ennemis. Ceux-là tiendront les puits et il te faudra pour boire ruser, combattre et vaincre. Et selon les tribus qui camperont ici et là plus cruelles, moins cruelles, plus voisines d'esprit ou d'une langue impénétrable, mieux armées ou moins bien armées — tes pas se feront plus agiles ou moins agiles, plus discrets ou plus bruyants et les distances abattues au cours de tes journées de marche varieront, malgré qu'il s'agisse d'une étendue en tous les points semblables pour les yeux. Et ainsi s'aimantera, se diversifiera et se colorera différemment une immensité qui d'abord était jaunâtre et monotone mais qui, pour ton esprit et pour ton cœur, prendra plus de relief que ces pays heureux où sont les fraîches vallées, les montagnes bleues, les lacs d'eau douce et les prairies.

Car ton pays est ici d'un homme puni de mort et là d'un homme délivré, ici d'une surprise et là d'une solution de surprise. Ici d'une poursuite, et là d'une discrétion attentive comme dans la chambre où elle dort et où tu ne veux pas la réveiller.

Et sans doute ne se passera-t-il rien au cours de la plupart de tes voyages, car il suffit que te soient valables ces différences et motivé et nécessaire et absolu le cérémonial qui en naîtra pour enrichir de qualité ta danse. Le miracle alors sera bien que celui-là que j'ajoute à ta caravane, s'il ignore ton langage et ne participe pas à tes craintes, à tes espoirs et à tes joies, si simplement il est réduit aux mêmes gestes que les conducteurs de tes montures, il ne rencontrera rien qu'un désert vide et bâillera tout le long de la traversée d'une étendue interminable dont il ne recevra qu'ennui, et rien de mon désert ne changera ce voyageur. Le puits n'aura été pour lui qu'un trou de taille médiocre qu'il a fallu désensabler. Et qu'eût-il connu de l'ennemi puisque par essence il est invisible : car il ne s'agit là que d'une poignée de graines promenées par les vents, bien qu'elles suffisent à tout transfigurer pour celui-là qui s'y trouve lié, comme le sel transfigure un festin. Et mon désert, si seulement je t'en montre les règles du jeu, se fait pour toi d'un tel pouvoir et d'une telle prise que je puis te choisir banal, égoïste, morne et sceptique dans les faubourgs de ma ville ou le croupissement de mon oasis, et t'imposer une seule traversée de désert, pour faire éclater en toi l'homme, comme une graine hors de sa cosse, et t'épanouir d'esprit et de cœur. Et tu me reviendras ayant mué, et magnifique, et bâti pour vivre de la vie des forts. Et si je me suis borné à te faire participer de son langage, car l'essentiel n'est point des choses mais du sens des choses, le désert t'aura fait germer et croître comme un soleil.

Tu l'auras traversé comme une piscine miraculeuse. Et quand tu remonteras sur l'autre bord, riant, viril et saisissant, elles te reconnaîtront bien, les femmes, toi qu'elles cherchaient, et tu n'auras plus qu'à les mépriser pour les obtenir.

Combien fou celui-là qui prétend chercher le bonheur des hommes dans la satisfaction de leurs désirs, croyant, de les regarder qui marchaient, que compte d'abord pour l'homme l'accès au but. Comme s'il était jamais un but.

C'est pourquoi je te dis que comptent pour l'homme d'abord et avant tout la tension des lignes de force dans lesquelles il trempe, et sa propre densité intérieure qui en découle, et le retentissement de ses pas, et l'attirance des puits et la dureté de la pente à gravir dans la montagne. Et celui-là qui l'a su gravir, s'il vient de surmonter à la force de ses poignets et à l'usure de ses genoux une aiguille de roc, tu ne prétendras point que son plaisir est de la qualité médiocre du plaisir de ce sédentaire qui, y ayant traîné un jour de repos sa chair molle, se vautre dans l'herbe sur le dôme facile d'une colline ronde.

Mais tu as tout désaimanté en défaisant ce nœud divin qui noue les choses. Car de voir les hommes forcer vers les puits, tu as cru qu'il s'agissait de puits et tu leur a foré des puits. Car de voir les hommes tendre vers le repos du septième jour, tu as multiplié leurs jours de repos. Car de voir les hommes désirer les diamants, tu leur as distribué des diamants en vrac. Car de voir les hommes craindre l'ennemi, tu leur as supprimé leurs ennemis. Car de voir les hommes souhaiter l'amour, tu leur as bâti des quartiers réservés, grands comme des capitales, où toutes les femmes se vendent. Et tu t'es montré ainsi plus stupide que cet ancien joueur de quilles dont je t'ai autrefois parlé et qui cherchait sans la trouver sa volupté dans une moisson de quilles que lui renversaient des esclaves.

Mais ne va pas croire que je t'ai dit qu'il s'agissait de te cultiver tes désirs. Car si rien ne s'y meut, il n'est point de lignes de force. Et le puits, s'il est proche de toi, certes, tu le désires quand tu meurs par la soif. Mais si, pour quelque raison, il te demeure inaccessible et que tu ne puisses ni rien en recevoir ni rien lui donner, il en est de ce puits comme s'il n'existait pas. Ainsi en est-il de cette passante que tu croises et qui ne peut rien être pour toi. Plus lointaine, malgré la distance, que d'une autre ville et mariée ailleurs. Je te la transfigure si je la fais pour toi élément d'une structure tendue et que tu puisses, par exemple, rêver de progresser vers elle de nuit, avec une échelle à sa fenêtre, pour l'enlever et la jeter sur ton cheval et t'en réjouir dans ton repaire. Ou si tu es soldat et qu'elle soit reine et que tu puisses espérer de mourir pour elle.

Faible et pitoyable est la joie que tu tires de fausses structures, en te les inventant par jeu. Car si tu aimes ce diamant il te suffirait de marcher vers lui à petits pas et de plus en plus lentement pour vivre une vie pathétique. Mais si ta marche lente vers le diamant est d'un rite qui t'enserre et t'interdit d'accélérer, si en poussant de toutes tes forces contre lui ce sont mes freins que tu rencontres et qui t'interdisent d'accélérer plus, si l'accès au diamant ne t'est ni empêché absolument — ce qui te le ferait disparaître en signification, le changeant en spectacle sans poids — ni facile, ce qui ne tirerait rien de toi — ni difficile par invention stupide, ce qui serait caricature de la vie — mais simplement de structure forte et de qualités nombreuses, alors te voilà riche. Et je ne connais point autre chose que ton ennemi pour te le fonder et je ne découvre rien ici qui puisse te surprendre car je dis simplement qu'il faut être deux pour faire la guerre.

Car ta richesse est de forer des puits, d'atteindre un jour de repos, d'extraire le diamant et de gagner l'amour.

Mais ce n'est point de posséder des puits, des jours de repos, des diamants, et la liberté dans l'amour. De même que ce n'est point de les désirer sans y prétendre.

Et si tu opposes comme mots qui se tirent la langue le désir et la possession, tu ne comprends rien de la vie.

Car ta vérité d'homme les domine et il n'est rien là de contradictoire. Car il faut la totale expression du désir et que tu rencontres non d'absurdes obstacles mais l'obstacle même de la vie, l'autre danseur qui est rival — et alors c'est la danse. Sinon tu es aussi stupide que celui-là qui se joue, à pile ou face, contre lui-même.

Si mon désert était trop riche en puits, il faut que l'ordre vienne de Dieu qui en interdise quelques-uns.

Car les lignes de force créées doivent te dominer de plus haut pour que tu y trouves tes pentes et tes tensions et tes démarches, mais doivent, car toutes ne sont point également bonnes, ressembler à quelque chose qu'il n'est point de toi de comprendre. C'est pourquoi je dis qu'il est un cérémonial des puits dans le désert.

Donc n'espère rien de l'île heureuse qui est pour toi provision faite pour toujours comme cette moisson de quilles tombées. Car tu deviendrais ici bétail morne. Et si les trésors de ton île que tu imaginais retentissants et qui une fois abordés t'ennuient, je te les veux faire retentir, je t'inventerai un désert et les distribuerai dans l'étendue selon les lignes d'un visage qui ne sera point de l'essence des choses.

Et si je désire te sauver ton île, je te ferai don d'un cérémonial des trésors de l'île.

CXXXVI

Si tu me veux parler d'un soleil menacé de mort, dis-moi : « soleil d'octobre ». Car celui-là faiblit déjà et te charrie cette vieillesse. Mais soleil de novembre ou décembre appelle l'attention sur la mort et je te vois qui me fais signe. Et tu ne m'intéresses pas. Car ce qu'alors je recevrai de toi ce n'est point le goût de la mort, mais le goût de la désignation de la mort. Et ce n'était point l'objet poursuivi.

Si le mot lève la tête au milieu de ta phrase, coupe-lui la tête. Car il ne s'agit point de me montrer un mot. Ta phrase est un piège pour une capture. Et je ne veux point voir le piège.

Car tu te trompes sur l'objet du charroi quand tu crois qu'il est énonçable. Sinon tu me dirais : « mélancolie », et je deviendrais mélancolique, ce qui est vraiment par trop facile. Et certes joue en toi un faible mimétisme qui te fait ressembler à ce que je dis. Si je dis : « colère des flots », tu es vaguement bousculé. Et si je dis : « le guerrier menacé de mort », tu es vaguement inquiet pour mon guerrier. Par habitude. Et l'opération est de surface. La seule qui vaille est de te conduire là d'où tu vois le monde comme je l'ai voulu.

Car je ne connais point de poème ni d'image dans le poème qui soit autre chose qu'une action sur toi. Il s'agit non de t'expliquer ceci ou cela, ni même de te le suggérer comme le croient de plus subtils, — car il ne s'agit point de ceci ou de cela — mais de te faire devenir tel ou tel. Mais de même que dans la sculpture j'ai besoin d'un nez, d'une bouche, d'un menton pour les faire retentir l'un sur l'autre et te prendre dans mon réseau, j'userai de ceci ou de cela que je suggérerai ou énoncerai, pour te faire autre devenir.

Car si j'use du clair de lune ne t'en va pas t'imaginer qu'il s'agit de toi dans le clair de lune. Il s'agit de toi tout aussi bien dans le soleil, ou dans la maison ou dans l'amour. Il s'agissait de toi tout court. Mais j'ai choisi le clair de lune parce qu'il me fallait bien un signe pour me faire entendre. Je ne pouvais les prendre tous. Et il se trouve ce miracle que mon action ira se diversifiant à la façon de l'arbre qui était simple à l'origine puisque graine, laquelle graine n'était point un arbre en miniature, mais qui développa des branches et des racines quand il s'est étalé dans le temps. Il en est pareillement de l'homme. Si je lui ajoute quelque chose de simple et qu'une seule phrase peut-être charriera, mon pouvoir ira se diversifiant et je modifierai cet homme dans son essence et il changera de comportement dans le clair de lune, dans la maison ou dans l'amour.

C'est pourquoi je dis d'une image, si elle est image véritable, qu'elle est une civilisation où je t'enferme. Et tu ne sais point me circonscrire ce qu'elle régit.

Mais faible peut-être pour toi ce réseau de lignes de force. Et son effet meurt au bas de la page. Il est ainsi des graines dont le pouvoir s'éteint presque aussitôt, et des êtres qui manquent d'élan. Mais il reste que tu eusses pu les développer pour construire un monde.

Ainsi si je dis : « soldat d'une reine », certes il ne s'agit ni de l'armée ni du pouvoir mais de l'amour. Et d'un certain amour, lequel n'espère rien pour soi mais se donne à plus grand que soi. Et lequel ennoblit et augmente. Car ce soldat est plus fort qu'un autre. Et si tu observes ce soldat, tu le verras se respecter à cause de la reine. Et tu sais bien aussi qu'il ne trahira pas, car il est protégé par l'amour, résidant de cœur en la reine. Et tu le vois qui revient au village tout fier de soi et cependant pudique et rougissant quand on l'interroge sur la reine. Et tu sais comment il quitte sa femme s'il est appelé pour la guerre et que ses sentiments ne sont point ceux du soldat du roi, lequel est ivre de colère contre l'ennemi et s'en va lui planter son roi dans le ventre. Mais l'autre va les convertir et, par l'effet du même combat en apparence, les ranger aussi dans l'amour. Ou encore... Mais si je parle plus loin j'épuise l'image car elle est d'un faible pouvoir. Et je ne saurais te dire aisément, quand l'un ou l'autre mange son pain, ce qui distingue le soldat de la reine du soldat du roi. Car l'image ici n'est qu'une faible lampe qui, bien que comme toute lampe elle rayonne sur tout l'univers, n'illumine que peu de chose pour tes yeux.

Mais toute évidence forte est une graine dont tu pourrais tirer le monde.

Et c'est pourquoi j'ai dit qu'une fois semée la graine, point n'était besoin d'en tirer toi-même tes commentaires, de bâtir toi-même ton dogme et d'inventer toi-même tes moyens d'action. La graine prendra sur le terreau des hommes, et naîtront par milliers tes serviteurs.

Ainsi si tu as su charrier dans l'homme qu'il est le soldat d'une reine, naîtra en conséquence ta civilisation. Après quoi tu pourras oublier la reine.

CXXXVII

N'oublie pas que ta phrase est un acte. Il ne s'agit point d'argumenter si tu désires me faire agir. Crois-tu que je m'en vais me déterminer pour des arguments ? J'en trouverais de meilleurs contre toi.

Où as-tu vu la femme délaissée te reconquérir par un procès où elle prouve qu'elle a raison ? Le procès irrite. Elle ne saura même pas te reprendre en se montrant telle que tu l'aimais car celle-là tu ne l'aimes plus. Et je l'ai bien vu de cette malheureuse qui, d'avoir été épousée après cette chanson triste, recommença la veille du divorce cette même chanson. Mais cette chanson triste le faisait furieux.

Peut-être le reprendrait-elle en le réveillant tel qu'il était, lui, quand il l'aimait. Mais il y faut un génie créateur car il s'agit de charger l'homme de quelque chose, de même que je le charge d'une pente vers la mer qui le fera bâtisseur de navires. Alors certes l'arbre croîtra qui ira se diversifiant. Et de nouveau il réclamera la chanson triste.

Pour fonder l'amour vers moi, je fais naître quelqu'un en toi qui est pour moi. Je ne te dirai point ma souffrance, car elle te fera dégoûté de moi. Je ne te ferai point de reproches : ils t'irriteraient justement. Je ne te dirai pas les raisons que tu as de m'aimer, car tu n'en as point. La raison d'aimer c'est l'amour. Je ne me montrerai pas non plus tel que tu me souhaitais. Car celui-là tu ne le souhaites plus. Sinon tu m'aimerais encore. Mais je t'élèverai pour moi. Et si je suis fort je te montrerai un paysage qui te fera mon ami devenir.

Celle-là que j'avais oublié me fut comme une flèche au cœur en me disant : « Entendez-vous votre cloche perdue ? »

Car en fin de compte qu'ai-je à te dire ? Je suis souvent allé m'asseoir sur la montagne. Et j'ai considéré la ville. Ou bien, me promenant dans le silence de mon amour, j'ai écouté parler les hommes. Et certes j'ai entendu des paroles auxquelles succédaient des actes comme du père qui dit à son fils : « Va me remplir cette urne à la fontaine » ou du caporal qui dit au soldat : « A minuit tu prendras la garde… » Mais il m'est toujours apparu que ces paroles ne présentaient point de mystère, et que le voyageur ignorant du langage, les constatant ainsi liées à l'usuel, n'y eût rien trouvé de plus étonnant que dans les démarches de la fourmilière dont aucune ne paraît obscure. Et moi, observant les charrois, les constructions, les soins aux malades, les industries et les commerces de ma ville, je n'y voyais rien qui ne fût d'un animal un peu plus audacieux et inventif et compréhensif que les autres, mais il m'apparaissait avec une évidence égale qu'en les considérant dans leurs fonctions usuelles je n'avais pas encore observé l'homme.

Car là où il m'apparaissait et me demeurait inexplicable par les règles de la fourmilière, là où il m'échappait si j'ignorais le sens des mots, c'était quand, sur la place du marché, assis en cercle, ils écoutaient un diseur de légendes, lequel avait en son pouvoir, s'il eût eu du génie, de se lever leur ayant parlé et, suivi d'eux, d'incendier la ville.

J'ai vu certes ces foules paisibles soulevées par la voix d'un prophète et s'en allant fondre à sa suite dans la fournaise du combat. Fallait que fût irrésistible ce que charriait le vent des paroles pour que, la foule l'ayant reçu, elle démentît le comportement de la fourmilière et se changeât en incendie, s'offrant d'elle-même à la mort.

Car ceux-là qui rentraient chez eux étaient changés. Et me semblait que point n'était besoin pour croire aux opérations magiques de les chercher dans les balivernes des mages, puisque étaient pour mes oreilles des assemblages de mots miraculeux et susceptibles de m'arracher à ma maison, à mon travail, à mes coutumes et de me faire souhaiter la mort.

C'est pourquoi j'écoutais chaque fois avec attention, distinguant le discours efficace de celui qui ne créait rien, afin d'apprendre à reconnaître l'objet du charroi. Car l'énoncé certes n'importe pas. Sinon chacun serait un grand poète. Et chacun serait meneur d'hommes, disant : « Suivez-moi pour l'assaut et l'odeur de la poudre brûlée… » Mais si tu t'y essaies tu les vois rire. Ainsi de ceux qui prêchent le bien.

Mais d'avoir écouté quelques-uns réussir et changer les hommes, et d'avoir prié Dieu afin qu'il m'éclairât, il m'a été donné d'apprendre à reconnaître dans le vent des paroles le charroi rare des semences.

CXXXVIII

C'est ainsi que je fis un pas dans la connaissance du bonheur et acceptai de me le poser en problème. Car il m'apparaissait comme fruit du choix d'un cérémonial créant une âme heureuse et non comme cadeau stérile d'objets vains. Car il n'est point possible de remettre le bonheur aux hommes comme provision. Et à ces réfugiés berbères mon père n'avait rien à donner qui les pût rendre heureux, alors que j'ai observé, dans les déserts les plus âpres et le dénuement le plus rigoureux, des hommes dont la joie était rayonnante.

Mais ne va pas t'imaginer que je puisse croire un instant que naîtra ton bonheur de la solitude, du vide et du dénuement. Car ils peuvent tout aussi bien te désespérer. Mais je te montre comme saisissant l'exemple qui distingue si bien le bonheur des hommes de la qualité des provisions qui leur sont remises, et soumet si parfaitement l'apparition de ce bonheur à la qualité du cérémonial.

Et si l'expérience m'a enseigné que les hommes heureux se découvraient en plus grande proportion dans les déserts, et les monastères, et le sacrifice, que chez les sédentaires des oasis fertiles ou des îles que l'on dit heureuses, je n'en ai point conclu, ce qui eût été stupide, que la qualité de la nourriture s'opposait à la qualité du bonheur, mais simplement que là où les biens sont en plus grand nombre il est offert aux hommes plus de chances de se tromper sur la nature de leurs joies car elles paraissent en effet venir des choses alors qu'ils ne les reçoivent que du sens que prennent ces choses dans tel empire ou telle demeure ou tel domaine. Dès lors, dans la prospérité il se peut que plus facilement ils s'abusent et courent plus souvent des richesses vaines.

Alors que ceux du désert ou du monastère, ne possédant rien, connaissent avec évidence d'où leur viennent leurs joies, et sauvent ainsi plus aisément la source même de leur ferveur.

Mais il en est encore une fois ici comme de l'ennemi qui te fait mourir ou qui t'augmente. Car si, reconnaissant sa véritable source, tu savais sauver ta ferveur dans l'île heureuse ou l'oasis, l'homme qui en naîtrait serait sans doute plus grand encore, de même que d'un instrument à plusieurs cordes tu peux espérer tirer un son plus riche que d'un instrument à corde unique. Et de même que la qualité des bois, des étoffes, des boissons et des nourritures ne pouvait qu'ennoblir le palais de mon père où tous les pas avaient un sens.

Mais ainsi en est-il des dorures nouvelles qui ne valent rien dans leur magasin mais qui ne prennent de sens qu'une fois sorties de leurs caisses et distribuées dans une demeure dont elles embellissent le visage.

CXXXIX

Car revint me voir ce prophète aux yeux durs qui nuit et jour couvait une fureur sacrée et qui par surcroît était bigle :

« Il convient, me dit-il, de les contraindre au sacrifice.

– Certes, lui répondis-je, car il est bon qu'une partie de leurs richesses soit prélevée sur leurs provisions, les appauvrissant faiblement, mais les enrichissant du sens qu'elles prendront alors. Car elles ne valent rien pour eux si elles n'ont pris place dans un visage. »

Mais il n'écoutait point, tout occupé par sa fureur. « Il est bon, disait-il, qu'ils s'enfoncent dans la pénitence...

— Certes, lui répondis-je, car à manquer de nourriture, les jours de jeûne, ils connaîtront la joie d'y revenir, ou encore se feront solidaire de ceux qui jeûnent par force, ou s'uniront à Dieu en cultivant leur volonté, ou simplement se sauveront de devenir trop gras. »

La fureur alors l'emporta :

« Il est bon d'abord qu'ils soient châtiés. »

Et je compris qu'il ne tolérait l'homme qu'enchaîné sur un grabat, privé de pain et de lumière au fond d'une geôle.

« Car il convient, dit-il, d'en extirper le mal.

— Tu risques de tout extirper, lui répondis-je. N'est-il pas préférable plutôt qu'extirper le mal d'augmenter le bien ? Et d'inventer les fêtes qui ennoblissent l'homme ? Et de le vêtir de vêtements qui le fassent moins sale ? Et de mieux nourrir ses enfants afin qu'ils puissent s'embellir de l'enseignement de la prière sans s'absorber dans la souffrance de leurs ventres ?

« Car il ne s'agit point de limites apportées aux biens dus à l'homme mais du sauvetage des champs de force qui gouvernent seuls sa qualité et des visages qui parlent seuls à son esprit et à son cœur.

« Ceux-là qui me peuvent bâtir des barques, je les ferai naviguer sur leurs barques et pêcher le poisson.

Mais ceux-là qui me peuvent lancer des navires je leur ferai lancer des navires et conquérir le monde.

— Tu souhaites donc de les pourrir par les richesses !

— Rien de ce qui est provision faite ne m'intéresse et tu n'as rien compris », lui dis-je.

CXL

Car si tu fais appel à tes gendarmes et les charges de te construire un monde, aussi souhaitable soit-il, ce monde ne naîtra point car il n'est point du rôle ni de la qualité du gendarme d'exalter ta religion. Il est de son essence non de peser les hommes mais de faire exécuter tes ordonnances, lesquelles sont d'un code précis, comme de payer des impôts ou de ne point voler ton prochain, ou de te soumettre à telle ou telle règle. Et les rites de ta société sont visage qui te fonde cet homme-ci et non un autre, tel goût du repas du soir parmi les tiens, et non un autre, ce sont lignes du champ de force qui t'anime. Et le gendarme ne se voit point. Il est là comme mur et cadre et armature. Tu n'as point à le rencontrer, aussi impitoyable soit-il, car t'est également impitoyable que la nuit tu ne puisses jouir du soleil ou qu'il te faille attendre un navire pour traverser la mer, ou qu'il te soit, faute de porte vers la gauche, imposé de sortir à droite. Cela est, tout simplement.

Mais si tu renforces son rôle et le charges de peser l'homme, ce que nul au monde ne saurait faire, et de te dépister le mal selon son propre jugement — et non de seulement observer les actes, lesquels actes sont de son ressort — alors comme rien n'est simple, comme la pensée est chose mouvante et difficile à formuler, et qu'en réalité il n'est point de contraires, seuls subsisteront libres et accéderont au pouvoir ceux qu'un puissant dégoût n'écartera point de ta caricature de vie. Car il s'agit d'un ordre qui précède la ferveur d'un arbre que prétendent construire les logiciens et non d'un arbre né d'une graine. Car l'ordre est l'effet de la vie et non sa cause. L'ordre est signe d'une cité forte et non origine de sa force. La vie et la ferveur et la tendance vers, créent l'ordre. Mais l'ordre ne crée ni vie, ni ferveur, ni tendance vers.

Et ceux-là seuls se trouveront grandis qui, par bassesse d'âme, accepteront le petit bazar d'idées qui est du formulaire du gendarme, et troqueront leur âme contre un manuel. Car même si haute est ton image de l'homme et noble ton but, sache qu'il deviendra bas et stupide en s'énonçant par le gendarme. Car il n'est *point* du rôle du gendarme de charrier une civilisation, mais d'interdire des actes sans comprendre pourquoi.

L'homme entièrement libre dans un champ de force absolu et des contraintes absolues qui sont gendarmes invisibles : voilà la justice de mon empire.

C'est pourquoi j'ai fait venir les gendarmes et leur ai dit :

« Vous ne jugerez que les actes, lesquels se trouvent énumérés dans le manuel. Et j'accepte votre justice car il peut être en effet déchirant que ce mur aujourd'hui ne soit point franchissable, lequel en d'autres occasions protège des voleurs, si la femme assaillie crie de l'autre côté. Mais un mur est un mur et la loi est la loi.

« Mais vous ne porterez point de jugement sur l'homme. Car j'ai appris dans le silence de mon amour qu'il ne fallait point écouter l'homme pour le comprendre. Et parce qu'il m'est impossible de peser le bien et le mal et que je risque pour extirper le mal d'envoyer le bien à la fournaise. Et comment y prétendrais-tu, toi dont précisément j'exige que tu sois aveugle comme un mur ?

« Car déjà j'ai appris du supplicié que si je le brûle, je brûle une part qui est belle et se montre seule dans l'incendie. Mais j'accepte ce sacrifice pour sauver l'armature. Car pour sa mort je tends des ressorts que je ne dois point laisser fléchir. »

CXLI

Je commencerai donc mon discours en te disant :

« Toi l'homme, insatisfait dans tes désirs et brimé par la force, toi qu'un autre toujours empêche de croître… »

Et tu ne t'élèveras point contre moi car il est vrai que tu es insatisfait dans tes désirs et brimé par la force et qu'un autre toujours t'empêche de croître.

Et je t'emmènerai combattre le prince au nom de votre égalité.

Ou bien je te dirai :

« Toi l'homme, qui as besoin d'aimer, qui n'existes qu'à travers l'arbre qu'avec les autres tu composes. »

Et tu ne t'élèveras point contre moi car il est vrai que tu te connais le besoin d'aimer et n'existes qu'à travers l'œuvre que tu sers.

Et je t'emmènerai rétablir le prince sur son trône.

Je te puis donc dire n'importe quoi car tout est vrai. Et si tu me demandes comment reconnaître à l'avance laquelle des vérités se fera vivante et germera, je répondrai que c'est celle-là seule qui sera clef de voûte, langage simple et simplification de tes problèmes. Et peu importe la qualité de mes énoncés. Important est d'abord de t'avoir situé ici ou ailleurs. S'il se trouve que ce point de vue éclaire la plupart de tes litiges — et qu'ils ne soient plus — c'est toi-même qui énonceras tes observations et peu importe si, ici ou là, je me suis mal exprimé ou si même je me suis trompé. Tu verras comme je l'ai voulu car ce que je t'ai apporté ce n'est point un raisonnement mais un point de vue d'où raisonner.

Certes, il se peut que plusieurs langages t'expliquent le monde ou toi-même. Et qu'ils se fassent la guerre. Chacun cohérent et solide. Et sans que rien les départage. Sans qu'il soit non plus en ton pouvoir d'argumenter contre ton adversaire car il a raison autant que toi. Car vous luttez au nom de Dieu.

« L'homme est celui qui produit et consomme... »

Et il est vrai qu'il produit et consomme.

« L'homme est celui qui écrit des poèmes et apprend à lire les astres… »

Et il est vrai qu'il écrit des poèmes et étudie les astres.

« L'homme est celui qui trouve en Dieu seul la béatitude… »

Et il est vrai qu'il apprend la joie dans les monastères.

Mais il est à dire quelque chose de l'homme qui contienne tous tes énoncés, lesquels donnent naissance à des haines. A cause que le champ de la conscience est minuscule et que celui qui a trouvé une formule croit que les autres mentent ou sont dans l'erreur. Mais tous ont raison.

Cependant ayant appris avec une évidence souveraine de ma vie de tous les jours que produire et consommer est, comme les cuisines du palais, non le plus important mais seulement le plus urgent, j'en veux le reflet dans mon principe. Car l'urgence ne me sert de rien et je pourrais dire tout aussi bien : « L'homme est celui qui ne vaut qu'en bonne santé… » et en déduire une civilisation où, sous le prétexte de cette urgence j'installe le médecin comme juge des actions et des pensées de l'homme. Mais là encore, ayant appris de moi-même que la santé n'était qu'un moyen et non un but, je veux, de cette hiérarchie, le reflet aussi dans mon principe. Car si ton principe n'est point absurde, il est probable qu'il entraînera la nécessité de favoriser production et consommation, ou le souhait de la discipline pour la santé. Car de même que la graine qui est une se diversifie selon sa croissance, de même que la civilisation de l'image, qui est une, te meut différemment selon ton cadre ou ton état, de même il n'est rien que mon principe en fin de compte ne gouverne.

Je dirai donc de l'homme : « L'homme étant celui qui ne vaut que dans un champ de force, l'homme étant celui qui ne communique qu'à travers les dieux qu'il se conçoit et qui gouvernent lui et les autres, l'homme étant celui qui ne trouve de joie qu'à s'échanger par sa création, l'homme étant celui qui ne meurt heureux que s'il se délègue, l'homme étant celui qu'épuisent les provisions, et pour qui est pathétique tout ensemble montré, l'homme étant celui qui cherche à connaître et s'enivre s'il trouve, l'homme étant aussi celui qui... »

Il me souvient de le formuler de telle façon que ne soient point soumises et détraquées ses aspirations essentielles. Car s'il est de ruiner l'esprit de création pour fonder l'ordre, cet ordre ne me concerne point. S'il est d'effacer le champ de force pour accroître le tour de ventre, ce tour de ventre ne me concerne point. De même que s'il est de le faire pourrir par le désordre pour le grandir dans mon esprit de création, cette sorte d'esprit qui se ruine soi-même ne me concerne point. Et de même que s'il est de le faire périr pour exalter ce champ de force, car il est alors un champ de force mais il n'est plus d'homme et ce champ de force ne me concerne point.

Donc moi le capitaine qui veille sur la ville, j'ai ce soir à parler sur l'homme, et de la pente que je créerai naîtra la qualité du voyage.

CXLII

Sachant d'abord et avant tout que je n'atteindrai point ainsi une vérité absolue et démontrable et susceptible de convaincre mes adversaires, mais une image contenant un homme en puissance et favorisant ce qui de l'homme me paraît noble, en soumettant à ce principe tous les autres.

Or il est bien évident que ne m'intéresse point de soumettre, en faisant de l'homme celui qui consomme et produit, la qualité de ses amours, la valeur de ses connaissances, la chaleur de ses joies, à l'accroissement de son tour de ventre bien que je prétende lui fournir le plus possible sans qu'il y ait là contradiction ni subterfuge, de même que ceux qui s'occupent de son tour de ventre prétendent ne point en mépriser l'esprit.

Car mon image, si elle est forte, se développera comme une graine et, en conséquence, elle est capitale à choisir. Et où as-tu connu pente vers la mer qui ne se transformât point en navire ?

De même que les connaissances ne me paraissent point devoir l'emporter, car il est autre chose d'instruire et d'élever, et je n'ai point constaté que, sur la somme des idées, reposât la qualité d'homme, mais sur la qualité de l'instrument qui permet de les acquérir.

Car tes matériaux seront toujours les mêmes et aucun n'est à négliger, et des mêmes matériaux tu peux tirer tous les visages.

Quant à ceux qui reprocheront au visage choisi d'être gratuit et de soumettre les hommes à l'arbitraire, comme de les convier de mourir pour la conquête de quelque oasis inutile sous prétexte que la conquête leur est belle, je répondrai qu'est hors d'atteinte toute justification, car mon visage peut coexister à tous les autres tout aussi vrais, et nous combattons en fin de compte pour des dieux, lesquels sont choix d'une structure à travers les mêmes objets.

Et seule nous départagerait la révélation et apparition d'archanges. Laquelle est de mauvais guignol, car si Dieu me ressemble pour se montrer à moi il n'est point Dieu, et s'il est Dieu mon esprit le peut lire mais non mes sens. Et s'il est de mon esprit de le lire, je ne le reconnaîtrai que par son retentissement sur moi, comme il en est de la beauté du temple. Et c'est à la façon de l'aveugle qui se guide vers le feu avec ses paumes, lequel feu ne lui est point connaissable par autre chose que son propre contentement, que je le chercherai et le trouverai. (Si je dis que Dieu m'ayant sorti de lui, sa gravitation m'y ramène.) Et si tu vois prospérer le cèdre c'est qu'il trempe dans le soleil bien que le soleil n'ai point de signification pour le cèdre.

Car selon la parole du seul géomètre véritable, mon ami, il me semble que nos structures ressemblent à quelque chose puisqu'il n'est point de démarche explicable qui conduise vers ces puits ignorés. Et si je nomme dieu ce soleil inconnu qui gouverne la gravitation de mes démarches, je veux lire sa vérité à l'efficacité du langage.

Moi qui domine la ville, je suis ce soir comme le capitaine d'un navire en mer. Car tu crois que l'intérêt, le bonheur et la raison gouvernent les hommes. Mais je t'ai refusé ton intérêt et ta raison et ton bonheur car il m'a paru que simplement tu dénommais intérêt ou bonheur ce vers quoi les hommes tendaient, et je n'ai que faire des méduses qui changent de forme, quant à la raison qui va où l'on veut, elle m'a paru trace sur le sable de quelque chose qui est au-dessus d'elle.

Car ce n'est jamais la raison qui a guidé le seul géomètre véritable, mon ami. La raison écrit les commentaires, déduit les lois, rédige les ordonnances et tire l'arbre de sa graine, de conséquence en conséquence, jusqu'au jour où l'arbre étant mort, la raison n'est plus efficace et il te faut une autre graine.

Mais moi qui domine la ville et suis comme le capitaine d'un navire en mer, je sais que l'esprit seul gouverne les hommes et qu'il les gouverne absolument. Car si l'homme a entrevu une structure, écrit le poème, et charrié la graine dans le cœur des hommes, alors se soumettent comme des serviteurs, intérêt, bonheur ou raison qui seront expressions dans le cœur ou ombre sur le mur des réalités, du changement en arbre de ta graine.

Et contre l'esprit il n'est point en ton pouvoir de te défendre. Car si je t'installe sur telle montagne et non telle autre, comment vas-tu nier que les villes et les fleuves font tel arrangement et non un autre puisque simplement cela est ?

C'est pourquoi je te ferai devenir. Et c'est pourquoi me voici responsable — bien que dorme ma ville et qu'à lire les actes des hommes tu n'y retrouveras que recherche de l'intérêt, du bonheur ou démarche de la raison — de sa direction véritable sous les étoiles.

Car la direction qu'ils ont prise, ils ne la connaissent point, croyant agir par intérêt ou par goût du bonheur ou par raison, ne sachant point que raison, goût du bonheur ou intérêt changent et de forme et de sens selon l'empire.

Et que, dans celui que je leur propose, l'intérêt est d'être animé, comme pour l'enfant de jouer le jeu le plus exaltant. Le bonheur, de s'échanger et de durer dans l'objet de sa création. Et la raison, de légiférer avec cohérence. La raison de l'armée c'est le règlement de l'armée qui fait de telle façon et non d'une autre retentir les choses les unes sur les autres, la raison d'un navire, c'est le règlement du navire, et la raison de mon empire c'est l'ensemble des lois, des coutumes, des dogmes, des codes qui me feront ainsi et avec cohérence retentir les choses les unes sur les autres.

Mais mien, un, et indémontrable est le son qu rendra ce retentissement.

Mais peut-être demanderas-tu : « Pourquoi ta contrainte ? »

Lorsque j'ai fondé un visage il faut qu'il dure. Quand j'ai pétri un visage de terre, je le passe au four pour le durcir et qu'il soit permanent pendant une durée suffisante. Car ma vérité, pour être fertile, doit être stable, et qui aimeras-tu si tu changes d'amour tous les jours, et où seront tes grandes actions ? Et la continuité seule permettra la fertilité de ton effort. Car la création est rare mais s'il est quelquefois urgent qu'elle te soit donnée pour te sauver, il serait mauvais qu'elle t'atteignît chaque jour. Car pour faire naître un homme il me faut plusieurs générations. Et sous prétexte d'améliorer l'arbre, je ne le tranche pas chaque jour pour le remplacer par une graine.

Et en effet, je ne connais que des êtres qui naissent, vivent et meurent. Et tu as assemblé des chèvres, des moutons, des demeures et des montagnes et aujourd'hui de cet assemblage naîtra un être neuf et qui changera le comportement des hommes. Et il durera, puis s'épuisera et mourra, ayant usé son don de vivre.

Et la naissance est toujours pure création, feu du ciel descendu et qui anime. Et la vie ne va point selon une courbe continue. Car il est devant toi cet œuf. Puis il évolue de proche en proche et il est une logique de l'œuf. Mais vient la seconde où sort le cobra et tous les problèmes pour toi sont changés.

Car il est des ouvriers dans le chantier et assemblage de pierres. Et il est une logique de l'assemblage des pierres. Mais vient l'heure où le temple est ouvert, lequel transfigure l'homme. Et tous les problèmes pour l'homme sont changés.

Et de ma civilisation, si j'en ai sur toi jeté la graine, il me faut plus d'une durée d'homme pour qu'elle pousse ses branches, ses feuilles et ses fruits. Et je refuse de changer de visage tous les jours, car rien ne naîtra.

Ta grande erreur est de croire en la durée d'une vie d'homme. Car d'abord à qui ou à quoi se délègue-t-il quand il meurt ? J'ai besoin d'un dieu pour me recevoir.

Et de mourir dans la simplicité des choses qui sont. Et mes oliviers l'an d'après feront leurs olives pour mes fils. Et me voilà calme à l'heure de la mort.

CXLIII

Ainsi m'apparut-il de plus en plus qu'il ne fallait point écouter les hommes pour les comprendre. Car là, sous mes yeux, dans la ville, ils ont peu la conscience de la ville. Ils se croient architectes, maçons, gendarmes, prêtres, tisseurs de lin, ils se croient pour leurs intérêts ou leur bonheur et ils ne sentent pas leur amour, de même que ne sent point son amour celui qui vaque dans la maison tout absorbé par les difficultés du jour. Le jour est aux scènes de ménage. Mais la nuit, celui-là qui s'est disputé retrouve l'amour, car l'amour est plus grand que ce vent de paroles. Et l'homme s'accoude à la fenêtre sous les étoiles, de nouveau responsable de ceux qui dorment, du pain à venir, du sommeil de l'épouse qui est là à côté, tellement fragile et délicate et passagère. L'amour, on ne le pense pas. Il est.

Mais cette voix ne parle que dans le silence. Et de même que pour ta maison, de même pour la ville. Et de même que pour la ville, de même pour l'empire. Se fasse un calme extraordinaire et tu vois tes dieux.

Et nul ne saura, dans la vie du jour, qu'il est disposé à mourir. Et lui paraîtront mauvais pathétique les paroles qui lui parleront de la ville autrement qu'à travers l'image de son intérêt ou de son bonheur, car il ne saura point qu'ils sont des effets de la ville. Petit langage pour une trop grande chose.

Mais si tu surplombes la ville et te recules dans le temps pour voir sa démarche, tu découvriras bien à travers la confusion, l'égoïsme, l'agitation des hommes, la lente et calme démarche du navire. Car si tu reviens après quelques siècles voir le sillage qu'ils ont laissé tu le découvriras dans les poèmes, les sculptures de pierre, les règles de la connaissance et les temples qui émergeront encore du sable. L'usuel s'en sera effacé et fondu. Et ce qu'ils disaient intérêt ou goût du bonheur, tu comprendras qu'ils ne furent qu'un reflet mesquin d'une grande chose.

Aura marché l'homme que j'ai dit.

Ainsi de mon armée quand elle campe. Demain matin dans la fournaise du vent de sable je la jetterai sur l'ennemi. Et l'ennemi lui deviendra comme un creuset qui la fondra. Et coulera son sang, et trouveront leurs bornes dans la lumière, d'un coup de sabre, mille bonheurs particuliers désormais anéantis, mille intérêts désormais frustrés. Cependant mon armée ne connaîtra point la révolte car sa démarche n'est point d'un homme mais de l'homme même.

Et cependant sachant qu'elle acceptera demain de mourir, si je marche ce soir à pas lents, dans le silence de mon amour, parmi les tentes et les feux du campement, et si j'écoute parler les hommes, je n'entendrai point la voix de celui-là qui accepte la mort.

Mais on te plaisantera ici pour ton nez de travers. On se disputera par là pour un quartier de viande. Et ce groupe accroupi se hérissera de paroles vives qui te paraîtront insultantes au conducteur de cette aimée. Et si je dis à l'un qu'il est ivre de sacrifice tu l'entendras te rire au nez car il te jugera bien emphatique et faisant peu de cas de lui qui s'estime si important, car n'est point de son intention ni de sa conscience ni de sa dignité de mourir *pour* son caporal, lequel n'a point qualité pour recevoir un tel cadeau de lui. Et cependant, demain, il mourra pour son caporal. Nulle part tu ne rencontreras ce grand visage qui affronte la mort et se donne à l'amour. Et si tu as tenu compte du vent de paroles tu reviendras lentement vers sa tente avec aux lèvres le goût de la défaite. Car ceux-là plaisantaient et critiquaient la guerre et injuriaient les chefs. Et certes tu as vu les laveurs de ponts, les cargueurs de voiles et forgeurs de clous, mais t'a échappé, car tu étais myope et le nez contre, la majesté du navire.

CXLIV

Cependant ce soir-là je m'en fus visiter mes prisons. Et j'y découvris que nécessairement le gendarme n'avait distingué pour les choisir et les jeter dans les cachots que ceux qui se montraient permanents, ne composaient point, n'abjuraient pas l'évidence de leur vérité.

Et ceux-là qui demeuraient libres étaient ceux-là mêmes qui abjuraient et qui trichaient. Car souviens-toi de ma parole : Quelle que soit la civilisation du gendarme et quelle que soit la tienne, seul tient devant le gendarme, s'il détient pouvoir de juger, celui qui est bas. Car toute vérité quelle qu'elle soit, si elle est vérité d'homme et non de logicien stupide, est vice et erreur pour le gendarme. Car celui-là te veut d'un seul livre, d'un seul homme, d'une seule formule. Car il est du gendarme de bâtir le navire en s'efforçant de supprimer la mer.

CXLV

Car je suis fatigué des mots qui se tirent la langue et il ne me paraît point absurde de chercher dans la qualité de mes contraintes la qualité de ma liberté.

Comme dans la qualité du courage de l'homme en guerre, la qualité de son amour.

Comme dans la qualité de ses privations, la qualité de son luxe.

Comme dans la qualité de son acceptation de la mort, la qualité de ses joies dans la vie.

Comme dans la qualité de sa hiérarchie, la qualité de son égalité que je dirai alliance.

Comme dans la qualité de son refus des biens, la qualité de son usage des mêmes biens.

Comme dans la qualité de sa soumission totale à l'empire, la qualité de sa dignité individuelle.

Car dis-moi, si tu le prétends favoriser, ce qu'est un homme seul ? Je l'ai bien vu de mes lépreux.

Et dis-moi, si tu la prétends favoriser, ce qu'est une communauté opulente et libre ? Je l'ai bien vu de mes Berbères.

CXLVI

Car à ceux-là qui ne comprenaient pas mes contraintes je répondis :

« Vous êtes semblables à l'enfant qui, de n'avoir connu au monde qu'une forme de jarre, la considère comme absolue et ne comprend point plus tard, s'il change de demeure, pourquoi l'on a déformé et dévié la jarre essentielle de sa maison. Et ainsi quand tu vois forger dans l'empire voisin un homme autre que toi, et éprouvant et pensant et aimant et plaignant et haïssant différemment, tu te demandes pourquoi ceux-là déforment l'homme. D'où ta faiblesse, car tu ne sauveras point l'architecture de ton temple si tu ignores qu'elle est d'un dessin fragile et victoire de l'homme sur la nature. Et qu'il est quelque part des maîtres couples, des piliers, des cintres et des contreforts pour la soutenir.

« Et tu ne conçois point la menace qui pèse sur toi car tu ne vois dans l'œuvre de l'autre que l'effet d'un égarement passager et tu ne comprends pas que menace, pour l'éternité, de s'engloutir un homme qui jamais plus ne renaîtra.

« Et tu te croyais libre et t'indignais quand je te parlais de mes contraintes. Lesquelles en effet n'étaient point d'un gendarme visible mais plus impérieuses de ne se point remarquer comme de la porte à travers ton mur, laquelle ne te semble point, bien qu'il te faille faire un détour pour sortir, une insulte à ta liberté.

« Mais si tu veux voir apparaître le champ de force qui te fonde et te fait ainsi te mouvoir et éprouvant et pensant et aimant et plaignant et haïssant de cette façon-ci et non d'une autre, considère son corset chez ton voisin, là où il commence d'agir, car alors il te deviendra sensible.

« Sinon toujours tu le méconnaîtras. Car la pierre qui tombe ne subit pas la force qui la tire vers le bas. Une pierre ne pèse qu'immobile.

« C'est lorsque tu résistes que tu connais ce qui te meut. Et pour la feuille livrée au vent il n'est plus de vent, de même que pour la pierre délivrée il n'est plus de pesanteur.

« Et c'est pourquoi tu ne vois point la contrainte formidable qui pèse sur toi et ne se montrerait, tel le mur, que s'il te pouvait venir à l'idée d'incendier par exemple la ville.

« De même que ne t'apparaît point la contrainte plus simple de ton langage.

« Tout code est contrainte, mais invisible. »

CXLVII

J'étudiai donc les livres des princes, les ordonnances édictées aux empires, les rites des religions diverses, les cérémonials des funérailles, des mariages et des naissances, ceux de mon peuple et ceux des autres peuples, ceux du présent et ceux du passé, cherchant à lire des rapports simples entre les hommes dans la qualité de leur âme et les lois qui furent édictées pour les fonder, régir et perpétuer, et je ne sus point les découvrir.

Et, cependant, quand j'avais affaire a ceux-là qui me venaient de l'empire voisin où règne tel cérémonial des sacrifices, je le découvrais avec son bouquet, son arôme et sa façon à lui d'aimer ou de haïr, car il n'est ni amours ni haines qui se ressemblent. Et j'avais le droit de m'interroger sur cette genèse et de me dire : « Comment se fait-il que tel rite qui me semble sans rapport ni efficacité ni action, car il traite d'un domaine étranger à l'amour, fonde cet amour-ci et non un autre ? Où donc se loge le lien entre l'acte, et les murailles qui gouvernent l'acte, et telle qualité du sourire qui est de celui-là et non du voisin ? »

Je ne poursuivais point une démarche vaine puisque j'ai bien connu, tout au long de ma vie, que les hommes les uns des autres différaient, bien que les différences te soient invisibles d'abord et non exprimables en conservant, puisque tu te sers d'un interprète et qu'il a pour mission de te traduire les mots de l'autre, c'est-à-dire de chercher pour toi dans ton langage ce qui ressemblera le mieux à ce qui fut émis dans un autre langage. Et ainsi amour, justice ou jalousie se trouvant être traduits pour toi par jalousie, justice et amour, tu t'extasieras sur vos ressemblances, bien que le contenu des mots ne soit point le même. Et si tu poursuis l'analyse du mot, de traduction en traduction, tu ne chercheras et ne trouveras que les ressemblances, et te fuira comme toujours dans l'analyse ce que tu prétendais saisir.

Car si tu désires comprendre les hommes il ne faut point les écouter parler.

Et cependant sont absolues les différences. Car ni l'amour, ni la justice, ni la jalousie, ni la mort, ni le cantique, ni l'échange avec les enfants, ni l'échange avec le prince, ni l'échange avec la bien-aimée, ni l'échange dans la création, ni le visage du bonheur, ni la forme de l'intérêt ne se ressemblent de l'un à l'autre, et j'ai connu ceux-là qui s'estimaient comblés et, serrant les lèvres ou plissant les yeux, faisaient les modestes s'il leur poussait des ongles assez longs, et d'autres qui te jouaient le même jeu, s'ils te montraient des cals dans leurs paumes. Et j'ai connu ceux-là qui se jugeaient selon leur poids d'or dans leurs caves, ce qui te semble avarice sordide, tant que tu n'as point découvert des autres qu'ils éprouvent les mêmes sentiments d'orgueil et se jugent avec une complaisance satisfaite s'ils ont roulé des pierres inutiles sur la montagne.

Mais il m'est apparu avec évidence que je me trompais dans ma tentative car il n'est *point* de déduction pour passer d'un étage à l'autre et ma démarche était aussi absurde que celle du bavard qui, d'admirer avec toi la statue, te prétend expliquer par la ligne du nez ou la dimension de l'oreille, l'objet de ce charroi qui par exemple était mélancolie d'un soir de fête, et ne réside ici que comme capture, laquelle n'est jamais de l'essence des matériaux.

Il m'est également apparu que mon erreur résidait en ce que je cherchais à expliquer l'arbre par les sucs minéraux, le silence par les pierres, la mélancolie par les lignes et la qualité d'âme par le cérémonial, renversant ainsi l'ordre naturel de la création, alors qu'il m'eût fallu chercher à éclairer l'ascension des minéraux par la genèse de l'arbre, l'ordonnance des pierres par le goût du silence, la structure des lignes par le règne sur elles de la mélancolie, et le cérémonial par la qualité d'âme qui est une et ne saurait se définir avec des mots, puisque précisément pour la saisir, la régir et la perpétuer tu en es venu à m'offrir ce piège, lequel est tel cérémonial et non un autre.

Et certes j'ai chassé le jaguar dans ma jeunesse. Et j'ai usé de fosses à jaguar, meublées d'un agneau, hérissées de pieux et couvertes d'herbe. Et quand à l'aube je m'en venais les visiter j'y trouvais le corps du jaguar. Et si tu connais les mœurs du jaguar tu inventeras la fosse à jaguar avec ses pieux, son agneau et son herbe. Mais si je te prie d'étudier la fosse à jaguar, et que tu ne saches rien du jaguar, tu ne sauras point me l'inventer.

C'est pourquoi je t'ai dit du géomètre véritable mon ami, qu'il est celui-là qui sent le jaguar et invente la fosse. Malgré qu'il ne l'ait jamais vu. Et les commentateurs du géomètre ont bien compris, puisque le jaguar a été montré, ayant été pris, mais eux te considèrent le monde avec ces pieux, ces agneaux, ces herbes et autres éléments de sa construction, et ils espèrent par leur logique en dégager des vérités. Mais elles ne leur viennent point. Et ils demeurent stériles jusqu'au jour où se présente celui-là qui sent le jaguar sans l'avoir pu connaître encore, et de le sentir le capture, et te le montre, ayant ainsi mystérieusement emprunté, afin de te conduire à lui, un chemin qui fut semblable à un retour.

Et mon père fut géomètre qui fonda son cérémonial pour capturer l'homme. Et ceux qui ailleurs comme autrefois fondèrent d'autres cérémonials et capturèrent d'autres hommes. Mais sont venus les temps de la stupidité des logiciens, des historiens et des critiques. Et ils te regardent ton cérémonial, et n'en déduisent point l'image de l'homme, puisqu'il n'en peut être déduit, et au nom du vent de paroles qu'ils nomment raison, ils te dispersent au gré des libertés les éléments du piège, te ruinent ton cérémonial, et te laissent fuir la capture.

CXLVIII

Mais j'ai su découvrir les digues qui me fondaient un homme, au hasard de mes promenades dans une campagne étrangère. J'avais emprunté au pas lent de mon cheval un chemin qui liait un village à l'autre. Il eût pu franchir droit la plaine, mais il épousa les contours d'un champ et je perdis quelques instants à ce détour et pesait contre moi ce grand carré d'avoine, car mon instinct livré à lui-même m'eût mené droit, mais le poids d'un champ me faisait fléchir. Et m'usait dans ma vie l'existence d'un carré d'avoine, car des minutes lui furent consacrées, qui m'eussent servi pour autre chose. Et me colonisait ce champ car je consentais au détour, et alors que j'eusse pu jeter mon cheval dans les avoines, je le respectai comme un temple. Puis ma route me conduisit le long d'un domaine clos de murs. Et elle respecta le domaine et s'infléchit en courbe lente à cause de saillies et de retraits du mur de pierre. Et je voyais, derrière le mur, des arbres plus serrés que ceux des oasis de chez nous et quelque étang d'eau douce qui miroitait derrière les branches. Et je n'entendais que le silence. Puis je passai le long d'un portail sous le feuillage. Et ma route ici se divisait, dont une branche servait ce domaine. Et peu à peu au cours du lent pèlerinage, tandis que mon cheval boitait dans les ornières, ou tirait les rênes pour brouter l'herbe rase le long des murs, me vint le sentiment que mon chemin dans ses inflexions subtiles et ses respects et ses loisirs, et son temps perdu comme par l'effet de quelque rite ou d'une antichambre de roi, dessinait le visage d'un prince, et que tous ceux qui l'empruntaient, secoués par leurs carrioles ou balancés par leurs ânes lents, étaient, sans le savoir, exercés à l'amour.

CXLIX

Mon père disait :

« Ils se croient enrichis d'augmenter leur vocabulaire. Et certes je puis bien user d'un mot de plus et qui signifierait pour moi « soleil d'octobre » par opposition à un autre soleil. Mais je ne vois point ce que j'y gagne. Je découvre au contraire que j'y perds l'expression de cette dépendance qui me relie octobre et les fruits d'octobre et sa fraîcheur à ce soleil qui n'en vient plus si bien à bout, car il s'y est déjà usé. Rares sont les mots qui me font gagner quelque chose en exprimant d'emblée un système de dépendances dont je me servirai ailleurs, comme « jalousie ». Car jalousie me permettra d'identifier, sans avoir à te dévider tout le système de dépendances, ceci qu'à cela je comparerai. Ainsi je te dirai : « La soif est jalousie de l'eau. » Car ceux que j'en ai vus mourir, s'ils m'ont paru suppliciés ce ne fut point par une maladie, non plus abominable en soi-même que la peste, laquelle t'abrutit et tire de toi de modestes gémissements. Mais l'eau te fait hurler car tu la désires. Et tu vois en songe les autres qui boivent. Et tu te trouves exactement trahi par l'eau qui coule ailleurs. Ainsi de cette femme qui sourit à ton ennemi. Et ta souffrance n'est point de maladie mais de religion, d'amour, et d'images, lesquelles sont sur toi autrement efficaces. Car tu vis selon un empire qui n'est point des choses mais du sens des choses.

« Mais « soleil d'octobre » me sera d'un faible secours parce que trop particulier.

« Par contre je t'augmenterai si je t'exerce à des démarches qui te permettent, en usant de mots qui sont les mêmes, de construire des pièges différents, et bons pour toutes les captures. Ainsi des nœuds d'une corde, si tu peux en tirer ceux qui seront bons pour les renards ou pour soutenir tes voiles en mer et prendre le vent. Mais le jeu de mes incidentes et les inflexions de mes verbes, et le souffle de mes périodes et l'action sur les compléments, et les échos et les retours, toute cette danse que tu danseras et qui, une fois dansée, aura charrié en l'autre ce que tu prétendais transmettre, ou saisi dans ton livre ce que tu prétendais saisir.

« Prendre conscience, disait ailleurs mon père, c'est d'abord acquérir un style.

« Prendre conscience, affirmait-il encore, ce n'est point recevoir le bazar d'idées qui ira dormir. Peu m'importent tes connaissances car elles ne te servent de rien sinon comme objets et comme moyens dans ton métier qui est de me construire un pont, ou de m'extraire l'or, ou de me renseigner si j'en ai besoin sur la distance des capitales. Mais ce formulaire n'est point l'homme. Prendre conscience, ce n'est point non plus augmenter ton vocabulaire. Car son accroissement n'a d'autre objet que de te permettre d'aller plus loin en me comparant maintenant tes jalousies, mais c'est la qualité de ton style qui garantira seule la qualité de tes démarches. Sinon je n'ai que faire de ces résumés de ta pensée. Je préfère entendre « soleil d'octobre » qui m'est plus sensible que ton mot nouveau, et me parle aux yeux et au cœur. Tes pierres sont des pierres, puis assemblées, des colonnes, puis une fois assemblées les colonnes, des cathédrales. Mais je ne t'ai offert ces ensembles de plus en plus vastes qu'à cause du génie de mon architecte, lequel les préférait pour les opérations de plus en plus vastes de son style, c'est-à-dire de l'expansion de ses lignes de force dans les pierres. Et dans la phrase aussi tu me fais une opération. Et c'est elle d'abord qui compte.

« Prends-moi ce sauvage, disait mon père. Tu peux lui augmenter son vocabulaire et il se changera en intarissable bavard. Tu peux lui emplir le cerveau de la totalité de tes connaissances, et ce bavard se fera clinquant et prétentieux. Et tu ne pourras plus l'arrêter. Et il s'enivrera de verbiage creux. Et toi, aveugle, tu te diras : « Comment se peut-il faire que ma culture loin de l'élever ait abâtardi ce sauvage et en ait tiré non le sage que j'en espérais, mais un détritus dont je n'ai que faire ? Combien maintenant je reconnais qu'il était grand et noble et pur dans l'ignorance ! »

« Car il n'était qu'un cadeau à lui faire, et que de plus en plus tu oublies et négliges. Et c'était l'usage d'un style. Car au lieu de jouer avec les objets de ses connaissances comme avec des ballons de couleur, de s'amuser du son qu'ils rendent, et de s'enivrer de sa jonglerie, le voilà tout à coup qui, usant peut-être de moins d'objets, va s'orienter vers ces démarches de l'esprit qui sont ascension de l'homme. Et voici qu'il te deviendra réservé et silencieux comme l'enfant qui ayant de toi reçu un jouet en a d'abord tiré du bruit. Mais voici que tu lui enseignes qu'il en peut tirer des assemblages. Tu le vois alors se faire pensif et se taire. S'enfermer dans son coin de chambre, plisser le front, et commencer de naître à l'état d'homme.

« Enseigne donc d'abord à ta brute la grammaire et l'usage des verbes. Et des compléments. Apprends-lui à agir avant de lui confier sur quoi agir. Et ceux-là qui font trop de bruit, remuent, comme tu dis, trop d'idées, et te fatiguent, tu les observeras qui découvriront le silence.

« Lequel est seul signe de la qualité. »

CL

Ainsi la vérité quand elle se fait à mon usage.

Et tu t'étonnes. Mais tu ne t'étonnes point, que je sache, quand l'eau que tu bois, le pain que tu manges, se font lumière des yeux, ni quand le soleil se fait branchage, et fruit et graines. Et certes tu ne retrouveras rien dans le fruit qui ressemble au soleil ou simplement rien du cèdre qui ressemble à la semence de cèdre.

Car né de lui ne signifie point qu'il lui ressemble.

Ou plutôt je dis « ressemblance » quelque chose qui n'est ni pour tes yeux ni pour ton intelligence, mais *pour* ton seul esprit. Et c'est ce que je signifie lorsque j'exprime que la création ressemble à Dieu, le fruit au soleil, le poème à l'objet du poème et l'homme que j'ai tiré de toi au cérémonial de l'empire.

Et ceci est très important car faute de reconnaître par les yeux une filiation qui n'a de sens que pour l'esprit, tu refuses les conditions de ta grandeur. Tu es semblable à l'arbre qui, de ne point retrouver les signes du soleil dans le fruit, refuserait le soleil. Ou plutôt comme le professeur qui, de ne point retrouver dans l'œuvre le mouvement informulable dont elle est issue, l'étudie, découvre son plan, dégage s'il ne peut y trouver des lois internes, et te fabrique ensuite une œuvre qui les applique, et te fait fuir pour ne la point entendre.

C'est ici que la bergère ou le menuisier ou le mendiant a plus de génie que tous les logiciens, historiens et critiques de mon empire. Car il leur déplaît que leur chemin creux perde ses contours. Pourquoi ? leur demandes-tu. Parce qu'ils l'aiment. Et cet amour est la voie mystérieuse par où ils en sont allaités. Il faut bien, puisqu'ils l'aiment, qu'ils en reçoivent quelque chose. Peu importe si tu le sais formuler. Il n'est que des logiciens, des historiens et des critiques de n'accepter du monde que ce dont ils savent faire des phrases. Car je pense, moi, que toi, petit d'homme, tu commences seulement d'apprendre un langage et tâtonnes et t'y exerces et ne saisis encore qu'une mince pellicule du monde. Car il est lourd à transporter.

Mais ceux-là ne savent croire qu'en le maigre contenu de leur petit bazar d'idées.

Si tu refuses mon temple, mon cérémonial et mon humble chemin de campagne à cause que tu ne sais m'énoncer l'objet ni le sens du charroi, je t'enfoncerai le nez dans ta propre crasse. Car là où il n'est point de mots dont tu me puisses étonner par leur bruit, ou d'images proposées que tu me puisses agiter comme des preuves palpables, tu acceptes pourtant de recevoir une visite dont tu ne sais dire le nom. As-tu jamais écouté la musique ? Pourquoi l'écoutes-tu ?

Tu acceptes communément comme belle la cérémonie du coucher du soleil sur la mer. Veux-tu me dire pourquoi ?

Et moi je dis que si tu as chevauché ton âne le long du chemin de campagne dont je t'ai parlé, te voilà changé. Et peu m'importe que tu ne saches encore me dire pourquoi.

Et c'est pourquoi tous les rites, tous les sacrifices, tous les cérémonials, tous les chemins ne sont pas également bons. Il en est de mauvais comme de musiques vulgaires. Mais je ne sais les départager par la raison. Je n'en veux qu'un signe qui est toi.

Si je veux juger le chemin, le cérémonial ou le poème, je regarde l'homme qui en vient. Ou bien j'écoute battre son cœur.

CLI

C'est comme si les forgeurs de clous et scieurs de planches, prétextant que le navire est assemblage de planches à l'aide de clous, me prétendaient présider à sa construction et à son gouvernement sur la mer.

L'erreur étant toujours la même et consistant en erreur dans la démarche. Ce n'est point le navire qui naît de la forge des clous et du sciage des planches. C'est la forge des clous et le sciage des planches qui naissent de la pente vers la mer et croissance du navire. Le navire devient à travers eux et les draine comme le cèdre draine la rocaille.

Les scieurs de planches et forgeurs de clous doivent regarder vers les planches et les clous. Ils doivent connaître les planches et les clous. L'amour du navire dans leur langage doit devenir amour des planches et des clous. Et je n'irai point les interroger sur le navire.

Ainsi de ceux-là que j'ai chargés de me percevoir les impôts. Je n'irai point les interroger sur les démarches d'une civilisation. Qu'ils m'obéissent sagement.

Car si j'invente un voilier plus rapide et change la forme des planches et la longueur des clous, voilà mes techniciens qui murmurent et se révoltent. Je détruis selon eux l'essence du navire, lequel avant tout reposait sur leurs planches et sur leurs clous.

Mais il reposait sur mon désir.

Et ceux-là, si je change quelque chose aux finances et donc à la récolte des impôts, les voilà qui murmurent et se révoltent car je ruine l'empire qui reposait sur leur routine.

Tous, qu'ils se taisent.

Mais en revanche, je les respecterai. Je n'irai point, une fois le dieu descendu jusqu'à eux, les conseiller dans la forge des clous ou le sciage des planches. Je n'en veux rien connaître. Le bâtisseur de cathédrales, d'échelon en échelon, anime le sculpteur de lui verser son enthousiasme. Mais il ne se mêle point de l'aller conseiller sur le mode d'un certain sourire. Car il s'agit là d'utopie et de construction du monde à l'envers. S'occuper des clous, c'est inventer un monde futur. Ce qui est absurde. Ou soumettre à la discipline ce qui n'est point du ressort de la discipline. C'est là que se montre l'ordre du professeur qui n'est point l'ordre de la vie. Viendra à son heure le temps des planches et des clous. Car si je m'en occupe avant leur échelon je me fatigue sur un monde qui ne naîtra point. Car la forme des clous et des planches se dégagera de leur usure contre les réalités de la vie, lesquelles se montreront seules aux forgeurs de clous et scieurs de planches.

Et plus ma contrainte sera puissante, laquelle est pente vers la mer donnée aux hommes, moins ma tyrannie se montrera. Car il n'est point de tyrannie dans l'arbre. La tyrannie se montre si tu veux, à l'aide des sucs, construire l'arbre. Non si l'arbre draine les sucs.

Je te l'ai toujours dit : Fonder l'avenir, c'est d'abord et exclusivement penser le présent. De même que créer le navire c'est exclusivement fonder la pente vers la mer.

Car il n'est point — et jamais — de langage logique pour passer des matériaux à ce qui compte pour toi et domine les matériaux, comme pour expliquer l'empire à partir des arbres, des montagnes, des villes, des fleuves et des hommes, ou la mélancolie de ton visage de marbre à partir des lignes et des volumes respectifs du nez, du menton et des oreilles, ou le recueillement de ta cathédrale à partir des pierres, ou le domaine à partir des éléments du domaine, ou plus simplement l'arbre à partir des sucs minéraux. (Et la tyrannie te vient de ce que prétendant réaliser une opération impossible tu t'irrites contre tes échecs, les reproches aux autres, et te fais cruel.)

Il n'est point de langage logique car il n'est point non plus de filiation logique. Tu ne fais point naître l'arbre à partir des sucs minéraux, mais de la graine.

La seule démarche qui ait un sens, mais qui n'est point exprimable par les mots car elle est de création pure ou de retentissement, est celle qui te fait passer de Dieu aux objets qui ont reçu de Lui un sens, une couleur et un mouvement. Car l'empire te charge d'un pouvoir secret les arbres, montagnes, fleuves, troupeaux et ravins et demeures de l'empire. La ferveur du sculpteur charge d'un pouvoir secret la glaise ou le marbre, la cathédrale donne leur sens aux pierres et en fait réservoirs de silence, et l'arbre draine les sucs minéraux pour les établir dans la lumière.

Et je connais deux sortes d'hommes qui me parlent d'un empire neuf à fonder. Celui-là qui est logicien et construit par l'intelligence. Et je dis son acte utopie. Et il ne naîtra rien car il n'est rien en lui. Ainsi de ce visage pétri par le professeur de sculpture. Car si le créateur peut être intelligent, la création n'est point faite de l'intelligence. Et cet homme-là nécessairement se changera en tyran stérile.

Et l'autre qu'anime une évidence forte à laquelle il ne saurait donner un nom. Et celui-là peut être comme le berger ou le charpentier sans intelligence, car la création n'est point faite de l'intelligence. Et il te malaxe sa glaise sans bien connaître ce qu'il en tirera. Il n'est point satisfait : il donne un coup de pouce à gauche. Puis un coup de pouce vers le bas. Et son visage de plus en plus satisfait quelque chose qui n'a point de nom mais pèse en lui. Son visage de plus en plus ressemble à quelque chose qui n'est point un visage. Et je ne sais même pas ce que signifie ici ressembler. Et voici que ce visage pétri qui a reçu une ressemblance informulable est doué du pouvoir de charrier en toi ce qui animait le sculpteur. Et tu es noué comme il le fut.

Car celui-ci n'a point agi par l'intelligence mais par l'esprit. Et c'est pourquoi je te dirai que l'esprit mène le monde et non l'intelligence.

CLII

Voici donc que je t'ai dit : « S'il ne s'agit point d'esclaves aveugles, toutes les opinions sont dans tous les hommes. Non que les hommes soient versatiles mais parce que leur vérité intérieure est vérité qui ne trouve *point* dans les mots vêtement à sa mesure. Et il te faut un peu de ceci, un peu de cela… »

Car toi tu as simplifié avec la liberté et la contrainte. Et tu oscilles de l'un à l'autre car la vérité n'est ni dans chacun ni entre les deux mais au-dehors des deux. Mais par quel hasard pourrais-tu faire tenir en un seul mot ta vérité intérieure ? Ce sont comme des boîtes maigres. Et en quel nom ce qui t'est nécessaire pour grandir pourrait-il tenir dans une boîte maigre ?

Mais pour que tu sois libre de la liberté du chanteur qui improvise sur l'instrument à cordes, ne faut-il pas que je t'exerce d'abord les doigts et t'enseigne l'art du chanteur ? Ce qui est guerre, contrainte et endurance.

Et pour que tu sois libre de la liberté du montagnard, ne faut-il pas que tu aies exercé tes muscles, ce qui est guerre, contrainte et endurance ?

Et pour que tu sois libre de la liberté du poète, ne faut-il pas que tu aies exercé ton cerveau et forgé ton style, ce qui est guerre, contrainte et endurance ?

Ne te souviens-tu point de ce que les conditions du bonheur ne sont jamais recherche du bonheur ? Tu t'assiérais, ne sachant où courir. Le bonheur, quand tu as créé, t'est accordé comme récompense. Et les conditions du bonheur sont guerre, contrainte et endurance.

Ne te souviens-tu pas de ce que les conditions de la beauté ne sont jamais recherche de la beauté ? Tu t'assiérais, ne sachant où courir. La beauté, quand ton œuvre est faite, lui est accordée pour ta récompense. Et les conditions de la beauté sont guerre, contrainte et endurance.

Ainsi des conditions de ta liberté. Elles ne sont pas cadeaux de la liberté. Tu t'assiérais, ne sachant où courir. La liberté, quand on a de toi tiré un homme, est récompense de cet homme, lequel dispose d'un empire où s'exercer. Et les conditions de ta liberté sont guerre, contrainte et endurance.

Je te dirai ainsi au risque de te scandaliser que les conditions de ta fraternité ne sont point ton égalité, car elle est récompense et l'égalité se fait en Dieu. Ainsi de l'arbre qui est hiérarchie, mais où vois-tu qu'une partie domine sur l'autre ? Ainsi du temple qui est hiérarchie. S'il repose sur son assise il se noue en sa clef de voûte.

Et comment saurais-tu lequel des deux l'emporte sur l'autre ? Qu'est-ce qu'un général sans armée ? Qu'est-ce qu'une armée sans général ? Une égalité est égalité dans l'empire et la fraternité leur est accordée comme récompense. Car la fraternité n'est point le droit au tutoiement ni à l'injure. Et moi je dis que ta fraternité est récompense de ta hiérarchie et du temple que vous bâtissez l'un par l'autre. Car je l'ai découvert dans les foyers où le père était respecté et où le fils aîné protégeait le plus jeune. Et où le plus jeune se confiait à l'aîné. Alors chaudes étaient leurs soirées, leurs fêtes et leurs retours. Mais s'ils sont matériaux en vrac, si nul ne dépend plus de l'autre, si simplement ils se coudoient et se mêlent comme des billes, où vois-tu leur fraternité ? Que l'un d'eux meure, on le remplace car il n'était point nécessaire. Je veux connaître où tu es et qui tu es pour t'aimer.

Et si je t'ai retiré des flots de la mer je t'en aimerai mieux, responsable que je suis de ta vie. Ou si je t'ai veillé et guéri quand tu souffrais — ou si te voilà mon vieux serviteur qui m'a assisté comme une lampe, ou le gardien de mes troupeaux. Et j'irai boire chez toi ton lait de chèvre. Et je recevrai de toi et tu donneras. Et tu recevras et je donnerai. Mais je n'ai rien à dire à celui-là qui se proclame mon égal avec hargne et ne veut ni dépendre de moi en quelque chose ni que je dépende de lui. Je n'aime que celui-là dont la mort me serait déchirante.

CLIII

Cette nuit-là, dans le silence de mon amour, je voulus gravir la montagne pour, une fois de plus, observer la ville, l'ayant par mon ascension rangée

dans le silence et privée de ses mouvements — mais j'ai fait halte à mi-chemin, retenu que j'étais par ma pitié, car des campagnes j'entendais monter des plaintes et je souhaitais de les comprendre.

Elles s'élevaient du bétail rangé dans les étables. Et des bêtes des champs et des bêtes du ciel et des bêtes du bord des eaux. Car seules elles témoignent dans la caravane de la vie, le végétal n'ayant point de langage, et l'homme ayant déjà, vivant à demi la vie de l'esprit, commencé d'user du silence. Car celui-là que le cancer travaille, tu le vois se mordre les lèvres et se taire, sa souffrance se changeant au-dessus du remue-ménage de la chair en arbre spirituel qui pousse ses branches et ses racines dans un empire qui n'est point des choses mais du sens des choses. C'est pourquoi t'angoisse plus fort la souffrance qui se tait que la souffrance qui crie. Celle qui se tait remplit la chambre. Remplit la ville. Et il n'est point de distance pour la fuir. La bien-aimée qui souffre loin de toi, si tu l'aimes, te voilà dominé où que tu sois par sa souffrance.

Donc j'entendais les plaintes de la vie. Car la vie se perpétuait dans les étables, dans les champs et au bord des eaux. Car meuglaient les génisses en gésine dans les étables. Car j'entendais aussi les voix de l'amour monter de marécages ivres de leurs grenouilles. J'entendais aussi les voix du carnage car piaulait le coq de bruyère dont s'était saisi le renard, bêlait la chèvre que tu sacrifiais pour ton repas. Et il arrivait parfois qu'un fauve fît taire la contrée d'un seul rugissement, s'y taillant d'un seul coup un empire de silence où toute vie suait de peur. Car les fauves se guident sur l'odeur aigre de l'angoisse, laquelle charge le vent. A peine avait-il rugi, toutes ses victimes brillaient pour lui comme un peuple de lumières.

Puis se dégelaient de leur stupeur les bêtes de la terre et du ciel et du bord des eaux, et reprenait la plainte de gésine, d'amour et de carnage.

« Ah ! me dis-je, ce sont là les bruits du charroi, car la vie se délègue de génération en génération, et, de cette marche à travers le temps, il en est comme du char pesant dont l'essieu crie... »

C'est alors qu'il me fut donné de comprendre enfin quelque chose de l'angoisse des hommes, car ils se délèguent eux aussi, émigrant hors d'eux-mêmes de génération en génération. Et jour et nuit se poursuivent inexorables, à travers villes et campagnes, ces divisions comme d'un tissu de chair qui se déchire et se répare, et je sentis en moi, comme j'eusse ressenti une blessure, le travail d'une mue lente et perpétuelle.

« Mais ces hommes, me disais-je, vivent non des choses mais du sens des choses et il faut bien qu'ils se délèguent les mots de passe.

« C'est pourquoi je les vois, à peine l'enfant leur est-il né, occupés de le débrouiller à l'usage de leur langage, comme à l'usage d'un code secret, car il est clef de leur trésor. Pour transporter en lui ce lot de merveilles, ils ouvrent en lui laborieusement les chemins du charroi. Car difficiles à formuler et lourdes et subtiles sont les récoltes qu'il s'agit de passer d'une génération à l'autre.

« Certes est rayonnant ce village. Certes est pathétique cette maison du village. Mais la nouvelle génération, si elle occupe des maisons dont elle ne sait rien sinon l'usage, que fera-t-elle dans ce désert ? Car de même que pour leur permettre de tirer leur plaisir d'un instrument à cordes il te faut à tes héritiers enseigner l'art de la musique, de même il te faut, pour qu'ils soient des hommes qui éprouvent des sentiments d'homme, leur enseigner à lire sous le disparate des choses les visages de ta maison, de ton domaine et de ton empire.

« Faute de quoi la génération nouvelle campera en barbare dans la ville qu'elle t'aura prise. Et quelle joie des barbares tireraient-ils de tes trésors ? Ils ne savent point s'en servir, n'ayant point la clef de ton langage.

« Pour ceux-là qui ont émigré dans la mort, ce village était comme une harpe avec la signification des murs, des arbres, des fontaines et des maisons. Et chaque arbre différent avec son histoire. Et chaque maison différente avec ses coutumes. Et chaque mur différent à cause de ses secrets. Ainsi ta promenade tu l'as composée comme une musique, tirant le son que tu désirais de chacun de tes pas. Mais le barbare qui campe ne sait point faire chanter ton village. Il s'y ennuie et, se heurtant à l'interdiction de rien pénétrer, il t'effondre tes murs et te disperse tes objets. Par vengeance contre l'instrument dont il ne sait point se servir, il y propage l'incendie qui le paie au moins d'un peu de lumière. Après quoi il se décourage et il bâille. Car il faut connaître ce que l'on brûle pour que la lumière soit belle. Ainsi celle de ton cierge devant ton dieu. Mais la flamme même de ta maison ne parlera point au barbare, n'étant point flamme d'un sacrifice. »

Me hantait donc cette image d'une génération installée en intruse dans la coquille de l'autre. Et m'apparaissaient essentiels les rites qui dans mon empire obligent l'homme à déléguer ou recevoir son héritage. J'ai besoin d'habitants chez moi, non de campeurs, et qui ne viendraient de nulle part.

C'est pourquoi je t'imposerai comme essentielles les longues cérémonies par lesquelles je recoudrai les déchirures de mon peuple afin que rien de son héritage ne soit perdu. Car l'arbre certes ne se préoccupe point de ses graines. Quand le vent les arrache et les emporte, cela est bien. Car l'insecte certes ne se préoccupe point de ses œufs. Le soleil les élèvera. Tout ce que possèdent ceux-là tient dans leur chair et se transmet avec la chair.

Mais que deviendras-tu si nul ne t'a pris par la main afin de te montrer les provisions d'un miel qui n'est point des choses mais du sens des choses ? Visibles certes sont les caractères du livre. Mais je te dois supplicier pour te faire don de ces clefs du poème.

Ainsi des funérailles que je veux solennelles. Car il ne s'agit point de ranger un corps dans la terre. Mais de recueillir sans en rien perdre, comme d'une urne parce qu'elle s'est brisée, le patrimoine dont ton mort fut dépositaire. Il est difficile de tout sauver. Les morts sont longs à recueillir. Il te faut longtemps les pleurer et méditer leur existence et fêter leur anniversaire. Il te faut bien des fois te retourner pour observer si tu n'oublies pas quelque chose.

Ainsi des mariages qui préparent les craquements de la naissance. Car la maison qui vous enferme devient cellier et grange et magasin. Qui peut dire ce qu'elle contient ? Votre art d'aimer, votre art de rire, votre art de goûter le poème, votre art de ciseler l'argent, votre art de pleurer et de réfléchir, il vous faudra bien les ramasser pour déléguer à votre tour. Votre amour je le veux navire pour cargaison qui doit franchir l'abîme d'une génération à l'autre et non concubinage pour le partage vain de provisions vaines.

Ainsi des rites de la naissance car il s'agit là de cette déchirure qu'il importe de réparer.

C'est pourquoi j'exige des cérémonies quand tu épouses, quand tu accouches, quand tu meurs, quand tu te sépares, quand tu reviens, quand tu commences de bâtir, quand tu commences d'habiter, quand tu engranges tes moissons, quand tu inaugures tes vendanges, quand s'ouvrent la guerre ou la paix.

Et c'est pourquoi j'exige que tu éduques tes enfants afin qu'ils te ressemblent. Car ce n'est point d'un adjudant de leur transmettre un héritage, lequel ne peut tenir dans son manuel. Si d'autres que toi le peuvent instruire de ton bagage de connaissances comme de ton petit bazar d'idées, il perdra s'il t'est retranché, tout ce qui n'est point énonçable et ne tient pas dans le manuel.

Tu les bâtiras à ton image de peur que plus tard ils ne traînent, sans joie, dans une partie qui leur sera campement vide, dont, faute d'en connaître les clefs, ils laisseront pourrir les trésors.

CLIV

M'épouvantaient les fonctionnaires de mon empire car ils se montraient optimistes :

« Cela est bon ainsi, disaient-ils. La perfection est hors d'atteinte. »

Certes est hors d'atteinte la perfection. Elle n'a d'autre sens que celui d'étoile pour guider ta marche. Elle est direction et tendance vers. Mais la marche compte seule et il n'est point de provisions au sein desquelles tu te puisses asseoir. Car alors meurt le champ de force qui seul t'anime et te voilà comme un cadavre.

Et si quelqu'un néglige l'étoile c'est qu'il veut s'asseoir et dormir. Et où t'assois-tu ? Et où dors-tu ? Je ne connais point de lieu de repos. Car tel lieu s'il t'exalte c'est qu'il est un objet de ta victoire. Mais autre est le champ de bataille où tu respires cette victoire neuve, autre cette litière que tu en fais quand tu prétends en vivre.

A quelle œuvre témoin compares-tu la tienne pour t'en satisfaire ?

Car tu t'étonnes du pouvoir de mes rites ou de mon chemin de campagne. Et t'étonnant tu es aveugle.

Observe le sculpteur, il porte en lui quelque chose d'inénonçable. Car n'est jamais énonçable ce qui est de l'homme et non du squelette d'un homme passé. Et le sculpteur pétrit pour le transporter un visage de glaise.

Or donc tu cheminais et tu es passé devant son œuvre et tu as regardé ce visage peut-être arrogant ou peut-être mélancolique, puis tu as continué ton chemin. Et voici que tu n'étais plus le même. Faiblement converti, mais converti, c'est-à-dire tourné et penché dans une nouvelle direction, pour un temps court peut-être, mais pour un temps.

Un homme donc éprouvait un sentiment informulable : il a donné quelques coups de pouce dans la glaise. Il a placé sa glaise sur ton chemin. Et te voilà chargé, si tu empruntes cette route, du même sentiment informulable.

Et cela même s'il s'est écoulé cent mille années entre son geste et ton passage.

CLVI

Il s'éleva un vent de sable qui charria vers nous des débris d'oasis lointaine, et le campement fut comblé d'oiseaux. Il en était sous chaque tente qui partagèrent notre vie, non farouches et cherchant aisément notre épaule, cependant, faute de nourriture, ils périssaient chaque jour par milliers, bientôt secs et craquants comme une écorce de bois mort. Comme ils empestaient l'air je les fis récolter. On en emplit de grandes corbeilles. Et l'on versa cette poussière à la mer.

Quand nous connûmes pour la première fois la soif, nous assistâmes, à l'heure des chaleurs du soleil, à l'édification d'un mirage. La ville géométrique se reflétait, pure de lignes, dans les eaux calmes. Un homme devint fou, poussa un cri, et, dans la direction de la ville se prit à courir. Comme le cri du canard sauvage qui émigré retentit dans tous les canards, je compris que le cri de l'homme avait ébranlé les autres hommes. Ils étaient prêts, à la suite de l'inspiré, de basculer vers ce mirage et le néant. Une carabine bien ajustée le culbuta. Et il ne fut plus qu'un cadavre, lequel enfin nous rassura.

L'un de mes soldats pleurait.

« Qu'as-tu ? » lui dis-je.

Je croyais qu'il pleurait le mort.

Mais il avait découvert à ses pieds une de mes écorces craquantes et il pleurait un ciel déshabillé de ses oiseaux.

« Lorsque le ciel perd son duvet, me dit-il, il y a menace pour la chair de l'homme. »

Nous remontâmes l'ouvrier des entrailles du puits, il s'évanouit, mais il nous avait pu signifier que le puits était sec. Car il est des marées souterraines d'eau douce. Et l'eau, quelques années durant, va penchant vers les puits du Nord. Lesquels redeviennent sources de sang. Mais ce puits nous tenait comme un clou dans une aile.

Tous songeaient aux grandes corbeilles pleines d'écorce de bois mort.

Nous ralliâmes cependant le puits d'El Bahr le lendemain soir.

Je convoquai les guides, la nuit venue :

« Vous nous avez trompés sur l'état des puits. El Bahr est vide. Que ferai-je de vous ? »

Luisaient d'admirables étoiles au fond d'une nuit amère à la fois et splendide. Nous disposions de diamants pour notre nourriture.

« Que ferai-je de vous ? » disais-je aux guides.

Mais vaine est la justice des hommes. N'étions-nous pas tous changés en ronces ?

Le soleil émergea, découpé par la brume de sable en forme de triangle. Ce fut comme un poinçon pour notre chair. Des hommes churent, frappés au crâne. Des fous se déclarèrent en grand nombre. Mais il n'était plus de mirages qui les sollicitassent de leurs cités limpides. Il n'était plus ni mirage ni horizon pur, ni lignes stables. Le sable nous enveloppait d'une lumière tumultueuse de four à briques.

Comme je levais la tête j'aperçus à travers les volutes le tison pâle qui entretenait l'incendie. « Le fer de Dieu, songeais-je, qui nous marque comme des bêtes. »

« Qu'as-tu ? dis-je à un homme qui titubait.

— Je suis aveugle. »

Je fis éventrer deux chameaux sur trois et nous bûmes l'eau des viscères. Les survivants nous les chargeâmes de la totalité des outres vides et, gouvernant cette caravane, j'expédiai des hommes vers le puits d'El Ksour que l'on disait douteux.

« Si El Ksour est tari, leur dis-je, vous mourrez là-bas aussi bien qu'ici. »

Mais ils revinrent après deux journées sans événements qui me coûtèrent le tiers de mes hommes.

« Le puits d'El Ksour, témoignèrent-ils est une fenêtre sur la vie. »

Nous bûmes et ralliâmes El Ksour pour boire encore et refaire les provisions d'eau.

Le vent de sable s'apaisa et nous parvînmes à El Ksour dans la nuit. Il était là, autour du puits, quelques épineux. Mais au lieu de squelettes sans feuilles nous aperçûmes d'abord des sphères d'encre emmanchées sur des bâtons maigres. Nous ne comprîmes point d'abord la vision, mais quand nous fûmes à proximité de ces arbres ils firent, l'un après l'autre, comme explosion avec un grand bruit de colère. La migration de corbeaux qui les avaient choisis comme perchoirs les ayant dépouillés d'un seul coup, comme une chair qui eût éclaté autour de l'os. Leur vol était si dense que malgré l'éclatante pleine lune il nous tenait dans l'ombre. Car les corbeaux, loin de s'éloigner, agitèrent longtemps sur nos fronts leur tourbillon de cendre noire.

Nous en tuâmes trois mille car nous manquions de nourriture.

Ce fut une fête extraordinaire. Les hommes bâtirent des fours de sable qu'ils emplirent de bouse sèche, laquelle brillait clair comme du foin. Et la graisse des corbeaux parfuma l'air. L'équipe de garde autour du puits manœuvrait sans repos une corde de cent vingt mètres qui accouchait la terre de toutes nos vies. Une autre équipe distribuait l'eau à travers le camp comme elle l'eût fait pour des orangers dans la sécheresse.

J'allais ainsi, de mes pas lents, regardant revivre les hommes. Puis je m'éloignais d'eux, et, une fois rentré dans ma solitude, j'adressai à Dieu cette prière :

« J'ai vu, Seigneur, au cours d'une même journée, la chair de mon armée s'assécher puis revivre. Elle était déjà semblable à une écorce de bois mort, or la voici dispose et efficace. Nos muscles rafraîchis nous porteront où nous voudrons. Et cependant il s'en est fallu d'une heure de soleil et nous étions effacés de la terre, nous et la trace de nos pas.

« J'ai entendu rire et chanter. L'armée que j'emporte avec moi est cargaison de souvenirs. Elle est clef d'existences lointaines. Repose sur elle des espérances, des souffrances, des désespoirs et des joies. Elle n'est point autonome mais mille fois liée. Et cependant il s'en est fallu d'une heure de soleil et nous étions effacés de la terre, nous et la trace de nos pas.

« Je les mène vers l'oasis à conquérir. Ils seront semence pour la terre barbare. Ils apporteront nos coutumes à des peuples qui les ignorent. Ces hommes qui mangent et boivent et ne vivent ce soir que d'une vie élémentaire, à peine se seront-ils montrés dans les plaines fertiles, que tout y changera non seulement des coutumes et du langage, mais de l'architecture des remparts et du style des temples. Ils sont lourds d'un pouvoir qui agira le long des siècles. Et cependant il s'en est fallu d'une heure de soleil et nous étions effacés de la terre, nous et la trace de nos pas.

« Ils ne le savent point. Ils avaient soif, ils sont satisfaits pour leur ventre. Cependant l'eau du puits d'El Ksour sauve des poèmes et des villes et de grands jardins suspendus — car il était de ma décision d'en faire bâtir. L'eau du puits d'El Ksour change le monde. Et cependant une heure de soleil l'eût pu tarir et nous eût effacés de la terre, nous et la trace de nos pas.

« Ceux qui en revinrent les premiers nous dirent : « Le puits d'El Ksour est une fenêtre sur la vie. » Tes anges étaient prêts de te récolter mon armée dans leurs grandes corbeilles et de te la verser dans ton éternité comme une écorce de bois mort. Nous les avons fuis par ce trou d'aiguille. Je ne sais plus m'y reconnaître. Désormais si je considère un simple champ d'orge sous le soleil, en équilibre entre la boue et la lumière et capable de nourrir un homme, j'y verrai véhicule ou passage secret, quoique ignorant ce dont il est le charroi ou le chemin. J'ai vu sortir des villes, des temples, des remparts et de grands jardins suspendus du puits d'El Ksour.

« Mes hommes boivent et songent à leur ventre. Il n'est rien en eux que plaisir du ventre. Ils sont massés autour du trou d'aiguille. Et il n'est rien au fond du trou d'aiguille que clapotis d'une eau noire quand un récipient la tourmente. Mais d'être versée sur la graine sèche et qui ne connaît rien de soi sinon son plaisir de l'eau, elle réveille un pouvoir ignoré qui est de villes, de temples, de remparts et de grands jardins suspendus.

« Je ne sais plus m'y reconnaître si Tu n'es clef de voûte et commune mesure et signification des uns et des autres. Le champ d'orge et le puits d'El Ksour et mon armée, je n'y découvre que matériaux en vrac, s'il n'est point Ta présence au travers qui me permette d'y déchiffrer quelque ville crénelée qui se bâtit sous les étoiles. »

CLVII

Nous fûmes bientôt en vue de la ville. Mais nous n'en découvrîmes rien, sinon des remparts rouges d'une hauteur inusitée et qui tournaient vers le désert une sorte d'envers dédaigneux, dépouillés qu'ils étaient d'ornements, de saillies, de créneaux, et conçus de toute évidence pour n'être point observés du dehors.

Quand tu regardes une ville elle te regarde. Elle dresse contre toi ses tours. Elle t'observe de derrière ses créneaux. Elle te ferme ou t'ouvre ses portes. Ou bien elle désire être aimée ou te sourire et tourne en ta direction les parures de son visage. Toujours quand nous prenions les villes il nous semblait, tant elles avaient bien été bâties en vue du visiteur, qu'elles se donnaient à nous. Portes monumentales et avenues royales, que tu sois chemineau ou conquérant, tu es toujours reçu en prince.

Mais le malaise s'empara de mes hommes quand les remparts, peu à peu grandis par l'approche, nous parurent si visiblement nous tourner le dos dans un calme de falaise, comme s'il n'était rien hors de la ville.

Nous usâmes la première journée à en faire le tour, lentement, cherchant quelque brèche, quelque défaut, ou à tout le moins quelque issue murée. Il n'en était point. Nous cheminions à portée de fusil mais aucune riposte ne rompait jamais le silence bien qu'il arrivât que quelques-uns de mes hommes dont le malaise allait s'aggravant tirassent eux-mêmes des salves de défi. Mais il en était de cette cité derrière ses remparts comme du caïman sous sa carapace qui ne daigne même pas pour toi sortir d'un songe.

D'une éminence lointaine qui, sans surplomber les remparts, permettait un regard rasant, nous observâmes une verdure serrée comme du cresson. Or, à l'extérieur des remparts, on n'eût point découvert un seul brin d'herbe. Il n'était plus, à l'infini, que sable et rocaille usés de soleil, tant les sources de l'oasis avaient été patiemment drainées pour le seul usage intérieur. Ces remparts retenaient toute végétation comme le casque une chevelure. Nous déambulions stupides à quelques pas d'un paradis trop dense, d'une éruption d'arbres, d'oiseaux, de fleurs, étranglée par la ceinture des remparts comme pour le basalte d'un cratère.

Quand les hommes eurent bien connu que le mur était sans fissures, une part d'entre eux fut prise de peur. Car cette ville jamais, de mémoire d'homme, n'avait donc ni délégué ni accueilli de caravane. Aucun voyageur n'avait apporté avec son bagage l'infection de coutumes lointaines. Aucun marchand n'y avait introduit l'usage d'un objet ailleurs familier. Aucune fille capturée au loin n'avait versé sa race dans la leur. Il semblait à mes hommes palper l'écorce d'un monstre informulable qui ne possédât rien en commun avec les peuples de la terre. Car les îles les plus perdues, des naufrages de navires les ont une fois abâtardies, et tu trouves toujours quelque chose pour établir ta parenté d'homme et forcer le sourire. Mais ce monstre, s'il se montrait, ne montrerait point de visage.

Il en est d'autres parmi les hommes qui, bien au contraire, furent tourmentés par un amour informulable et singulier. Car tu es ému par celle-là seule qui est permanente et bien fondée, ni métissée de pâte dans sa chair, ni pourrie de langage dans sa religion ou ses coutumes, et qui ne sort point de cette lessive de peuples où tout s'est mélangé et qui est glacier fondu en mare. Qu'elle était belle, cette bien-aimée si jalousement cultivée, dans ses aromates et ses jardins et ses coutumes !

Mais les uns comme les autres et moi-même, une fois le désert franchi, nous butions sur l'impénétrable. Car, qui s'oppose à toi, t'ouvre le chemin de son cœur, comme à ton épée celui de sa chair et tu peux espérer le vaincre, l'aimer ou en mourir, mais que peux-tu contre qui t'ignore ? Et c'est quand me vint ce tourment que précisément nous découvrîmes que tout autour du mur sourd et aveugle, le sable montrait une zone plus blanche d'être trop riche en ossements qui sans doute témoignaient du sort des délégations lointaines, semblable qu'elle était à la frange d'écume où se résout, le long d'une falaise, la houle que vague par vague délègue la mer.

Mais comme, le soir venu, je considérais du seuil de ma tente ce monument impénétrable qui durait au milieu de nous, je méditai et il me parut que bien plus que la ville à prendre c'était nous qui subissions un siège. Si tu incrustes une semence dure et fermée dans une terre fertile, ce n'est point ta terre qui, de l'entourer, assiège ta semence. Car ta semence quand elle craquera, sa graine établira son règne sur ta terre. « S'il est, par exemple, derrière les murs, me disais-je, tel ou tel instrument de musique ignoré de nous et s'il en est tiré des mélodies âpres ou mélancoliques, et d'un goût pour nous encore inconnu, l'expérience m'enseigne qu'une fois forcée cette réserve mystérieuse et répandus mes hommes parmi ses biens je les retrouverai plus tard, dans les soirées de mes campements s'exerçant à tirer de ces instruments peu usuels telle mélodie d'un goût neuf pour leurs chœurs. Et leurs cœurs en seront changés.

« Vainqueurs ou vaincus, me disais-je, comment saurai-je distinguer ! Tu considères cet homme muet parmi la foule. Elle l'entoure et le presse et le force. S'il est contrée vide elle l'écrase. Mais s'il est d'un homme habité et construit à l'intérieur, comme de la danseuse que je fis danser, et s'il parle, alors ayant parlé il a dans ta foule poussé ses racines, noué ses pièges, établi son pouvoir et voilà ta foule, s'il se met en marche, qui se met en marche derrière lui en multipliant sa puissance.

« Il suffit que ce territoire abrite quelque part un seul sage bien protégé par son silence, et devenu au cœur de ses méditations, pour qu'il équilibre le poids de tes armes car il est semblable à une graine. Et comment le distinguerais-tu pour le décapiter ? Il ne se montre que par son pouvoir et dans la seule mesure où son œuvre est faite. Car il en est ainsi de la vie qui est toujours en équilibre avec le monde. Et tu ne peux lutter que contre le fou qui te propose des utopies mais non contre celui qui pense et construit le présent puisque le présent est tel qu'il le montre. Il en est ainsi de toute création, car le créateur n'y apparaît point. Si de la montagne où je t'ai conduit tu vois ainsi résolus tes problèmes, et non autrement, comment te défendrais-tu contre moi ? Il faut bien que tu sois quelque part.

« Ainsi de ce barbare qui ayant crevé des remparts et forcé le palais royal fit irruption face à la reine. Or la reine ne disposait d'aucun pouvoir, tous ses hommes d'armes étant morts.

« Quand tu fais une erreur dans le jeu que tu jouais par simple goût du jeu, te voilà rouge, humilié et désireux de réparer ta faute. Cependant il n'est point de juge *pour* te flétrir sinon ce personnage que tel jeu déliait en toi et qui proteste. Et tu te gardes des faux pas dans la danse bien que ni l'autre danseur ni personne n'ait qualité pour te les reprocher. Ainsi pour te faire mon prisonnier je n'irai point te montrer ma puissance mais je te donnerai le goût de ma danse. Et tu viendras où je voudrai.

« C'est pourquoi la reine, se tournant vers le roi barbare quand il creva la porte et surgit en soudard la hache au poing et tout fumant de sa puissance, et plein d'un énorme désir d'étonner, car il était vaniteux et vantard, eut un sourire triste, comme de déception secrète, et d'indulgence un peu usée. Car rien ne l'étonnait sinon la perfection du silence. Et tout ce bruit, elle ne daignait point l'entendre, de même que tu ignores les travaux grossiers des égoutiers, bien que tu les acceptes comme nécessaires.

« Dresser un animal, c'est l'enseigner à agir dans la seule direction pour lui efficace. Quand tu veux sortir de chez toi tu fais le tour, sans y réfléchir, par la porte. Quand ton chien veut gagner son os, il te fera les actes sollicités de lui car il a observé peu à peu qu'ils étaient chemin le plus court vers sa récompense. Bien qu'en apparence ils n'aient point de rapport avec l'os. Cela se fonde sur l'instinct même et non sur le raisonnement. Ainsi le danseur conduit la danseuse par des règles du jeu qu'ils ignorent eux-mêmes. Qui sont langage caché comme de toi à ton cheval. Et tu ne saurais me dire exactement les mouvements qui te font obéir de ton cheval.

« Or la faiblesse du barbare étant qu'il voulait d'abord étonner la reine, son instinct lui enseigna vite qu'il n'était qu'un chemin, tous les autres chemins la rendant plus lointaine, plus indulgente et plus déçue, et il commença de jouer du silence. Ainsi commençait-elle elle-même de le changer à sa façon, préférant au bruit de la hache les révérences silencieuses. »

Ainsi me semblait-il qu'à entourer ce pôle qui nous forçait de regarder vers lui, bien qu'il fermât les yeux délibérément, nous lui faisions jouer un rôle dangereux car il recevait de notre audience le pouvoir de rayonnement d'un monastère.

C'est pourquoi, ayant réuni mes généraux, je leur dis :

« Je prendrai la ville par l'étonnement. Il importe que ceux de la ville nous interrogent sur quelque chose. »

Mes généraux assagis par l'expérience et quoique n'ayant rien compris de mes paroles, firent divers bruits d'assentiment.

Je me souvenais également d'une réplique qu'opposa mon père à certains, qui lui objectaient que les hommes, dans les grandes choses, ne cédaient qu'à de grandes forces :

« Certes, leur avait-il répondu. Mais vous ne risquez point de vous contredire car vous dites qu'une force est grande quand elle fait céder les forts. Or voici un marchand vigoureux, arrogant et avare. Il transporte une fortune de diamants, lesquels sont cousus dans sa ceinture. Et voici un bossu chétif, pauvre et prudent qui n'est point connu du marchand, parle un autre langage que le sien, et souhaite cependant de s'attribuer les pierres. Tu ne vois point où loge la force dont il dispose ?

— Nous ne le voyons point, dirent les autres.

— Cependant, poursuivit mon père, le chétif ayant abordé le géant l'invite, comme il fait chaud, à partager son thé. Et tu ne risques rien quand tu portes des pierres cousues dans ta ceinture à partager le thé d'un bossu chétif.

— Certes, rien, dirent les autres.

— Et cependant à l'heure de la séparation, le bossu emporte les pierres, et le marchand crève de rage, muselé jusque dans ses poings par la danse que l'autre lui a dansée.

— Quelle danse ? firent les autres.

— Celle de trois dés taillés dans un os », répondit mon père.

Puis il leur expliqua :

« Il y a que le jeu est plus fort que l'objet du jeu. Toi général, tu gouvernes dix mille soldats. Ce sont les soldats qui détiennent les armes. Ils sont tous solidaires les uns des autres. Et cependant tu les envoies se jeter l'un l'autre en prison. Car tu ne vis point des choses mais du sens des choses. Quand le sens des diamants fut d'être caution des dés ils coulèrent dans la poche du bossu. »

Les généraux qui m'entouraient cependant s'enhardirent :

« Mais comment les atteindrais-tu, ceux de la ville, s'ils refusent de t'écouter ?

— Voilà bien ton amour des mots qui te fait faire un bruit stérile. S'ils peuvent parfois refuser d'écouter, où vois-tu que les hommes puissent refuser d'entendre ?

— Celui-là que je cherche à gagner à ma cause peut se faire sourd à la tentation de mes promesses s'il est assez solide de cœur.

— Certes, puisque tu te montres ! Mais s'il est sensible à telle musique et que tu la lui joues, ce n'est *point* toi qu'il entendra, c'est la musique. Et s'il se penche sur un problème qui le dévore et si tu lui montres la solution, il est bien contraint de la recevoir. Comment veux-tu qu'il feigne vis-à-vis de soi-même, par haine ou mépris contre toi, de continuer de chercher ? Si au joueur d'un jeu tu désignes le coup qui le sauve et qu'il a cherché sans le découvrir, tu le gouvernes car il t'obéira, bien qu'il prétende t'ignorer. Ce que tu cherches, si on te le donne, tu te l'attribues. Celle-là cherche sa bague égarée ou le mot d'un rébus. Je lui tends la bague, l'ayant retrouvée. Ou je lui souffle le mot du rébus. Elle peut bien certes refuser l'un ou l'autre de moi par excès de haine. Cependant je l'ai gouvernée car je l'ai expédiée s'asseoir. Il faudrait qu'elle fût bien folle pour continuer de chercher...

« Ceux de la ville, il faut bien qu'ils désirent, cherchent, souhaitent, protègent, cultivent quelque chose. Sinon autour de quoi bâtiraient-ils des remparts ? Si tu les bâtis autour d'un puits maigre et si au-dehors je te crée un lac, tes remparts tombent d'eux-mêmes car ils sont ridicules. Si tu les bâtis autour d'un secret et que mes soldats, autour des remparts, te crient ton secret à tue-tête, tes remparts tombent aussi car ils n'ont plus d'objet. Si tu les bâtis autour d'un diamant, et que j'en sème au-dehors comme gravats, tes remparts tombent car ils favorisent ta seule pauvreté. Et si tu les bâtis autour de la perfection d'une danse et que, la même danse, je la danse mieux que toi, tu les démoliras toi-même pour apprendre de moi à danser…

« Ceux de la ville, je veux d'abord simplement qu'ils m'entendent. Ensuite ils m'écouteront. Mais certes si je joue du clairon sous leurs murs ils se reposeront en paix sur leurs remparts et n'entendront point ma vaine soufflerie. Car tu n'entends que ce qui est pour toi. Et t'augmente. Ou te résout dans un de tes litiges.

« J'agirai donc sur eux malgré qu'ils feignent de m'ignorer. Car la grande vérité est que tu n'existes point seul. Tu ne peux demeurer permanent dans un monde qui, autour, change. Je puis sans te toucher agir sur toi car, que tu le veuilles ou non, c'est ton sens même que je change et tu ne peux le supporter. Tu étais détenteur d'un secret, il n'est plus de secret, ton sens a changé. Celui-là qui danse et déclame dans la solitude je te l'entoure en secret d'auditeurs narquois puis j'enlève le rideau : je l'interromps net dans sa danse.

« S'il danse encore c'est qu'il est fou.

« Ton sens est fait du sens des autres, que tu le veuilles ou non. Ton goût est fait du goût des autres, que tu le veuilles ou non. Ton acte est mouvement d'un jeu. Pas d'une danse. Je change le jeu ou la danse et je change ton acte en un autre.

« Tu bâtis tes remparts à cause d'un jeu, tu les détruiras toi-même à cause d'un autre.

« Car tu vis non des choses mais du sens des choses.

« Ceux de la ville je les punirai dans leur prétention car ils comptent sur leurs remparts.

« Alors que ton unique rempart, c'est la puissance de la structure qui te pétrit et que tu sers. Car le rempart du cèdre c'est le pouvoir même de sa graine, laquelle lui permettra de s'établir contre la tempête, la sécheresse et la rocaille. Et ensuite tu pourras bien l'expliquer par l'écorce mais l'écorce d'abord était fruit de la graine. Racines, écorce et feuillage sont graine qui s'est exprimée. Mais le germe de l'orge n'est que d'un faible pouvoir et l'orge oppose un rempart faible aux entreprises du temps.

« Et celui-là qui est permanent et bien fondé est près de s'épanouir dans un champ de force selon ses lignes de force d'abord invisibles. Celui-là je le dis rempart admirable, car le temps ne l'usera point mais le bâtira. Le temps est fait pour le servir. Et peu importe s'il semble nu.

« Le cuir du caïman ne protège rien si la bête est morte. »

Ainsi considérant la ville ennemie, encastrée dans son armature de ciment, je méditais sur sa faiblesse ou sur sa force. « Est-ce elle ou moi qui menons la danse ? » Il est dangereux, dans un champ de blé, de jeter un seul grain d'ivraie, car l'être de l'ivraie domine l'être du blé, et peu importe l'apparence et le nombre. Ton nombre est porté dans la graine. Il te faut dérouler le temps pour le compter.

CLVIII

Ainsi ai-je médité longtemps sur le rempart. Le rempart véritable est en toi. Et le savent bien les soldats qui te font tournoyer leurs sabres. Et tu ne passes plus. Le lion est sans carapace mais son coup de patte va comme l'éclair. Et s'il saute sur ton bœuf, il te l'ouvre en deux comme un placard.

Certes, me diras-tu, est fragile le petit enfant, et tel qui plus tard changera le monde eût aisément été soufflé dans ces premiers jours comme une chandelle. Mais j'ai vu mourir l'enfant d'Ibrahim. Dont le sourire était au temps de sa santé comme un cadeau. « Viens », disait-on à l'enfant d'Ibrahim. Et il venait vers le vieillard. Et il lui souriait. Et le vieillard en était éclairé. Il tapotait la joue de l'enfant et ne savait trop quoi lui dire, car l'enfant était un miroir qui donnait un peu de vertige. Ou une fenêtre. Car toujours l'enfant t'intimide comme s'il détenait des connaissances. Et tu ne t'y trompes guère, car son esprit est fort avant que tu l'aies rabougri. Et de ses trois cailloux il te fait une flotte de guerre. Et certes le vieillard ne reconnaît point dans l'enfant le capitaine d'une flotte de guerre, mais il reconnaît ce pouvoir. Or, l'enfant d'Ibrahim était comme l'abeille qui puise tout autour pour faire son miel. Tout lui devenait miel. Et il te souriait de ses dents blanches. Et toi tu restais là en sachant quoi saisir à travers ce sourire. Car il n'est point de mots pour le dire. Simplement, merveilleusement disponibles ces trésors ignorés, comme ces coups de printemps sur la mer avec une grande déchirure de soleil. Et le marin se sent brusquement changé en prière. Le navire pour cinq minutes va dans la gloire. Tu croises tes mains sur ta poitrine et tu reçois. Ainsi de l'enfant d'Ibrahim dont le sourire passait comme une occasion merveilleuse que tu n'eusses su en quoi, comment saisir. Comme un règne trop court sur des territoires ensoleillés et des richesses que tu n'as même pas eu le temps de recenser. Dont tu ne pourrais rien dire. Alors c'est celui-là qui ouvrait et fermait ses paupières comme des fenêtres sur autre chose. Et, bien que peu bavard, t'enseignait. Car le véritable enseignement n'est point de te parler mais de te conduire. Et toi, vieux bétail, il te conduisait comme un jeune berger dans les invisibles prairies dont tu n'eusses rien su dire sinon que pour une minute tu te sentais comme allaité et rassasié et abreuvé. Or, c'est celui-là qui était *pour* toi signe d'un soleil inconnu, dont tu apprenais qu'il allait mourir. Et toute la ville se changeait en veilleuse et en couveuse. Toutes les vieilles venaient essayer leurs tisanes et leurs chansons. Les hommes se tenaient devant la porte pour empêcher qu'il y eût du bruit dans la rue. Et l'on te l'enveloppait et te le berçait et te l'éventait. Et c'est ainsi que se bâtissait entre la mort et lui un rempart qui eût pu paraître imprenable car une ville entière l'entourait de soldats pour soutenir ce siège contre la mort. Ne va pas me dire qu'une maladie d'enfant n'est qu'une lutte de faible chair dans sa faible gaine. S'il existe un remède au loin on a dépêché des cavaliers. Et voilà que ta maladie se joue aussi sur le galop de tes cavaliers dans le désert. Et sur les haltes pour les relais. Et les grandes auges où l'on fait boire. Et sur les coups de talon au ventre, car il faut gagner la mort à la course. Et certes, tu ne vois qu'un visage fermé et lisse de sueur. Et cependant ce qui se combat, se combat aussi à coups d'éperon dans le ventre.

Enfant chétif ? Où vois-tu qu'il le soit ? Chétif comme le général qui mène une armée...

Et moi j'ai bien compris, le regardant, et regardant les vieilles et les vieux et les plus jeunes, tout l'essaim d'abeilles autour de la reine, tous les mineurs autour du sillon d'or, tous les soldats autour du capitaine, que s'ils ne formaient qu'un ainsi, d'un tel pouvoir, c'est que les avait drainés, comme la graine une matière disparate pour en faire arbres, tours et remparts, un sourire silencieux, penché et furtif qui les avait convoqués tous pour le combat. Il n'était point de fragilité dans cette chair d'enfant si vulnérable puisqu'elle s'augmentait de cette colonie, tout naturellement, sans même le connaître, par le seul effet de cet appel qui t'ordonne autour de toi toutes les réserves extérieures. Et une ville entière se fait serviteur de l'enfant. Ainsi des sels minéraux appelés par la graine, ordonnés par la graine et qui deviennent, dans la dure écorce, remparts du cèdre. Qu'est-ce que la fragilité du germe s'il détient le pouvoir d'assembler ses amis et de soumettre ses ennemis ? Crois-tu aux apparences, aux poings de ce géant et à la clameur qu'il peut produire ? Cela est vrai dans l'instant même. Mais tu oublies le temps. Le temps te construit des racines. Et le géant, tu ne vois point qu'il est déjà comme garrotté par une invisible structure. Et l'enfant faible, tu ne vois point qu'il marche à la tête d'une armée. Dans l'instant même le géant te l'écraserait. Mais il ne l'écrasera point. Car l'enfant n'est point une menace. Mais tu verras l'enfant poser son pied sur la tête du géant et d'un coup de talon te le détruire.

CLIX

Toujours tu as vu ce qui est fort écrasé par ce qui est faible. Sans doute est-ce faux dans l'instant même, d'où les illusions de ton langage. Car tu oublies le temps. Et certes l'enfant chétif, s'il suscite la colère du géant, le géant le piétinera. Mais ce n'est point du jeu ni du sens de l'enfant chétif de tirer cette colère du géant. Mais de n'en point être remarqué. Ou d'en être aimé. Et dans l'adolescence peut-être de l'aider afin que le géant ait besoin de lui. Puis vient l'âge des inventions et l'enfant grandi forge une arme. Ou bien tout simplement il dépasse l'autre en taille et en poids. Ou bien plus simplement encore l'enfant parle et il en draine mille autour de soi qu'il conduira sur le géant et qui lui feront à lui comme une armure. Va-t'en le toucher à travers !

Et le champ de blé, si j'y découvre une seule graine d'ivraie, je le connais déjà comme vaincu. Et le tyran et ses soldats et ses gendarmes, s'il est quelque part dans son peuple un enfant comme celui d'Ibrahim qui commence de se développer et de mûrir l'image nouvelle qui ordonnera le monde comme un corset de fer (car je découvre prêtes les lignes de force), je le vois déjà démantelé et jeté à bas comme ces temples dont une seule graine est venue à bout, car elle était d'un arbre géant qui a déroulé ses racines avec la patience d'un qui se réveille et s'étire et lentement gonfle les muscles de son bras. Mais cette racine a fait basculer un contrefort, l'autre a jeté bas un maître couple. Le tronc a crevé la coupole en sa clef de voûte, et la clef de voûte s'est éboulée. Et l'arbre règne désormais sur des matériaux en vrac devenus poussière, dont il tire son suc pour se nourrir.

Mais cet arbre géant à son tour je saurai l'abattre. Car le temple est devenu arbre. Mais l'arbre deviendra peuple de lianes. Il me suffit d'une graine ailée au gré des vents.

Que montres-tu si le temps te déroule ? Certes est invisible en apparence cette cité dans son armure. Mais je sais lire. Et, de s'être enfermée dans ses provisions, c'est qu'elle a accepté la mort. J'ai peur de ceux-là qui vont nus, remontant vers le nord de leur désert sans forteresse. Déambulant presque sans armes. Mais graine non encore germée et qui ne connaît point son propre pouvoir. Mon armée est issue de l'eau profonde du puits d'El Ksour. Nous sommes semences sauvées par Dieu. Qui s'opposera à nos démarches ? Me suffit de trouver la faille dans l'armure, pour faire craquer ce temple par le seul réveil de l'arbre enfermé dans sa graine. Me suffit de connaître la danse à danser pour que tu te fasses femelle du mâle, ville désormais domestique comme de la femme quand elle reste à la maison. Te voilà mienne comme un gâteau de miel, cité trop sûre de toi. Doivent dormir tes sentinelles. Car tu es délabrée de cœur.

CLX

« Ainsi donc, me disais-je, il n'est point de remparts. Ceux-là que je viens de bâtir, s'ils servent mon pouvoir c'est qu'ils sont effets de mon pouvoir. S'ils servent ma permanence c'est qu'ils sont effets de ma permanence. Mais tu ne dénommes point rempart la gaine du caïman s'il est mort.

« Et si tu entends une religion se plaindre des hommes qui ne se laissent point conquérir, tu n'as qu'à rire. La religion doit absorber les hommes, non les hommes s'y soumettre. Tu ne reproches point à la terre de ne point former un cèdre.

« Tu crois que ceux-là qui vont prêchant une religion nouvelle, s'ils la distribuent dans le monde et y rangent les hommes c'est à cause du bruit qu'ils font, de l'habileté de leurs boniments ou du luxe de leur tapage ? Mais j'ai trop écouté les hommes pour ne point comprendre le sens du langage. Et qu'il est de charrier de l'autre en toi quelque chose de fort qui est point de vue neuf et qui cherche de soi-même à s'alimenter. Il est des mots que tu jettes comme des graines, lesquelles ont pouvoir de drainer la terre et de l'organiser en cèdre. Et certes tu eusses pu semer l'olivier et l'organiser en olivier. Et l'un ou l'autre prospérera, se multipliant de par soi-même. Et certes dans le cèdre grandissant tu entendras chanter le vent de plus en plus fort. Et si la race des hyènes se multiplie tu entendras le cri des hyènes de plus en plus remplir la nuit. M'iras-tu cependant dire que c'est le bruit du vent dans les feuilles du cèdre qui y appelle les sucs de la terre, ou la magie du cri des hyènes qui change en hyène la chair des gazelles sauvages ? La chair des hyènes se recrute dans la chair des gazelles, la chair du cèdre se recrute dans les sucs de la rocaille. Les fidèles de ta religion nouvelle se recrutent chez les infidèles. Mais nul jamais n'est déterminé par le langage si le langage n'a point le pouvoir d'absorber.

« Et tu absorbes quand tu exprimes. Et si je t'exprime tu es à moi. Tu deviens en moi nécessairement. Car ton langage désormais c'est moi. Et c'est pourquoi je dis du cèdre qu'il est langage de la rocaille car elle se fait, à travers lui, murmure des vents.

« Mais qui, sinon moi, te propose un arbre où devenir ? »

Donc, chaque fois que j'assistais à l'action d'un homme je ne cherchais point à l'expliquer par le tintamarre de sa fanfare — car tu peux aussi bien la haïr et la rejeter — ni par l'action de ses gendarmes, car ils peuvent faire se survivre un peuple qui meurt mais non bâtir. Et je te l'ai dit des empires forts qui décapitent les sentinelles endormies, de quoi tu déduis faussement que leur force est venue de leur rigueur. Car l'empire faible, s'il décapite, là où toutes dorment, il n'est qu'un bouffon sanguinaire, mais l'empire fort emplit ses membres de sa force et ne tolère point le sommeil. L'action de l'homme, je ne cherchais même point à l'expliquer par les mots énoncés ou les mobiles ou les arguments d'intelligence, mais par le pouvoir informulable de structures nouvelles et fertiles comme il en est de ce visage de pierre que tu as regardé et qui te change.

CLXI

La nuit vint et je gravis la plus haute courbe de la contrée pour regarder dormir la ville et s'éteindre autour, dans l'obscurité universelle, les taches noires de mes campements dans le désert. Et ceci afin de sonder les choses, connaissant à la fois que mon armée était pouvoir en marche, la ville pouvoir fermé comme d'une poudrière, et qu'au travers de cette image d'une armée serrée autour de son pôle, une autre image était en marche, et en construction ses racines, dont je ne pouvais rien connaître encore, liant différemment les mêmes matériaux, et je cherchais à lire dans la nuit les signes de cette gestation mystérieuse, non dans le but de la prévoir, mais afin de la gouverner, car tous, moins les sentinelles, ils sont allés dormir. Et reposent les armes. Mais voici que tu es navire dans le fleuve du temps. Et a passé sur toi cet éclairage du matin, de midi et du soir comme l'heure de la couvée, faisant quelque peu progresser les choses. Puis l'élan silencieux de la nuit après le coup de pouce du soleil. Nuit bien huilée et livrée aux songes car seuls se perpétuent les travaux qui se font tout seuls, comme d'une chair qui se répare, des sucs qui s'élaborent, du pas de routine des sentinelles, nuit livrée aux servantes car le maître est allé dormir. Nuit pour la réparation des fautes, car leur effet en est reporté au jour. Et moi, la nuit, lorsque je suis vainqueur, je remets à demain ma victoire.

Nuit des grappes qui attendent la vendange, réservées par la nuit, nuit des moissons en sursis. Nuit des ennemis cernés dont je ne prendrai livraison qu'au jour. Nuit des jeux faits, mais le joueur est allé dormir. Le marchand est allé dormir, mais il a passé les consignes au veilleur de nuit qui fait les cent pas. Le général est allé dormir mais il a passé les consignes aux sentinelles. Le chef de bord est allé dormir mais il a passé la consigne à l'homme de barre, et l'homme de barre ramène Orion qui se promène dans la mâture là où il faut. Nuit des consignes bien données et des créations suspendues.

Mais nuit aussi où l'on peut tricher. Où les maraudeurs s'emparent des fruits. Où l'incendie s'empare des granges. Où le traître s'empare des citadelles. Nuit des grands cris qui retentissent. Nuit de l'écueil pour le navire. Nuit des visitations et des prodiges. Nuit des réveils de Dieu — le voleur — car celle-là que tu aimais tu peux bien l'attendre au réveil !

Nuit où l'on entend craquer les vertèbres. Nuit dont j'ai toujours entendu craquer les vertèbres comme de l'ange ignoré que je sens épars dans mon peuple et qu'il s'agit un jour de délivrer...

Nuit des semences reçues.

Nuit de la patience de Dieu.

CLXII

Et je t'ai retrouvé avec tes illusions quand tu me parlais de ceux-là qui vivaient humblement sans rien demander, pratiquant leurs vertus familiales, célébrant simplement leurs fêtes, élevant pieusement leurs fils.

« Certes, t'ai-je répondu. Mais dis-moi quelles sont leurs vertus ? Et quelles sont leurs fêtes ? Et quels sont leurs dieux ? Les voilà déjà particuliers, comme tel arbre qui, à sa façon, draine le sable et non à la façon d'un autre. Sinon où les trouverais-tu ?

« Ils ne demandent, dis-tu, qu'à vivre en paix... certes. Cependant ils sont déjà guerre ; au nom même de leur permanence, puisqu'ils exigent de durer contre tout ce qui est possible et en quoi ils pourraient se fondre. L'arbre aussi est guerre, dans sa graine...

— Cependant une fois acquise, leur âme peut durer. Une fois fondée leur morale...

— Certes ! Une fois révolue l'histoire d'un peuple elle peut durer. Cette fiancée que tu as connue est morte jeune. Elle souriait. Celle-là ne saurait plus vieillir, belle et souriante pour l'éternité... Mais ta peuplade, ou bien elle conquiert le monde pour s'absorber ses ennemis, ou bien elle trempe dans les ferments mêmes de sa destruction. Elle est mortelle d'être vivante.

« Mais toi tu souhaitais la durée de l'image, comme du souvenir de ta bien-aimée. »

Mais tu me reviens contredire :

« Si la forme qui la régit est maintenant devenue et tradition et religion et rites acceptés, elle durera de transporter son code à travers les générations. Et tu ne la connaîtras qu'heureuse avec cette lumière aux yeux de ses fils…

— Certes, lui dis-je, quand tu as fait tes provisions tu peux vivre un temps de ton miel. Qui a fait l'ascension de la montagne peut un temps vivre du paysage qui est ascension vaincue. Il se souvient des pierres escaladées. Mais meurt bientôt le souvenir. Alors le paysage lui-même se vide.

« Certes tes fêtes te font refaire la création de ton village ou de sa religion car elles sont souvenirs d'étapes et d'efforts et de sacrifices. Mais meurt peu à peu leur pouvoir, car elles te prennent un goût suranné ou inutile. Tu te crois tel nécessairement. Ta peuplade heureuse se fait sédentaire et cesse de vivre. Si tu crois en le paysage tu demeures là et bientôt t'ennuies et cesses d'être.

« L'essence de ta religion c'était l'acte de l'acquérir. Tu as cru qu'elle était cadeau. Mais d'un cadeau tu n'as bientôt que faire et tu le relègues au grenier, en ayant usé le pouvoir qui était plaisir du cadeau et non objet dont disposer.

— Je n'ai donc point d'espoir de repos ?

— Là où servent les provisions. Dans la seule paix de la mort, quand Dieu engrange. »

CLXIII

Car il est des saisons de la vie qui reviennent pour tous les hommes.

Tes amis se fatiguent de toi nécessairement. Ils s'en vont dans d'autres maisons se plaindre de toi. Quand ils se sont bien détendus ils reviennent t'ayant pardonné et t'aiment de nouveau, de nouveau prêts à risquer leur vie pour ta vie.

Mais si tu apprends par un tiers, qui vient à contretemps te rapporter ce qui ne t'était point destiné, ce qui fut satiété de toi, et se situe donc hors de toi, cela fait que tu refuses ceux qui t'aiment, qui reviennent t'aimant de nouveau.

Or, si tu ne les avais pas une première fois aimés, tu serais heureux de cette conversion en ta faveur, tu l'eusses même sollicitée et tu leur ferais fête.

Et pourquoi ne veux-tu point qu'il y ait plusieurs saisons dans la vie d'un homme, alors que, dans la même journée, il est en toi plusieurs saisons vis-à-vis de tes nourritures les plus agréées, désirées, indifférentes, objets de dégoût selon l'appétit ?

Et je n'ai pas le pouvoir d'user toujours du même paysage.

CLXIV

Il est temps, en effet, que je t'instruise sur l'homme.

Il est dans les mers du Nord des glaces flottantes qui ont l'épaisseur de montagnes, mais du massif n'émerge qu'une crête minuscule dans la lumière du soleil. Le reste dort. Ainsi de l'homme dont tu n'as éclairé qu'une part misérable par la magie de ton langage. Car la sagesse des siècles a forgé des clefs pour s'en saisir. Et des concepts pour l'éclairer. Et de temps à autre te vient celui-là qui amène à ta conscience une part encore informulée, à l'aide d'une clef neuve, laquelle est un mot, comme « jalousie » dont je t'ai parlé, et qui exprime d'emblée un certain réseau de relations qui, de la ramener au désir de la femme, t'éclaire la mort par la soif, et bien d'autres choses. Et tu me saisis dans mes démarches alors que tu n'eusses su me dire pourquoi la soif me tourmentait plus que la peste. Mais la parole qui agit n'est point celle qui s'adresse à la faible part éclairée mais qui exprime la part obscure encore et qui n'a point encore de langage. Et c'est pourquoi les peuples vont là où le langage des hommes enrichit la part énonçable. Car tu l'ignores, l'objet de ton immense besoin de nourriture. Mais je te l'apporte et tu le manges. Et le logicien parle de folie car sa logique d'hier ne lui permet pas de comprendre.

Mon rempart c'est le pouvoir qui organise ces provisions souterraines et les amène à la conscience. Car ils sont obscurs tes besoins et incohérents et contradictoires. Tu cherches la paix et la guerre, les règles du jeu pour jouir du jeu et la liberté pour jouir de toi-même. L'opulence pour t'en satisfaire et le sacrifice pour t'y trouver. La conquête des provisions pour la conquête et la jouissance des provisions pour les provisions. La sainteté pour la clarté de ton esprit et les victoires de la chair pour le luxe de ton intelligence et de tes sens. La ferveur de ton foyer et la ferveur dans l'évasion. La charité à l'égard des blessures, et la blessure de l'individu à l'égard de l'homme. L'amour construit dans la fidélité imposée, et la découverte de l'amour hors de la fidélité. L'égalité dans la justice, et l'inégalité dans l'ascension. Mais à tous ces besoins en vrac comme une rocaille dispersée quel arbre fonderas-tu qui les absorbe et les ordonne et de toi tire un homme ? Quelle basilique vas-tu bâtir qui use de ces pierres ?

Mon rempart c'est la graine d'abord que je te propose. Et la forme du tronc et des branches. D'autant plus durable l'arbre, qu'il organisera mieux les sucs de la terre. D'autant plus durable ton empire, qu'il absorbera mieux ce qui de toi se propose. Et vains sont les remparts de pierre quand ils ne sont plus qu'écaillés d'un mort.

CLXV

« Ils trouvent les choses, disait mon père, comme les porcs trouvent les truffes. Car il est des choses à trouver. Mais elles ne te servent de rien car tu vis, toi, du sens des choses.

« Mais ils ne trouvent pas le sens des choses parce qu'il n'est point à trouver mais à créer.

« C'est pourquoi je te parle. »

« Que contiennent ces événements ? disait-on à mon père.

— Ils contiennent, répondait mon père, le visage que j'en pétris. »

Car toujours tu oublies le temps. Or le temps pendant lequel tu auras cru en quelque fausse nouvelle t'aura grandement déterminé, car elle sera travail de graine et croissance de branches. Et ensuite, même si te voilà détrompé, tu seras autrement devenu. Et si je t'affirme ceci ou cela tu en découvriras tous les signes, tous les recoupements, toutes les preuves. Ainsi de ta femme si je t'affirme qu'elle te trompe. Tu la découvriras coquette, ce qui est vrai. Et sortant à toute heure, ce qui est vrai encore, mais dont tu ne t'étais pas aperçu. Si ensuite je répare mon mensonge, la structure cependant demeure. De mon mensonge il reste toujours quelque chose, car il est point de vue pour découvrir des vérités qui sont.

Et si je dis que les bossus charrient la peste, tu t'épouvanteras du nombre des bossus. Car tu ne les avais point remarqués. Et plus tu m'auras cru longtemps, mieux tu les auras dépistés. Il reste ensuite que tu connaisses leur nombre. Et c'est ce que je voulais.

CLXVI

« Moi, dit mon père, je suis responsable de tous les actes de tous les hommes.

— Cependant, lui dit-on, ceux-là se conduisent en lâches et ceux-ci trahissent. Où se logerait ta faute ?

— Si quelqu'un se conduit en lâche, c'est moi. Et si quelqu'un trahit, c'est moi qui me trahis moi-même.

— Comment te trahirais-tu toi-même ?

— J'accepte une image des événements selon laquelle ils me desservent, dit mon père. Et j'en suis responsable car je l'impose. Et elle devient la vérité. C'est donc la vérité de mon ennemi que je sers.

— Et pourquoi serais-tu lâche ?

— Je dis lâche, répondit mon père, celui qui, ayant renoncé à se mouvoir, se découvre nu. Lâche celui qui dit : « Le fleuve m'entraîne », car autrement, ayant des muscles, il nagera. »

Et mon père se résuma :

— Je dis lâche et traître quiconque se plaint des fautes d'autrui ou de la puissance de son ennemi. »

Mais nul ne le comprenait.

« Il est cependant des évidences dont nous ne sommes pas responsables…

— Non ! » dit mon père.

Il prit l'un de ses convives et le poussa vers la fenêtre :

« Quelle forme ce nuage dessine-t-il ? » L'autre observa longuement : « Un lion couché, dit-il enfin.

— Montre-le à ceux-ci. »

Et mon père ayant divisé en deux parts l'assemblée poussa les premiers vers la fenêtre. Et tous virent le lion couché que leur fit reconnaître le premier témoin en le traçant du doigt.

Puis mon père les rangea à l'écart et poussant un autre vers la fenêtre :

« Quelle forme ce nuage dessine-t-il ? »

L'autre observa longuement :

« Un visage souriant, dit-il enfin.

— Montre-le à ceux-ci. »

Et tous virent le visage souriant que leur fit reconnaître le second témoin en le traçant du doigt.

Puis mon père entraîna l'assemblée loin des fenêtres.

« Efforcez-vous de tomber d'accord sur l'image que figure le nuage », leur dit-il.

Mais ils s'injurièrent sans profit, le visage souriant étant trop évident aux uns et le lion couché aux autres.

« Les événements, leur dit mon père, n'ont également de forme que la forme que le créateur leur accordera. Et toutes les formes sont vraies ensemble.

— Nous le comprenons du nuage, lui objecta-t-on, mais non de la vie... Car si se lève l'aube du combat et que ton armée soit méprisable en regard de la puissance de ton adversaire, il n'est point en ton pouvoir d'agir sur l'issue du combat.

— Certes, dit mon père. Comme le nuage s'étale dans l'espace, les événements s'étalent dans le temps. Si j'y veux pétrir mon visage j'ai besoin de temps. Je ne changerai rien de ce qui doit ce soir se conclure, mais l'arbre de demain sortira de ma graine. Et elle est aujourd'hui. Créer n'est point découvrir une ruse d'aujourd'hui que le hasard t'aurait cachée pour ta victoire. Elle serait sans lendemain. Ni une drogue qui te masquera la maladie, car la cause en subsisterait. Créer, c'est rendre la victoire ou la guérison aussi nécessaires qu'une croissance d'arbre. »

Mais ils ne comprenaient toujours pas :

« La logique des événements… »

C'est alors que mon père les insulta dans sa colère :

« Imbéciles ! leur dit-il. Bétail châtré ! Historiens, logiciens, et critiques, vous êtes la vermine des morts et jamais ne saisirez rien de la vie. »

Il se tourna vers le premier ministre :

« Le roi, mon voisin, nous veut faire la guerre. Or nous ne sommes point prêts. La création n'est point de me pétrir dans la journée des armées qui n'existent pas. Ce n'est qu'enfantillage. Mais de me pétrir un roi, mon voisin, qui ait besoin de notre amour.

— Mais il n'est point en mon pouvoir de le pétrir…

— Je connais une chanteuse, lui répondit mon père, à qui je songerai si je me fatigue de toi. Elle nous chanta l'autre soir le désespoir d'un soupirant fidèle et pauvre qui n'ose avouer son amour. J'ai vu pleurer le général en chef. Or il est riche, craque d'orgueil, et viole les filles. Elle nous l'avait changé en dix minutes en cet ange de candeur dont il éprouvait tous les scrupules et toutes les peines.

— Je ne sais plus chanter », fit le premier ministre.

CLXVII

Car si tu polémiques tu te fais de l'homme une idée simpliste.

Ce peuple entoure son roi. Le roi le conduit vers un but que tu juges indigne de l'homme. Et tu polémiques contre le roi.

Mais beaucoup vivent du roi, qui sont de ton avis. Ils n'ont pas pensé le roi sous ce jour car il est d'autres raisons d'aimer ou de tolérer le roi. Et voici que tu les dresses contre eux-mêmes et contre le pain de leurs enfants.

Le tiers donc te suivra avec effort, reniant le roi, et connaîtra une mauvaise conscience, car il était d'autres raisons d'aimer et de tolérer le roi, car aussi il était du devoir de ceux-là de nourrir leurs enfants, et, entre deux devoirs, il n'est point de balance qui te mette en paix. Or si tu veux animer l'homme quand il s'embourbe dans le doute et ne sait plus agir, il convient de le délivrer. Et le délivrer c'est l'exprimer.

Et l'exprimer c'est lui découvrir ce langage qui est clef de voûte de ses aspirations contradictoires. Dans les contradictions tu vas t'asseoir en attendant qu'elles passent et tu en meurs. Or si tu augmentes ces contradictions il s'ira coucher avec dégoût.

Un autre tiers ne te suivra point. Mais tu l'obliges de se justifier à ses propres yeux, car tes arguments ont porté. Et tu l'obliges de construire des arguments aussi solides et qui ruinent les tiens. Il en est toujours, car la raison va où tu veux. L'esprit seul domine. Or maintenant qu'il s'est défini, exprimé, et renforcé d'une carapace de preuves, tu ne pourras plus t'en saisir.

Quant au roi qui ne songeait que faiblement à dresser son peuple contre toi, tu le contrains d'agir. Et le voilà qui fait appel aux chantres, historiens, logiciens, professeurs, casuistes et commentateurs de son empire. Et on fabrique de toi une image bigle et cela est toujours possible. Et l'on démontre ta bassesse et cela est toujours possible. Et le troisième tiers qui t'avait lu sans savoir se déterminer, lequel est plein de bonne volonté, le voilà qui trouve sa foi dans ce monument de logique que tu as imposé de construire. Et ta biglerie le pousse à vomir et il se range auprès de son roi. Réconforté enfin par ce pur visage d'une vérité.

Alors qu'il ne te fallait point lutter contre mais pour. Car l'homme n'est point simple comme tu croyais. Et le roi lui-même est de ton avis.

CLXVIII

Tu dis : « Celui-là qui est mon partisan, j'en puis user. Mais cet autre qui s'oppose à moi, je le range par commodité dans l'autre camp et ne prétends point agir sur lui sauf par la guerre. »

Ce en quoi faisant, tu durcis et forges ton adversaire.

Et moi je dis qu'ami et ennemi sont mots de ta fabrication. Et qui certes spécifient quelque chose, comme de te définir ce qui se passera si vous vous rencontrez sur un champ de bataille, mais un homme n'est point régi par un seul mot et je connais des ennemis qui me sont plus proches que mes amis, d'autres qui me sont plus utiles, d'autres qui me respectent mieux. Et mes facultés d'action sur l'homme ne sont point liées à sa position verbale. Je dirai même que j'agis mieux sur mon ennemi que sur mon ami, car celui-là qui marche dans la même direction que moi m'offre moins d'occasions de rencontre et d'échange que celui-là qui va contre moi, et ne laisse échapper ni un geste de moi, car il en dépend, ni une parole.

Mais certes ce n'est point le même genre d'action que j'exercerai sur l'un ou sur l'autre, car mon passé je l'ai reçu en héritage et n'ai point pouvoir d'y rien changer. Et si j'occupe cette contrée ornée d'un fleuve et d'une montagne, et que je sois amené à y faire la guerre, absurde serait de déplorer la position de la montagne ou la direction du fleuve. Et de nul conquérant sain d'esprit tu n'as recueilli ces lamentations. Mais j'userai du fleuve comme d'un fleuve et de la montagne comme d'une montagne. Et peut-être située ici me servira-t-elle moins qu'elle ne m'eût servi, située ailleurs, de même que cet adversaire, s'il est puissant, te favorisera certes moins qu'un allié. Mais autant regretter de n'être point né à une autre époque, ou comme chef d'un autre empire, ce qui est de la pourriture du rêve. Mais étant donné ce qui est et dont je dois seul tenir compte, il reste que je dispose du même pouvoir d'action sur mon adversaire que sur mon ami. Cette action dans un sens étant plus ou moins favorable, dans l'autre plus ou moins défavorable. Mais s'il s'agit d'agir sur le levier d'une balance, c'est-à-dire de te manifester par une action, ou par une force, équivalentes sont les opérations qui consistent soit à enlever un poids du plateau de droite, soit à ajouter un poids au plateau de gauche.

Mais toi tu pars d'un point de vue moral qui n'a point affaire dans ton aventure et celui-là qui t'a vexé, injurié ou trahi, tu le condamnes et le rejettes et l'obliges à te vexer, injurier ou trahir plus gravement demain. Moi, celui-là même qui m'a trahi, je m'en sers comme traître, car il est pièce d'un échiquier et déterminé, et je puis m'appuyer sur lui pour concevoir et organiser ma victoire. Car ma connaissance de mon adversaire n'est-elle point déjà une arme ? Et ma victoire, j'en userai ensuite pour le pendre.

CLXIX

Si à ta femme tu adresses ce reproche :

« Tu n'étais point là quand je t'attendais. »

Elle te répond :

« Et comment aurais-je pu être là alors que je me trouvais chez notre voisine ? »

Et il est vrai qu'elle se trouvait chez ta voisine.

Si au médecin tu dis :

« Pourquoi n'étais-tu pas là-bas où l'on tentait de réveiller l'enfant noyé ?... »

Il te répond :

« Comment aurais-je pu être là puisque je soignais ailleurs ce vieillard ? »

Et il est vrai qu'il soignait ce vieillard.

Si à quiconque de l'empire tu dis :

« Pourquoi ne servais-tu point ici l'empire ? »

Il te répond :

« Comment aurais-je pu servir ici l'empire puisque j'agissais là-bas ?... »

Et il est vrai qu'il agissait là-bas.

Mais sache que si tu ne vois point monter l'arbre à travers les actes des hommes, c'est qu'il n'est point de graine, car elle eût drainé dans cette direction nécessaire la présence de la femme, le geste du médecin, le service du serviteur de l'empire. Et fût né à travers eux ce que tu prétendais faire naître. Car pour l'homme qui forge des clous par religion de la forge des clous, l'acte est le même qui forge tel clou ou tel autre. Mais il se peut qu'il s'agisse des clous du navire. Et pour toi qui te recules pour mieux voir il est naissance et non désordre.

Car l'être n'a ni habileté, ni défaillance, et il peut être inconnu de chacun qui en participe, faute de langage. Il apparaît en chacun selon son langage particulier.

L'être ne manque pas les occasions. Il s'alimente, se construit, convertit. Chacun peut l'ignorer puisqu'il ne connaît que la logique de son étage. (La femme : l'emploi du temps, non le désir de se trouver à la maison.)

Il n'y a point de défaillance en soi. Car tout acte est justifiable. A la fois noble ou non selon le point de vue. Il y a défaillance par rapport à l'être ou défaillance de l'être. Chacun peut avoir des raisons nobles de ne pas agir dans une certaine direction. Nobles et logiques. Et c'est que l'être ne l'a pas drainé assez fortement. Ainsi de l'autre qui au lieu de forger des clous sculpte des pierres. Il trahit le voilier.

Je n'irai pas entendre de toi les raisons de ton comportement : tu n'as point de langage. Ou plus exactement, il y a un langage du prince, puis de ses architectes, puis de ses chefs d'équipes, puis des cloutiers, puis des manœuvres.

Cet homme tu le paies pour son ouvrage. Tu le paies assez cher pour qu'il te soit reconnaissant non tant des services matériels que de l'hommage rendu à son mérite, car il n'est point de prix de sa sculpture ou du risque de sa vie qu'il puisse juger exagéré. La sculpture vaut ce qu'on l'achète.

Et voici qu'avec ton argent, non seulement tu as acheté la sculpture mais l'âme du sculpteur.

Il est sain que tu estimes louable ce qui te fait vivre. Car tel travail c'est le pain des enfants. Et il n'est point si bas puisqu'il se change en rires d'enfants. Ainsi celui-là sert le tyran mais le tyran sert les enfants. Ainsi la confusion s'est introduite dans le comportement de l'homme et tu ne peux clairement le juger.

Tu peux juger celui-là seul qui trahit l'être qui eût pu drainer ses actes et lui faire choisir parmi des pas tous semblables le pas qui était dirigé.

Ainsi l'homme scelle une pierre à l'autre sous le soleil. Et son acte est tel. Payé tel prix. Coûtant telle fatigue. Et il ne voit là que sacrifice consenti au scellage des pierres. Tu n'as rien à lui reprocher si elle n'est point pierre d'un temple.

Tu as fondé l'amour du temple pour que soit drainé vers le temple l'amour des scellages des pierres.

Car l'être tend à s'alimenter et à grandir.

Il te faut voir beaucoup d'hommes pour le connaître. Et divers. Ainsi du navire à travers les clous, les toiles et les planches.

L'Être n'est point accessible à la raison. Son sens c'est d'être et de tendre. Il devient raison à l'étage des actes. Mais non d'emblée. Sinon nul enfant ne subsisterait car il est si faible vis-à-vis du monde. Ni le cèdre contre le désert. Le cèdre naît contre le désert car il l'absorbe.

Ton comportement tu ne l'appuies point d'abord sur la raison. Tu mets ta raison à son service. N'exige pas de ton adversaire qu'il fasse plus que toi preuve de raison.

N'est logique que ton œuvre faite, une fois étalée dans l'espace et dans le temps. Mais pourquoi cet étalement est-il celui-ci et non un autre ? Pourquoi ce guide-ci a-t-il guidé et non un autre ? Il n'y a jamais eu qu'action du hasard. Mais comment les hasards, au lieu de disperser l'arbre en poussière, l'établissent-ils contre la pesanteur ?

Tu donnes naissance à ce que tu considères. Car tu fais naître l'être de l'avoir défini. Et il cherche à s'alimenter, à se perpétuer et à grandir. Il travaille à faire devenir soi ce qui est autre. Tu admires la richesse de l'homme. Et voilà qu'il se considère en tant que riche et, alors que peut-être il n'y songeait pas, s'absorbera dans l'accroissement de ses richesses. Car elles lui deviennent signification de soi-même. Ne souhaite pas changer l'individu en autre chose que ce qu'il est présentement. Car sans doute de puissantes raisons contre lesquelles tu ne peux rien l'obligent d'être ainsi et non autrement. Mais tu peux le changer dans ce qu'il est, car l'homme est lourd de substance, il est de tout. A toi de choisir de lui ce qui te plaît. Et à en écrire le dessin afin qu'il paraisse évident à tous et à lui-même. Et l'ayant vu il l'acceptera car il l'acceptait bien la veille, même sans passion pour l'y aider. Et une fois ceci devenu en lui d'avoir été considéré, et devenu lui, il vivra de la vie des êtres cherchant à se perpétuer et à grandir.

Car celui-là donne au maître d'esclaves une part de travail et une part de refus du travail. Ainsi est la vie car il eût pu, certes, travailler plus ou travailler moins. Si tu veux maintenant qu'une part dévore l'autre, que le travail dévore le refus du travail, tu diras à l'homme : « Toi qui acceptes ce travail malgré l'amertume, parce que dans ce travail seul tu retrouves ta dignité et l'exercice de ta création, tu as raison car tu dois créer où l'on peut créer. Et ne sert de rien de regretter que le maître ne soit point un autre. Il est, comme est l'époque où tu es né. Ou la montagne de ton pays… »

Et tu n'as point souhaité de lui qu'il travaillât plus, ni n'as enflé son propre litige avec lui-même. Mais tu lui as offert une vérité qui a concilié ses deux parts dans l'être qui t'intéressait. Celui-là marchera, s'accroîtra et l'homme ira vers le travail.

Ou bien tu souhaites de voir la part de refus du travail dévorer la part de travail. Et tu lui diras :

« Tu es celui-là qui, malgré le fouet et le chantage du pain, n'accorde au travail souhaité que la part irréductible faute de laquelle tu mourrais. Que de courage dans ton comportement ! Et combien tu as raison, car si tu veux que le maître soit vulnérable, tu n'as d'autre moyen que de te croire d'avance vainqueur. Ce que tu ne concèdes point dans ton cœur est sauvé. Et la logique ne gouverne point les créations. »

Et tu n'as pas souhaité de lui qu'il travaillât moins, ni n'as enflé son propre litige avec lui-même. Mais tu lui as offert une vérité qui a concilié ses deux points de vue dans l'être qui t'intéressait. Celui-là marchera, s'accroîtra, et l'homme ira vers la révolte.

C'est pourquoi je n'ai point d'ennemis. Dans l'ennemi je considère l'ami. Et il le devient.

Je prends tous les morceaux. Je n'ai point à changer les morceaux. Mais je les noue par un autre langage. Et le même être ira différemment.

Tout ce que tu m'apporteras, de tes matériaux je le dirai vrai. Et je dirai regrettable l'image qu'ils composent. Et si mon image les absorbe mieux, et qu'elle aille selon mon désir, tu seras mien.

C'est pourquoi je dis que tu as raison de construire ton mur autour des sources. Mais voici d'autres sources qui n'y sont point comprises. Et il est de ton être de jeter bas ton mur pour le rebâtir. Mais tu le rebâtis sur moi et je deviens semence à l'intérieur de tes remparts.

CLXX

Je condamne ta vanité, mais non pas ton orgueil, car si tu danses mieux qu'une autre, pourquoi te dénigrerais-tu en t'humiliant devant qui danse mal ? Il est une forme d'orgueil qui est amour de la danse bien dansée.

Mais l'amour de la danse n'est point amour de toi qui danses. Tu tires ton sens de ton œuvre, ce n'est point l'œuvre qui se prévaut de toi. Et tu ne t'achèveras jamais, sinon dans la mort. Seule la vaniteuse se satisfait, interrompt sa marche pour se contempler, et s'absorbe dans son adoration d'elle-même. Elle n'a rien à recevoir de toi, sinon tes applaudissements. Or nous méprisons de tels appétits, nous, éternels nomades de la marche vers Dieu, car rien de nous ne nous peut satisfaire.

La vaniteuse a fait halte en soi-même, croyant que l'on a pris visage avant l'heure de la mort. C'est pourquoi elle ne saurait plus ni rien recevoir ni rien donner, précisément à la façon des morts.

L'humilité du cœur n'exige point que tu t'humilies mais que tu t'ouvres. C'est la clef des échanges. Alors seulement tu peux donner et recevoir. Et je ne sais point distinguer l'un de l'autre ces deux mots pour un même chemin. L'humilité n'est point soumission aux hommes, mais à Dieu. Ainsi de la pierre soumise non aux pierres mais au temple. Quand tu sers c'est la création que tu sers. La mère est humble vis-à-vis de l'enfant et le jardinier devant la rose.

Moi, le roi, je m'irai soumettre sans gêne à l'enseignement du laboureur. Car il en sait plus long qu'un roi sur le labour. Et, lui sachant gré de m'instruire, je l'en remercierai sans croire déchoir. Car il est naturel que la science du labour aille du laboureur vers le roi. Mais, dédaignant toute vanité, je ne solliciterai point qu'il m'admire. Car le jugement va du roi vers le laboureur.

Tu as rencontré au cours de ta vie celle qui s'est prise pour idole. Que recevrait-elle de l'amour ? Tout, jusqu'à ta joie de la retrouver, lui devient hommage. Mais plus l'hommage est coûteux, plus il vaut : elle goûterait mieux ton désespoir.

Elle dévore sans se nourrir. Elle s'empare de toi pour te brûler en son honneur. Elle est semblable à un four crématoire. Elle s'enrichit, dans son avarice, de vaines captures, croyant que, sa joie, elle la trouvera dans cet empilage. Mais elle n'empile que des cendres. Car l'usage véritable de tes dons était chemin de l'un vers l'autre, et non capture.

Puisqu'elle y voit des gages elle se gardera de t'en accorder en retour. Faute d'élans qui te combleraient, sa fausse réserve te prétendra que la communion dispense des signes. C'est marque d'impuissance à aimer, non élévation de l'amour. Le sculpteur s'il méprise la glaise, il pétrit le vent. Si ton amour méprise les signes de l'amour, sous prétexte d'atteindre l'essence, il n'est plus que vocabulaire. Je te veux des souhaits et des présents et des témoignages. Saurais-tu aimer le domaine, si tu en excluais tour à tour, comme superflus, parce que trop particuliers, le moulin, le troupeau, la maison ? Comment construire l'amour qui est visage lu à travers la trame, s'il n'est point de trame sur quoi l'écrire ?

Car il n'est point de cathédrale sans cérémonial des pierres.

Et il n'est point d'amour sans cérémonial en vue de l'amour. L'essence de l'arbre je ne l'atteins que s'il a lentement pétri la terre selon le cérémonial des racines, du tronc et des branches. Alors le voilà qui est un. Tel arbre et non un autre.

Mais celle-là dédaigne les échanges dont elle naîtrait. Elle cherche dans l'amour un objet capturable. Et cet amour n'a point de signification.

Elle croit que l'amour est cadeau qu'elle peut enfermer en soi. Si tu l'aimes c'est qu'elle t'a gagné. Elle t'enferme en elle, croyant s'enrichir. Or, l'amour n'est point trésor à saisir, mais obligation de part et d'autre. Mais fruit d'un cérémonial accepté. Mais visage des chemins de l'échange.

Celle-là ne naîtra jamais. Car tu ne saurais naître que d'un réseau de liens. Elle demeurera graine avortée et d'un pouvoir inemployé, sèche d'âme et de cœur. Elle vieillira, funèbre, dans la vanité de ses captures.

Car tu ne peux rien t'attribuer. Tu n'es point un coffre. Tu es le nœud de ta diversité. Ainsi du temple, lequel est sens des pierres.

Détourne-toi d'elle. Tu n'as d'espoir ni de l'embellir ni de l'enrichir. Ton diamant lui est devenu sceptre, couronne et marque de domination. Pour admirer, ne fût-ce qu'un bijou, il faut l'humilité de cœur. Elle n'admirait point : elle enviait. L'admiration prépare l'amour, mais l'envie prépare le mépris. Elle méprisera, au nom de celui qu'elle détient enfin, tous les autres diamants de la terre. Et tu l'auras tranchée un peu plus avant d'avec le monde.

Tu l'auras tranchée d'avec toi-même, ce diamant ne lui étant point chemin de toi vers elle, ni d'elle vers toi, mais tribut de ton esclavage.

C'est pourquoi chaque hommage la fera plus dure et plus solitaire.

Dis-lui :

« Je me suis certes hâté vers toi, dans la joie de te joindre. Je t'ai fait porter des messages. Je t'ai comblée. La douceur, pour moi, de l'amour c'était cette option que je te souhaitais sur moi-même. Je t'accordais des droits afin de me sentir lié. J'ai besoin de racines et de branches. Je me proposais pour t'assister. Ainsi du rosier que je cultive. Je me soumets donc à mon rosier. Rien de ma dignité ne s'offense des engagements que je contracte. Et je me dois ainsi à mon amour.

« Je n'ai point craint de m'engager et j'ai fait le solliciteur. Je me suis librement avancé, car nul au monde n'a barre sur moi. Mais tu te trompais sur mon appel, car tu as lu dans mon appel ma dépendance : je n'étais point dépendant. J'étais généreux.

« Tu as compté mes pas vers toi, ne te nourrissant point de mon amour mais de l'hommage de mon amour. Tu t'es méprise sur la signification de ma sollicitude. Je me détournerai donc de toi pour honorer celle-là seule qui est humble et qu'illuminera mon amour. J'aiderai à grandir celle-là seule que mon amour grandira. De même que je soignerai l'infirme pour le guérir, non pour le flatter : j'ai besoin d'un chemin, non d'un mur.

« Tu prétendais non à l'amour mais à un culte. Tu as barré ma route. Tu t'es dressée sur mon chemin comme une idole. Je n'ai que faire de cette rencontre. J'allais ailleurs.

« Je ne suis ni idole à servir, ni esclave pour servir. Quiconque me revendiquera je le répudierai. Je ne suis point objet placé en gage, et nul n'a créance sur moi. Ainsi n'ai-je créance sur personne : de celle qui m'aime je reçois perpétuellement.

« A qui m'as-tu donc acheté pour revendiquer cette propriété ? Je ne suis point ton âne. Je dois à Dieu peut-être de te demeurer fidèle. Mais non à toi. »

Ainsi de l'empire, lorsqu'un soldat lui doit sa vie. Ce n'est point créance de l'empire, mais créance de Dieu. Il ordonne que l'homme ait un sens. Or, le sens de cet homme est d'être soldat de l'empire.

Ainsi des sentinelles qui me doivent les honneurs. Je les exige mais n'en retiens rien pour moi-même. A travers moi les sentinelles ont des devoirs. Je suis nœud du devoir des sentinelles.

Ainsi de l'amour.

Mais si je rencontre celle-là qui rougit et qui balbutie, et qui a besoin de présents pour apprendre à sourire, car ils lui sont vent de mer et non capture, alors je me ferai chemin qui la délivre.

Je n'irai ni m'humilier ni l'humilier dans l'amour. Je serai autour d'elle comme l'espace et en elle comme le temps. Je lui dirai : « Ne te hâte point de me connaître, il n'est rien de moi à saisir. Je suis espace et temps, où devenir. »

Si elle a besoin de moi, comme la graine de la terre pour se faire arbre, je n'irai point l'étouffer par ma suffisance.

Je ne l'honorerai point non plus pour elle-même. Je la grifferai durement des serres de l'amour. Mon amour lui sera aigle aux ailes puissantes. Et ce n'est point moi qu'elle découvrira mais, par moi, les vallées, les montagnes, les étoiles, les dieux.

Il ne s'agit point de moi. Je ne suis que celui qui transporte. Il ne s'agit point de toi : tu n'es que sentier vers les prairies au réveil du jour. Il ne s'agit point de nous : nous sommes ensemble passage pour Dieu qui emprunte un instant notre génération, et l'use.

CLXXI

Haine non de l'injustice car elle est instant de passage et devient juste.

Haine non de l'inégalité car elle est hiérarchie visible ou invisible.

Haine non du mépris de la vie car si tu te soumets à plus grand que toi le don de ta vie devient échange.

Mais haine de l'arbitraire permanent car il ruine le sens même de la vie, lequel est durée dans l'objet même de ton échange.

CLXXII

Tu liras dans le présent l'être que tu devines. Tu l'énonceras. Il donnera leur sens aux hommes et aux actes des hommes. Il n'exigera rien d'eux présentement que ce qu'ils donnent et déjà donnaient hier. Ni plus de courage, ni moins de courage, ni plus de sacrifices, ni moins de sacrifices. Il ne s'agit point de te les prêcher, ni de flétrir quelque part que ce soit d'eux-mêmes. Ni de rien changer d'abord en eux-mêmes. Il ne s'agit que de te les énoncer. Car de leurs mêmes morceaux tu peux bâtir quelque construction que tu désires. Et ils désirent cet énoncé, ne sachant quoi faire de leurs morceaux.

Mais de quiconque tu énonces tu es le maître. Car tu gouvernes celui-là qui cherchait son objet quand il ne trouve point son chemin ou sa solution. Car l'homme est dominé par l'esprit.

Tu les considères non comme un juge mais comme un dieu qui gouverne. Tu les places et les fais devenir. Le reste suivra de soi-même. Car tu as fondé l'être. Désormais il se nourrira et changera en soi le reste du monde.

CLXXIII

Il n'était rien qu'une barque perdue au loin sur le calme de la mer.

Il est sans doute, Seigneur, une autre échelle d'où ce pêcheur là-bas dans sa barque me paraîtrait flamme de ferveur ou nœud de colère, tirant des eaux le pain de l'amour à cause de la femme et des enfants, ou le salaire de famine. Ou bien se montrerait à moi le mal dont peut-être il meurt et qui le remplit et qui le brûle.

Petitesse de l'homme ? Où vois-tu qu'il y ait petitesse ? Tu ne prends point mesure de l'homme avec une chaîne d'arpenteur. C'est au contraire quand j'entre dans la barque que tout devient immense.

Il te suffit, Seigneur, pour que je me connaisse, que Tu plantes en moi l'ancre de la douleur. Tu tires sur la corde et je me réveille.

Soumis peut-être à l'injustice, l'homme de la barque ? Rien ne diffère dans le spectacle. La même barque. Le même calme jour sur les eaux. La même oisiveté du jour.

Qu'ai-je à recevoir des hommes si je ne me fais pas humble pour eux ?

Seigneur, rattachez-moi à l'arbre dont je suis. Je n'ai plus de sens si je suis seul. Qu'on appuie sur moi. Que j'appuie sur l'autre. Que Tes hiérarchies me contraignent. Je suis ici défait et provisoire.

J'ai besoin d'être.

CLXXIV

Je t'ai parlé du boulanger qui te pétrit la pâte à pain et tant que celle-ci lui cède c'est que rien ne vient. Mais voici l'heure où la pâte se noue, comme ils disent. Et les mains découvrent au travers de la masse informe des lignes de force et des tensions et des résistances. Il se développe dans la pâte à pain une musculature de racines. Le pain s'empare de la pâte comme un arbre de la terre.

Tu rumines tes problèmes et rien ne se montre. Tu vas de l'une à l'autre des solutions car il n'en est point qui te satisfasse. Tu es malheureux, faute d'agir, car la marche seule est exaltante. Et te voilà pris du dégoût de te sentir épars et divisé. Tu te tournes alors vers moi afin que je tranche tes litiges. Et je puis certes les trancher en choisissant l'une des solutions contre l'autre. Si te voilà captif de ton vainqueur, il me serait permis de te dire : si te voilà simplifié par le choix d'une part contre l'autre, certes te voilà prêt pour l'action mais tu trouves la paix de fanatique ou paix de termite ou paix de lâche. Car le courage n'est point de s'en aller donnant des coups aux porteurs d'autres vérités.

Ta souffrance certes t'oblige à sortir des conditions de ta souffrance. Mais il te faut accepter ta souffrance pour être poussé vers ton ascension. Ainsi déjà de la simple souffrance causée par un membre malade. Elle t'oblige de te soigner et de refuser ta pourriture.

Mais tel qui souffre de ses membres et s'en ampute plutôt que de s'efforcer vers le remède, je ne le dis point courageux mais fou ou lâche. Je ne souhaite point d'amputer l'homme mais de le guérir.

C'est pourquoi, de la montagne où je dominais la ville, j'adressai à Dieu cette prière :

« Ils sont là, Seigneur, sollicitant de moi leur signification. Ils attendent leur vérité de moi, Seigneur, mais elle n'est point forgée encore. Éclairez-moi. Je malaxe la pâte à pain afin que se manifestent les racines. Mais rien ne se noue encore et je connais la mauvaise conscience des nuits blanches. Mais je connais aussi l'oisiveté du fruit. Car toute création trempe dans le temps d'abord, où devenir.

« Ils m'apportent en vrac leurs souhaits, leurs désirs, leurs besoins. Ils les empilent sur mon chantier comme autant de matériaux dont je crois créer l'assemblage afin que les absorbe le temple ou le navire.

« Mais je ne sacrifierai point les besoins des uns aux besoins des autres, la grandeur des uns à celle des autres. La paix des uns à la paix des autres. Je les soumettrai tous les uns aux autres afin qu'ils deviennent temple ou navire.

« Car il m'est apparu que soumettre c'était recevoir et placer. Je soumets la pierre au temple et elle ne reste point en vrac sur le chantier. Et il n'est point de clou dont je ne serve le navire.

« Je n'écouterai pas le plus grand nombre, car ils ne voient point le navire, lequel est au-dessus d'eux. Si étaient en plus grand nombre les forgeurs de clous ils soumettraient les scieurs de planches à la vérité des forgeurs de clous et il ne naîtrait point de navire.

« Je ne créerai point la paix de la termitière par un choix vide et des bourreaux et des prisons malgré qu'ensuite viendrait la paix, car, créé par la termitière, l'homme le serait pour la termitière. Mais peu m'importe de perpétuer l'espèce si elle ne transporte point ses bagages. Le vase certes est le plus urgent, mais c'est la liqueur qui fait son prix.

« Je ne concilierai point non plus. Car concilier c'est se satisfaire de l'ignominie d'un mélange tiède où se sont conciliées des boissons glacées et brûlantes. Et je veux sauver les hommes dans leur saveur. Car tout ce qu'ils cherchent est souhaitable, leurs vérités sont toutes évidentes. C'est à moi de créer l'image qui les absorbe. Car la commune mesure de la vérité des scieurs de planches et de la vérité des forgeurs de clous, c'est le navire.

« Mais viendra l'heure, Seigneur, où tu auras pitié de mon déchirement dont je n'ai rien refusé. Car je brigue la sérénité qui rayonne sur les litiges absorbés et non la paix du partisan qui est faite moitié d'amour moitié de haine.

« Lorsque je m'indigne, Seigneur, c'est que je n'ai point encore compris. Quand j'emprisonne ou exécute c'est que je ne sais point couvrir. Car celui-là qui se fait une vérité fragile, comme de préférer la liberté à la contrainte, ou la contrainte à la liberté, faute de dominer un langage vain dont les mots se tirent la langue, celui-là se sent bouillir de colère quand on le prétend contredire. Si tu cries fort, c'est que ton langage est insuffisant et que tu cherches à couvrir les voix des autres. Mais en quoi, Seigneur, m'indignerais-je si j'ai accédé à ta montagne et si j'ai vu se faire le I travail à travers les mots provisoires ? Celui qui me viendra, je l'accueillerai. Celui qui s'agitera contre, moi, je le comprendrai dans son erreur et lui parlerai doucement afin qu'il revienne. Et rien de cette douleur ne sera concession, flagornerie ou appel du suffrage, mais de ce qu'à travers lui je lirai si clairement le pathétique de son désir. Le faisant mien puisque je l'ai lui aussi absorbé. La colère ne rend pas aveugle : elle naît d'être aveugle. Tu t'indignes contre celle-là qui montre sa hargne. Mais elle t'ouvre sa robe, tu vois ce cancer, et tu pardonnes. Pourquoi t'irriterais-tu contre ce désespoir ?

« La paix que je médite se gagne à travers la souffrance. J'accepte la cruauté des nuits blanches car je suis en marche vers toi qui es énoncé, effacement des questions, et silence. Je suis arbre lent mais je suis arbre. Et grâce à toi je drainerai les sucs de la terre.

« Ah ! j'ai bien compris de l'esprit, Seigneur, qu'il domine l'intelligence. Car l'intelligence examine les matériaux mais l'esprit seul voit le navire. Et si j'ai fondé le navire, ils me prêteront leurs intelligences pour habiller, sculpter, durcir, démontrer le visage que j'aurai créé.

« Pourquoi me refuseraient-ils ? Je n'ai rien apporté qui les brime mais les ai délivrés chacun dans son amour.

« Et pourquoi le scieur de planches scierait-il moins si la planche est planche pour navire ?

« Voici que les indifférents eux-mêmes qui n'avaient point reçu de place se convertiront vers la mer. Car tout être cherche à convertir et à absorber en soi ce qui est autour.

« Et qui saurait prévoir les hommes s'il ne sait assister au navire ? Car les matériaux n'enseignent rien sur leur démarche. Ils ne sont point nés s'ils ne sont point nés dans un être. Mais c'est une fois assemblées que les pierres peuvent agir sur le cœur de l'homme par la pleine mer du silence. Quand la terre est drainée par la graine de cèdre, je sais prévoir le comportement de la terre. Et si j'ai connu l'architecte, tels matériaux du chantier, je connais vers quoi il penche, et qu'ils aborderont des îles lointaines. »

CLXXV

Je te désire permanent et bien fondé. Je te désire fidèle. Car fidèle d'abord c'est de l'être à soi-même. Tu n'as rien à attendre de la trahison car les nœuds te sont longs à nouer qui te régiront, t'animeront, te feront ton sens et ta lumière. Ainsi des pierres du temple. Je ne les répands pas en vrac chaque jour pour tâtonner vers des temples meilleurs. Si tu vends ton domaine pour un autre, meilleur peut-être en apparence, tu as perdu quelque chose de toi que tu ne retrouveras plus. Et pourquoi t'ennuies-tu dans ta maison neuve ? Plus commode, favorisant mieux ce que tu souhaitais dans ta misère de l'autre. Ton puits te fatiguait le bras et tu rêvais d'une fontaine. Voilà ta fontaine. Mais te manquent désormais le chant de la poulie et l'eau tirée du ventre de la terre qui te miroitait une fois au soleil.

Et ce n'est point que je ne désire que tu ne gravisses la montagne et ne t'élèves et ne te forme et souhaite marcher de l'avant à chaque heure. Mais autre chose est la fontaine dont tu embellis ta maison — et qui est victoire de tes mains — et ton installation dans le coquillage d'autrui. Car autre chose sont les gains successifs dans une même direction comme d'enrichir le temple, lesquels gains sont croissance d'arbre qui se développe selon son génie, et ton déménagement sans amour.

Je me méfie de toi lorsque tu tranches, car tu y risques ton bien le plus précieux, lequel n'est point des choses mais du sens des choses.

J'ai toujours connu comme tristes les émigrés.

Je te demande d'ouvrir ton esprit car tu risques d'être dupe des mots. Tel a fait son sens du voyage. Il va d'une escale à l'autre escale et je ne dis point qu'il s'appauvrisse. Sa continuité c'est le voyage. Mais l'autre aime sa maison. Sa continuité c'est la maison. Et s'il la change chaque jour il n'y sera jamais heureux. Si je parle du sédentaire, je ne parle point de celui-là qui aime d'abord sa maison. Je parle de celui qui ne l'aime plus ni ne la voit. Car ta maison aussi est perpétuelle victoire comme le sait bien ta femme qui la refait neuve au lever du jour.

Je t'enseignerai donc sur la trahison. Car tu es nœud de relations et rien d'autre. Et tu existes par tes liens. Tes liens existent par toi. Le temple existe par chacune des pierres. Tu enlèves celle-ci : il s'éboule. Tu es d'un temple, d'un domaine, d'un empire. Et ils sont par toi. Et il n'est point de toi de juger, comme on juge venu du dehors, et non noué, ce dont tu es. Quand tu juges c'est toi que tu juges. C'est ton fardeau, mais c'est ton exaltation.

Car je méprise celui-là qui, son fils ayant péché, dénigre son fils. Son fils est de lui. Il importe qu'il le semonce et le condamne — se punissant soi-même s'il l'aime — et lui assène ses vérités, mais non qu'il aille s'en plaindre de maison en maison. Car alors, s'il se désolidarise de son fils, il n'est plus un père, et il y gagne ce repos qui n'est que d'être moins et ressemble au repos des morts. Pauvres je les ai toujours trouvés ceux qui ne savaient plus de quoi ils étaient solidaires. Je les ai toujours observés qui se cherchaient une religion, un groupe, un sens, et qui faisaient la quête pour être accueillis. Mais ils ne rencontraient qu'un fantôme d'accueil. Il n'est d'accueil vrai que dans les racines. Car tu demandes à être bien planté, bien lourd de droits et de devoirs, et responsable. Mais tu ne prends pas une charge d'homme dans la vie comme une charge de maçon dans un chantier sur l'engagement d'un maître d'esclaves. Te voilà vide si tu te fais transfuge.

Me plaît le père, qui son fils ayant péché, s'en attribue à soi le déshonneur, s'installe dans le deuil et fait pénitence. Car son fils est de lui. Mais comme le voilà noué à son fils et régi par lui il le régira. Car je ne connais point de chemin qui n'ait qu'une direction. Si tu refuses d'être responsable des défaites, tu ne le seras point des victoires.

Si tu l'aimes, celle de ta maison, qui est ta femme, et qu'elle pèche, tu n'iras point te mêler à la foule pour la juger. Elle est de toi et tu te jugeras d'abord car tu es responsable d'elle. Ton pays a failli ? J'exige que tu te juges : tu es de lui.

Car certes te viendront des témoins étrangers devant lesquels tu auras à rougir. Et pour te purger de la honte tu te désolidariseras de ses fautes. Mais il te faut bien quelque chose de quoi te faire solidaire. De ceux qui ont craché sur ta maison ? Ils avaient raison, diras-tu. Peut-être. Mais je te veux de ta maison. Tu t'écarteras de ceux qui crachaient. Tu n'as pas à cracher toi-même. Tu rentreras chez toi pour prêcher : « Honte, diras-tu, pourquoi suis-je si laid en vous ? » Car s'ils agissent sur toi et te couvrent de honte et que tu acceptes la honte, alors tu peux agir sur eux et les embellir. Et c'est toi que tu embellis.

Ton refus de cracher n'est point couverture des fautes. C'est partage de la faute pour la purger.

Ceux-là qui se désolidarisent et ameutent eux-mêmes les étrangers : « Voyez cette pourriture, elle n'est *point* de moi… » Mais il n'est rien dont ils soient solidaires. Ils te diront qu'ils sont solidaires des hommes, ou de la vertu ou de Dieu. Mais ce ne sont plus que mots creux, s'ils ne signifient nœuds de liens. Et Dieu descend jusqu'à la maison pour se faire maison. Et pour l'humble qui allume les cierges, Dieu est devoir de l'allumage des cierges. Et pour celui-là qui est solidaire des hommes, l'homme n'est point simple mot de son vocabulaire, l'homme c'est ceux dont il est responsable. Trop facile de s'évader et de préférer Dieu à l'allumage des cierges. Mais je ne connais point l'homme, mais des hommes. La liberté, mais des hommes libres. Le bonheur, mais des hommes heureux. La beauté, mais des choses belles. Dieu, mais la ferveur des cierges. Et ceux-là qui poursuivent l'essence autrement que comme naissance ne montrent que leur vanité et le vide de leurs cœurs. Et ils ne vivront ni ne mourront, car on ne meurt ni ne vit par des mots.

Donc celui-là qui juge et n'étant plus solidaire de rien, juge *pour* soi, tu butes sur sa vanité comme sur un mur. Car il s'agit de son image non de son amour. Il ne s'agit point de lui comme lien, mais de lui comme objet regardé. Et cela n'a point de sens.

Donc ceux de ta maison, de ton domaine, de ton empire, s'ils te font honte tu me prétendras faussement que tu te proclames pur pour les purifier, puisque tu es d'eux. Mais tu n'es plus d'eux devant les témoins, tu ne réhabilites que toi. Car, te dira-t-on avec raison : « S'ils sont comme toi, pourquoi ne sont-ils pas ici avec toi à cracher ?... » Tu les renfonces dans leur honte et tu te nourris de leur misère.

Certes, tel peut être indigné par la bassesse, les vices, la honte de sa maison, de son domaine, de son empire et s'en évader pour chercher l'homme. Et il est signe, puisqu'il en est, de l'honneur des siens. Quelque chose de vivant dans l'honneur des siens le délègue. Il est signe que d'autres tendent à remonter à la lumière.

Mais voilà bien un périlleux ouvrage, car il lui faut plus de vertu que devant la mort. Il trouvera des témoins prêts qui lui diront : « Tu es toi, de cette pourriture ! » Et s'il se considère, il répondra : « Oui, mais moi j'en suis sorti. » Et les juges diront : « Ceux qui sont propres voilà qu'ils sortent ! Ceux qui restent sont pourriture. » Et l'on t'encensera, mais toi seul. Et non les tiens en toi. Tu feras ta gloire de la gloire des autres. Mais tu seras seul, comme le vaniteux ou comme le mort.

Tu détiens, si tu pars, un périlleux message. Car tu es signe de leur bonheur puisque tu souffrais. Et voici que tu les distingues de toi.

Tu n'as d'espoir d'être fidèle que dans le sacrifice de la vanité de ton image. Tu diras : « Je pense comme eux », sans distinguer. Et l'on te méprisera.

Mais peu t'importera ce mépris, car tu es partie de ce corps. Et tu agiras sur ce corps. Et tu le chargeras de ta propre pente. Et ton honneur tu le recevras de leur honneur. Car il n'est rien d'autre à espérer.

Si tu as honte avec raison ne te montre pas. Ne parle pas. Ronge ta honte. Excellente cette indignation qui te forcera de te refaire en ta maison. Car elle dépend de toi. Mais celui-là a les membres malades : il se coupe donc les quatre membres. C'est un fou. Tu peux aller mourir pour faire en toi respecter les tiens, mais non les renier car c'est alors toi que tu renies.

Bon et mauvais ton arbre. Ne te plaisent pas tous les fruits. Mais il en est de beaux. Trop facile de te flatter des beaux et de renier les autres. Car ils sont aspects divers d'un même arbre. Trop facile de choisir les branches. Et de renier les autres branches. Sois orgueilleux de ce qui est beau. Et si le mauvais l'emporte, tais-toi. A toi de rentrer dans le tronc et de dire : « Que dois-je faire pour guérir ce tronc ? »

Celui qui émigré de cœur, le peuple le renie et lui-même reniera son peuple. Il en est ainsi nécessairement. Tu as accepté d'autres juges. Il est donc bon que tu deviennes des leurs. Mais ce n'est point la terre et tu en mourras.

C'est l'essence de toi qui fait le mal. Ton erreur est de distinguer. Il n'est rien que tu puisses refuser. Tu es mal ici. Mais c'est de toi-même.

Je renie celui qui renie sa femme, ou sa ville, ou son pays. Tu es mécontent d'eux ? Tu en fais partie. Tu es d'eux ce qui pèse vers le bien. Tu dois entraîner le reste. Non les juger de l'extérieur.

Car il est deux jugements. Celui que tu fais de toi-même, de ta part, comme juge. Et sur toi.

Car il ne s'agit point de bâtir une termitière. Tu renies une maison, tu renies toutes les maisons. Si tu renies une femme, tu renies l'amour. Tu quitteras cette femme, mais tu ne trouveras point l'amour.

CLXXVI

« Cependant, me dis-tu, tu me cries contre les objets, mais il est des objets qui m'augmentent. Et contre le goût des honneurs, et il est des honneurs qui me grandissent.

Et où est le secret puisqu'il est des honneurs qui diminuent.

C'est qu'il n'est point d'objets, ni d'honneurs ni de gages. Ils valent par l'éclairage de ta civilisation. Ils font partie d'abord d'une structure. Et ils l'enrichissent. Et s'il se trouve que tu serves la même tu es enrichi d'être plus. Ainsi de l'équipe s'il est une équipe véritable. L'un de ceux de l'équipe a remporté un prix et chacun de l'équipe se sent enrichi dans son cœur. Et celui qui a remporté le prix est fier pour l'équipe, et il se présente rougissant avec son prix sous le bras, mais s'il n'est point d'équipe mais une somme de membres, le prix ne signifiera quelque chose que pour celui qui le reçoit. Et il méprisera les autres de ne point l'avoir obtenu. Et chacun des autres enviera et haïra celui qui a reçu le prix. Car chacun a été frustré. Ainsi les mêmes prix sont objets d'ennoblissement pour les premiers, d'avilissement pour les seconds. Car te favorise cela seul qui fonde les chemins de tes échanges.

Ainsi de mes jeunes lieutenants qui rêvent de mourir pour l'empire, si j'en fais des capitaines. Tout glorieux les voilà, mais où vois-tu rien là qui les diminue ? Je les ai rendus plus efficaces, plus sacrifiés. Et, les ennoblissant, j'ennoblis plus grand qu'eux. Ainsi du commandant qui servira mieux le navire. Et le jour où je l'ai nommé il s'enivre et enivre ses capitaines. Ainsi de la femme heureuse d'être belle à cause de l'homme qu'elle illumine. Voilà qu'un diamant l'embellit. Et il embellit l'amour.

Tel aime sa maison. Elle est humble. Mais il a peiné et veillé pour elle. Elle manque cependant de quelque tapis de haute laine ou de l'aiguière d'argent qui est du thé auprès de la bien-aimée avant l'amour. Et voici qu'un soir, ayant peiné, veillé et souffert, il est entré chez le marchand et il a choisi le plus beau tapis, la plus belle aiguière, comme on choisit l'objet d'un culte. Et le voilà qui rentre rouge d'orgueil car il habitera ce soir une vraie maison. Et il invite tous ses amis à boire pour fêter l'aiguière. Et il parle au cours du banquet, lui le timide, et je ne vois rien là qui ne m'émeuve. Car l'homme certes est augmenté, et à sa maison sacrifiera plus, car elle est plus belle.

Mais s'il n'est point d'empire que tu serves, si l'hommage ou l'objet ou l'honneur sont pour toi, alors c'est comme s'ils étaient jetés dans un puits vide. Car tu engloutis. Et te voilà de plus en plus avide d'être de moins en moins rassasié et abreuvé. Et tu ne comprends point l'amertume qui te vient le soir du vide des choses que tu as tellement désirées. Vanité des biens, dis-tu, vanité !…

Et quiconque crie ainsi c'est qu'il a cherché à se servir soi. Et, certes, il ne s'est point trouvé.

CLXXVII

Car je te parlerai et tu recevras de moi un signe. Je te rendrai tes dieux. Certains ont cru aux anges, aux démons, aux génies. Et il suffisait qu'ils fussent conçus pour agir. De même que, dès l'heure où tu l'as formulée, la charité commence de coloniser le cœur des hommes.

Tu avais la fontaine. Non seulement cette pierre de la margelle usée par les générations, non seulement l'eau chantante, non seulement la provision déjà amassée dans le réservoir comme les fruits dans la corbeille (et tes bœufs vont à l'abreuvoir s'emplir de l'eau déjà reçue), non seulement l'eau et le chant de l'eau et le silence de la réserve d'eau et la fraîcheur de l'eau agile dans tes paumes, et non seulement la nuit sur l'eau tremblante d'étoiles — et douce au gosier — mais quelque dieu de la fontaine afin qu'elle soit une en lui et que, de la distribuer en cette pierre-ci et cette autre, cette margelle, et cette conduite, et cette rigole, et cette procession lente des bœufs, tu n'ailles point la perdre en matériaux divers. Car il importe que tu te réjouisses des fontaines.

Et moi j'en peuplerai ta nuit. Suffisant que je t'y réveille, même si la voilà lointaine. Et en quoi suis-je moins raisonnable qu'en t'offrant le diamant pur ou l'objet d'or qui ne valent point non plus pour leur usage mais pour la fête promise ou le souvenir de la fête ? De même que le maître du domaine (lequel ne lui sert de rien dans l'instant), s'il se promène dans son chemin creux de campagne, est cependant tel et non un autre et grand de cœur à cause des troupeaux et des étables et des métayers encore endormis et des amandiers qui sortent leurs fleurs, et des lourdes moissons à venir qui tous lui sont invisibles dans l'instant, mais dont il se sent responsable. Et cela par le seul effet du nœud divin qui noue les choses et lie le domaine en un dieu qui se rit des murs et des mers. Ainsi je te veux dans ta nuit, même si te voilà mourant de soif dans le désert, ou tirant le sang de ta vie du désensablement d'un puits avare, visité par le dieu des fontaines. Et si je te dis simplement qu'elles sont comme le cœur chantant des pommiers et des orangers et des amandiers qui vivent d'elles (et tu les vois mourir quand elles se taisent) alors je te veux enrichi comme celui-là de mes soldats que je vois calme et sûr de lui dans le petit jour du désert où je m'en vais charriant ces graines pour les semailles, et cela simplement parce qu'au loin, ne lui servant de rien dans l'instant, et comme morte puisque absente et peut-être endormie, il est une bien-aimée dont la voix, s'il lui était permis de l'entendre, serait chantante pour son cœur.

Je ne te veux point tuant tes faibles dieux qui mourront sans bruit comme ces colombes dont tu ne retrouves point la dépouille. Car tu ne sauras rien de leur mort. Toujours sera la margelle et l'eau et le bruit de l'eau, et le bec d'étain, et la mosaïque, et toi qui dénombres pour connaître tu ne connaîtras point ce que tu as perdu, car tu n'as rien perdu de la somme des matériaux, hormis leur vie.

La preuve en est que je puis t'apporter ce mot dans mon poème comme un cadeau. Je puis l'allier à d'autres dieux lentement bâtis. Car ton village aussi se fait un quand il dort avec sa provision de chaume et de graines et d'instruments, et sa petite cargaison de souhaits, de convoitises, de colères, de pitiés, et telle vieille qui de lui va mourir comme un fruit devenu qui quitte l'arbre dont il vivait, et tel enfant qui va lui naître, et le crime qui y fut commis et trouble sa substance comme une maladie, et son incendie de l'année dernière dont tu te souviens pour l'avoir guéri, et la maison du conseil des notables qui sont si fiers de mener leur village à travers le temps comme un navire, bien qu'il ne soit que barque de pêcheurs sans grande destinée sous les étoiles. Et voici que je puis te dire : « ... la fontaine de ton village » et ainsi t'éveiller le cœur et peu à peu t'enseigner cette marche vers Dieu qui seule peut te satisfaire car de signes en signes tu l'atteindras, Lui qui se lit au travers de la trame, Lui le sens du livre dont j'ai dit les mots, Lui la Sagesse, Lui qui Est, Lui dont tu reçois tout en retour, car d'étage en étage Il te noue les matériaux afin d'en tirer leur signification, Lui le Dieu qui est dieu aussi des villages et des fontaines.

Mon peuple bien-aimé, tu as perdu ton miel qui est non des choses mais du sens des choses, et te voilà qui éprouve encore la hâte de vivre mais n'en trouves plus le chemin. J'ai connu celui-là qui était jardinier et mourant laissait un jardin en friche. Il me disait : « Qui taillera mes arbres... qui sèmera mes fleurs... ? » Il demandait des jours pour bâtir son jardin, car il possédait les graines de fleurs toutes triées dans sa réserve à graines, et les instruments pour ouvrir la terre, dans le magasin, et le couteau à rajeunir les arbres pendu à sa ceinture, mais ce n'étaient plus là qu'objets épars qui n'avaient point servi un culte. Et toi de même avec tes provisions. Avec ton chaume, avec tes graines, et tes envies et tes pitiés et tes disputes, et tes vieilles près de mourir, et ta margelle du puits, et ta mosaïque, et ton eau chantante que tu n'as pas su fondre encore, par le miracle du nœud divin qui noue les choses et désaltère seul l'esprit et le cœur, en un village et sa fontaine.

CLXXVIII

De ne point les écouter, je les entendis. Les uns sages, les autres non sages. Et celles-là qui faisaient le mal pour le mal. Car elles n'y trouvaient d'autre joie que la chaleur de leur visage et quelque sentiment obscur semblable au mouvement de la panthère. Elle lance sa patte bleue pour éblouir.

J'y voyais quelque chose du feu du volcan, lequel est puissance sans emploi ni règle. Mais du même feu qui bâtit un soleil. Et du soleil, la fleur. Comme, de conséquence en conséquence, ton sourire du matin ou ton mouvement vers la bien-aimée est ainsi la signification de toute chose. Car te suffit d'un pôle pour te rassembler et dès lors tu commences de naître.

Mais celles-là ne sont plus que brûlure…

Et tu le vois bien de l'arbre qui est sommeil apparent et mesure et lenteur, et parfum établi autour comme un règne, bien qu'il puisse servir d'aliment pour la poudre, ou l'incendie, dilapidant à jamais son pouvoir. Ainsi de toi et de tes colères rentrées, et de tes jalousies, et de tes ruses et de cette chaleur des sens qui te rend si difficile la nuit venue, je veux faire un arbre pacifique. Non par amputation mais, de même que la semence te sauve dans l'arbre un soleil qui s'en irait fondre la glace et pourrir avec elle, la semence spirituelle qui te bâtira dans ta propre gaine, ne refusant rien de toi, ne t'amputant point, ne te châtrant point, mais fondant tes mille caractères dans ton unité. C'est pourquoi je dirai non pas « Viens chez moi te faire tailler, ni réduire, ni même modeler », mais « Viens chez moi te faire naître à toi-même ». Tu me soumets tes matériaux en vrac et je te rends à toi devenu un. Ce n'est point moi qui marche en toi. C'est toi qui marches. Je ne suis rien, sinon ta commune mesure. Donc celle-là chaude et méditant le mal. A cause que t'incline au mal la cruauté des nuits chaudes quand tu te tournes et te retournes sans devenir, toute brisée et abandonnée et défaite. Mauvaise sentinelle d'une ville démantelée. Et je la vois bien ne sachant quoi faire de ses matériaux épars. Et elle appelle le chanteur, et il chante. « Non, dit-elle, qu'il s'en aille. » Elle en appelle un autre, puis un autre. Et elle les use. Puis elle se lève de fatigue et réveille l'amie : « Irréparable est mon ennui ! Les chants ne me peuvent distraire… »

Puis donc l'amour, et celui-là, et celui-là, et celui-là… elle les pille l'un après l'autre. Car elle y cherche son unité, et comment l'y trouverait-elle ? Il ne s'agit point d'un objet égaré parmi des objets.

Mais je viendrai dans le silence. Je serai couture invisible. Je ne changerai rien des matériaux, ni même leur place, mais je leur rendrai leur signification, amant invisible qui fait devenir.

CLXXIX

Instrument de musique sans musicien, et t'émerveillant des sons que tu rends. J'ai ainsi vu l'enfant s'égayer de pincer les cordes et rire du pouvoir de ses mains. Mais les sons ne m'importent guère, je veux te voir te transporter en moi. Mais tu n'as rien à transporter car tu n'es point, ayant négligé de devenir. Et tu vas pinçant au hasard tes cordes dans l'attente d'un son plus étrange que l'autre. Car te tourmente l'espoir de rencontrer l'œuvre en chemin (comme s'il s'agissait d'un fruit à trouver hors de toi) et de ramener, en captivité, ton poème.

Mais je te veux semence bien fondée qui draine autour pour son poème. Je te veux d'une âme bâtie et déjà prête pour l'amour — et non cherchant, dans le vent du soir, quelque visage qui te capture, car il n'est rien en toi à capturer.

Ainsi célèbres-tu l'amour.

Ainsi célèbres-tu la justice. Non les choses justes. Et aisément tu te feras injuste dans les occasions particulières, pour la servir.

Tu célébreras la pitié, mais aisément tu te feras cruel dans les occasions particulières, pour la servir.

Tu célébreras la liberté et tu empileras dans tes prisons ceux qui ne chantent point comme toi.

Or, je connais des hommes justes, non la justice. Des hommes libres, non la liberté. Des hommes animés par l'amour, et non l'amour. De même que je ne connais ni la beauté ni le bonheur, mais des hommes heureux et des choses belles.

Mais d'abord il a donc fallu et agir, et construire, et apprendre, et créer. Ensuite viennent les récompenses.

Mais eux, habitant des lits de parade, estiment plus simple d'atteindre l'essence sans bâtir d'abord la diversité. Ainsi du fumeur de hachisch qui se procure pour quelques sous des ivresses de créateur.

Ils ressemblent aux prostituées ouvertes au vent. Et qui leur servira jamais l'amour ?

CLXXX

Méprisant l'opulence ventrue je ne la tolère que comme condition de plus haut qu'elle, comme il en est de la grossièreté malodorante des égoutiers, laquelle est condition du lustrage de la ville. Ayant appris qu'il n'est point de contraires et que la perfection, c'est la mort. Je tolère ainsi les mauvais sculpteurs comme condition des bons sculpteurs, le mauvais goût comme condition du bon goût, la contrainte intérieure comme condition de la liberté, et l'opulence ventrue comme condition d'une élévation qui n'est point d'elle ni pour elle mais de ceux-là seuls et pour ceux-là qu'elle alimente. Car si, payant aux sculpteurs leur sculpture, elle assume le rôle d'entrepôt nécessaire où le bon poète puisera le grain dont il vivra, lequel grain *a* été pillé sur le travail du laboureur puisqu'il ne reçoit en échange qu'un poème dont il se moque, ou une sculpture qui souvent ne lui sera même point montrée, et qu'ainsi faute de pillard ne survivraient point les sculpteurs, peu m'importe que l'entrepôt porte un nom d'homme. Il n'est que véhicule, voie et passage.

Et si tu me reproches à l'entrepôt des grains d'être en retour entrepôt du poème et de la sculpture et du palais et ainsi d'en frustrer l'oreille ou le regard du peuple, je te répondrai d'abord que bien au contraire la vanité de l'opulent de ventre l'inclinera à faire étalage de ses merveilles, comme il en est de toute évidence pour le cas du palais, puisqu'une civilisation ne repose point sur l'usage des objets créés mais sur la chaleur de la création, comme il en est, t'ai-je déjà dit, de ces empires qui rayonnent de l'art de la danse, bien que ni l'opulent de ventre dans ses vitrines, ni le peuple dans son musée n'enferment la danse dansée car il n'en est point de provision.

Et si tu me reproches à l'opulent de ventre d'être dix fois contre une de goût vulgaire et favorisant les poètes de clair de lune ou les sculpteurs à ressemblance, je te répondrai que peu m'importe, puisque si je désire la fleur de l'arbre, me faut accepter l'arbre entier, et de même l'effort des dix mille mauvais sculpteurs, pour l'apparition d'un seul qui compte. J'exige donc dix mille entrepôts de mauvais goût, contre un seul qui sache discerner.

Mais certes s'il n'est point de contraires, et si la mer est condition du navire, il est cependant des navires qui sont dévorés par la mer. Et il peut être des opulents de ventre qui soient autre chose que véhicule, voie et charroi, donc condition, et dévorent le peuple pour le seul plaisir de leur digestion. Ne faut pas que la mer dévore le navire, que la contrainte dévore la liberté, que le mauvais sculpteur dévore le bon sculpteur, et que l'opulent de ventre dévore l'empire.

Tu me demanderas ici de te découvrir par ma logique un système qui nous sauvera du péril. Et il n'en est point. Tu ne demandes point comment régir les pierres pour qu'elles s'assemblent en cathédrale. La cathédrale n'est point de leur étage. Elle est de l'architecte qui a livré sa graine, laquelle draine les pierres. Faut que je sois et de mon poème fonde la pente vers Dieu, alors elle drainera et la faveur du peuple, et les graines de l'entrepôt, et les démarches de l'opulent de ventre, pour Sa Gloire.

Ne crois pas que je m'intéresse au sauvetage de l'entrepôt à cause qu'il porte un nom. Je ne sauve pas pour elle-même la mauvaise odeur de l'égoutier. L'égoutier n'est que voie, véhicule et charroi. Ne crois pas que je m'intéresse à la haine des matériaux contre quoi que ce soit qui se distingue d'eux. Mon peuple n'est que voie, véhicule et charroi. Dédaigneux et de la musique comme de la flatterie des premiers, de la haine comme des applaudissements des seconds, et ne servant que Dieu à travers, du versant de ma montagne où me voilà plus solitaire que le sanglier des cavernes, et plus immobile que l'arbre qui simplement, au cours du temps, change la rocaille en poignée de fleurs à graines qu'il livre au vent — et ainsi s'envole en lumière l'humus aveugle —, me situant à l'extérieur des faux litiges dans mon irréparable exil, n'étant ni pour les uns contre les autres, ni pour les seconds contre les premiers, dominant les clans, les partis, les factions, luttant pour l'arbre seul contre les éléments de l'arbre, et pour les éléments de l'arbre, au nom de l'arbre qui protestera contre moi ?

CLXXXI

Me vint le litige que je ne pouvais amener mon peuple à la lumière des vérités qu'à travers des actes, non par des mots. Car la vie, il importe de la construire comme un temple afin qu'elle montre un visage. Et que ferais-tu de jours tous égaux, comme de pierres bien alignées ? Mais tu dis quand te voilà vieux : « J'ai souhaité la fête de mes pères, j'ai enseigné mes fils, puis leur ai donné des épouses, puis quelques-uns, que Dieu m'a repris une fois bâtis, — car il en use pour sa gloire — je les ai pieusement ensevelis. »

Car il en est de toi comme de la graine merveilleuse qui élève la terre au rang de cantique et l'offre au soleil. Puis ce blé tu l'élevés au rang de lumière dans le regard de la bien-aimée qui te sourit, puis elle te forme les mots de la prière. Et moi si je sème des graines, il en est donc déjà comme d'une prière récitée le soir. Et moi je suis celui qui va lentement, répandant le blé sous les étoiles, et ne puis mesurer mon rôle si je me tiens trop myope et le nez contre. De la graine sortira l'épi, l'épi sera changé en chair de l'homme, et de l'homme sortira le temple à la gloire de Dieu. Et je pourrai dire de ce blé qu'il a le pouvoir d'assembler les pierres.

Pour que la terre se fasse basilique il suffit d'une graine ailée au gré des vents.

CLXXXII

Je tracerai mon sillon, sans d'abord comprendre. Simplement j'irai... Je suis de l'empire et lui de moi, ne m'en sachant point distinguer. N'ayant rien à attendre de ce que je n'ai d'abord fondé, père de mes fils qui sont de moi. Ni généreux, ni avare, ni me sacrifiant, ni ne sollicitant les sacrifices, car si je meurs sur les remparts je ne me sacrifie point pour la ville, mais pour moi qui suis de la ville. Et certes, ce dont je vis, je meurs. Mais tu recherches comme un objet à vendre les grandes joies vives qui t'ont d'abord été données comme récompenses. Ainsi la cité au cœur des sables te devenait fleur pourpre, riche de chair, et tu la palpais ne te lassant point de t'en réjouir. Déambulant au large de ses marches, tirant ton plaisir des grands éboulis des légumes de couleur, des pyramides de mandarines bien installées à la façon de Capitales dans la province de leur odeur, et par-dessus tout des épices qui ont pouvoir de diamant car une seule pincée de ce poivre doux, que t'ont ramené des contrées lointaines la procession des voiliers sous leur cornette, réinstalle en toi et le sel de la mer et le goudron des ports et l'odeur des courroies de cuir qui, dans l'aridité interminable, quand tu étais en marche vers le miracle de la mer, ont embaumé tes caravanes. Et c'est pourquoi je dis que le pathétique du marché d'épices tu l'as fondé par les cals, les éraflures, les tuméfactions et les marinages de ta propre chair.

Mais qu'iras-tu chercher ici, s'il ne s'agit plus, comme l'on brûle des réserves d'huile, de faire chanter encore des victoires ?

Ah ! d'avoir une fois goûté l'eau du puits d'El Ksour ! Me suffit certes du cérémonial d'une fête pour qu'une fontaine me soit cantique…

Ainsi j'irai. Je commencerai sans ferveur, mais, faisant du grenier l'escale des graines, je ne sais distinguer l'engrangement de la consommation du blé engrangé. J'ai voulu m'asseoir et goûter la paix. Et voici qu'il n'est point de paix. Et voici que je reconnais qu'ils se sont trompés ceux qui me voulaient installer sur mes victoires passées, s'imaginant que l'on peut enfermer et réserver une victoire, alors qu'il en est ici comme du vent lequel, si tu le réserves, n'est plus.

Fou celui-là qui enfermait l'eau dans son urne parce qu'il aimait le chant des fontaines.

Ah ! Seigneur ! je me fais chemin et véhicule. Je vais et viens. Je fais mon labour d'âne ou de cheval, avec ma patience têtue. Je ne connais que la terre que je retourne, et, dans mon tablier noué, le ruissellement sur mes doigts de la grenaille des semences. A Toi d'inventer le printemps et de dérouler les moissons, selon Ta gloire.

Donc je vais contre le courant. Je m'inflige ces tristes pas de ronde qui sont de la sentinelle penchée à dormir, quand à peine elle rêve de la soupe, afin que le dieu des sentinelles se dise une fois l'an : « Qu'elle est belle cette demeure… qu'elle est fidèle… qu'elle est donc austère dans sa vigilance ! » Je te récompenserai de tes cent mille pas de ronde. Je m'en viendrai te visiter. Et ce seront mes bras qui porteront les armes. Mais comme prêtés et mêlés aux tiens. Et tu te sentiras couvrant l'empire. Et ce seront mes yeux qui recenseront du haut des remparts la splendeur de la ville. Et toi et moi et ville ne feront qu'un. Alors l'amour te sera comme une brûlure. Et si l'éclat de l'incendie promet d'être assez beau pour payer le bois de ta vie que bûche à bûche tu as amoncelé, je te permettrai de mourir.

CLXXXIII

La graine se pourrait contempler et se dire : « Combien je suis belle et puissante et vigoureuse ! Je suis cèdre. Mieux encore, je suis cèdre dans son essence. » Mais je dis, moi, qu'elle n'est rien encore. Elle est véhicule, voie et passage. Elle est opérateur. Qu'elle me fasse son opération ! Qu'elle conduise lentement la terre vers l'arbre. Qu'elle installe le cèdre pour la gloire de Dieu. Alors je la jugerai sur ses branchages. Mais eux de même se considèrent. « Je suis tel ou tel. » Ils se croient provision de merveilles. Il est une porte en eux sur des trésors bien composés. Suffit de la découvrir à tâtons. Et ils te montent au hasard leurs éructations en poèmes. Mais tu les entends éructer sans bien t'émouvoir.

Ainsi du sorcier de la tribu nègre. Il rassemble au hasard et d'un air entendu, tout un matériel d'herbes, d'ingrédients et d'organes bizarres. Il te remue le tout dans sa grande soupière, par nuit sans lune. Il prononce des mots et des mots et des mots. Il attend que, de sa cuisine, un pouvoir invisible émane qui culbutera ton armée, laquelle est en marche vers sa tanière. Mais rien ne se montre. Et il recommence. Et il change les mots. Et il change les herbes. Et certes, il ne se trompait point dans l'ambition de son souhait. Car j'ai vu la pâte de bois mélangée de liqueur noirâtre renverser les empires. S'agissait de ma lettre qui décidait la guerre. J'ai connu la soupière d'où sortait la victoire. On y malaxait la poudre à fusil. J'ai entendu le faible tremblement de l'air, sorti d'abord d'une simple poitrine, embraser mon peuple de proche en proche à la façon d'un incendie. Tel prêchait pour la rébellion. J'ai aussi connu des pierres convenablement disposées qui ouvraient un vaisseau de silence.

Mais je n'ai jamais rien vu sortir des matériaux de hasard s'ils ne trouvaient point en quelque esprit d'homme leur commune mesure. Et si le poème me peut émouvoir, par contre nul assemblage de caractères issu du désordre de jeux d'enfants ne m'a jamais tiré de larmes. Car n'est rien la graine non exprimée qui prétend faire admirer l'arbre à l'ascension duquel elle ne s'est point employée.

Certes tu tends vers Dieu. Mais de ce que tu puisses devenir ne déduis point que tu sois. Tes éructations ne transportent rien. Lorsque midi brûle, la graine, fût-elle de cèdre, ne me verse point d'ombre.

Les temps cruels réveillent l'archange endormi. Qu'il craque à travers nous ses langes et éclate sous les regards ! Petits langages subtils, qu'il vous absorbe et vous renoue. Qu'il nous pousse un cri véritable. Cri vers l'absente. Cri de la haine contre la meute. Cri pour le pain. Qu'il remplisse de signification le moissonneur, ou la moisson, ou le vent à la main profonde sur les blés, ou l'amour, ou quoi que ce soit qui trempe d'abord dans la lenteur.

Mais tu t'en vas, pillard, au quartier réservé de la ville chercher, par des jeux compliqués, à faire sur toi retentir l'amour, alors qu'il est du rôle de l'amour de faire retentir sur toi la main simple de la simple épouse sur ton épaule.

Certes, il n'est que magie et il est du rôle du cérémonial de te conduire vers des captures qui ne sont point de l'essence des pièges, comme il en est de la brûlure de cœur que ceux du Nord tirent une fois l'an d'un mélange de résine, de bois verni et de cire chaude. Mais je dis fausse magie et paresse et incohérence ta trituration dans ta soupière d'ingrédients de hasard, dans l'attente d'un miracle que tu n'aurais point préparé. Car, oubliant de devenir, tu prétends marcher à ta propre rencontre. Et dès lors il n'est plus d'espoir. Se referment sur toi les portes de bronze.

CLXXXIV

Mélancolique, j'étais, car je me tourmentais à propos des hommes. Chacun tourné vers soi et ne sachant plus quoi souhaiter. Car quels biens souhaiterais-tu si tu désires te les soumettre et qu'ils t'augmentent ? L'arbre, certes, cherche les sucs du sol pour s'en nourrir et les transformer en soi-même. La bête l'herbe ou quelque autre bête qu'elle transformera en soi-même. Et toi aussi tu te nourris. Mais hors ta nourriture que souhaiteras-tu dont tu puisses toi-même faire usage ? De ce que l'encens plaît à l'orgueil, tu loues des hommes pour t'acclamer. Et ils t'acclament. Et voici que les acclamations te sont vaines. De ce que les tapis de haute laine font douces les demeures, tu les fais acheter par la ville. Tu en encombres ta maison. Et voici qu'ils te sont stériles. Tu jalouses ton voisin de ce que son domaine est royal. Tu l'en dépouilles. Tu t'y installes. Et il n'a rien à te livrer qui t'intéresse. Il est tel poste que tu brigues. Et tu intrigues pour l'obtenir. Et tu l'obtiens. Et il n'est lui-même que maison vide.

Car une maison, ne suffit point, pour en être heureux, qu'elle soit luxueuse ou commode ou ornementale et que tu t'y puisses étaler, la croyant tienne. D'abord parce qu'il n'est rien qui soit tien puisque tu mourras et qu'il importe non qu'elle soit de toi — car c'est elle qui s'en trouve embellie ou diminuée — mais que tu sois d'elle car alors elle te mène quelque part, comme il en est de la maison qui abritera ta dynastie. Tu ne te réjouis point des objets mais des routes qu'ils t'ouvrent. Ensuite parce qu'il serait trop aisé que tel vagabond égoïste et morne se puisse offrir une vie d'opulence et de faste rien qu'en cultivant l'illusion d'être prince en marchant de long en large devant le palais du roi : « Voici mon palais », dirait-il. Et en effet, au seigneur véritable non plus, le palais, dans son opulence, ne lui sert de rien dans l'instant. Il n'occupe qu'une salle à la fois. Il lui arrive de fermer les yeux ou de lire ou de conserver et ainsi, de cette salle même, de ne rien voir. De même qu'il se peut que, se promenant dans le jardin, il tourne le dos à l'architecture. Et cependant il est le maître du palais, et orgueilleux et peut-être ennobli de cœur, et contenant en soi jusqu'au silence de la salle oubliée du Conseil, et jusqu'aux mansardes et jusqu'aux caves. Donc il pourrait être du jeu du mendiant, puisque rien, hors l'idée, ne le distingue du seigneur, de s'en imaginer le maître et de se pavaner lentement de long en large comme revêtu d'une âme à traîne. Et cependant peu efficace sera le jeu, et les sentiments inventés participeront de la pourriture du rêve. A peine jouera sur lui le faible mimétisme qui te fait rentrer les épaules si je décris un carnage, ou te réjouir du vague bonheur que te raconte telle chanson.

Ce qui est de ton corps tu te l'attribues et le changes en toi. Mais c'est faussement que tu prétends agir de même en ce qui concerne l'esprit et le cœur. Car peu riches en vérités sont tes joies tirées de tes digestions.

Mais, bien plus, tu ne digères ni le palais, ni l'aiguière d'argent, ni l'amitié de ton ami. Le palais restera palais et l'aiguière restera aiguière. Et les amis continueront leur vie.

Or, moi, je suis l'opérateur qui, d'un mendiant en apparence semblable au roi, puisqu'il contemple le palais, ou mieux que le palais, la mer, ou mieux que la mer, la Voie Lactée, mais ne sait rien extraire pour soi de ce morne coup d'œil sur l'étendue, tire un roi véritable malgré que rien, dans les apparences, ne soit changé. Et, en effet, il n'y aurait rien à changer dans les apparences, puisque sont les mêmes seigneur et mendiant, sont les mêmes celui-là qui aime et celui-là qui pleure l'amour perdu, s'ils sont assis au seuil de leur demeure, dans la paix du soir. Mais l'un des deux, et peut-être le mieux portant, et le plus riche, et le plus orné d'esprit et de cœur, s'ira, ce soir, si nul ne le retient, plonger dans la mer. Donc pour, de toi qui es l'un, tirer l'autre, point n'est besoin de rien te procurer qui soit visible et matériel, ou te modifier en quoi que ce soit. Suffit que je t'enseigne le langage qui te permette de lire en ce qui est autour de toi et en toi tel visage neuf et brûlant pour le cœur, comme il en est, si te voilà morne, de quelques pièces de bois grossier, disposées au hasard sur une planche, mais qui, si je t'ai élevé à la science du jeu d'échecs, te verseront le rayonnement de leur problème.

C'est pourquoi je les considère dans le silence de mon amour sans leur reprocher leur ennui qui n'est point d'eux-mêmes, mais de leur langage, sachant que, du roi victorieux qui respire le vent du désert et du mendiant qui s'abreuve à la même rivière ailée, il n'est rien qu'un langage qui les distingue, mais qu'injuste je serais si je reprochais au mendiant, sans l'avoir d'abord tiré hors de soi, de ne point éprouver les sentiments d'un roi victorieux dans sa victoire.

Je donne les clefs de l'étendue.

CLXXXV

Et l'un et l'autre, je les voyais parmi les provisions du monde et le miel accompli. Mais semblables à celui-là qui va parmi la ville morte — morte pour lui — mais miraculeuse derrière les murs — ou celui-là encore qui écoute réciter le poème dans un langage qui ne lui fut point enseigné — ou coudoie la femme pour qui tel autre accepterait volontiers de mourir, mais que lui-même oublie d'aimer...

Je vous enseignerai l'usage de l'amour. Qu'importent les objets du culte. J'ai vu dans l'embuscade autour du puits celui-là qui eût pu survivre se laisser remplir les yeux de nuit à cause de tel renard des sables qui, ayant longtemps vécu de sa tendresse, s'était échappé à l'heure de l'instinct. Ah ! mes soldats dont le repos ressemble à un autre repos — et la misère à une autre misère — il suffirait pour vous exalter que cette nuit soit celle d'un retour, ce tertre le tertre d'une espérance, ce voisin l'ami attendu, ce mouton sur la braise le repas d'un anniversaire, ces mots, les mots d'un chant. Suffirait d'une architecture, d'une musique, d'une victoire qui vous donne un sens à vous-mêmes, suffirait que de vos cailloux je vous enseigne comme à l'enfant à tirer une flotte de guerre, suffirait d'un jeu, et le vent du plaisir passerait sur vous comme sur un arbre. Mais vous voilà défaits et disparates et ne cherchant rien que vous-mêmes, et ainsi découvrant le vide car vous êtes un nœud de relations et non rien d'autre, et s'il n'est point de relation vous ne trouverez en vous-mêmes qu'un carrefour mort. Et il n'est rien à espérer s'il n'est en toi amour que de toi-même. Car je te l'ai dit du temple. La pierre ne sert ni soi-même ni les autres pierres, mais l'élan de pierre que toutes ensemble elles composent et qui les sert toutes en retour. Et peut-être pourras-tu vivre de l'élan vers le roi à cause que vous serez soldats d'un roi, toi et tes camarades.

« Seigneur, disais-je, donnez-moi la force de l'amour ! Il est bâton noueux pour l'ascension de la montagne. Faites-moi berger pour les conduire. »

Je te parlerai donc sur le sens du trésor. Lequel est d'abord invisible n'étant jamais de l'essence des matériaux. Tu as connu le visiteur du soir. Celui-là simplement qui s'assoit dans l'auberge, pose son bâton et sourit. On l'entoure : « D'où viens-tu ? » Tu connais le pouvoir du sourire.

Ne t'en va pas, cherchant des îles à musique, comme un cadeau tout fait, offert par la mer — et la mer brode autour sa dentelle blanche — car tu ne les trouveras point, si même je te dépose sur le sable de leur couronne, si je ne t'ai d'abord soumis au cérémonial de la mer. De t'y réveiller sans effort, tu ne puiseras rien aux seins de ses filles que le pouvoir d'y oublier l'amour. Tu iras d'oubli en oubli, de mort en mort... et tu me diras, de l'île à musique : « Qu'était-il là-bas qui valût de vivre ? » quand la même bien enseignée, te fait qu'un équipage entier accepte, par amour pour elle, le risque de mort.

Te sauver n'est point t'enrichir ni rien te donner qui soit pour toi-même. Mais bien te soumettre, comme à une épouse, au devoir d'un jeu.

Ah ! ma solitude m'est sensible quand le désert n'a point de repas à m'offrir. Que ferai-je du sable s'il n'est point d'oasis inaccessible qui le parfume ? Que ferai-je des limites de l'horizon s'il n'est point frontière de coutume barbare ? Que ferai-je du vent s'il n'est point lourd de conciliabules lointains ? Que ferai-je des matériaux qui ne servent point un visage ? Mais nous nous assoirons sur le sable. Je te parlerai sur ton désert et je t'en montrerai tel visage non tel autre. Et tu seras changé car tu dépends du monde. Demeures-tu le même, quand te voilà assis dans la chambre de ta maison, si je t'annonce qu'elle brûle ? Si te voilà qui entends le pas bien-aimé ? Et cela même si elle ne marche point vers toi. Ne me dis pas que je prêche l'illusion. Je ne te demande point de croire, mais de lire. Qu'est-ce que la partie sans le tout ? Qu'est-ce que la pierre sans le temple ? Qu'est-ce que l'oasis sans le désert ? Et si tu habites le centre de l'île et si tu veux t'y reconnaître, faut bien que je sois là pour te dire la mer ! Et si tu habites ce sable, faut bien que je sois là pour te raconter ce mariage lointain, cette aventure, cette captive délivrée, cette marche des ennemis. Et, de ce mariage sous les tentes lointaines, il est faux de me dire qu'il ne répand pas sur ton désert sa lumière de cérémonie, car où s'arrête son pouvoir ?

Je te parlerai selon tes coutumes et les lignes de pente de ton cœur. Et mes dons seront signification des choses, et route lue à travers, et soif qui engage sur la route. Et moi le roi, je te ferai don du seul rosier qui te puisse augmenter car j'en exigerai la rose. Dès lors voilà construit pour toi l'escalier vers ta délivrance. Tu seras d'abord piocheur de terre, bêcheur de terre, et tu te lèveras matin pour arroser. Et tu surveilleras ton œuvre et la protégeras contre les vers et les chenilles. Puis te sera pathétique le bouton qui s'en ouvrira, et viendra la fête, la rose éclose, qui sera pour toi de la cueillir. Et l'ayant cueillie, de me la tendre. Je la recevrai de tes mains et tu attendras. Tu n'avais que faire d'une rose. Tu l'as échangée contre mon sourire... et te voilà qui retournes vers ta maison, ensoleillé par le sourire de ton roi.

CLXXXVI

Ceux-là n'ont point le sens du temps. Ils veulent cueillir des fleurs, lesquelles ne sont point devenues : et il n'est point de fleurs. Ou bien ils en trouvent une éclose ailleurs, laquelle n'est point pour eux aboutissement du cérémonial du rosier, mais ni plus ni moins qu'objet de bazar. Et quel plaisir leur procurerait-elle ?

Moi, je m'achemine vers le jardin. Il laisse dans le vent le sillage d'un navire chargé de citrons doux, ou d'une caravane pour les mandarines, ou encore de l'île à gagner qui embaume la mer.

J'ai reçu non une provision mais une promesse. Il en est du jardin comme de la colonie à conquérir ou de l'épouse non encore possédée mais qui ploie dans les bras. Le jardin s'offre à moi. Il est, derrière le petit mur, une patrie de mandariniers et de citronniers où sera reçue ma promenade. Cependant nul n'habite en permanence ni l'odeur des citronniers, ni celle des mandariniers, ni le sourire. Pour moi qui sais, tout conserve une signification. J'attends l'heure du jardin ou de l'épouse.

Ceux-là ne savent point attendre et ne comprendront aucun poème, car leur est ennemi le temps qui répare le désir, habille la fleur ou mûrit le fruit. Ils cherchent à tirer leur plaisir des objets, quand il ne se tire que de la route qui se lit au travers. Moi je vais, je vais, et je vais.

Et quand me voici dans le jardin qui m'est une patrie d'odeurs, je m'assieds sur le banc. Je regarde. Il est des feuilles qui s'envolent et des fleurs qui se fanent. Je sens tout qui meurt et se recompose. Je n'en éprouve point de deuil. Je suis vigilance, comme en haute mer. Non patience, car il ne s'agit point d'un but, le plaisir étant de la marche. Nous allons, mon jardin et moi, des fleurs vers les fruits. Mais à travers les fruits vers les graines. Et à travers les graines vers les fleurs de l'année prochaine. Je ne me trompe point sur les objets. Ils ne sont jamais qu'objets d'un culte. Je touche aux instruments du cérémonial et leur trouve couleur de prière. Mais ceux-là qui ignorent le temps butent contre. L'enfant lui-même leur devient un objet qu'ils ne saisissent point dans sa perfection (car il est chemin pour un Dieu que l'on ne saurait retenir). Ils le voudraient fixer dans sa grâce enfantine comme s'il était des provisions. Mais moi, si je croise un enfant, je le vois qui tente un sourire et qui rougit et cherche à fuir. Je connais ce qui le déchire. Et je pose la main sur son front, comme pour calmer la mer.

Ceux-là te disent : « Je suis celui-ci. Tel ou tel. Je possède ceci ou cela. » Ils ne te disent point : « Je suis scieur de planches, je suis passage de l'arbre en voie de devenir marié pour la mer. Je suis en marche d'une fête vers l'autre. Père devenu et à devenir, car est féconde mon épouse. Je suis jardinier pour printemps car il use de moi, de ma bêche et de mon râteau. Je suis celui qui vais vers. » Car ceux-là ne vont nulle part. Et la mort ne leur sera point port pour navire.

Ceux-là dans la famine te diront : « Je ne mange point. Mon ventre se fatigue. Et d'entendre mes voisins eux-mêmes parler des fatigues de leur ventre, j'en ai l'âme aussi qui se fatigue. » Car ils ne connaissent point, de la souffrance, qu'elle est marche vers une guérison, ou arrachement d'avec les morts, ou signe d'une mue nécessaire, ou appel pathétique vers la solution d'un litige. Il n'est pour eux ni mue, ni solution, ni guérison promise, ni deuil. Mais le seul inconfort de l'instant qui est de souffrance. De même que, quand il est de joie, la maigre joie que tu puisses tirer de l'instant, comme de satisfaire tes appétits ou ton désir, est la seule que tu saches goûter, et non celle qui vaut pour l'homme, laquelle te vient de te reconnaître tout à coup comme chemin, véhicule et charroi pour le conducteur des conducteurs.

La signification de la caravane ne se lit point dans les pas monotones qui, l'un après l'autre, se ressemblent. Mais si tu tires sur la corde pour serrer tel nœud qui se dénoue, si tu exhortes les traînards, si tu prépares le campement nocturne, si tu verses à boire à tes bêtes, te voilà entré déjà dans les rites du cérémonial de l'amour, ni plus ni moins que, plus loin, de pénétrer sous la palmeraie, quand la couronne de l'oasis t'aura clos ton voyage, ni plus ni moins que de déambuler déjà dans la ville dont d'abord ne t'apparaî-tront que les murs bas des quartiers pauvres, cependant rayonnants déjà de ce qu'ils sont de la ville où règne ton dieu.

Car il n'est point de distance où ton dieu se fatigue de régner. Et d'abord tu le reconnais dans les silex et dans les ronces. Ils sont objets du culte et matériaux de son élévation. Ni plus ni moins que les marches de l'escalier qui mène à la chambre de l'épouse. Ni plus ni moins que les mots quelconques pour le poème. Ils sont ingrédients de ta magie, car, de suer contre ou de t'y écorcher les genoux, tu prépares l'apparition de la ville. Tu trouves déjà qu'ils lui ressemblent, à la façon dont le fruit ressemble au soleil, ou les empreintes dans la glaise à quelque mouvement du cœur du sculpteur qui l'aura pétrie. Tu connais déjà qu'au trentième jour tes silex livreront leur marbre, tes chardons leurs rosés, ton aridité ses fontaines. Comment te lasserais-tu de ta création puisque tu connais que, de pas en pas, tu construis ta ville ? Moi, j'ai toujours dit à mes chameliers, quand ils semblaient las, qu'ils bâtissaient une ville aux citernes bleues et qu'ils plantaient des mandariniers à mandarines, ni plus ni moins que des charrieurs de pierres ou des jardiniers. Je leur disais : « Vous faites des gestes de cérémonie. Vous commencez de réveiller la ville absente. A travers vos matériaux vous sculptez dans leur grâce les filles tendres. C'est pourquoi vos silex et vos ronces ont déjà parfum de chair bien-aimée. »

Mais les autres lisent l'usuel. Myopes et le nez contre, ils ne voient du navire que ce clou dans la planche. De la caravane dans le désert ils ne voient que ce pas et ce pas et ce pas. Et toute femme leur est prostituée, car ils se l'accordent comme cadeau et signification de l'instant, alors qu'il eût fallu l'atteindre par la voie des silex et des ronces, par l'approche des palmeraies, par le geste du doigt qui heurte doucement la porte. Lequel, quand on vient de si loin, est miracle pour réveil d'un mort.

Ah ! alors seulement elle te sera éclose et ranimée de la poussière du temps, extraite lentement de tes nuits solitaires, parfum qui vient de se délivrer, jeunesse du monde une fois encore pour toi-même recommencée. Et commencera pour vous l'amour. Ceux-là seuls ont reçu quelque récompense des gazelles qui les ont lentement apprivoisées.

J'ai haï leur intelligence qui n'était que de comptable. Et qui n'observait rien sinon le bilan misérable des choses épuisées dans l'instant. Si tu vas le long des remparts tu vois ainsi une pierre, une pierre, une autre pierre. Mais il en est qui ont le sens du temps. Ils ne se heurtent ni contre cette pierre-ci, ni contre cette autre. Ils ne regrettent point telle pierre, ni n'espèrent recevoir leur dû de telle pierre prochaine parmi d'autres. Ils font simplement le tour de la ville.

CLXXXVII

Je suis celui qui habite. Je vous prends nus sur la terre froide.

Ô peuple désolé, égaré dans la nuit, moisissure des craquelures de l'écorce qui retiennent encore un peu d'eau au versant des montagnes, vers le désert.

Je vous ai dit : « Voici Orion et la Grande Ourse et l'Étoile du Nord. Et vous avez reconnu vos étoiles, ainsi vous vous dites l'un à l'autre : voici la Grande Ourse, voici Orion et l'Étoile du Nord » et, de pouvoir vous dire : « J'ai fait sept jours de marche dans la direction de la Grande Ourse » et de vous comprendre l'un l'autre, voici que vous habitez quelque part.

Ainsi du palais de mon père. « Cours, me disait-on quand j'étais enfant, chercher des fruits dans le cellier… » et l'on m'en réveillait, rien qu'à prononcer ce mot, l'odeur. Et je partais vers la patrie des figues mûres.

Et si je te dis « l'Étoile du Nord », te voilà qui vires tout entier, en toi-même, comme orienté, et tu entends le cliquetis d'armes des tribus du Nord.

Et si j'ai choisi la table calcaire de l'Est pour la fête, et la saline du Sud pour les supplices — et si de ce lot de palmiers j'ai fait repos et aubergerie pour les caravanes — alors te voilà qui t'y reconnais dans ta maison.

Tu voulais réduire ce puits à son usage, lequel est de procurer l'eau. Mais l'eau n'est rien qui n'est d'absence d'eau. Et ce n'est point exister encore que de ne point mourir de soif.

Celui-là habitera mieux qui, faute d'eau, sèche dans le désert, et rêvant d'un puits qu'il connaît, dont il entend dans son délire grincer la poulie et craquer la corde, que celui-là qui, de ne point ressentir la soif, ignore simplement qu'il est des puits tendres, vers où conduisent les étoiles.

Je n'honore point ta soif de ce qu'elle enrichit ton eau d'une importance charnelle, mais de ce qu'elle t'oblige à lire les étoiles, et le vent, et les traces de ton ennemi sur le sable. C'est pourquoi essentiel il est que tu comprennes que caricature de la vie serait, pour t'animer, de te refuser le droit de boire car alors simplement j'exalterais ton ventre au désir de l'eau, mais qu'il importe simplement que je te soumette, si tu désires t'abreuver, au cérémonial de la marche sous les étoiles et de la manivelle rouillée qui est cantique, qui rend ainsi de ton acte signification de prière, afin que l'aliment pour ton ventre se fasse aliment pour ton cœur.

Tu n'es point bétail dans l'étable. Tu changes l'étable contre une autre, la mangeoire est la même, la même la litière de paille. Et le bétail ne s'y trouve ni mieux ni plus mal. Mais pour toi le repas, s'il est pour ton ventre, est aussi pour ton cœur. Et si tu meurs de faim et que l'ami t'ouvre sa porte et te pousse contre sa table et pour toi remplisse la jarre de lait et rompe le pain, c'est le sourire que tu bois, car le repas a vertu de cérémonial. Te voilà certes rassasié, mais s'épanouit aussi ta gratitude pour la bonne volonté des hommes.

Je veux que le pain soit de ton ami, et le lait de la maternité de ta tribu. Je veux que la farine d'orge soit de la fête des moissons. Et l'eau d'un chant de poulie ou d'une direction sous les étoiles.

Je l'ai remarqué de mes soldats dont j'aime qu'ils soient aimantés et vivants comme l'aiguille de fer sur les navires. Et ce n'est point pour les déposséder des biens du monde que je les préfère liés à l'épouse et d'une chasteté mesurée, car leur chair alors les tire vers elle et ils reconnaissent le nord du sud et l'est de l'ouest, et il est de même une étoile qui est direction bien-aimée.

Mais si la terre leur est comme un grand quartier réservé où l'on frappe à la porte de hasard pour éteindre en soi le goût de l'amour, si toutes leur sont complaisantes, de ne point distinguer de chemin et d'être installés sans direction sur l'écorce nue de la terre, ils n'habitent plus nulle part.

Ainsi mon père ayant rassasié, abreuvé et nourri de filles ses Berbères, en fit bétail désespéré.

Mais je suis celui qui habite, et tu ne toucheras ta femme qu'une fois tes noces célébrées, afin que ton lit soit victoire. Et, certes, il en est qui mourront d'amour faute de se pouvoir joindre, mais les morts pour l'amour seront ainsi condition de l'amour, et si de plaindre ceux qui s'aiment me voilà qui les favorise contre les digues et les remparts et le cérémonial qui fonde le visage de l'amour, ce n'est point l'amour que je leur accorde mais le droit d'oublier l'amour.

Non moins fou je serais que si, sous prétexte qu'il n'est point de l'espérance de tous de posséder un diamant, j'ordonnais que les diamants fussent tous jetés dans la fournaise, afin de sauver l'homme de la cruauté de son désir.

S'ils désirent une femme à aimer, me faut bien leur sauver l'amour.

Je suis celui qui habite. Je suis pôle aimanté. Je suis graine de l'arbre et ligne de force dans le silence afin que soient un tronc, des racines et des branches et tels fleur et fruit et non d'autres, tel empire et non un autre, tel amour et non un autre, non point par refus ni mépris des autres, mais parce que l'amour n'est point une essence trouvée comme objet parmi des objets, mais couronnement d'un cérémonial comme il en est de l'essence de l'arbre, lequel domine son essentielle diversité. Je suis la signification des matériaux. Je suis basilique et sens des pierres.

CLXXXVIII

N'est rien à espérer si te voilà aveugle à cette lumière qui n'est point des choses mais du sens des choses. Et je te retrouve devant ta porte :

« Que fais-tu là ? »

Et tu ne sais, et te plains de la vie.

« La vie ne m'apporte plus rien. Dort ma femme, repose mon âne, mûrit mon blé. Je ne suis rien qu'attente stupide et m'y ennuie. »

Enfant sans jeu qui ne sait plus lire à travers. Je m'assieds près de toi et t'enseigne. Tu baignes dans le temps perdu, et t'assiège l'angoisse de ne point devenir.

Car d'autres disent : « Il faut un but. » Ta nage est belle qui te crée un rivage lentement désenseveli de la mer. Et la poulie grinçante qui te crée l'eau à boire. Ainsi du blé doré qui est rivage du noir labour. Ainsi du sourire de l'enfant qui est rivage de l'amour domestique. Ainsi du vêtement au filigrane d'or lentement cousu pour la fête. Et que deviens-tu en toi-même si tu tournes la manivelle pour le seul bruit de la poulie, si tu couds le vêtement pour le vêtement, si tu fais l'amour pour l'amour ? Vite ils s'épuisent, car ils n'ont rien à te donner.

Mais je te l'ai dit de mon bagne où j'enferme ceux qui n'ont plus qualité d'homme. Et leur coup de pioche vaut pour la pioche. Et ils te donnent ce coup de pioche après ce coup de pioche. Et rien ne change de leur substance. Nage sans rivage et qui tourne en rond. Et il n'est point de création, ils ne sont point route et charroi vers quelque lumière. Mais, que soient le même soleil, la même route dure, la même sueur, mais que te soit donné d'extraire une fois l'an le diamant pur, et te voilà religieux dans ta lumière. Car ton coup de pioche a sens de diamant qui n'est point de la même nature. Et te voilà dans la paix de l'arbre et le sens de la vie, lequel est de t'élever d'étage en étage à la gloire de Dieu.

Tu laboures pour le blé et tu couds pour la fête et tu brises la gangue pour le diamant. Et ceux-là qui te semblent heureux que possèdent-ils de plus que toi sinon la connaissance du nœud divin qui noue les choses ?

Tu ne trouveras point la paix si tu ne transformes rien selon toi. Si tu ne te fais véhicule, voie et charroi. Alors seulement circule le sang dans l'empire. Mais tu te veux considéré et honoré pour toi-même. Et tu prétends arracher au monde quelque chose à saisir qui soit pour toi. Et tu ne trouveras rien car tu n'es rien. Et tu jettes tes objets en vrac dans la fosse à ordures.

Tu attendais l'apparition venue du dehors, comme un archange qui t'eût ressemblé. Et qu'eusses-tu tiré de sa visite plus que de celle du voisin ? Mais, d'avoir remarqué que ne sont point les mêmes tel qui marche vers l'enfant malade, tel qui marche vers la bien-aimée, tel qui marche vers la maison vide, bien que dans l'instant ils paraissent semblables, je me fais rendez-vous ou rivage, au travers des choses qui sont, et tout est changé. Je me fais blé au-delà du labour, homme au-delà de l'enfant, fontaine au-delà du désert, diamant au-delà de la sueur.

Je te contrains de bâtir en toi une maison.

La maison faite, vient l'habitant qui brûle ton cœur.

CLXXXIX

Mon peuple bien-aimé, me vint ce litige quand je me reposais sur la montagne qui me faisait comme un manteau de pierre. Incendie lent dont ne m'atteignaient plus que la fumée et la lumière. « Vers où vont-ils ? Où les dois-je conduire, Seigneur ? Si j'administre, ils se ressembleront à eux-mêmes. Je ne connais point de gestion, Seigneur, qui ne durcisse l'objet de sa gérance. Et que ferais-je d'une graine si elle ne va vers l'arbre ? Et que ferais-je d'un fleuve s'il ne va vers la mer ? Et d'un sourire, Seigneur, s'il ne va vers l'amour ?

« Mais de mon peuple ?

« Ah ! Seigneur, ils se sont aimés de génération en génération. Ils ont composé leurs poèmes. Ils se sont bâti des maisons, ils les ont habillées de leurs tapis de haute laine. Ils se sont perpétués. Ils ont élevé leurs petits et déposé les générations usées dans les corbeilles de Tes vendanges. Ils se sont rassemblés aux jours de fête. Ils ont prié. Ils ont chanté. Ils ont couru. Ils se sont reposés d'avoir couru. Il leur a poussé des cals dans les paumes. Leurs yeux ont vu, se sont émerveillés, puis se sont emplis de ténèbres. Ils se sont également haïs. Ils se sont divisés les uns d'avec les autres. Ils se sont déchirés. Ils ont lapidé les princes nés d'eux-mêmes. Puis ils ont pris leur place et se sont entre eux lapidés. Oh ! Seigneur, si semblables leurs haines, leurs condamnations, leurs supplices à une sourde et funèbre cérémonie. Oh ! Seigneur, ne m'en effrayant point, de mon altitude, semblable qu'elle était aux gémissements et aux craquements du navire. Ou à la douleur de l'enfantement. Seigneur, ainsi des arbres qui se poussent l'un l'autre, s'écrasent et s'étouffent à la poursuite du soleil. Cependant du soleil on peut dire qu'il tire le printemps du sol et se fait célébrer par les arbres. Et la forêt est composée des arbres, bien que tous y soient ennemis. Et le vent tire sa louange de cette harpe ! Ah ! Seigneur, myope et le nez contre, que connaîtrais-je d'eux dans leurs diversités ? Mais voici qu'ils reposent. Réservées pour la nuit les paroles mensongères, endormis les appétits et les calculs. Détendues les jalousies. Ah ! Seigneur, me voici promenant mon regard sur les travaux qu'ils ont laissés en friche, et confondu, comme au seuil de la vérité, par une signification qui ne m'est point déverrouillée encore, et qu'il importe que je dégage, afin qu'elle soit.

« Seigneur, de mon peintre, s'il peint, que savent les doigts, l'oreille ou la chevelure ? Ou la cheville ou la hanche ou le bras ? Rien. L'œuvre qui vient draine leurs mouvements et naît, ardente, de tant de souhaits contradictoires. Mais myope et le nez contre, nul ne connaît rien que mouvements incohérents, grattements du pinceau ou taches de couleur. Et que savent les cloutiers ou les scieurs de planches de la majesté du navire ? Ainsi de mon peuple si je le divise. Que connaît l'avare et l'opulent au ventre lourd, et le ministre, et le bourreau, et le berger ? Sans doute même, s'il en est un qui voit plus clair, c'est celui-là qui mène les bêtes à l'abreuvoir ou celle-là qui accouche ou cet autre qui meurt, non le savant, non le rabougri aux doigts d'encre, car ils ne connaissent point la lenteur. Et ils ne servent rien d'essentiel, alors que tel qui rabote sa planche la voit devenir et grandit.

« Endormies leurs passions étroites, je vois le patrimoine fondé par l'avare. Et tel qui ne vaut rien et pille pour soi les richesses d'autrui, ministre prévaricateur, il les déverse à son tour dans les mains de ceux qui cisèlent les objets d'ivoire et d'or. Et se cisèlent et se sculptent l'or et l'ivoire. Et tel qui condamne injustement fonde l'âpre amour de la vérité et de la justice. Et tel qui touche sur les matériaux du temple s'efforce plus fort de dresser ce temple.

« J'ai vu s'élever des temples au mépris de l'usuel, à travers les convoitises d'hommes. J'ai vu les esclaves charrier les pierres, fouettés par des gardes-chiourme de bagne. J'ai vu le chef d'équipe voler sur les salaires. Ah !

Seigneur, myope et le nez contre, je n'ai rien vu jamais que lâcheté, sottise et lucre. Mais de la montagne où je m'assieds, voici que j'aperçois l'ascension d'un temple dans la lumière. »

CXC

Me vint la connaissance de ce que point ne sont de la même essence l'acceptation du risque de mort et l'acceptation de la mort. Et j'ai connu des jeunes gens qui superbement défiaient la mort. Et c'est en général qu'il était des femmes pour les applaudir. Tu reviens de la guerre et te plaît le cantique que te chantent leurs yeux. Et tu acceptes l'épreuve du fer où tu mets en jeu ta virilité, car cela seul existe que tu offres et risques de perdre. Et le savent bien les joueurs qui hasardent leur fortune aux dés, car rien de leur fortune ne les sert dans l'instant mais voici qu'elle devient caution d'un dé et toute pathétique dans la main, et tu lances sur la table grossière tes cubes d'or qui deviennent déroulement des plaines, des pâturages et des moissons de ton domaine.

L'homme donc revient déambulant dans la lumière de sa victoire, l'épaule lourde du poids des armes qu'il a conquises, et peut-être même fleuries de sang. Et voici qu'il rayonne pour un temps seulement, peut-être, mais pour un temps. Car tu ne peux vivre de ta victoire.

Donc l'acceptation du risque de mort, c'est l'acceptadon de la vie. Et l'amour du danger, c'est l'amour de la vie. De même que ta victoire, c'était ton risque de défaite surmonté par ta création, et tu n'as jamais vu l'homme, régnant sans risque sur les animaux domestiques, se prévaloir d'être vainqueur.

Mais j'exige plus de toi, si je te veux soldat fertile pour l'empire. Bien qu'il soit ici un seuil difficile à franchir, car une chose est d'accepter le risque de mort, autre chose d'accepter la mort.

Je te veux d'un arbre et soumis à l'arbre. Je veux que ton orgueil loge dans l'arbre. Et ta vie, afin qu'elle prenne un sens.

L'acceptation du risque n'est cadeau qu'à toi-même. Tu aimes respirer pleinement et dominer les filles par ton éclat. Et cette acceptation du risque, tu as besoin de la raconter, elle est marchandise pour échange. Ainsi vantards mes caporaux. Mais ils n'honorent encore qu'eux-mêmes.

Autre chose de perdre ta fortune aux dés pour l'avoir voulu ressentir et bloquer toute dans ta main, pour avoir voulu la sentir dans ta main, concrète et substantielle, et toute présente dans l'instant même, avec son poids de chaumes et d'épis engrangés, et de bêtes dans leurs pâturages, et de villages aux respirations de fumée légère qui sont signe de la vie de l'homme, et autre chose tes mêmes granges, tes mêmes bêtes, tes mêmes villages, de t'en dépouiller pour vivre plus loin. Autre chose d'aiguiser ta fortune et de la faire brûlante dans l'instant du risque, et de la renoncer, comme tel qui se dépouille un à un de ses vêtements, et dédaigneusement se décortique de ses sandales sur la plage, afin d'épouser, nu, la mer. Te faut mourir pour épouser.

Te faut survivre à la façon des vieilles qui s'usent les yeux à la couture des draps d'église dont elles habillent leur Dieu. Elles se font vêtement d'un Dieu. Et la tige de lin, par le miracle de leurs doigts, se fait prière.

Car tu n'es que voie et passage et ne peux réellement vivre que de ce que tu transformes. L'arbre, la terre en branches. L'abeille, la fleur en miel. Et ton labour, la terre noire en incendie de blé.

M'importe donc d'abord que ton Dieu te soit plus réel que le pain où tu plantes les dents. Alors t'enivrera jusqu'à ton sacrifice, lequel sera mariage dans l'amour.

Mais tu as tout détruit et tout dilapidé, ayant perdu le sens de la fête, et croyant t'enrichir de distribuer tes provisions au jour le jour. Car tu te trompes sur le sens du temps. Sont venus tes historiens, tes logiciens et tes critiques. Ont considéré les matériaux et, de ne rien lire au travers, t'ont conseillé d'en jouir. Et tu as refusé le jeûne qui était condition du repas de fête. Tu as refusé l'amputation de la part de blé qui, d'être brûlé pour la fête, créait la lumière du blé.

Et tu ne conçois plus qu'il soit un instant qui vaille la vie, aveuglé que tu es par ta misérable arithmétique.

CXCI

Me vint donc de méditer sur l'acceptation de la mort. Car logiciens, historiens et critiques ont célébré pour eux-mêmes les matériaux qui servent à tes basiliques (et tu as cru qu'il s'agissait d'eux, alors qu'une anse d'aiguière d'argent, si la courbe s'en montre heureuse, vaut plus que l'aiguière d'or tout entière et te caresse mieux l'esprit et le cœur). Voici donc que, mal éclairé dans la direction de tes désirs, tu imagines tirer ton bonheur de la possession et t'essoufles à empiler en tas les pierres qui eussent été ailleurs pierres de basilique, et dont tu fais la condition de ton bonheur. Alors que d'une seule pierre tel autre se réchauffe l'esprit et le cœur s'il y taille le visage de son dieu.

Tu es semblable au joueur qui, d'ignorer le jeu des échecs, cherche son plaisir dans l'empilage de pièces d'or et d'ivoire, et n'y trouve que l'ennui, alors que l'autre, que la divinité des règles a réveillé au jeu subtil, fera sa lumière de simples copeaux d'un bois grossier. Car l'envie de tout dénombrer te fait t'attacher aux matériaux et non au visage qu'ils composent et qu'il importe d'abord de reconnaître. C'est pourquoi il s'ensuit nécessairement que tu tiennes d'abord à la vie comme à l'empilage des jours, alors que si le temple est pur de lignes, tu serais bien fou de regretter qu'il n'ait pas assemblé plus de pierres.

Ne me décompte donc pas, pour m'éblouir, le nombre des pierres de ta maison, des pâturages de ton domaine, des bêtes de tes troupeaux, des bijoux de ta femme, ni même des souvenirs de tes amours. Peu m'importe. Je veux connaître la qualité de la maison bâtie, la ferveur de la religion de ton domaine, et si le repas s'y déroule joyeux au soir du travail accompli. Et quel amour tu as construit, et contre quoi, de plus durable que toi-même, s'est échangée ton existence. Je te veux devenu. Je te veux lire à ta création, non aux matériaux inemployés dont tu fais ta vaine gloire.

Mais tu me viens avec ce litige sur l'instinct. Car il te pousse à fuir la mort et tu as observé de tout animal qu'il cherche à vivre. « La vocation de survivre, me diras-tu, domine toute vocation. Le présent de la vie est inestimable et je me dois d'en sauver en moi la lumière. » Et tu combattras avec héroïsme pour te sauver, certes. Tu montreras le courage du siège, ou de la conquête, ou du pillage. Tu t'enivreras de l'ivresse du fort qui accepte de tout jeter dans la balance afin de mesurer qu'il pèse. Mais tu n'iras point mourir en silence dans le secret du don consenti.

Cependant je te montrerai le père qui vient de plonger dans la vocation du gouffre, à cause que son fils s'y débat et que son visage apparaît encore par intervalles, de plus en plus pâle, comme de l'apparition de la lune dans les déchirures du nuage. Et je te dirai : « Le père, donc, n'est pas dominé par l'instinct de vivre…

— Oui, diras-tu. Mais l'instinct va plus loin. Il vaut pour le père et le fils. Il vaut pour la garnison qui délègue ses membres. Le père est lié au fils… »

Et plus souhaitable, et complexe, et lourde de mots est ta réponse. Mais je te dirai encore pour t'instruire :

« Certes, il est un instinct vers la vie. Mais il n'est qu'un aspect d'un instinct plus fort. L'instinct essentiel est l'instinct de la permanence. Et celui-là qui a été bâti vivant de chair, cherche sa permanence dans la permanence de sa chair. Et celui-là qui a été bâti dans l'amour de l'enfant, cherche sa permanence dans le sauvetage de l'enfant. Et celui-là qui a été bâti dans l'amour de Dieu cherche sa permanence dans son ascension en Dieu. Tu ne cherches point ce que tu ignores, tu cherches à sauver les conditions de ta grandeur dans la mesure où tu la sens. De ton amour dans la mesure où tu éprouves l'amour. Et je puis t'échanger ta vie contre plus haut qu'elle, sans que rien te soit enlevé. »

CXCII

Car tu n'as rien deviné de la joie si tu crois que l'arbre lui-même vit pour l'arbre qu'il est, enfermé dans sa gaine. Il est source de graines ailées et se transforme et s'embellit de génération en génération. Il marche, non à ta façon, mais comme un incendie au gré des vents. Tu plantes un cèdre sur la montagne et voilà ta forêt qui lentement, au long des siècles, déambule.

Que croirait l'arbre de soi-même ? Il se croirait racines, tronc et feuillages. Il croirait se servir en plantant ses racines, mais il n'est que voie et passage. La terre à travers lui se marie au miel du soleil, pousse des bourgeons, ouvre des fleurs, compose des graines, et la graine emporte la vie, comme un feu préparé mais invisible encore.

Si je sème au vent j'incendie la terre. Mais tu regardes au ralenti. Tu vois ce feuillage immobile, ce poids de branches bien installées, et tu crois l'arbre sédentaire, vivant de soi, muré en soi. Myope et le nez contre, tu vois de travers. Te suffit de te reculer et d'accélérer le pendule des jours, pour voir de ta graine jaillir la flamme et de la flamme d'autres flammes et marcher ainsi l'incendie se dévêtant de ses dépouilles de bois consumé, car la forêt brûle en silence. Et tu ne vois plus cet arbre-ci ni l'autre. Et tu comprends bien, des racines, qu'elles ne servaient ni l'un ni l'autre, mais ce feu dévorant en même temps que constructeur, et la masse de feuillage sombre qui habille ta montagne n'est plus que terre fécondée par le soleil. Et s'installent les lièvres dans la clairière, et dans les branches les oiseaux. Et tu ne sais plus, de tes racines, dire qui d'abord elles servent. Il n'est plus qu'étapes et passages. Et pourquoi voudrais-tu croire de l'arbre ce que tu ne crois point de la semence ? Tu ne dis point : « La semence vit pour soi. Elle est accomplie. La tige vit pour soi. Elle est accomplie. La fleur en quoi elle se change vit pour soi, elle est accomplie. La semence qu'elle a composée vit pour soi, elle est accomplie. » Et de même une fois encore du germe neuf qui pousse sa tige têtue entre les pierres. Quelle étape me vas-tu choisir pour la faire aboutissement ? Moi, je ne connais rien qu'ascension de la terre dans le soleil.

Ainsi de l'homme et de mon peuple dont j'ignore où il va. Closes sont les granges et murées les demeures quand vient la nuit. Dorment les enfants, dorment les vieilles et les vieux, que saurais-je dire de leur chemin ?

Si difficile à démêler, si imparfaitement précisé par la démarche d'une saison, laquelle n'ajoute qu'une ride à la vieille, laquelle n'ajoute que quelques mots au langage de l'enfant, laquelle à peine change le sourire. Laquelle ne change rien de la perfection ni de l'imperfection de l'homme. Et cependant, mon peuple, je te vois, si j'embrasse des générations, t'éveiller à toi-même et te reconnaître.

Mais certes nul ne pense hors de soi. Et cela est bien ainsi. Importe que le ciseleur cisèle l'argent sans se distraire. Que le géomètre songe géométrie. Que le roi règne. Car ils sont condition de la marche. De même que les forgeurs de clous chantent les cantiques des forgeurs de clous, et les scieurs de planches, les cantiques des scieurs de planches, bien qu'ils président à la naissance du navire. Mais salutaire leur est la connaissance du voilier par le poème. N'en aimeront pas moins leurs planches et leurs clous, bien au contraire, ceux qui auront ainsi compris qu'ils se retrouvent et s'achèvent dans ce long cygne ailé et nourri des vents de la mer.

Ainsi, bien que ton but ne t'épargne point, du fait même de sa grandeur, de balayer une fois de plus ta chambre au petit jour, ou de semer cette poignée d'orge après tant d'autres, ou de refaire tel geste de travail, ou d'instruire ton fils d'un mot de plus ou d'une prière — de même que la connaissance du voilier te doit faire chérir et non dédaigner tes planches et tes clous — ainsi je te veux connaissant avec certitude qu'il ne s'agit ni de ton repas, ni de ta prière, ni de ton labour, ni de ton enfant, ni de ta fête auprès des tiens, ni de l'objet dont tu honores ta maison, car ils ne sont que condition, voie et passage. Sachant que, de t'en avertir, loin de te les faire mépriser je te les ferai honorer mieux les uns et les autres, de même que le chemin et ses détours, et l'odeur de ses églantiers et ses sillons et ses pentes au fil des collines, tu l'en chériras et connaîtras mieux s'il est, non méandre stérile où tu t'ennuies, mais route vers la mer.

Et je ne te permets point de dire : « A quoi me sert ce balayage, ce fardeau à traîner, cet enfant à nourrir, ce livre à connaître ? » Car s'il est bon que tu t'endormes, rêves de soupe et non d'empire, à la façon des sentinelles, il est bon que tu te tiennes prêt pour la visite, laquelle ne s'annonce point, mais fait pour un instant ta clarté d'œil et d'oreille, et change ton balayage triste en service d'un culte qu'il n'est point de mots pour contenir.

Ainsi chaque battement de ton cœur, chaque souffrance, chaque désir, chaque mélancolie du soir, chaque repas, chaque effort de travail, chaque sourire, chaque lassitude au fil des jours, chaque réveil, chaque douceur de t'endormir, ont sens du dieu qui se lit au travers.

Vous ne trouverez rien si vous vous changez en sédentaires, croyant être provision faite, vous-même, parmi vos provisions. Car il n'est point de provision et, qui cesse de croître, meurt.

CXCIII

Car te ruine ton égalité. Tu dis : « Que l'on partage cette perle entre tous. Chacun des plongeurs l'eût pu trouver. »

Et la mer n'est plus merveilleuse, source de joie et miracle de la destinée. Et la plongée de tel ou tel n'est plus cérémonial d'un miracle et merveilleuse comme une aventure de légende, à cause de telle perle noire trouvée l'autre année par un autre.

Car de même que je te désire économisant toute l'année et te réduisant et te privant afin d'épargner pour la fête unique dont le sens ne loge point dans l'état de fête, car la fête n'est que d'une seconde — la fête est éclosion, victoire, visite du prince — mais dont le sens est de parfumer toute ton année du goût de souhait et du souvenir de la récompense, car n'est beau le chemin que s'il va vers la mer — et tu prépares le nid en vue de l'éclosion qui n'est point de l'essence du nid, et tu peines au combat en vue d'une victoire qui n'est point de l'essence du combat, et tu prépares, l'an durant, ta maison pour le prince — de même je te désire n'égalisant pas de l'un en l'autre au nom d'une vaine justice, car tu ne feras point égaux tel qui est vieux et tel qui est jeune, et ton égalité toujours sera bancale. Et ton partage de la perle ne donnera rien à aucun, mais je te veux te dépouillant de ta maigre part afin que celui-là qui trouvera la perle entière revienne chez toi tout rayonnant de son sourire et, car sa femme l'interroge, disant « Devine ! » et laissant bien voir son poing fermé, car il veut agacer la curiosité et se réjouir en soi du bonheur qu'il a le pouvoir de répandre rien qu'en ouvrant les doigts...

Et tous sont enrichis. Car il est preuve que la fouille de la mer est autre chose qu'un simple labeur de misère. Ainsi les récits d'amour que te chantent mes conteurs t'enseignent le goût de l'amour. Et la beauté qu'ils célèbrent embellit toutes les femmes. Car s'il en est une qui vaut que l'on meure pour la douceur de sa capture, c'est l'amour qui vaut que l'on meure, à travers elle, et toute femme en est enchantée et embellie, car chacune, peut-être, cache dans son secret le trésor particulier d'une perle merveilleuse, comme la mer.

Et tu n'approcheras plus l'une d'elles sans que te batte un peu le cœur, comme les plongeurs du golfe de Corail, lorsqu'ils épousent la mer.

Tu es injuste pour les jours ordinaires quand tu prépares la fête, mais la fête à venir embaume les jours ordinaires, et tu es plus riche de ce qu'elle soit. Tu es injuste envers toi-même si tu ne partages pas la perle du voisin, mais la perle qui lui échoit illuminera tes plongées futures, de même que la fontaine dont je parlais, laquelle coule au cœur de l'oasis lointaine, enchante le désert.

Ah ! ta justice exige que les jours ressemblent aux jours et que les hommes ressemblent aux hommes. Si ta femme crie tu la peux répudier afin d'élire l'autre qui ne crie pas. Car tu es armoire pour cadeau et tu n'as pas reçu le tien. Mais je désire perpétuer l'amour. Il n'est d'amour que là où le choix est irrévocable car il importe d'être limité pour devenir. Et le plaisir de l'embuscade et de la chasse et de la capture est autre que de l'amour. Car ta signification, alors, est de chasseur. Celle de la femme, d'être l'objet de ta capture. C'est pourquoi une fois capturée elle ne vaut plus rien puisqu'elle a servi. Qu'importe au poète le poème écrit ? Sa signification est de créer plus loin. Mais si j'ai refermé la porte sur le couple de ta maison, faut bien que tu ailles plus loin qu'elle. Ta signification est d'époux. Et celui de la femme est d'épouse. J'ai rempli le mot d'un sens plus lourd et tu dis « Mon épouse... » avec le sérieux du cœur. Mais tu découvres d'autres joies. Et d'autres souffrances certes. Mais elles sont condition de tes joies. Tu peux mourir pour celle-là puisqu'elle est de toi comme tu es d'elle. Tu ne meurs point pour ta capture. Et ta fidélité est fidélité de croyant et non de chasseur fatigué. Laquelle fidélité est autre et répand l'ennui, non la lumière.

Et certes, il est des plongeurs qui ne trouveront point la perle. Il est des hommes qui ne trouveront qu'amertume dans le lit qu'ils auront choisi. Mais la misère des premiers est condition du rayonnement de la mer. Lequel vaut pour tous et pour ceux aussi qui n'ont rien trouvé. Et la misère des seconds est condition du rayonnement de l'amour, lequel vaut pour tous, et pour ceux aussi qui sont malheureux. Car le souhait, le regret, la mélancolie vers l'amour vaut mieux que la paix d'un bétail auquel l'amour est étranger. De même que, du fond du désert où tu peines dans la soif et les ronces, tu préfères le regret à l'oubli des fontaines.

Car là est le mystère qu'il m'a été donné d'entendre. De même que tu fondes ce dont tu t'occupes, que tu luttes pour, ou contre — et c'est pourquoi tu combats mal si tu combats par simple haine du dieu de ton ennemi et qu'il te faut, pour accepter la mort, combattre d'abord pour l'amour du tien — de même tu es éclairé, allaité et augmenté par cela même que tu regrettes, désires, ou pleures, tout autant que par ta capture. Et la mère au visage craquelé en qui le deuil, en prenant son sens, s'est fait sourire, vit du souvenir de l'enfant mort.

Si je te ruine les conditions de l'amour pour t'autoriser à n'en point souffrir, que t'aurai-je apporté ? Un désert sans fontaine est-il plus doux à ceux qui ont perdu la piste et meurent de soif ?

Et moi je dis que la fontaine, si elle a bien été chantée et bâtie dans ton cœur, te verse, une fois que te voilà marié au sable et prêt de te dévêtir de ton écorce, une eau tranquille qui n'est point des choses mais du sens des choses, et je saurai encore te tirer un sourire en te disant la douceur du chant des fontaines.

Comment ne me suivrais-tu point ? Je suis ta signification. D'un regret, j'enchante ton sable. Je t'ouvre l'amour. D'un parfum je fais un empire.

CXCIV

Je te veux dessiller les yeux car tu te trompes sur le cérémonial. Tu le crois arrangement gratuit ou enjolivement supplémentaire. Celui-là qui éprouve l'amour tu le juges brimé par les règles comme venant d'un dieu un peu fantasque et qui ne les édicterait que pour, au mieux, te favoriser ici en rognant là, comme il en serait d'une vie éternelle qui exigerait d'amputer sur le sentiment, alors que les règles te font être celui-ci ou celui-là et te fondent du même coup qu'elles te briment, car tu rencontres ces limites lorsque tu es, et l'arbre est dessiné selon les lignes de force de sa graine. Mais je te l'ai dit de l'image quand elle est belle. Elle est point de vue et goût des choses. Et de tel point de vue tu penses autrement sur le repas, sur le repos, sur la prière, sur le jeu et sur l'amour. Je ne connais point de compartiment car tu n'es point somme de morceaux, mais un qui domine, et non divisible. Et de ce visage de pierre qu'a sculpté mon sculpteur, si je change le nez, me faut aussi changer l'oreille ou, plus exactement, j'en ai changé tout le pouvoir et l'action aussi de l'oreille. Donc, si je t'impose une fois l'an de te prosterner face au désert pour y honorer l'oasis chantante qu'il cache dans ses plis, tu retrouveras son mystère dans la femme, ou dans le travail, ou dans la maison. Ainsi, de te donner un ciel d'étoiles je t'ai changé dans tes relations avec l'esclave, avec le roi, avec la mort. Tu es racine mère du feuillage et, si je te change dans la racine, change ton feuillage. Et je n'ai point vu d'hommes transformés par des arguments de logiciens, je ne les ai point vus se convertir en profondeur sous l'emphase du prophète bigle. Mais, de m'être adressé en eux à l'essence, par le jeu d'un cérémonial, je les ai ouverts à ma lumière.

Tu réclames l'amour contre les règles qui l'interdisent. Et ces règles-là ont fondé l'amour. Et la mélancolie de ne point éprouver l'amour, laquelle mélancolie tu dois aux règles, voilà déjà l'amour.

Le désir d'amour c'est l'amour. Car tu ne saurais désirer ce qui ne t'est point encore conçu. Et là où les frères ne sont point chéris, faute de structure ou de coutume qui donnent un sens au rôle de frère (et comment aimerais-tu à cause d'une simple promiscuité de table ?). Je n'ai point observé que personne regrettât de ne point mieux aimer son frère. Tu regrettes l'amour conçu et la femme qui s'en va, mais nulle passante indifférente ne t'incite à dire avec désespoir : « Je serais heureux si je l'aimais… »

Quand tu pleures l'amour c'est qu'est né l'amour. Et certes les règles te font voir, si elles fondent l'amour, que tu pleures l'amour et tu crois que l'amour te pourrait exalter hors des règles, alors que simplement fondant l'amour, elles t'offrent ses joies et ses supplices, de même que l'existence d'une fontaine de palmeraie te fait cruel le sable aride et que certes l'absence de fontaine est sœur pour toi de l'existence des fontaines. Car tu ne pleures point ce que tu ne sais concevoir. Bâtissant des fontaines je bâtis aussi leur absence. Et t'offrant des diamants je fonde la pauvreté en diamants. Et la perle noire des mers, récoltée une fois l'an, fonde tes plongées inutiles. Et le don de la perle noire te paraît viol, et rapt et injustice, et tu la détruis de la diviser dans son pouvoir. Alors qu'il n'était besoin que de comprendre car tu es plus riche de ce qu'elle soit, même pour autrui, que du vide uniforme des mers.

Ils ont fondé leur misère en souhaitant l'égalité du râtelier dans leur étable. Et qu'on les serve. Et si d'eux tu honores la foule tu fondes la foule en eux. Mais si en chacun tu honores l'homme, tu fondes l'homme, et les voilà sur le chemin des dieux.

Me tourmente qu'ils aient renversé leur vérité, de s'être faits aveugles à l'évidence, laquelle est que la condition de la naissance du navire, donc la mer, brime le navire, et que la condition de l'amour brime l'amour et que la condition de ton ascension brime ton ascension. Car il n'est point d'ascension sans pesanteur.

Mais ceux-là disent « Notre ascension est brimée !... » Ils te détruisent ses entraves et leur espace n'a plus de pente. Et les voilà cohue de foire, ayant ruiné le palais de mon père où tous les pas avaient un sens.

C'est pourquoi tu les entends qui s'interrogent sur les aliments spirituels qu'il convient de fournir aux hommes afin de vivifier leur esprit et d'ennoblir leur cœur. Ils t'ont répandu les hommes en vrac, les nourrissant au râtelier, les ont changés en bétail sédentaire, et, comme ils ont déjà agi par amour de l'homme, pour le délivrer dans sa noblesse et sa clarté et sa grandeur, bien leur est nécessaire désormais de s'effrayer de ce que s'épaississent l'esprit et le cœur. Mais de ta cohue que feront-ils ? Leur chanteront des chants de galères pour les émouvoir, réveilleront en eux de faibles fantômes qui ont oublié les galères, mais courbent encore vaguement l'épaule par peur des coups. Ainsi, vaguement, tu transportes en eux les mots du poème. Mais son pouvoir ira s'amenuisant. Ils écouteront bientôt le chant des galères sans en ressentir les coups oubliés, et la paix de l'étable n'en sera plus troublée car tu as vidé de pouvoir la mer. Alors te viendra, face à ceux qui rumineront leur mangeaille, l'angoisse sur le sens de la vie et le mystère des exaltations de l'esprit, lequel sera mort. Et tu chercheras ton objet perdu comme s'il était objet parmi d'autres. Et tu inventeras quelque chant de la nourriture, lequel s'époumonera à répéter : « Je mange... » sans rien ajouter au goût du pain. Ne comprenant point qu'il ne s'agit point d'un objet à distinguer parmi d'autres objets, ni à célébrer parmi d'autres, car ne se cache point quelque part dans l'arbre l'essence de l'arbre, et qui veut peindre la seule essence ne peindra rien.

Point n'est surprenant que tu t'épuises dans la recherche d'une culture du sédentaire car il n'en est point.

« Faire don de la culture, disait mon père, c'est faire don de la soif. Le reste viendra de soi-même. » Mais tu ravitailles en breuvage de confection des ventres repus.

L'amour est appel vers l'amour. Ainsi de la culture. Elle réside dans la soif même. Mais comment cultiver la soif ?

Tu ne réclames que les conditions de ta permanence. Celui-là qu'a fondé l'alcool réclame l'alcool. Non que l'alcool lui soit profitable, car il en meurt. Celui-là qu'a fondé ta civilisation réclame ta civilisation. Il n'est d'instinct que de la permanence. Cet instinct domine l'instinct de vivre.

Car j'en ai vu beaucoup qui préféraient la mort à la vie laissée hors de leur village. Et tu l'as vu des gazelles mêmes ou des oiseaux, lesquels, si tu les captures, se laissent mourir.

Et si l'on t'arrache à ta femme, à tes enfants, à tes coutumes ou que l'on éteigne dans le monde la lumière dont tu vivais — car même du creux d'un monastère elle rayonne — alors il se peut que tu en meures.

Si alors je te veux sauver de la mort suffit que je t'invente un empire spirituel où ta bien-aimée est comme en réserve pour t'acccueillir. Alors te voilà continuant de vivre car ta patience est infinie. La maison dont tu es te sert dans ton désert, quoique lointaine. La bien-aimée te sert quoique lointaine et quoique endormie.

Mais tu ne supportes point qu'un nœud se défasse, répandant ses objets en vrac. Et tu meurs si meurent tes dieux. Car tu en vis. Et de cela seul dont tu peux mourir tu peux vivre.

Si je t'éveille à quelque sentiment pathétique tu le transporteras de génération en génération. Tu enseigneras tes enfants à lire ce visage au travers des choses, comme le domaine à travers les matériaux du domaine, lequel est seul à aimer.

Car tu ne mourrais point pour les matériaux. Ce sont eux qui se doivent, non à toi car tu n'es que voie et passage, mais au domaine. Et tu les lui soumets. Mais si un domaine est devenu, alors tu mourras pour sauver son intégrité.

Tu mourras pour le sens du livre, non pour l'encre ni le papier.

Car tu es nœud de relations et ton identité ne repose point sur ce visage, cette chair, cette propriété, ce sourire, mais sur telle construction qui, à travers toi, s'est bâtie, mais sur tel visage apparu qui est de toi et qui te fonde. Son unité se lie à travers toi, mais en retour tu es de lui.

Rarement tu peux en parler. il n'est point de mots pour le transporter à autrui. Ainsi de ta bien-aimée. Si tu me dis son nom, ces syllabes n'ont point pouvoir de transporter en moi l'amour. Me faut me la montrer. Ce qui est de l'empire des actes. Non des paroles.

Mais tu connais le cèdre. Et si je dis « un cèdre » je transporte en toi sa majesté. Car on t'a éveillé au cèdre, lequel est, en plus du tronc, des branches, des racines et du feuillage.

Je ne connais d'autre moyen pour fonder l'amour que de te faire sacrifier à l'amour. Mais eux reçoivent leur mangeaille sur leur litière, quels sont leurs dieux ?

Tu prétends me les augmenter en les engraissant de présents, mais ils en meurent. Tu ne peux vivre que de cela que tu transformes, et dont un peu chaque jour, puisque tu t'échanges contre, tu meurs.

Le savent bien mes vieilles qui s'usent les yeux aux jeux d'aiguille. Tu leur dis de sauver leurs yeux. Et leurs yeux ne leur servent plus. Tu as ruiné leur échange.

Mais eux contre quoi s'échangent-ils, ceux que tu prétends rassasier ?

Tu peux fonder la soif de la possession, mais la possession n'est point échange. Tu peux fonder la soif de l'empilage des étoffes brodées. Mais tu ne fondes que l'âme d'entrepôt. Comment fonderas-tu la soif d'user les yeux aux jeux d'aiguille ? Car celle-là seule est soif de véritable vie.

Moi, dans le silence de mon amour, j'ai bien observé mes jardiniers et mes fileuses de laine. J'ai remarqué qu'il leur était donné peu de chose, et beaucoup demandé.

Comme si reposait sur eux, comme sur elles, le sort du monde.

Chaque sentinelle je la veux responsable de tout l'empire. Et celui-là, de même, contre les chenilles, au seuil du jardin. Et l'autre qui coud la chasuble d'or ne répand peut-être qu'une faible lumière, mais elle fleurit son Dieu et c'est un Dieu mieux fleuri que la veille qui rayonne sur elle à son tour.

Je ne sais point ce que signifie élever l'homme s'il ne s'agit point de l'enseigner à lire des visages au travers des choses. Je perpétue les dieux. Ainsi du plaisir du jeu des échecs. Je le sauve en sauvant les règles mais tu leur veux fournir des esclaves qui leur gagnent leurs parties d'échecs.

Tu veux faire cadeau des lettres d'amour, ayant observé de certains qu'ils pleuraient s'ils en recevaient, et tu t'étonnes de ne point leur tirer de larmes.

Ne te suffit point de donner. Eût fallu bâtir celui qui reçoit. Pour le plaisir d'échecs eût fallu bâtir le joueur. Pour l'amour eût fallu bâtir la soif d'amour. Ainsi l'autel d'abord pour recevoir le dieu. Moi j'ai bâti l'empire dans le cœur de mes sentinelles en les contraignant à faire les cent pas sur les remparts.

CXCV

Un poème parfait qui résiderait dans les actes et sollicitant tout, jusqu'à tes muscles, de toi-même. Tel est mon cérémonial.

Faibles échos, ébauches de mouvement, que je noue en toi par les mots doués de pouvoir. J'invente le jeu des galères. Tu y veux bien entrer et courber un peu les épaules.

Mais les règles, mais les rites, mais les obligations, et la construction du temple, mais le cérémonial des jours, certes voilà une autre action.

L'écriture a été de t'y convertir en te faisant faiblement te connaître ainsi devenu, et espérer.

Et certes, de même que tu peux me lire distrait et ne point ressentir, tu peux subir le cérémonial sans grandir. Et ton avarice peut loger à l'aise dans la générosité du rituel.

Mais je ne prétends pas te régir pour chaque heure, de même que je ne prétends pas, de ma sentinelle, qu'elle soit dans chaque heure fervente à l'empire. Me suffit qu'une, parmi d'autres, le soit. Et, de celle-là, je ne prétends pas qu'elle soit fervente dans chaque instant mais que, si elle rêve d'ordinaire de l'heure de la soupe, lui vienne, comme éclair, l'illumination de la sentinelle, sachant trop bien que l'esprit dort et ne sait voir en permanence, sinon ce feu brûlerait les yeux, mais que la mer a sens de la perle noire autrefois trouvée, l'année sens de la fête unique, et la vie sens de l'accomplissement dans la mort.

Et peu m'importe que mon cérémonial me prenne un sens abâtardi chez les bâtards de cœur. J'ai observé, au cours de mes conquêtes, les tribus noires et le sorcier qui les conviait, par appétit sordide, d'engraisser de leurs présents quelque bâton de bois peint en vert.

Que m'importe que le sorcier mésestime son rôle ! Le pouce du sculpteur crée la vie.

CXCVI

L'autre qui exige la reconnaissance : il a fait pour eux ceci ou cela... mais il n'est point non plus de don récolté et provision faite. Ton don est circulation de l'un en l'autre : Si tu ne donnes plus, tu n'as rien donné. Tu me diras : « J'ai été méritoire hier et j'en garde le bénéfice. » Et je répondrai : « Non ! Tu serais mort ayant ce mérite si tu étais mort hier, certes, mais tu n'es pas mort hier. Compte seul ce que tu es devenu à l'heure de la mort. Du généreux que tu étais hier, tu as tiré de toi ce ladre d'aujourd'hui. Celui qui mourra sera ladrerie. »

Tu es racine d'un arbre qui vit de toi. Tu es lié à l'arbre. Il est devenu ton devoir. Mais la racine dit : « J'ai trop expédié de sève ! » L'arbre alors meurt La racine se peut-elle flatter d'avoir droit à la reconnais sance du mort ?

La sentinelle, si elle se lasse de surveiller l'horizon et qu'elle s'endorme, la ville meurt. Il n'est point de provision de rondes déjà accomplies. Il n'est point de provision de battements réservés quelque part par ton cœur. Ton grenier lui-même n'est point provision. Il est escale. Et tu laboures la terre dans le même temps que tu le pilles. Mais tu te trompes en toutes choses. Tu t'imagines te reposer de la création par l'empilage des objets créés dans le musée. Tu y empiles ton peuple lui-même. Mais il n'est point d'objets. Il est des sens divers de ce même objet dans divers langages. N'est point la même, la perle noire, pour le plongeur, la courtisane ou le marchand. Le diamant vaut quand tu l'extrais, quand tu le vends, quand tu le donnes, quand tu le perds, quand tu le retrouves, quand il pare un front pour une fête. Je ne sais rien du diamant usuel. Le diamant de tous les jours n'est que caillou vide. Et le savent bien celles qui le détiennent. Elles l'enferment dans le coffre le plus secret afin qu'il y dorme. Elles ne l'en tirent que le jour de l'anniversaire du roi. Il devient alors mouvement d'orgueil. Elles l'ont reçu au soir du mariage. Il était mouvement d'amour. Il a été une fois miracle pour qui a rompu sa gangue.

Les fleurs valent pour les yeux. Mais les plus belles sont celles dont j'ai fleuri la mer pour honorer des morts. Et nul jamais ne les contemplera.

Celui-là parle au nom de son passé. Il me dit : « Je suis celui qui... » J'accepte donc de l'honorer à condition qu'il soit mort. Mais, du seul véritable géomètre mon ami, je n'ai jamais entendu qu'il se prévalût de ses triangles. Il était serviteur des triangles et jardinier d'un jardin de signes. Une nuit que je lui disais : « Te voilà fier de ton travail, tu as beaucoup donné aux hommes... », il se tut d'abord, puis me répondit :

« Il ne s'agit point de donner, je méprise qui donne ou reçoit. Comment vénérerais-je l'insatiable appétit du prince qui revendique les présents ! De même de ceux qui se laissent dévorer. Ainsi la grandeur du prince nie leur grandeur. Il est à choisir entre l'une ou l'autre. Mais le prince qui m'abaisse je le méprise. Je suis de sa maison et il se doit de me grandir. Et si je suis grand je grandis mon prince.

« Qu'ai-je donné aux hommes ? Je suis d'entre eux. Je suis leur part de méditation sur les triangles. Les hommes à travers moi ont médité sur les triangles. A travers eux chaque jour j'ai mangé mon pain. Et j'ai bu le lait de leurs chèvres. Et je me suis chaussé du cuir de leurs bœufs. »

Je donne aux hommes, mais reçois tout des hommes. Où loge la préséance de l'un sur l'autre ? Si je donne plus, je reçois plus. Je me fais d'un plus noble empire. Tu le vois bien de tes financiers les plus vulgaires. Ils ne peuvent vivre d'eux-mêmes. Ils chargent quelque courtisane de leur fortune d'émeraudes. Elle rayonne. Ils sont, dès lors, de ce rayonnement. Les voilà satisfaits de si bien reluire. Et cependant pauvres ils sont : ils ne sont que d'une courtisane. Tel autre a tout donné au roi. « De qui es-tu ? — Je suis du roi. » Le voilà véritablement qui resplendit.

CXCVII

J'ai connu l'homme qui n'était que de soi car il méprisait jusqu'aux courtisanes. Je t'ai parlé de ce ministre, opulent de ventre et lourd de paupières, qui, m'ayant trahi, se parjura et abjura à l'heure du supplice, se trahissant ainsi lui-même. Et comment n'eût-il pas trahi et l'un et l'autre ? Si tu es d'une maison, d'un domaine, d'un dieu, d'un empire, tu sauveras par ton sacrifice ce dont tu es. Ainsi de l'avare qui est d'un trésor. Il a fait son dieu d'un diamant rare. Il mourra contre les voleurs. Mais n'est point ainsi l'opulent de ventre. Il se considère comme idole. Ses diamants sont de lui et l'honorent — mais en retour il n'est point d'eux. Il est borne et mur et non chemin. Et si maintenant tu le domines et le menaces, au nom de quel dieu va-t-il mourir ? Il n'est rien en lui que ventre.

L'amour qui s'étale est amour vulgaire. Qui aime contemple et communique dans le silence avec son dieu. La branche a trouvé sa racine. La lèvre a trouvé sa mamelle. Le cœur s'emploie à la prière. Je n'ai que faire de l'opinion d'autrui. Ainsi l'avare lui-même cache à tous son trésor.

L'amour se tait. Mais l'opulence fait appel aux tambours. Qu'est-ce qu'une opulence qui n'est point étalée ? Qu'est-ce qu'une idole sans adorateurs ? N'est rien l'image de bois peint qui dort, sous les détritus, dans le hangar.

Donc mon ministre, opulent de ventre et lourd de paupières, avait coutume de dire : « Mon domaine, mes troupeaux, mes palais, mes candélabres d'or, mes femmes. » Il fallait bien qu'il existât. Il enrichissait l'admirateur qui se prosternait devant lui. Ainsi le vent, qui n'a point de poids ni d'odeur, connaît qu'il existe en creusant les blés. « Je suis, pense-t-il, puisque je courbe. »

Ainsi non seulement mon ministre goûtait-il l'admiration, mais il goûtait tout aussi bien la haine. Elle lui montait aux narines comme une preuve de soi. « Je suis, puisque je fais crier. » C'est pourquoi il passait sur le ventre du peuple, comme un char.

Aussi n'était rien en lui que vent de paroles vulgaires gonflant une outre. Car il importe, pour que tu sois, que monte l'arbre dont tu es. Tu n'es que charroi et voie et passage. Je veux voir ton Dieu pour croire en toi. Et mon ministre n'était que fosse pour empilage de matériaux.

C'est pourquoi je lui tins ce discours :

« De t'avoir si longtemps entendu dire « Moi… moi… moi… » je me suis tourné, dans ma bonté, vers l'invitation de tes tambours et je t'ai regardé. Je n'ai rien vu qu'un entrepôt de marchandises. A quoi te sert-il de posséder ? Tu es magasin ou armoire, mais non plus utile ni plus réel qu'une armoire ou un magasin. Te plaît que l'on dise « l'armoire est pleine » mais qui est-elle ?

« Si je te fais trancher la tête pour me distraire de ta grimace qu'y aura-t-il de changé dans l'empire ? Tes coffres resteront en place. Que donnais-tu à tes richesses qui pourrait leur manquer ? »

L'opulent de ventre ne comprenait point la question, mais commençant de s'inquiéter il respirait mal. Je repris donc :

« Ne crois point que je m'inquiète au nom d'une justice difficile à fixer. Le trésor est beau qui pèse dans tes caves et ce n'est point lui qui me scandalise. Certes tu as pillé l'empire. Mais la graine aussi pille la terre pour construire l'arbre. Montre-moi l'arbre que tu as bâti ?

« Ne me gêne point que le vêtement de laine ou le pain de blé soit prélevé sur la sueur du berger et du laboureur afin qu'un sculpteur s'habille et mange. Leur sueur se change, si même ils l'ignorent, en visage de pierre. Le poète pille les greniers puisqu'il se nourrit des grains du grenier sans contribuer à la récolte. Mais il sert un poème. J'use du sang des fils de l'empire pour construire des victoires. Mais je fonde un empire dont ils sont fils. Sculpture, arbre, poème, empire ? montre-moi qui tu sers. Car tu n'es que véhicule, voie et charroi…

« Quand tu auras répété mille années durant « moi… moi… moi… » qu'aurai-je appris sur ta démarche ? Que sont devenus domaines, pierreries et réserves d'or au travers de toi ? Ne crois point que je me tourmente contre le glacier au nom des mares. Je n'irai point reprocher à la graine la gloutonnerie de son pillage. Elle n'est que ferment qui s'oublie, et l'arbre qu'elle délivre la pille elle-même. Tu as pillé, mais qui te pille dont tu sois ?

« Belle était cette reine d'un royaume lointain. Et les diamants sués par son peuple devenaient diamants de reine. Et les routiers et les vagabonds de son territoire s'ils débarquaient à l'étranger raillaient les routiers et les vagabonds : « Votre reine, disaient-ils, n'est pas endiamantée ! La nôtre est couleur de lune et d'étoile... » Mais voici que tes perles, tes diamants et tes domaines se nouent en toi pour ne rien célébrer que l'opulence d'un ventre lourd. De ces matériaux épars tu construis un temple qui est vulgaire et n'augmente point les matériaux. Tu es le nœud de leur diversité et ce nœud les dessert. La perle qui orne ton doigt est moins belle que simple promesse de la mer. Je romprai le nœud qui me scandalise et ferai de ton édifice litière et fumier pour d'autres arbres. Et de toi que ferai-je ? Que ferai-je de la semence d'arbre à travers laquelle la terre enlaidit comme la chair à travers l'abcès ? »

Cependant je souhaitais que l'on ne confondît point avec une maigre justice la haute justice que je servais. « Le hasard d'une démarche basse, me disais-je, a noué un trésor qui, divisé, ne serait rien. Il augmente qui le possède, mais il importe que qui le possède l'augmente. Je le pourrais diviser, distribuer et changer en pain pour le peuple, mais ceux de mon peuple, car ils sont nombreux, seront peu augmentés par ce surcroît d'un jour de nourriture. L'arbre une fois bâti est beau, je le veux changer en mât de voilier, non distribuer en bûches à tous pour feu d'une heure. Car peu les augmentera une heure de feu. Mais pleinement les embellira tous le lancer à la mer d'un navire.

« Je veux de ce trésor une image dont puissent s'égayer les cœurs. Je veux rendre aux hommes le goût du miracle, car il est bon que les pêcheurs de perles qui vivent pauvres, tant elles sont dures à déchiffrer du fond des mers croient en la perle merveilleuse. Plus riches ils sont d'une perle trouvée par un seul une fois l'an, et qui change sa destinée, que d'un médiocre supplément de nourriture, dû au partage équitable de toutes les perles de la mer, car celle-là seule qui est unique fleurit pour tous le fond des mers. »

CXCVIII

Je cherchais donc dans ma haute justice un usage digne des richesses confisquées, car je ne me prononce point pour les pierres contre le temple. Peu m'intéressait de répandre le glacier en mare, de disperser le temple en matériaux divers et de soumettre le trésor au pillage. Car le seul pillage que j'honore est celui de la terre par la graine qui se pille soi-même aussi, car elle en meurt, au nom de l'arbre. Peu m'intéressait d'enrichir chacun, faiblement, selon son état, augmentant d'un bijou la courtisane, d'un boisseau de blé le laboureur, d'une chèvre le berger, d'une pièce d'or l'avare. Car misérable alors est l'enrichissement. M'importait de sauver l'unité du trésor afin qu'il rayonnât sur tous comme il en est de la perle indivisible. Car il se trouve que, si tu fondes un dieu, tu le donnes à chacun, en totalité, sans le réduire.

Voici donc que s'émeut ta soif de justice :

« Misérables, dis-tu, sont le laboureur et le berger. De quel droit les frustrerais-tu de leur dû, au nom d'un avantage qu'ils ne souhaitent point ou de quelque dieu qu'ils ignoraient. Je prétends disposer du fruit de mon travail. J'en nourrirai, s'il me plaît, les chanteurs. J'épargnerai, s'il me plaît, pour la fête. Mais de quel droit bâtiras-tu, si je la refuse, ta basilique sur ma sueur ? »

Vaine, te dirai-je, est ta justice provisoire car elle n'est que d'un étage. Et il faut choisir. Les matériaux changent de signification en passant d'un étage à l'autre. Tu ne demandes point à la terre si elle souhaite former le blé. Car elle ne conçoit point le blé. Elle est terre, tout simplement. Tu ne souhaites point ce qui n'est pas encore conçu. Telle femme t'est indifférente. Tu ne souhaites point de l'aimer, bien que cet amour s'il te brûlait, ferait peut-être ton bonheur.

Nul ne regrette de ne point désirer se faire géomètre. Nul ne regrette de ne point regretter car une telle démarche est absurde. C'est au blé de fonder la signification de la terre. Elle devient une terre à blé. De même tu ne demandes point au blé de souhaiter devenir conscience et lumière des yeux. Car il ne conçoit point la lumière des yeux ni la conscience. Il est blé, tout simplement. C'est à l'homme de se nourrir et de changer en ferveur et prière du soir le pain de blé. Ainsi ne demande point à mon laboureur s'il désire, par sa sueur, devenir poème ou géométrie ou architecture, car mon laboureur ne les conçoit point. Il userait de son travail pour améliorer sa charrue, car il est laboureur, tout simplement.

Mais j'ai refusé de me prononcer pour les pierres contre le temple, pour la terre contre l'arbre, pour la charrue du laboureur contre la connaissance. Je respecte toute création, bien qu'elle se fonde en apparence sur l'injustice car tu nies la pierre pour bâtir le temple. Cependant la création une fois faite, ne dirai-je pas du temple qu'il est signification de la pierre et justice rendue ? Ne dirai-je pas de l'arbre qu'il est ascension de la terre ? Ne dirai-je pas de la géométrie qu'elle ennoblit le laboureur, lequel est l'homme, bien qu'il l'ignore ?

Je ne fonde point le respect de l'homme sur le partage vain de provisions vaines dans une égalité haineuse. Soldat et capitaine sont égaux en l'empire. Et je dirai que les mauvais sculpteurs sont les égaux du bon sculpteur en le chef-d'œuvre qu'il a créé, car ils lui ont servi de terreau pour son ascension. Ils ont été condition de sa vocation. Je dirai que le laboureur ou le berger sont les égaux du bon sculpteur en son chef-d'œuvre car ils auront été condition de sa création.

Cependant te tourmente encore que je pille ce laboureur qui ne reçoit rien en retour. Et tu rêves d'un empire où les casseurs de pierres le long des routes, les débardeurs du port et les soutiers se puissent enivrer de poésie, de géométrie et de sculpture, et s'imposer d'eux-mêmes, librement, un surcroît de travail *pour* te nourrir tes poètes, tes géomètres et tes sculpteurs.

Ce quoi faisant, tu confonds la route et le but, car certes j'ai en vue l'ascension de mon laboureur. Serait certes beau celui-là qui s'enivrerait de géométrie. Mais myope et le nez contre, tu veux résoudre ton opération dans le cycle d'une seule vie d'homme et tu prétends ne rien entreprendre qui enjambe les individus comme les générations. Ce en quoi tu te mens à toi-même.

Car tu chantes ceux-là qui sont morts contre la mer à bord de fragiles voiliers, ouvrant à leurs fils l'empire des Iles. Tu chantes ceux-là qui sont morts pour leurs inventions sans en tirer profit, afin que d'autres les puissent parfaire. Tu chantes les soldats sacrifiés sur les remparts qui n'ont rien recueilli pour soi du sang versé. Tu chantes celui-là même qui plante un cèdre, bien qu'il soit vieux et n'espère rien d'une ombre lointaine.

Il est d'autres laboureurs et d'autres bergers que tel poème plus tard remboursera. Car le poème colonise lentement et l'ombre de l'arbre sera pour le fils. Il est bon que le sacrifice rembourse au plus tôt, mais je ne souhaite cependant point qu'il cesse trop vite d'être nécessaire. Car il est condition, signe et route de l'ascension. Trois années durant je cloue et je grée mon navire. Je ne suis remboursé ni par l'odeur des planches ni par le bruit des clous. Sera pour plus tard le jour de la fête. Or il est des navires longs à gréer. Si tu n'as plus à solliciter de sacrifices c'est que tu t'estimes satisfait des navires bâtis, des connaissances acquises, des arbres plantés, des sculptures faites et que tu juges venue l'heure de t'installer en sédentaire, pour l'usage des provisions, dans les coquilles d'autrui.

Dès lors j'irai moi m'installer sur la tour la plus haute afin d'observer l'horizon. Car sera proche l'heure du barbare.

Je te l'ai dit : il n'est point de provision faite. Il n'est que direction, ascension et démarche vers. Les laboureurs auront rejoint les géomètres — afin de recevoir leur plaisir en retour de leur sueur — quand les géomètres ne créeront plus. Si tu marches du même pas derrière l'ami, il importe, s'il a quelque avance et désire que tu le rejoignes, qu'il s'interrompe de marcher. Je te l'ai déjà dit : tu trouveras l'égalité, une fois la marche inutile, là seulement où servent les provisions, à l'heure de la mort, quand Dieu engrange.

Donc il me parut équitable de ne point diviser le trésor.

Car il n'est qu'une justice : je sauverai d'abord ce dont tu es. Justice pour les dieux ? justice pour les hommes ? Mais le dieu est de toi et je te sauverai s'il est possible, si ton sauvetage le grandit. Mais je ne te sauverai point contre tes dieux. Car tu es d'eux.

Je sauverai l'enfant, s'il est nécessaire, contre la mère, car d'abord il a été d'elle. Mais elle est désormais de lui. Et je sauverai le rayonnement de l'empire contre le laboureur de même que le blé contre la terre. Je sauverai la perle noire dont tu seras, si même elle ne t'échoit point, car elle te fleurit toute la mer, contre le ridicule fragment de perle qui serait de toi et qui ne t'enrichirait guère. Je sauverai le sens de l'amour afin que tu puisses en être, contre l'amour qui serait de toi, comme une acquisition ou comme un droit, car alors tu n'y gagnerais point l'amour.

Je sauverai la source qui t'abreuve, contre ta soif elle-même, sinon tu mourras, d'esprit ou de chair.

Et je me moque bien de ce que les mots se tirent la langue et de ce que je paraisse prétendre t'accorder l'amour en le refusant, et te convier à vivre en t'imposant la mort, car les contraires sont invention du langage, lequel embrouille ce qu'il croit saisir. (Et s'ouvre l'ère de la grande injustice, quand tu exiges de l'homme qu'il se prononce pour ou contre, sous peine de mort.)

Donc il me parut équitable de ne point rembourser le trésor en le dispersant en gravats afin de rendre, car ils en furent pillés, son bijou à la courtisane, sa chèvre au berger, son boisseau de blé au laboureur et sa pièce d'or à l'avare, mais de rembourser à l'esprit ce qui fut emprunté à la chair. Ainsi fais-tu quand tu uses tes muscles à tailler la pierre puis, la victoire une fois gagnée, te frappes les mains l'une contre l'autre, pour te délivrer de leur poussière, te recules en plissant les yeux pour mieux voir, penches un peu la tête sur le côté, puis reçois le sourire du dieu comme une brûlure. J'eusse certes pu colorer de quelque lumière la restitution pure et simple. Car autre chose est de posséder un bijou quelconque, une chèvre, un boisseau de blé, une pièce d'or, desquels tu ne tires guère de plaisir, et de les recevoir en conclusion d'un jour de fête et sommet du cérémonial. Car ces humbles présents ont couleur de cadeau du roi et don de l'amour. Et j'ai connu ce propriétaire de champs de rosés innombrables, qui eût préféré s'en voir dépouiller jusqu'au dernier, plutôt que de perdre une seule rose fanée, cousue dans un humble carré de linge, et qu'il portait contre son cœur. Mais tel ou tel d'entre mes sujets eût pu se tromper et croire dans sa stupidité tirer sa joie du blé, de la chèvre, de l'or, ou d'une rose fanée cousue dans un carré de linge. Et je désirais les instruire. J'eusse certes pu changer mon trésor en récompense. Le général vainqueur, tu l'ennoblis face à l'empire, ou celui-là qui t'inventa une fleur nouvelle, ou un remède, ou un navire. Mais il se fût agit là d'un marché et qui se fût justifié de soi-même, logique et équitable, satisfaisant pour ta maison, mais d'un pouvoir nul sur le cœur. Si je te verse ton salaire, une fois le mois révolu, par où vois-tu qu'il puisse rayonner ? Donc me parut peu à attendre de la réparation d'une injustice, de la glorification d'un dévouement, d'un hommage rendu au génie. Tu regardes, tu dis : « C'est bien. » Tout est en ordre, simplement, et tu rentres chez toi t'occuper d'autre chose. Et nul ne reçoit sa part de lumière, car la réparation se doit d'aller naturellement à l'injustice, la glorification au dévouement, l'hommage au génie. Et si ta femme te demande, quand tu pousses la porte : « Que se passe-t-il de neuf dans la ville ? » tu répondras, ayant oublié, qu'il n'est rien à lui raconter. Car tu ne songes pas non plus à dire que les maisons sont éclairées par le soleil ou que le fleuve coule vers la mer.

Je déclinai donc la proposition de mon ministre de la justice lequel me prétendait avec obstination me faire glorifier et récompenser la vertu, alors que d'une part tu détruis par là même ce que tu prétends célébrer, et que d'autre part je le soupçonnais de s'intéresser à la vertu comme il se fût intéressé à un emballage pour fruits délicats, non qu'il fût exagérément licencieux, mais parce qu'il l'était avec délicatesse, goûtant d'abord la qualité.

« La vertu, lui répondis-je, je la châtie. »

Et comme il paraissait perplexe :

« Je te l'ai dit de mes capitaines dans le désert. Je les récompense de leur sacrifice dans le sable par l'amour du sable qui leur vient au cœur. Et, de les enfermer dans leur misère, je la fais somptueuse.

« Tes vertueuses, si elles goûtent la couronne de carton d'or, les suffrages des admirateurs et la fortune qui leur échoit, où loge donc leur vertu ? Les filles du quartier réservé te font payer moins cher un don moins avare. »

Je déclinai enfin les propositions des architectes. « Vois, dirent-ils, tu peux échanger ce trésor stérile contre un seul temple qui serait la gloire de l'empire, et vers lequel, au cours des siècles, s'épuiseront les caravanes de voyageurs. »

Et certes, je hais l'usuel qui ne t'apporte rien. Et respecte le don aux hommes de l'étendue et du silence Plus utile que la possession d'un grenier de plus me paraît être la possession des étoiles du ciel, — et de la mer — bien que tu ne saches me dire en quoi elles cultivent ton cœur. Mais du quartier de la misère où tu meurs étouffé tu les désires. Elles sont appel vers une migration merveilleuse. Peu importe si elle est impossible. Le regret de l'amour, c'est l'amour. Et te voilà sauvé déjà quand tu tentes d'émigrer vers l'amour.

Cependant je ne croyais point en la démarche. Tu n'achètes point la joie, ni la santé ni l'amour véritable. Tu n'achètes point les étoiles. Tu n'achètes point un temple. Je crois au temple qui te pille. Je crois aux temples grandissants qui arrachent leur sueur aux hommes. Ils délèguent au loin leurs apôtres et ceux-ci te vont rançonner, au nom de leur Dieu. Je crois au temple du roi cruel qui fonde son orgueil dans la pierre. Il draine les mâles du territoire vers son chantier. Et les adjudants, munis de fouets, tirent d'eux le charroi des pierres. Je crois au temple qui t'exploite et te dévore. Et, en retour, te convertit. Car celui-là seul te paie en retour. Car le charrieur de pierres du roi cruel reçoit à son tour le droit à l'orgueil. On le voit se croiser les bras devant l'étrave dont le navire de granit commence de menacer les sables dans la lenteur des siècles à venir. Sa majesté est pour lui, comme pour les autres, car un Dieu, une fois fondé, se donne à tous sans se réduire. Je crois au temple né de l'enthousiasme de la victoire. Tu grées un navire vers l'éternité. Et chacun chante en bâtissant le temple. Et le temps chantera en retour.

Je crois en l'amour qui se change en temple. Je crois en l'orgueil qui se change en temple. Et je croirais, si tu savais me les bâtir, aux temples de colère. Car alors je vois l'arbre qui plonge ses racines dans l'amour, ou l'orgueil, ou l'ivresse de la victoire, ou la colère. Il t'arrache ton suc pour se nourrir. Mais voici que tu offres à l'ambition de ses racines une cave misérable, fût-elle comble d'or. Elle ne saura nourrir qu'un entrepôt pour marchandises. Un siècle de vent, de pluie et de sable te l'effondrera.

Donc ayant dédaigné que le trésor fût enrichissement, ayant dédaigné qu'il fût récompense, ayant dédaigné qu'il se transformât en navire de pierre, n'étant point satisfait dans la recherche d'un visage lumineux et qui embellit le cœur des hommes, je m'en fus réfléchir en silence.

« Il n'est là, songeais-je, qu'engrais et fumier. J'ai tort de prétendre tirer de lui une autre signification. »

CXCIX

Je priai donc Dieu de m'instruire et il me fit, dans sa bonté, me souvenir des caravanes vers la ville sainte, bien que je ne comprisse point tout d'abord en quoi une vision de chameliers et de soleil me pouvait éclairer mon litige.

Je te vis, ô mon peuple, préparant sur mon ordre ton pèlerinage. J'ai toujours goûté comme un miel unique l'activité du dernier soir. Car il en est de l'expédition que tu montes comme d'un navire que tu gréerais l'ayant achevé de bâtir, et qui, ayant eu sens de sculpture ou de temple, lesquels usent les marteaux et te provoquent dans tes inventions et tes calculs et la puissance de ton bras, prend maintenant sens de voyage, car tu l'habilles pour le vent. Ainsi de ta fille que tu as nourrie et enseignée et dont tu as châtié l'amour des parures — mais vient l'aube du jour où l'époux l'attend et, ce matin-là, de ne jamais la juger assez belle, tu te ruines pour elle en étoffe de lin et bracelets d'or, car il s'agit aussi pour toi du lancer d'un navire à la mer.

Donc ayant achevé d'amonceler les provisions, de clouer les caisses, de nouer les sacs, tu passais royal parmi les bêtes, flattant l'une, gourmandant l'autre, t'aidant du genou pour serrer un peu telle courroie de cuir, et t'enorgueillissant, une fois hissé le chargement, de ne le voir glisser ni vers la droite ni vers la gauche, connaissant que les bêtes, te le balançant durement dans le roulis de leur démarche et le trébuchement parmi les pierres et l'agenouillement pour les haltes, te le tiendront cependant suspendu dans un équilibre élastique, à la façon de l'oranger qui balance au vent sans menacer sa cargaison d'oranges.

Je savoure alors ta chaleur, ô mon peuple, qui prépares la chrysalide de tes quarante jours de désert, et, n'écoutant point le vent des paroles, ne me suis jamais trompé sur toi. Car, me promenant aux veilles de départ, dans le silence de mon amour, parmi les craquements des courroies, les grognements des bêtes, et les discussions aigres au sujet de la route à suivre, ou du choix des guides, ou du rôle désigné à chacun, je ne m'étonnais point de vous entendre, non vanter le voyage, mais bien au contraire peindre en noir le récit des souffrances de l'expédition de l'année passée, et les puits taris, et les vents brûlants, et les piqûres de serpents pris dans le sable comme d'invisibles nerfs, et l'embuscade des pillards, et la maladie et la mort, sachant qu'il n'était rien là que pudeur de l'amour.

Car il est bon que tu feignes de ne point t'exalter sur ton dieu en célébrant d'abord les coupoles dorées de la ville sainte, car ton dieu n'est point cadeau tout fait, ni provision réservée pour toi quelque part, mais fête et couronnement du cérémonial de tes misères.

Ainsi s'intéresseraient-ils d'abord aux matériaux de leur élévation, de même que les bâtisseurs du voilier, s'ils te parlent trop tôt de voiles et de vent et de mer, je me méfierai d'eux, craignant qu'ils ne négligent les planches et les clous, à la façon du père qui prierait trop tôt sa fille d'être belle. J'aime les cantiques des forgeurs de clous et scieurs de planches, car ils célèbrent non la provision faite, laquelle est vide, mais l'ascension vers le navire. Et, le navire une fois gréé, quand il a pris sens de voyage, je veux entendre de mes mains qu'ils chantent, non d'abord les merveilles de l'île, mais les périls du siège par la mer, car alors je vois leur victoire.

Ils lisent eux-mêmes, dans leur souffrance, chemin, véhicule et charroi. Et tu te montres myope et crédule s'il te vient de t'inquiéter des plaintes comme des jurons dont ils se caressent le cœur, et leur expédies tes chanteurs aux confitures sucrées qui nieront les périls de la soif et leur vanteront la béatitude des crépuscules dans le désert. Car peu me tente le bonheur, lequel n'a point de forme. Mais me gouverne la révélation de l'amour.

Donc se met en marche la caravane. Et commencent dès lors la digestion secrète, et le silence, et la nuit aveugle de la chrysalide, et le dégoût et le doute et le mal, car toute mue est douloureuse. Ne te convient plus de t'exalter, mais de demeurer fidèle sans comprendre, car il n'est rien à espérer de toi puisque celui-là, que tu étais hier, doit mourir.

Tu ne seras plus qu'élans de regrets vers les fraîcheurs de ta maison et l'aiguière d'argent qui est de l'heure du thé, auprès d'elle, avant l'amour. Cruel te sera jusqu'au souvenir de la branche qui se balançait sous ta fenêtre ou du simple cri d'un coq dans ta cour. Tu diras : « J'étais de chez moi ! » car tu n'es plus de nulle part. Te reviendra le mystère de l'âne que tu réveillais au petit jour, car, de ton cheval ou de ton chien, tu sais quelque chose puisqu'ils te répondent. Mais tu ignores de celui-là, qui est comme muré en soi, s'il chérit, ou non, à sa façon, son pré, son étable ou toi-même. Et te vient le besoin, de la profondeur de ton exil, de lui passer une fois encore ton bras autour du cou ou de lui tapoter le museau, pour peut-être l'enchanter au fond de sa nuit comme un aveugle. Et certes, quand vient le jour du puits tari qui te suinte à peine une boue fétide, te blessent au cœur les confidences de ta fontaine.

Ainsi se referme sur toi la chrysalide du désert, car dès le troisième jour tu commences d'engluer tes pas dans le bitume de l'étendue. Qui te résiste t'exalte et les coups du lutteur appellent tes coups. Mais le désert reçoit les pas l'un après l'autre comme une audience démesurée qui engloutirait les paroles et te conduirait au silence. Tu t'épuises depuis l'aube, et le plateau de craie qui marque l'horizon sur ta gauche n'a point sensiblement tourné quand vient le soir. Tu t'uses comme l'enfant qui, pelletée par pelletée, te prétend déplacer la montagne. Mais elle ignore son travail. Tu es comme perdu dans une liberté démesurée et déjà s'étouffe ta ferveur. Ainsi, mon peuple, au cours de ces voyages, t'ai-je nourri chaque fois de silex et abreuvé de ronces. Je t'ai glacé de gel nocturne. Je t'ai soumis à des vents de sable si brûlants, qu'il te fallait t'accroupir contre terre, la tête encapuchonnée sous tes vêtements, la bouche pleine de crissements, suintant stérilement ton eau vers le soleil. Et l'expérience m'a enseigné que toute parole de consolation était inutile.

« Viendra, te disais-je, un soir semblable à un fond de mer. Le sable déposé dormira en meules tranquilles. Tu marcheras, dans la fraîcheur, sur un sol élastique et dur… » Mais, te parlant, j'avais sur les lèvres un goût de mensonge, car je te sollicitais de te faire, par invention, autre que toi-même. Et, dans le silence de mon amour, je ne me scandalisais point de tes injures :

« Il se peut, Seigneur, que Tu aies raison ! Dieu, peut-être demain, déguisera les survivants en foule béate. Mais que nous importent ces étrangers ! Nous ne sommes pour l'instant que poignée de scorpions enfermés dans un cercle de braise ! »

Et tels ils devaient être, Seigneur, pour Ta gloire.

Ou bien, purifiant le ciel comme un coup de sabre, s'éveillait dans sa cruauté nocturne le vent du nord. La terre nue se vidait de chaleur, et les hommes grelottaient comme cloués par les étoiles. Qu'avais-je à dire ?

« Reviendra l'aube et la lumière. La chaleur du soleil, à la façon d'un sang, se répandra doucement dans vos membres. Les yeux fermés, vous vous connaîtrez habités par lui… »

Mais ils me répondaient :

« En place de nous, Dieu peut-être demain installera-t-il un potager de plantes heureuses qu'il engraissera dans sa bonté. Mais nous ne sommes rien cette nuit-ci qu'un carré de seigle que le vent tourmente. »

Et tels ils devaient être, Seigneur, pour Ta gloire.

Alors m'écartant de leur misère je priais Dieu ainsi :

« Seigneur, est digne qu'ils refusent mes faux breuvages. Par ailleurs peu importent leurs plaintes : je suis semblable au chirurgien qui répare la chair et la fait crier. Je connais la réserve de joie qui se trouve murée en eux bien que j'ignore les mots qui la pourraient déverrouiller. Sans doute n'est-elle point pour cet instant. Importe que mûrisse le fruit avant qu'il délivre son miel. Nous passons par son heure d'amertume. Il n'est rien en nous que saveur acide. Il est du rôle du temps qui coule de nous guérir et de nous changer en joie pour Ta gloire. »

Et, poursuivant plus loin, je continuais de nourrir mon peuple de silex et de l'abreuver de ronces.

Mais semblable d'abord aux autres, sans que rien le distinguât d'abord des innombrables pas déjà versés dans l'étendue, nous faisions le pas de miracle. Fête couronnant le cérémonial de la marche. Instant béni parmi d'autres instants, lequel brise la chrysalide et livre son trésor ailé à la lumière.

Ainsi ai-je conduit mes hommes à la victoire à travers l'inconfort de la guerre. A la lumière au travers de la nuit, au silence du temple à travers le charroi des pierres, au retentissement du poème à travers l'aridité de la grammaire, au spectacle dominé du haut des montagnes à travers les crevasses et les éboulis de lourdes pierres. Peu m'importe, durant le passage, ton inconfort sans espérance, car je me méfie du lyrisme de la chenille qui se croit amoureuse du vol. Suffit qu'elle se dévore soi-même dans la digestion de sa mue. Et que tu franchisses ton désert.

Tu ne disposes point des trésors de joies scellés en toi, qu'avant l'heure il n'est point permis de déverrouiller. Certes est vif le plaisir tiré du jeu d'échecs quand la victoire couronne ton invention, mais il n'est point de mon pouvoir de t'accorder ce plaisir en cadeau hors du cérémonial du jeu.

C'est pourquoi je te veux, à l'étage des planches et des clous, chantant les cantiques des forgeurs de clous et scieurs de planches mais non le cantique du navire. Car je t'offre les humbles victoires de la planche polie et du clou forgé, lesquelles satisferont ton cœur si tu as d'abord marché vers elles. Belle est ta pièce de bois quand tu luttes vers la planche polie. Belle est ta planche polie quand tu luttes vers le navire.

J'ai connu celui-là qui, bien qu'il se soumît au cérémonial du jeu d'échecs, bâillait avec discrétion et te distribuait ses coups de réponse avec une indulgence lointaine, comme il en est du racorni de cœur qui consent à distraire les enfants.

« Vois ma flotte de guerre, dit le capitaine de sept ans qui t'a aligné trois cailloux.

— Belle flotte de guerre en vérité », répond le racorni de cœur, qui considère les cailloux d'un œil débile.

Qui néglige, par vanité, de considérer comme essentiel le cérémonial du jeu d'échecs, ne goûtera point sa victoire. Qui néglige, par vanité, de faire son dieu des planches et des clous, ne bâtira point le navire.

Le cracheur d'encre, qui jamais ne bâtira rien, préfère, car il est délicat, le cantique du navire au cantique des forgeurs de clous et scieurs de planches, de même que, une fois le navire gréé et lancé et jouflu de vent, en place de me parler de son litige de chaque instant avec la mer, il me célébrera déjà l'île à musique, laquelle, certes, est signification des planches et des clous, puis du litige avec la mer, mais à condition que tu n'aies rien négligé des mues successives dont elle naîtra. Mais celui-là, d'emblée à la vue de ton premier clou, pataugeant dans la pourriture du rêve, me chantera des oiseaux de couleur et des crépuscules sur le corail, lesquels d'abord m'écœureront, car je préfère le pain craquant à ces confitures, lesquelles de plus m'apparaîtront comme suspectes, car il est des îles de pluie où les oiseaux sont gris et je désirais, une fois l'île gagnée, afin d'en éprouver l'amour, entendre le cantique qui me fît retentir sur le cœur le ciel gris d'oiseaux sans couleur.

Mais moi qui ne prétends point bâtir sans pierres ma cathédrale et qui n'atteins l'essence que comme couronnement de la diversité, moi qui ne saisirais rien de la fleur s'il n'en était point de particulière, de tel nombre de pétales et non d'un autre, de tel choix de couleurs et non d'un autre, moi qui ai forgé les clous, scié les planches, et absorbé un à un les coups d'épaule redoutables de la mer, je puis te chanter l'île pétrie et substantielle que j'ai de mes propres mains tirée des mers.

Ainsi de l'amour. Si mon cracheur d'encre me le célèbre dans sa plénitude universelle, qu'en connaîtrai-je ? Mais telle qui est particulière m'ouvre un chemin. Elle parle ainsi, non autrement. Son sourire est tel, non un autre. Nulle ne lui ressemble. Et voici cependant que, le soir, si je m'accoude à ma fenêtre, loin de buter contre le mur particulier, c'est Dieu qu'il me semble que je découvre. Car il te faut des sentiers véritables, avec telles inflexions, telle couleur de la terre, et tels églantiers sur les bords. Alors seulement tu vas quelque part. Qui meurt de soif fait des pas de rêve vers les fontaines. Mais il meurt.

Ainsi de ma pitié. Te voilà qui déclames sur les tortures d'enfants et tu me surprends à bâiller. Mais tu ne m'as conduit nulle part. Tu me dis : « Tel naufrage a noyé dix enfants... », mais je ne comprends rien à l'arithmétique et ne pleurerai pas deux fois plus fort si le nombre est deux fois plus grand. D'ailleurs, bien qu'ils soient morts par centaines de milliers depuis l'origine de l'empire, il t'arrive de goûter la vie et d'être heureux.

Mais je pleurerai sur tel si tu peux me conduire à lui par le sentier particulier, et, de même qu'à travers telle fleur j'accède aux fleurs, il se trouve qu'à travers lui je retrouverai tous les enfants, pleurerai, et non seulement sur tous les enfants mais sur tous les hommes.

Tu m'as un jour raconté celui-là, le tachu, le boiteux, l'humilié, et que haïssaient ceux du village, car il y vivait en parasite, abandonné, venu un soir d'on ne sait où.

On lui criait :

« Tu es vermine de notre beau village. Tu es champignon sur notre racine ! »

Mais, le rencontrant, tu lui disais :

« Toi, le tachu, tu n'as donc point de père ? »

Et il ne répondait pas.

Ou bien, car il n'avait d'amis que les bêtes ou les arbres :

« Pourquoi ne joues-tu point avec les garçons de ton âge ? »

Et il haussait les épaules sans te répondre. Car ceux de son âge lui lançaient des pierres, vu qu'il boitait et qu'il venait de loin, où tout est mal.

S'il se hasardait vers les jeux, les beaux garçons, les mieux taillés se campaient devant lui :

« Tu marches comme un crabe et ton village t'a vomi ! tu enlaidis le nôtre ! c'était un beau village, marchant bien droit ! »

Alors tu le voyais qui faisait simplement demi-tour et s'éloignait, tirant la jambe.

Tu lui disais, si tu le rencontrais :

« Toi, le tachu, tu n'as donc point de mère ? »

Mais il ne te répondait pas. Il te regardait, le temps d'un éclair, et rougissait.

Cependant, comme tu l'imaginais amer et triste, tu ne comprenais point sa douceur tranquille. Ainsi était-il. Tel et non un autre.

Vint le soir où ceux du village le voulurent chasser à coups de bâton :

« Cette graine de boiterie, qu'elle s'en aille se planter ailleurs ! »

Tu lui dis alors, l'ayant protégé :

« Toi, le tachu, tu n'as donc point de frère ? »

Alors son visage s'illumina, et il te regarda droit dans les yeux :

« Oui ! j'ai un frère ! »

Et tout rouge d'orgueil il te raconta le frère aîné, tel frère, et non un autre.

Capitaine quelque part dans l'empire. Dont le cheval était de telle couleur, et non d'une autre, et sur lequel il fut pris en croupe, lui le boiteux, lui le tachu, un jour de gloire. Tel jour et non un autre. Et une fois encore réapparaîtrait le frère aîné. Et ce frère aîné le prendrait encore en croupe, lui le tachu, lui le boiteux, à la face du village. « Mais, te disait l'enfant, je lui demanderai cette fois-ci de m'installer au-devant de lui, sur l'encolure, et il voudra bien ! Et c'est moi qui regarderai. Et c'est moi qui proposerai : à gauche, à droite, plus vite !... Pourquoi mon frère refuserait-il ? Il est content s'il me voit rire. Alors nous serons deux ! »

Car il est autre chose qu'objet bancal enlaidi de taches de rousseur. Il est d'autre chose que de soi-même et de sa laideur. Il est d'un frère. Et il a fait sa promenade en croupe, sur un cheval de guerre, un jour de gloire !

Et vient l'aube du retour. Et l'enfant, tu le trouves assis sur le mur bas, les jambes pendantes Et les autres lui lancent des pierres :

« Eh ! toi qui ne sais point courir, bigle de jambes ! »

Mais il te regarde et te sourit. Tu es lié à lui par un pacte. Tu es le témoin de l'infirmité de ceux-là qui ne voient en lui que le tachu, que le boiteux, car il est d'un frère au cheval de guerre.

Et le frère aujourd'hui le lavera de ces crachats et lui fera rempart, de sa gloire, contre les pierres. Et lui le chétif sera purifié par le grand vent d'un cheval au galop. Et l'on ne verra plus sa laideur, car son frère est beau. Sera lavée son humiliation car son frère est de joie et de gloire. Et lui le tachu se réchauffera dans son soleil. Et désormais les autres, l'ayant reconnu, l'inviteront à tous leurs jeux : « Toi qui es de ton frère, viens courir avec nous... tu es beau en ton frère. » Et il priera son frère de les faire monter eux aussi, tour à tour, sur l'encolure de son cheval de guerre, afin qu'ils soient, à leur tour, abreuvés de vent. Il ne saurait tenir rigueur à ce petit peuple de son ignorance. Il les aimera et leur dira : « A chaque retour de mon frère je vous réunirai et il vous racontera ses batailles… » Donc il se serre contre toi car tu sais. Et en toi il n'est point si difforme, car tu vois son frère aîné au travers.

Mais tu venais lui dire d'oublier qu'il est un paradis et une rédemption et un soleil. Tu venais le priver de l'armure qui le faisait courageux sous les pierres. Tu venais le soumettre à sa boue. Tu venais lui dire : « Mon petit d'homme, cherche autrement à exister, car il n'est point à espérer de promenade en croupe sur un cheval de guerre. » Et comment lui annoncerais-tu que son frère a été chassé de l'armée, qu'il s'achemine honteux vers le village, et qu'il boite si bas, sur la route, qu'on lui jette des pierres ?

Et si, maintenant, tu me dis :

« Je l'ai moi-même désenseveli, mort, de la mare où il se noya, car il ne pouvait plus vivre, faute de soleil… »

Alors je pleurerai sur la misère des hommes. Et, par la grâce de tel visage tachu, non d'un autre, de tel cheval de guerre, non d'un autre, de telle promenade en croupe un jour de gloire, et non d'une autre, de telle honte au seuil d'un village, non d'une autre, de telle mare enfin dont tu m'as raconté les canards et la pauvre lessive qui séchait sur les bords, voici que je rencontre Dieu, tant va loin ma pitié au travers des hommes, car tu m'as guidé sur le véritable sentier en me parlant de cet enfant-ci et non d'un autre.

Ne cherche point d'abord une lumière qui soit un objet parmi des objets, celle du temple couronne les pierres.

C'est en graissant ton fusil avec respect et pour le fusil et pour la graisse, c'est en comptant tes pas sur le chemin de ronde, c'est en saluant ton caporal pour le caporal et pour le salut, que tu prépares en toi l'illumination de la sentinelle — c'est en poussant tes pièces d'échecs dans le sérieux des conventions du jeu d'échecs, c'est en rougissant de colère si ton adversaire triche avec la règle, que tu prépares en toi l'illumination du vainqueur d'échecs. C'est en sanglant tes bêtes, c'est en grognant contre la soif, c'est en maudissant les vents de sable, c'est en butant et en grelottant et en brûlant que — sous la condition que tu demeures fidèle non au pathétique des ailes qui n'est que fausse poésie à l'étage de la chenille, mais à ta fonction de chaque instant — tu peux prétendre à l'illumination du pèlerin qui sentira plus tard qu'il a fait le pas de miracle aux soudains battements de son cœur.

Le pouvoir m'a été refusé, aussi poétiquement que je te parlasse d'elle, de déverrouiller tes joies en réserve. Mais j'ai pu t'aider à l'étage des matériaux. Je t'ai parlé sur l'entretien des puits, sur la guérison des ampoules des paumes, sur la géométrie des étoiles, comme tout aussi bien sur les nœuds des cordes, quand une de tes caisses glissait de travers. Afin qu'il chantât leur cantique je t'ai convoqué celui-là qui, avant de se faire chamelier, ayant quinze années durant navigué sur mer, n'eût point trouvé dans l'arrangement des bouquets de fleurs, comme dans l'art des parures de danseuses, source de poésie plus exaltante. Il est des nœuds qui t'amarrent un navire, et qu'un doigt d'enfant fait s'évanouir rien qu'en les frôlant. D'autres qui paraissent plus simples que l'ondulation du cou d'un cygne, mais tu peux soumettre l'un d'eux à ton camarade, et parier contre sa victoire. Et, s'il tient le pari, tu n'as plus qu'à bien t'installer pour rire à ton aise, car de tels nœuds rendent furieux. Et mon professeur n'oubliait pas, dans la perfection de ses connaissances, bien qu'il fût borgne, dévié de nez et exagérément bancal, les boucles frêles dont il convient que tu fleurisses le présent pour la bien-aimée. La réussite n'étant parfaite qu'à condition que la bien-aimée te les puisse dénouer du geste même qui cueille les fleurs. « Alors, te disait-il, ton présent enfin l'émerveille et elle pousse un cri ! » Et tu fermais les yeux tant il était difforme, quand il mimait le cri d'amour.

Pourquoi me serais-je offusqué de détails qui faussement te semblent futiles ? Le marin célébrait un art dont il savait par expérience qu'il permettait de transfigurer une simple corde en câble de remorque et sauvetage. El, puisqu'il se trouvait qu'il fût pour nous condition de notre ascension, j'accordais au jeu valeur de prière. Mais, certes, peu à peu, au long des jours, quand ta caravane s'est usée, tu ne sais plus agir sur elle et te manque le pouvoir des simples prières qui sont des nœuds de cordes ou des sangles de cuir ou du désensablement des puits secs ou de la lecture des étoiles. Autour de chacun s'est épaissie la carapace de silence et chacun se fait aigre de langage, ombrageux d'oreille et dur de cœur.

Ne t'inquiète point. Déjà la chrysalide se brise.

Tu as contourné quelque obstacle, tu as escaladé un tertre. Rien ne distingue encore le silex et les ronces du désert où tu peines, des silex et des ronces d'hier, et voici que tu cries : « La voilà ! » avec de grands battements de cœur. Tes compagnons de caravane se pressent, pâles, autour de toi. Tout vient de changer dans vos cœurs comme au lever du jour : Toutes les soifs, toutes les ampoules des pieds et des paumes, tous les épuisements de midi sous le soleil, tous les gels nocturnes, tous les vents de sable qui crissent aux dents et qui aveuglent, toutes les bêtes abandonnées, tous les malades et jusqu'aux compagnons bien-aimés que vous avez ensevelis, vous sont remboursés d'un seul coup au centuple, non par l'ivresse d'un banquet, non par la fraîcheur des ombrages, non par les miroitantes couleurs des jeunes filles lavant leur linge dans l'eau bleue, ni même par la gloire des coupoles qui couronnent la ville sainte, mais par un signe imperceptible, par la simple étoile dont le soleil bénit la plus haute d'entre les coupoles, invisible qu'elle est elle-même d'être tellement lointaine encore, dont il se peut que te séparent les craquelures de l'écorce où la piste croulante s'enfonce en lacets dans l'abîme, puis les falaises à gravir où ton poids te tire vers le bas, puis encore le sable et le sable et, parmi tes outres taries et tes malades et tes mourants, un dernier repas du soleil. Les provisions de joie murées en vous et qu'il n'était point de discours pour déverrouiller, voici que brusquement, au cœur des silex et des ronces, là où le sable a des serpents pour muscles, une étoile invisible, plus pâle que Sirius, observée par les nuits de simoun, si lointaine que ceux d'entre vous qui n'ont point le regard d'un aigle n'en reçoivent rien, si incertaine qu'à peine le soleil aura-t-il quelque peu tourné elle s'éteindra, un clin d'œil d'étoile, et non même pas ce clin d'œil d'étoile, mais, pour ceux qui n'ont point vision d'aigle, le reflet, dans les yeux de celui qui voit, d'un clin d'œil d'étoile, le reflet d'un reflet d'étoile vous transfigure. Toutes les promesses ont été tenues, toutes les récompenses ont été accordées, toutes les misères ont été remboursées au centuple parce qu'un seul d'entre vous, dont le regard est d'aigle, a brusquement fait halte, et, montrant de son doigt une direction dans l'espace, a dit : « Voilà ! »

Tout est conclu. Tu n'as rien reçu en apparence. Cependant tu as tout reçu. Te voilà rassasié, pansé, abreuvé. Tu dis : « Je puis mourir, j'ai vu la ville, je meurs béni ! » Ne s'agit point ici non plus d'un contraste de faible vertu, comme il en serait de l'étanchement de la soif après la soif. Je t'ai dit leur pouvoir de misère. Et où vois-tu que le désert ait déjà dénoué son étreinte ? Ne s'agit point ici de changement de destinée, car ne t'ampute point de ta joie l'approche de la mort, si l'eau manque, mais il se trouve que t'a fondé le cérémonial du désert et que, de t'y être soumis jusqu'au bout, tu accèdes à la fête, laquelle est apparition pour toi d'une abeille d'or.

Ne crois point qu'en rien j'exagère. Je me souviens du jour où m'étant égaré sur des plateaux inviolés, me parut tendre, quand je retrouvai les traces de l'homme, de mourir parmi les miens. Or, rien ne distinguait un paysage de l'autre, sinon de faibles marques dans le sable à demi effacées par le vent. Et tout était transfiguré.

Et moi qu'ai-je vu, qui prends pitié de toi, mon peuple, dans le silence de mon amour ? Je t'ai observé qui sanglais les bêtes, qui marchais vidé de toi-même par le soleil, qui crachais le sable, qui injuriais parfois ton voisin, à moins que, d'accumuler des pas semblables, tu ne préférasses le silence. Je ne t'ai rien donné que repas avares, soif permanente, brûlure du soleil et ampoules des paumes. Je t'ai nourri de silex et abreuvé de ronces. Puis, l'heure venue, je t'ai montré le reflet du reflet d'une abeille. Et tu m'as crié ta reconnaissance et ton amour.

Ah ! mes dons sont légers d'écorce. Mais qu'importent le poids ou le nombre ? Je puis, rien qu'en ouvrant la main, délivrer une armée de cèdres qui escaladera la montagne. Suffit d'une graine !

CC

Si je te faisais don d'une fortune toute faite, comme il en est d'un héritage inattendu, en quoi t'augmenterais-je ? Si je te faisais don de la perle noire du fond des mers, hors du cérémonial des plongées, en quoi t'augmenterais-je ? Tu ne t'augmentes que de ce que tu transformes, car tu es semence. Il n'est point de cadeau pour toi. C'est pourquoi je te veux rassurer, toi qui te désespères des occasions perdues. Il n'est point d'occasions perdues. Tel sculpte l'ivoire et change l'ivoire en visage de déesse ou de reine qui frappe au cœur. Tel autre cisèle l'or pur et peut-être le profit qu'il en tire est-il moins pathétique aux hommes. Ni à l'un ni à l'autre l'or ou le simple ivoire n'ont été donnés. L'un et l'autre n'ont été que chemin et voie de passage. Il n'est pour toi que matériaux d'une basilique à bâtir. Et tu ne manques point de pierres. Ainsi le cèdre ne manque point de terre. Mais la terre peut manquer de cèdres et demeurer lande caillouteuse. De quoi te plains-tu ? Il n'est point d'occasion perdue car ton rôle est d'être semence. Si tu ne disposes point d'or, sculpte l'ivoire. Si tu ne disposes point d'ivoire, sculpte le bois. Si tu ne disposes point de bois, ramasse une pierre.

Le ministre opulent de ventre et lourd de paupières que j'ai retranché d'avec mon peuple n'a point trouvé, dans son domaine, ses tombereaux d'or et les diamants de ses caves, une seule occasion dont user. Mais tel qui bute contre un galet bute sur l'occasion merveilleuse.

Celui-là qui se plaint que le monde lui a manqué, c'est qu'il a manqué au monde. Celui-là qui se plaint que l'amour ne l'a point comblé, c'est qu'il se trompe sur l'amour : l'amour n'est point cadeau à recevoir.

L'occasion d'aimer ne te manque point. Tu peux devenir soldat d'une reine. La reine n'a point à te connaître pour que tu sois comblé. J'ai vu mon géomètre amoureux des étoiles. Il changeait en loi pour l'esprit un fil de lumière. Il était véhicule, voie et passage. Il était abeille d'une étoile en fleurs dont il faisait son miel. Je l'ai vu qui mourait heureux à cause de quelques signes et figures contre quoi il s'était échangé. Ainsi du jardinier de mon jardin qui fit éclore une rose nouvelle. Un géomètre peut manquer aux étoiles. Un jardinier peut manquer au jardin. Mais tu ne manques ni d'étoiles, ni de jardins, ni de galets ronds aux lèvres des mers. Ne me dis pas que tu es pauvre.

Ainsi je m'éclairai sur le repos de mes sentinelles à l'heure de la soupe. Il est des hommes qui se nourrissent. Et ils plaisantent. Et chacun lance sa bourrade au voisin. Et ils sont ennemis du chemin de ronde et de l'heure de veille. Finie la corvée, ils se réjouissent. La corvée est leur ennemie. Certes. Mais, en même temps qu'ennemie, elle est leur condition. De même de la guerre et de l'amour. Je te l'ai dit du guerrier qui fait le rayonnement de l'amant. Et de l'amant hasardé dans la guerre qui fait la qualité du guerrier. Celui-là qui meurt dans les sables est autre chose qu'un automate morne. Il te dit : « Prends soin de ma bien-aimée ou de ma maison ou de mes enfants... » Tu chantes ensuite son sacrifice.

Donc j'ai bien observé des réfugiés berbères qu'ils ne savaient se plaisanter l'un l'autre ni ne s'infligeaient des bourrades. Ne crois point qu'il s'agisse là d'un simple contraste comme il en est de la satisfaction qui suit l'arrachement d'une dent cariée. Pauvres et de faible pouvoir sont les contrastes. Tu peux certes vivifier l'eau, laquelle ne te livre rien si tu étanches l'une après l'autre tes petites soifs, en t'imposant de ne boire qu'une fois le jour. Ton plaisir alors a grandi. Mais il demeure plaisir du ventre et de faible intérêt. Ainsi du repas de mes sentinelles à l'heure du repos s'il n'était que délassement de la corvée. Tu ne trouverais rien de plus qu'appétit vivifié des mangeurs. Mais trop facile me serait de vivifier la vie de mes Berbères en leur imposant simplement de manger aux seuls jours de fête… Mais j'ai bâti à l'heure de la garde mes sentinelles. Et il est quelqu'un, ici, pour manger. Leur repas est bien autre chose que soins accordés au bétail pour accroissement du tour de ventre. Il est communion dans le pain du soir des sentinelles. Et certes chacune l'ignore. Cependant de même que le blé du pain, à travers eux, se fera vigilance et regard sur la ville, il se trouve que la vigilance et le regard qui embrasse la ville, à travers eux, se fait religion du pain. Ce n'est pas le même pain qui est mangé. Si tu désires les lire dans leur secret qu'ils ignorent eux-mêmes, va les surprendre au quartier réservé, quand ils courtisent les femmes. Ils leur disent : « J'étais là, sur le rempart, j'ai entendu siffler trois balles à mon oreille. Je suis demeuré droit, n'ayant point peur. » Et ils plantent dans le pain leurs dents avec orgueil. Et toi, stupide, qui écoutes les mots tu confonds avec une vantardise de soudard la pudeur de l'amour. Car si le soldat raconte ainsi l'heure de ronde c'est bien moins pour se faire grandiose que pour se complaire dans un sentiment qu'il ne peut dire. Il ne sait pas s'avouer à lui-même l'amour de la ville. Il mourra pour un Dieu dont il ne sait dire le nom. Il s'est déjà donné à lui, mais il exige de toi que tu l'ignores. Il exige de soi-même cette ignorance. Il lui paraît humiliant de paraître dupe de grands mots. Faute de savoir se formuler il refuse par instinct de soumettre à ton ironie son dieu fragile. De même qu'à sa propre ironie. Et tu vois mes soldats jouer les matamores et les soudards — et se complaire à ton erreur — pour goûter quelque part, au fond d'eux-mêmes, et comme en fraude, le goût merveilleux du don à l'amour.

Et si la fille leur dit : « Beaucoup d'entre vous — et c'est bien dur — mourront en guerre... » tu les entends approuver bruyamment. Mais ils approuvent par des grognements et des jurons. Cependant elle éveille en eux le plaisir secret d'être reconnus. Ils sont ceux qui mourront d'amour.

Et si tu parles d'amour, alors ils te riront au nez ! Tu les prends pour des dupes dont on tire le sang avec des phrases de couleur ! Courageux, oui, par vanité ! Ils jouent les matamores par pudeur de l'amour. Ainsi ont-ils raison car il arrive que tu les voudrais dupes. Tu te sers de l'amour de la ville pour les convier au sauvetage de tes greniers. Se moquent bien de tes greniers vulgaires. Te feront croire par mépris pour toi qu'ils affrontent la mort par vanité. Tu ne conçois point véritablement l'amour de la ville. Ils le savent de toi le repu. Sauveront la ville avec amour, sans te le dire, et injurieusement, puisque tes greniers logent dans la ville, ils te jetteront comme un os au chien, tes greniers sauvés.

CCI

Tu me sers quand tu me condamnes. Certes je me suis trompé en décrivant le pays entrevu. J'ai mal situé ce fleuve et j'ai oublié tel village. Tu t'en viens donc, triomphant bruyamment, me contredire dans mes erreurs. Et moi j'approuve ton travail. Ai-je le temps de tout mesurer, de tout dénombrer ? M'importait que tu juges le monde de la montagne que j'ai choisie. Tu te passionnes à ce travail, tu vas plus loin que moi dans ma direction. Tu m'épaules là où j'étais faible. Me voilà satisfait.

Car tu te trompes sur ma démarche quand tu crois me nier. Tu es de la race des logiciens, des historiens et des critiques, lesquels discutent les matériaux du visage et ne connaissent point le visage. Que m'importent les textes de loi et les ordonnances particulières ? C'est à toi de les inventer. Si je désire fonder en toi la pente vers la mer je décris le navire en marche, les nuits d'étoiles et l'empire que se taille une île dans la mer par le miracle des odeurs. « Vient le matin, te dis-je, où tu entres, sans que rien ne change pour les yeux, dans un monde habité. L'île invisible encore, comme un panier d'épices, installe son marché sur la mer. Tu retrouves tes matelots, non plus hirsutes et durs, mais brûlants, et ils ignorent eux-mêmes pourquoi, de convoitises tendres. Car on songe à la cloche avant de l'entendre qui tinte, la conscience grossière exige beaucoup de bruit alors que les oreilles déjà sont informées. Et me voilà déjà heureux, lorsque je marche vers le jardin, aux lisières du climat des rosés... C'est pourquoi tu éprouves sur mer, selon les vents, le goût de l'amour, ou du repos, ou de la mort. »

Mais toi tu me reprends. Le navire que j'ai décrit n'est pas à l'épreuve de l'orage et il importe de le modifier selon tel détail ou tel autre. Et moi j'approuve. Change-le donc ! Je n'ai rien à connaître des planches et des clous. Puis tu me nies les épices que j'ai promises. Ta science me démontre qu'elles seront autres. Et moi j'approuve. Je n'ai rien à connaître de tes problèmes de botanique. M'importe exclusivement que tu bâtisses un navire et me cueilles des îles lointaines au large des mers. Tu navigueras donc pour me contredire. Tu me contrediras. Je respecterai ton triomphe. Mais plus tard, lentement, dans le silence de mon amour, je m'en irai visiter, après ton retour, les ruelles du port.

Fondé par le cérémonial des voiles à hisser, des étoiles à lire et du pont à laver à grande eau, tu seras revenu, et, de l'ombre où je me tiendrai, je t'écouterai chanter à tes fils, afin qu'ils naviguent, le cantique de l'île qui installe son marché sur la mer. Et je m'en retournerai satisfait.

Tu ne peux espérer ni me prendre en défaut, ni véritablement me nier dans l'essentiel. Je suis source et non conséquence. Prétends-tu démontrer au sculpteur qu'il eût dû sculpter tel visage de femme plutôt que tel buste de guerrier ? Tu subis la femme ou le guerrier. Ils sont, en face de toi, tout simplement. Si je me tourne vers les étoiles je ne regrette point la mer. Je pense étoiles. Lorsque je crée, peu me surprend ta résistance car j'ai pris tes matériaux pour construire un autre visage. Et tu protesteras d'abord. « Cette pierre, me diras-tu, est d'un front et non d'une épaule. — Cela est possible, te répondrai-je. Cela était. — Cette pierre, me diras-tu, est d'un nez et non d'une oreille. — Cela est possible, te répondrai-je. Cela était. — Ces yeux… », me diras-tu, mais à force de me contredire et de reculer et d'avancer, et de te pencher de gauche à droite pour me critiquer mes opérations, viendra bien l'instant où se montrera dans sa lumière l'unité de ma création, tel visage et non un autre. Alors se fera en toi le silence.

Peu m'importent les erreurs que tu me reproches. La vérité loge au-delà. Les paroles l'habillent mal et chacune d'elles est critiquable. L'infirmité de mon langage m'a souvent fait me contredire. Mais je ne me suis point trompé. Je n'ai point confondu le piège et la capture. Elle est commune mesure des éléments du piège. Ce n'est point la logique qui noue les matériaux mais le même dieu qu'ils servent ensemble. Mes paroles sont maladroites et d'apparence incohérente : non moi au centre. Je suis, tout simplement. Si j'ai habillé un corps véritable, je n'ai pas à me soucier de la vérité des plis de la robe. Lorsque la femme est belle, si elle marche, les plis se détruisent et se recomposent, mais ils se répondent les uns aux autres nécessairement.

Je ne connais point de logique des plis de la robe. Mais tels, et non d'autres, font battre mon cœur et m'éveillent au désir.

CCII

Mon cadeau sera par exemple de t'offrir, en te parlant d'elle, la Voie Lactée qui domine la ville. Car d'abord mes cadeaux sont simples. Je t'ai dit : « Voici distribuées les demeures des hommes sous les étoiles. » Cela est vrai. En effet, là où tu vis, si tu marches vers la gauche, tu trouves l'étable et ton âne. A droite la maison et l'épouse. Devant toi le jardin d'olives. En arrière la maison du voisin. Voici les directions de tes démarches dans l'humilité des jours tranquilles. S'il te plaît de connaître l'aventure d'autrui afin d'en augmenter la tienne — car alors elle prend un sens — tu vas frapper à la porte de ton ami. Et son enfant guéri est direction de guérison pour ton enfant. Et son râteau, qui lui fut volé durant la nuit, augmente la nuit de tous les voleurs aux pas de velours. Et ta veille devient vigilance. Et la mort de ton ami te fait mortel. Mais s'il te plaît de consommer l'amour, tu te retournes vers ta propre maison, et tu souris d'apporter en présent l'étoffe au filigrane d'or, ou l'aiguière neuve, ou le parfum, ou quoi que ce soit que l'on change en rire comme l'on alimente la gaieté d'un feu d'hiver en y versant le bois muet. Et si, l'aube venue, il te faut travailler, alors tu t'en vas, un peu lourd, réveiller dans l'étable l'âne endormi debout, et, l'ayant caressé à l'encolure, le pousses devant toi vers le chemin.

Si maintenant simplement tu respires, n'usant ni des uns ni des autres, ne tendant ni vers l'un ni vers l'autre, tu baignes cependant dans un paysage aimanté où il est des pentes, des appels, des sollicitations et des refus. Où les pas tireraient de toi des états divers. Tu possèdes dans l'invisible un pays de forêts et de déserts et de jardins et tu es, bien qu'absent de cœur dans l'instant présent, de tel cérémonial, et non d'un autre.

Si maintenant j'ajoute une direction à ton empire, car tu regardais devant, en arrière, à droite et à gauche, si je t'ouvre cette voûte de cathédrale qui te permet, dans le quartier de ta misère où peut-être tu meurs étouffé, la démarche d'esprit du marin de mer, si je déroule un temps plus lent que celui qui mûrit ton seigle, et te fais ainsi vieux de mille années, ou jeune d'une heure, ô mon seigle d'homme, sous les étoiles, alors une direction nouvelle s'ajoutera aux autres. Si tu te tournes vers l'amour, tu t'en iras d'abord laver ton cœur à ta fenêtre. Tu diras à ta femme, du fond de ce quartier de misère où tu meurs étouffé : « Nous voici seuls, toi et moi, sous les étoiles. » Et tant que tu respireras tu seras pur. Et tu seras signe de vie, comme la jeune plante poussée sur le plateau désert entre le granit et les étoiles, semblable à un réveil, et fragile et menacée, mais lourde d'un pouvoir qui se distribuera au long des siècles. Tu seras chaînon de la chaîne et plein de ton rôle. Ou si encore, chez ton voisin, tu t'accroupis auprès de son feu pour écouter le bruit que fait le monde (oh ! si humble, car sa voix te racontera la maison voisine, ou le retour de quelque soldat, ou le mariage de quelque fille) alors j'aurai bâti en toi une âme plus apte à recevoir ces confidences. Le mariage, la nuit, les étoiles, le retour du soldat, le silence seront pour toi musique nouvelle.

CCIII

Tu me dis laide cette main de pierre, laquelle est épaisse et grumeleuse. Je ne puis t'approuver. Je veux connaître la statue avant de connaître la main. S'agit d'une jeune fille en larmes ? Tu as raison. S'agit d'un forgeron noueux ? La main est belle. Ainsi de celui-là que je ne connais pas. Tu me viens prouver son ignominie : « Il a menti, il a répudié, il a pillé, il a trahi… »

Mais il est du gendarme de décider selon des actes, car ils sont distingués en noir et blanc dans son manuel. Et tu lui demandes d'assurer un ordre, non de juger. Ainsi de l'adjudant qui te pèse tes vertus selon ta science au demi-tour. Et certes je m'appuie aussi sur le gendarme car le culte du cérémonial domine le culte de la justice puisqu'il est de lui de fonder l'homme que la justice garantira. Si je ruine le cérémonial au nom de la justice, je ruine l'homme et ma justice n'a plus d'objet. Je suis juste d'abord pour les dieux dont tu es. Mais il se trouve que tu me pries, non de décider sur le châtiment ou sur la grâce de tel que je ne connais pas — car alors je me démettrai en mon gendarme du soin de feuilleter les pages du manuel — mais de mépriser ou d'estimer, ce qui est autre. Car il m'arrive de respecter qui je condamne, ou de condamner qui je respecte. N'ai-je point maintes fois gouverné mes soldats contre l'ennemi bien-aimé ?

Or de même que je connais des hommes heureux, mais ignore tout sur le bonheur, je ne sais rien sur ton pillage, ton meurtre, ta répudiation, ta trahison s'ils ne sont point tel acte de tel homme. Et l'homme n'est point charrié dans sa substance, plus que n'est charriée telle statue à qui l'ignore, par le faible vent des paroles.

Cet homme donc provoque ton hostilité ou ton indignation ou ton dégoût (de par des mobiles peut-être obscurs comme il en est de ceux qui te font fuir telle musique). Et si tu m'as brandi tel acte en exemple, c'est pour y loger ta réprobation et la transporter en autrui. Car mon poète, de même, s'il éprouve telle mélancolie d'une destinée frappée à mort bien que glorieuse encore, dira « soleil d'octobre ». Et certes il ne s'agira ni du soleil, ni d'un certain mois parmi d'autres. Et si je veux transporter en toi tel carnage nocturne par lequel, fondant sur lui dans le silence, sur un sable élastique, j'ai noyé l'ennemi dans son propre sommeil, je nouerai tel mot à tel autre, disant par exemple « sabres de neige » afin de prendre au piège une douceur informulable, et il ne s'agira ici ni de la neige, ni des sabres. Ainsi de l'homme me choisis-tu un acte qui ait valeur de l'image dans le poème.

Ta rancune, faut bien qu'elle devienne grief. Faut bien qu'elle prenne un visage. Nul ne supporte d'être habité par des fantômes. Ta femme, ce soir, que désire-t-elle ? Faire partager sa rancune à sa confidente. Répandre autour d'elle cette rancune. Car tu es ainsi fait que tu ne sais point vivre seul. Et il te faut coloniser par le poème. C'est pourquoi, d'une voix volubile, elle décomptera tes turpitudes. Et s'il se trouve que son amie hausse les épaules, car ses reproches, de toute évidence, ne valent rien, elle n'en sera point adoucie. C'est donc qu'il en est d'autres. Elle a simplement manqué son charroi. Elle a mal choisi les images. Son sentiment elle ne peut douter qu'il soit, puisqu'il est.

Ainsi du médecin quand tu as mal. Tu as proposé cette cause ou l'autre. Tu as ton idée là-dessus. Il te démontre que tu te trompes. Cela est possible. Que tu n'as point de mal en toi. Mais ici tu protestes. Tu as faussement illustré ton mal, mais tu ne saurais le mettre en doute. C'est ton médecin qui est un âne. Et tu iras de description en description jusqu'à la lumière. Et de négation en négation le médecin n'aura point le pouvoir d'annuler ton mal puisqu'il est. Ta femme te noircit dans ta vie passée, dans tes souhaits, dans tes croyances. Ne sert de rien de lutter contre les griefs. Accorde-lui le bracelet d'émeraude. Ou bien fouette-la.

Mais je te plains dans tes brouilles et dans tes réconciliations, car elles sont d'un autre étage que l'amour.

L'amour est avant tout audience dans le silence. Aimer c'est contempler. Vient l'heure où ma sentinelle épouse la ville. Vient l'heure où tu rejoins de ta bien-aimée ce qui n'est point d'un geste, ni d'un autre, d'un détail du visage, ni d'un autre, d'un mot qu'elle prononce, ni d'aucun autre mot, mais d'Elle.

Vient l'heure où son seul nom est suffisant comme prière car tu n'as rien à ajouter. Vient l'heure où tu n'exiges rien. Ni les lèvres, ni le sourire ni le bras tendre, ni le souffle de sa présence. Car il te suffit qu'Elle soit.

Vient l'heure où tu n'as plus à t'interroger, pour les comprendre, ni sur ce pas, ni sur ce mot, ni sur cette décision, ni sur ce refus, ni sur ce silence. Puisque Elle est.

Mais telle exige que tu te justifies. Elle t'ouvre un procès sur tes actes. Elle confond l'amour et la possession. A quoi bon répondre ? Que trouveras-tu dans son audience ? Tu demandais d'abord à être reçu dans le silence, non pour tel geste, non pour tel autre, non pour telle vertu, non pour telle autre, non pour ce mot ni l'autre mot, mais dans ta misère, tel que tu es.

CCIV

Me vint le repentir de n'avoir point usé avec mesure des dons offerts, lesquels ne sont jamais que signification et chemin, et, les ayant convoités pour eux-mêmes, de n'y avoir trouvé que le désert. Car ayant confondu mesure avec ladrerie de chair ou de cœur, je n'ai point souhaité de m'y exercer. Me plaît d'incendier la forêt pour me chauffer une heure car le feu m'en paraît plus royal. Et me semble de peu d'intérêt, si j'écoute siffler du haut de mon cheval les balles de guerre, d'économiser mes jours. Je vaux ce que je suis dans chaque instant et le fruit ne naît point qui a négligé quelque étape.

C'est pourquoi me paraît risible tel cracheur d'encre qui, au cours du siège de sa ville, refusa de se montrer sur les remparts, par mépris, disait-il, du courage physique. Comme s'il s'agissait là d'un état et non d'un passage. D'un but et non d'une condition simple de la permanence de la ville.

Car moi, de même, je méprise l'appétit vulgaire, et n'ai point vécu pour la digestion des quartiers de viande. Mais j'ai fait servir les quartiers de viande à l'éclat de mon coup de sabre, et j'ai soumis mon coup de sabre à la permanence de l'empire.

Et certes, bien que je me refuse au cours du combat à mesurer mes coups par avarice de muscle ou pleurnichage de peur, il ne me plairait point que les historiographes de l'empire fissent de moi un moulin à coups, car je ne loge point dans mon sabre. Et si je me méfie des délicats qui avalent leur repas comme une médecine, les narines closes, il ne me plairait point que mes historiographes me fissent mangeur de viande, car je ne loge point dans mon ventre. Je suis un arbre bien installé sur ses racines et je ne méprise rien de la pâte qu'elles malaxent. J'en tire mes branches.

Mais il m'est apparu que je me trompais au sujet des femmes.

Vint la nuit de mon repentir où je connus que je ne savais point user d'elles. J'étais semblable à celui-là, le pillard, ignorant du cérémonial, qui te remue les pièces du jeu d'échecs avec une hâte aride et, de ne point trouver sa joie dans ce désordre, te les distribue aux quatre vents.

Cette nuit-là, Seigneur, je me suis levé de leur lit avec colère ayant compris que j'étais bétail dans l'étable. Je ne suis point, Seigneur, serviteur des femmes.

Autre chose est de réussir l'ascension de la montagne, ou, porté en litière, de rechercher de paysage en paysage la perfection. Car à peine as-tu mesuré les contours de la plaine bleue, que tu y trouves déjà l'ennui et pries tes guides de te porter ailleurs.

J'ai cherché dans la femme le cadeau qu'elle pouvait fournir. Telle, je l'ai désirée comme un son de cloche dont j'eusse goûté la nostalgie. Mais que vas-tu faire d'un même son de cloche, nuit et jour ? Tu remises vite la cloche au grenier et n'en connais plus le besoin. Telle autre, je l'ai désirée pour une inflexion subtile de la voix quand elle disait « Toi, mon Seigneur… » mais bien vite tu te lasses du mot et tu rêves d'une autre chanson.

Et te donnerais-je dix mille femmes que, l'une après l'autre, tu les viderais aussitôt de leur vertu particulière, et qu'il t'en faudrait bien plus encore pour te combler, car tu es divers selon les saisons, selon les jours, selon les vents.

Et cependant, d'avoir toujours estimé que nul ne parviendra jamais à la connaissance d'une seule âme d'homme, et qu'il est, au secret de chacun, un paysage intérieur aux plaines inviolées, aux ravins de silence, aux pesantes montagnes, aux jardins secrets, et que, sur tel ou tel, je puis sans te lasser parler durant toute une vie, je ne comprenais point la misère de la provision que l'une ou l'autre de mes femmes m'apportait, laquelle ne suffisait guère au repas d'un soir.

Ah ! Seigneur, je ne les ai point considérées comme terre arable, où je dois me rendre, toute l'année durant, dès avant l'aube, avec mes lourdes chaussures de boue et ma charrue, et mon cheval, et ma herse et mon sac de graines et ma prévision des vents et des pluies, et ma connaissance des mauvaises herbes et par-dessus tout ma fidélité, pour recevoir d'elles ce qui est pour moi — mais je les ai réduites au rôle de ces mannequins de bienvenue que poussent devant toi les notables de l'humble village par où passe ta ronde dans l'empire, et qui te récitent leur compliment, ou te font hommage, dans une corbeille, des fruits du pays. Et certes, tu reçois, car est pur de lignes le sourire, et chantant le geste qui offre les fruits, et naïf d'intention le discours, mais tu les as épuisées de leurs dons et vidées d'un seul coup de leur miel, quand tu as tapoté leurs joues fraîches et savouré des yeux le velouté de leur confusion. Certes celles-là mêmes sont, elles aussi, terres arables aux grands horizons, où tu te perdrais peut-être à jamais si tu savais par où l'on y pénètre.

Mais je cherchais à récolter le miel tout fait de ruche en ruche, et non à pénétrer cette étendue qui d'abord ne t'offrira rien et te réclamera des pas et des pas et des pas, car il importe que longtemps, dans le silence, tu accompagnes le maître des domaines, si tu veux t'en faire une patrie.

Moi qui ai connu le seul véritable géomètre mon ami, lequel pouvait m'instruire nuit et jour, et auquel j'apportais mes litiges afin de les connaître, non résolus, mais vus par lui, et déjà autres, car étant tel, lui-même et non un autre, il n'entendait pas comme moi cette note, il ne voyait pas comme toi ce soleil, il ne goûtait pas comme toi ce repas, mais, des matériaux qui lui étaient soumis, il faisait tel fruit de tel goût, et non un autre — lequel était, tout simplement, ni mesurable, ni mensurable, mais pouvoir en marche de telle qualité et non d'une autre, dans telle direction et non dans une autre — moi qui ai connu en lui l'espace et qui allais à lui comme l'on cherche le vent de mer, ou la solitude, qu'aurais-je reçu de lui si j'avais fait appel non à l'homme, mais aux provisions, aux fruits, non à l'arbre, et prétendu me satisfaire l'esprit et le cœur de quelques préceptes de géométrie ?

Seigneur, telle que je fais de ma maison, tu me la donnes à labourer et à accompagner et à découvrir.

« Seigneur, me disais-je, pour celui-là seul qui gratte sa terre, plante l'olivier et sème l'orge, sonne l'heure des métamorphoses dont il ne saurait se réjouir s'il achetait son pain chez le marchand. Sonne l'heure de la fête des moissons. Sonne l'heure de la fête de l'engrangement, et il pousse lentement de l'épaule la porte gémissante sur la réserve de soleil. Car détient le pouvoir d'embraser, l'heure venue, tes grands carrés de terre noire, la colline de semence que tu viens d'enfermer, et au-dessus de laquelle flotte encore la gloire d'une poussière de son qui ne s'est point tout à fait déposée.

« Ah ! Seigneur, me disais-je, je me suis trompé de chemin. Je me suis hâté parmi les femmes comme dans un voyage sans but.

« J'ai peiné auprès d'elles comme dans un désert sans horizon, à la recherche de l'oasis qui n'est point de l'amour, mais au-delà.

« J'ai cherché un trésor qui y fût caché, comme un objet à découvrir parmi d'autres objets. Je me suis penché sur leur souffle court comme un rameur. Et je n'allais nulle part. J'ai mesuré des yeux leur perfection, j'ai connu la grâce des jointures et l'anse du coude où l'on veut boire. J'ai souffert une angoisse qui avait une direction. J'ai éprouvé une soif qui avait un remède. Mais, m'étant trompé de chemin, j'ai regardé ta vérité en face, sans la comprendre.

« J'ai été semblable à ce fou qui surgit la nuit au cœur des ruines, armé de sa pelle, de sa pioche et de son ciseau. Et il te démantibule les murs. Et il te retourne les pierres, et il t'ausculte les dalles pesantes. Il s'agite saisi d'une ferveur noire, car il se trompe, Seigneur, il te cherche un trésor qui soit provision déjà faite, déposée par les siècles dans le secret de tel alvéole comme une perle dans sa coquille, jouvence pour le vieux, gage de richesse pour l'avare, gage d'amour pour l'amoureux, gage d'orgueil pour l'orgueilleux et pour le glorieux de gloire — et cependant cendre et vanité car il n'est point de fruit qui ne soit d'un arbre, point de joie que tu n'aies bâtie. Stérile est de rechercher parmi les pierres une pierre plus exaltante que l'autre pierre. De son agitation au ventre des ruines, il ne tirera ni la gloire ni la richesse ni l'amour.

« Comparable donc à ce fou qui va de nuit piochant l'aridité, je n'ai rien trouvé dans la volupté qui fût autre chose que plaisir d'avare et prodigieusement inutile. Je n'y ai trouvé que moi-même. Je n'ai que faire de moi, Seigneur, et l'écho de mon propre plaisir me fatigue.

« Je veux bâtir le cérémonial de l'amour afin que la fête me conduise ailleurs. Car rien de ce que je cherche, et dont j'ai soif, et dont ont soif les hommes, n'est de l'étage des matériaux dont ils disposent. Et celui-là s'égare à rechercher parmi les pierres ce qui n'est point de leur essence, alors qu'il pourrait en user pour en bâtir sa basilique, sa joie n'étant point à tirer d'une pierre parmi d'autres pierres mais d'un certain cérémonial des pierres, une fois la cathédrale bâtie. Ainsi, telle femme, je la fais disparate si je ne lis pas au travers.

« Seigneur, nue telle épouse, la regardant dormir, me sera doux qu'elle soit belle et délicate de jointures et tiède de seins, et pourquoi n'y prendrais-je point ma récompense ? »

Mais j'ai compris ta vérité. Importe que celle-là qui dort et que j'éveillerai bientôt, rien qu'en posant mon ombre, ne soit point le mur contre quoi je bute, mais la porte qui mène ailleurs — et, donc, que je ne la disperse en matériaux divers, à chercher l'impossible trésor, mais la tienne bien nouée et une dans le silence de mon amour.

Et comment serais-je déçu ? Certes est déçue celle-là qui reçoit un bijou. Il est une émeraude plus belle que ton opale. Il est un diamant plus beau que l'émeraude. Il est le diamant du roi plus beau que tous. Je n'ai que faire d'un objet chéri pour lui-même s'il n'a point sens de perfection. Car je vis non des choses, mais du sens des choses.

Cependant cette bague mal taillée, ou cette rose fanée cousue dans un carré de linge, ou cette aiguière, fût-elle d'étain, qui est du thé auprès d'elle avant l'amour, certes les voilà irremplaçables puisque objets d'un culte. C'est le dieu seul que j'exigeais parfait, et le grossier objet de bois, s'il est désormais de son culte, participe de sa perfection.

Ainsi de l'épouse endormie. De la considérer pour elle-même j'irai aussitôt me lassant et cherchant ailleurs. Car elle est moins belle que l'autre, ou de caractère aigre, et si même la voilà parfaite en apparence, reste qu'elle ne rend point tel son de cloche dont j'éprouve la nostalgie, reste qu'elle dit tout de travers le « Toi, mon Seigneur » dont la lèvre d'une autre ferait musique pour le cœur.

Mais dormez rassurée dans votre imperfection, épouse imparfaite. Je ne me heurte point contre un mur. Vous n'êtes point but et récompense et bijou vénéré pour soi-même, dont je me lasserais aussitôt, vous êtes chemin, véhicule et charroi. Et je ne me lasserai point de devenir.

CCV

Je fus ainsi éclairé sur la fête, laquelle est de l'instant où tu passes d'un état à l'autre, quand l'observation du cérémonial t'a préparé une naissance. Et je te l'ai dit du navire. D'avoir été longtemps maison à bâtir à l'étage des planches et des clous, il devint, une fois gréé, marié pour la mer. Et tu le maries. C'est l'instant de fête. Mais tu ne t'installes pas, pour en vivre, dans le lancement du navire.

Je te l'ai dit de ton enfant. De fête est sa naissance. Mais tu ne vas pas chaque jour, des années durant, te frottant les mains de ce qu'il soit né. Tu attendras, pour l'autre fête, tel changement d'état, comme il en sera du jour où le fruit de ton arbre se fera souche d'un arbre nouveau et plantera plus loin ta dynastie. Je te l'ai dit de la graine récoltée. Vient la fête de l'engrange-ment. Puis des semailles. Puis la fête du printemps qui te change tes semailles en herbe douce comme un bassin d'eau fraîche. Puis tu attends encore, et c'est la fête de la moisson, puis encore une fois de l'engrange-ment. Et ainsi de suite, de fête en fête, jusqu'à la mort, car il n'est point de provisions. Et je ne connais point de fête à laquelle tu n'accèdes venant de quelque part, et par laquelle tu n'ailles ailleurs. Tu as marché longtemps. La porte s'ouvre. C'est l'instant de fête. Mais tu ne vivras point de cette salle-ci plus que de l'autre. Cependant je veux que tu te réjouisses de franchir le seuil qui va quelque part, et réserve ta joie pour l'instant où tu briseras ta chrysalide. Car tu es foyer de faible pouvoir, et n'est point de chaque minute l'illumination de la sentinelle. Je la réserve, s'il se peut, pour les jours de clairons et de tambours et de victoire. Faut bien que se répare en toi quelque chose qui ressemble au désir, et exige souvent le sommeil.

Moi j'avance lentement, un pas lent sur la dalle d'or, un pas lent sur la dalle noire, dans les profondeurs de mon palais. Me paraît citerne, à midi, à cause de la fraîcheur captive. Et me berce mon propre pas : je suis rameur inépuisable vers où je vais. Car je ne suis plus de cette patrie.

S'écoulent lentement les murs du vestibule et, si je lève les yeux vers la voûte, je la vois balancer doucement comme l'arche d'un pont. Un pas lent sur un carreau d'or, un pas lent sur un carreau noir je fais lentement mon travail, comme l'équipe du puits en forage qui te remonte les gravats. Ils scandent l'appel de la corde à muscles doux. Je connais où je vais et je ne suis plus de cette patrie.

De vestibule en vestibule, je poursuis mon voyage. Et tels sont les murs. Et tels sont les ornements suspendus au mur. Et je contourne la grande table d'argent où sont les candélabres. Et je frôle de la main tel pilier de marbre. Il est froid. Toujours. Mais je pénètre dans les territoires habités. M'en viennent les bruits comme dans un rêve car je ne suis plus de cette patrie.

Douces cependant me sont les rumeurs domestiques. Te plaît toujours le chant confidentiel du cœur. Rien ne dort tout à fait. Et, de ton chien lui-même, s'il dort, il arrive qu'il aboie en rêve, à petits coups, et s'agite un peu par souvenir. Ainsi de mon palais bien que mon midi l'ait endormi. Et il est une porte qui bat, on ne sait où, dans le silence. Et tu songes au travail des servantes, des femmes. Car sans doute est-ce de leur domaine ? Elles t'ont plié le linge frais dans leurs corbeilles. Elles ont navigué deux par deux pour les transporter. Et, maintenant qu'elles l'ont rangé, elles referment les hautes armoires. Il est là-bas un geste révolu. Une obligation a été respectée. Quelque chose vient de s'accomplir. Sans doute est-ce maintenant le repos, mais que saurai-je ? Je ne suis plus de cette patrie.

De vestibule en vestibule, de carreau noir en carreau d'or, je contourne lentement le quartier des cuisines. Je reconnais le chant des porcelaines. Puis d'une aiguière d'argent que l'on m'a heurtée. Puis cette faible rumeur d'une porte profonde. Puis le silence. Puis un bruit de pas précipités. Quelque chose a été oublié qui exige soudain ta présence, comme il en est du lait qui bout, ou de l'enfant qui pousse un cri, ou plus simplement de l'extinction inattendue d'un ronronnement familier. Quelque pièce vient de se coincer dans la pompe, la broche, ou le moulin pour la farine. Tu cours remettre en marche l'humble prière...

Mais le bruit de pas s'est évanoui car le lait a été sauvé, l'enfant a été consolé, la pompe, la broche ou le moulin ont repris la récitation de leur litanie. On a paré à une menace. On a guéri une blessure. On a réparé un oubli. Lequel ? Je ne sais rien. Je ne suis plus de cette patrie.

Voici que je pénètre dans le royaume des odeurs. Mon palais ressemble à un cellier qui prépare lentement le miel de ses fruits, l'arôme de ses vins. Et je navigue comme à travers d'immobiles provinces. Ici de coings mûrs. Je ferme les yeux, se prolonge loin leur influence. Ici du santal des coffres de bois. Ici plus simplement de dalles fraîchement lavées. Chaque odeur s'est taillé un empire depuis des générations, et l'aveugle s'y pourrait reconnaître. Et sans doute mon père régnait-il déjà sur ces colonies. Mais je vais, sans bien y songer. Je ne suis plus de cette patrie.

L'esclave, selon le rituel des rencontres, s'est effacé contre le mur à mon passage. Mais je lui ai dit dans ma bonté : « Montre-moi ta corbeille », afin qu'il se sentît important dans le monde. Et, de l'anse de ses bras luisants, il l'a descendue avec précaution de sur sa tête Et il m'a présenté, les yeux baissés, son hommage de dattes, de figues et de mandarines. J'ai bu l'odeur. Puis j'ai souri. Son sourire alors s'est élargi et il m'a regardé droit dans les yeux contre le rituel des rencontres. Et, de l'anse de ses bras, il a remonté sa corbeille, me tenant droit dans son regard : « Qu'est-il, me suis-je dit, de cette lampe allumée ? car vont comme des incendies les rébellions ou l'amour ! Quel est le feu secret qui brûle dans les profondeurs de mon palais, derrière ces murs ? » Et j'ai considéré l'esclave, comme s'il eût été abîme des mers. « Eh ! me suis-je dit, vaste est le mystère de l'homme ! » Et j'ai poursuivi mon chemin, sans résoudre l'énigme, car je n'étais plus de cette patrie.

J'ai traversé la salle du repos. J'ai traversé la salle du Conseil où mon pas s'est multiplié. Puis j'ai descendu à pas lents, de marche en marche, l'escalier qui conduit au dernier vestibule. Et, quand j'ai commencé de l'arpenter, j'ai entendu un grand bruit sourd et un cliquetis d'armes. J'ai souri dans mon indulgence : dormaient sans doute mes sentinelles, mon palais de midi étant comme une ruche en sommeil, toute ralentie, à peine remuée par la courte agitation des capricieuses qui ne trouvent pas le repos, des oublieuses qui courent à leur oubli, ou de l'éternel brouillon qui toujours te rajuste, te perfectionne et te démantibule quelque chose. Et ainsi, du troupeau de chèvres, il en est toujours une qui bêle, de la ville endormie il te monte toujours un appel incompréhensible, et, dans la nécropole la plus morte, il est encore le veilleur de nuit qui déambule. De mon pas lent, j'ai donc poursuivi mon chemin, la tête penchée pour ne point voir mes sentinelles en hâte se rajuster, car peu m'importe : je ne suis plus de cette patrie.

Donc s'étant durcis, ils me saluent, m'ouvrent le vantail à deux battants et je plisse les paupières dans la cruauté du soleil, et demeure un instant sur le seuil. Car là sont les campagnes. Les collines rondes qui chauffent au soleil mes vignes. Mes moissons taillées en carré. L'odeur de craie des terres. Et une autre musique qui est d'abeilles, de sauterelles et de grillons. Et je passe d'une civilisation à une autre civilisation. Car j'allais respirer midi sur mon empire.

Et je viens de naître.

CCVI

De ma visite au seul véritable géomètre mon ami.

Car m'émut de le voir si attentif au thé et à la braise, et à la bouilloire, et au chant de l'eau, puis au goût d'un premier essai… puis à l'attente, car le thé livre lentement son arôme. Et me plut que, durant cette courte méditation, il fût plus distrait par le thé que par un problème de géométrie :

« Toi qui sais, tu ne méprises point l'humble travail… »

Mais il ne me répondait pas. Cependant quand il eut, tout satisfait, empli nos verres :

« Moi qui sais... qu'entends-tu par là ? Pourquoi le joueur de guitare dédaignerait-il le cérémonial du thé pour la seule raison qu'il connaît quelque chose sur les relations entre les notes ? Je connais quelque chose sur les relations entre les lignes d'un triangle. Cependant me plaît le chant de l'eau et le cérémonial qui honorera le roi, mon ami... »

Il songea, puis :

« Que sais-je... je ne crois pas que mes triangles m'éclairent beaucoup sur le plaisir du thé. Mais il se peut que le plaisir du thé m'éclaire un peu sur les triangles...

— Que me dis-tu là, géomètre !

— Si j'éprouve, me vient le besoin de décrire. Celle-là que j'aime, je te parlerai sur ses cheveux, et sur ses cils, et sur ses lèvres, et sur son geste qui est musique pour le cœur. Parlerais-je sur les gestes, les lèvres, les cils, les cheveux, s'il n'était point tel visage de femme lu à travers ? Je te montre en quoi son sourire est doux. Mais d'abord était le sourire...

« Je n'irai point te remuer un tas de pierres pour y trouver le secret des méditations. Car la méditation ne signifie rien à l'étage des pierres. Il faut que soit un temple. Alors me voilà changé de cœur. Et je m'irai, réfléchissant sur la vertu des relations entre les pierres...

« Je n'irai point chercher dans les sels de la terre l'explication de l'oranger. Car l'oranger n'a point de signification à l'étage des sels de la terre. Mais, d'assister à l'ascension de l'oranger, j'expliquerai par lui l'ascension des sels de la terre.

« Que d'abord j'éprouve l'amour. Que je contemple l'unité. J'irai ensuite méditant les matériaux et les assemblages. Mais je n'irai point enquêter sur les matériaux si rien ne les domine, vers quoi je tende. J'ai d'abord contemplé le triangle. Puis j'ai cherché, en le triangle, les obligations qui régissent les lignes. Tu as d'abord aimé, toi aussi, une image de l'homme, de telle ferveur intérieure. Et tu en as déduit ton cérémonial afin qu'elle y fût contenue, comme la capture dans le piège, et ainsi perpétuée dans l'empire. Mais quel sculpteur s'intéressera pour eux-mêmes au nez, à l'œil et à la barbe ? Et quel rite du cérémonial imposeras-tu pour lui-même ? Et qu'irai-je déduire sur les lignes si elles ne sont point d'un triangle ?

« Je me soumets d'abord à la contemplation, je raconterai ensuite, si je puis. Je n'ai donc jamais refusé l'amour : le refus de l'amour n'est que prétention. Certes j'ai honoré telle ou telle qui ne savait rien sur les triangles. Mais elle en savait plus long que moi sur l'art du sourire. As-tu vu sourire ?

— Certes, géomètre…

— Celle-là, des fibres de son visage et de ses cils et de ses lèvres qui sont matériaux sans signification encore, te bâtissait sans effort un chef-d'œuvre inimitable et, d'être témoin d'un tel sourire, tu habitais la paix des choses et l'éternité de l'amour. Puis elle te défaisait son chef-d'œuvre dans le temps qu'il te faut pour ébaucher un geste et t'enfermer dans une autre patrie où le désir te venait d'inventer l'incendie dont tu l'eusses sauvée, toi le rédempteur, tant elle se montrait pathétique. Et, de ce que sa création ne laissait point ces traces dont on peut enrichir les musées, pourquoi l'eussé-je méprisée ? Je sais formuler quelque chose sur les cathédrales bâties, mais elle me bâtissait les cathédrales...

— Mais que t'enseignait-elle sur les relations entre les lignes ?

— Peu importent les objets reliés. Je dois d'abord apprendre à lire les liaisons. Je suis vieux. J'ai donc vu mourir qui j'aimais, ou guérir. Vient le soir où la bien-aimée, la tête penchée vers l'épaule, décline l'offre du bol de lait à la façon du nouveau-né déjà tranché d'avec le monde et qui refuse le sein, car le lait lui est devenu amer. Elle a comme un sourire d'excuse car elle te peine de ne plus se nourrir de toi. Elle n'a plus besoin de toi. Et tu vas contre la fenêtre cacher tes larmes. Et là sont les campagnes. Alors tu sens, comme un cordon ombilical, ton lien avec les choses. Les champs d'orge, les champs de blé, l'oranger fleuri qui prépare la nourriture de ta chair, et le soleil qui te fait tourner depuis l'origine des siècles le moulin des fontaines. Et te vient le bruit du charroi de l'aqueduc en construction qui désaltérera la ville, en place de l'autre, que le temps a usé, ou, plus simplement, de la carriole, ou du pas de l'âne qui porte le sac. Et tu sens circuler la sève universelle qui fait durer les choses. Et tu reviens à pas lents vers le lit. Tu éponges le visage qui luit de sueur. Elle est là encore, auprès de toi, mais toute distraite de mourir. Les campagnes ne chantent plus *pour* elle leur chant d'aqueduc en construction, ou de carriole, ou d'âne qui trotte. L'odeur des orangers n'est plus pour elle, ni ton amour.

« Alors tu te souviens de tels camarades qui s'aimaient.

« L'un venait chercher l'autre, au cœur de la nuit, par simple besoin de ses plaisanteries, de ses conseils, ou plus simplement encore de sa présence. Et l'un manquait à l'autre s'il voyageait. Mais un malentendu absurde les a brouillés. Et ils feignent de ne point se voir, s'ils se rencontrent. Le miracle est ici qu'ils ne regrettent rien. Le regret de l'amour, c'est l'amour. Ce qu'ils recevaient l'un de l'autre, cependant ils ne le recevront de nul au monde. Car chacun plaisante, conseille, ou simplement respire à sa propre façon et non d'une autre. Donc les voilà amputés, diminués, mais incapables d'en rien connaître. Et même tout fiers et comme enrichis du temps disponible. Et ils te vont flânant devant les étalages, chacun pour soi. Ils ne perdent plus leur temps avec l'ami ! Ils refuseront tout effort qui les rattacherait au grenier où ils puisaient leur nourriture. Car est morte la part d'eux-mêmes qui en vivait, et comment cette part réclamerait-elle, puisqu'elle n'est plus ?

« Mais toi, tu passes en jardinier. Et tu vois ce qui manque à l'arbre. Non du point de vue de l'arbre, car du point de vue de l'arbre rien ne lui manque : il est parfait. Mais de ton point de vue de dieu *pour* arbre qui greffe les branches là où il faut. Et tu rattaches le fil rompu et le cordon ombilical. Tu réconcilies. Et les voilà qui repartent dans leur ferveur.

« Moi aussi j'ai réconcilié et j'ai connu le matin frais où la bien-aimée te réclame le lait de chèvre et le pain tendre. Et te voilà penché sur elle, une main soutenant la nuque, l'autre haussant le bol jusqu'aux lèvres pâles, et toi regardant boire. Tu es chemin, véhicule et charroi. Il te semble, non que tu la nourrisses, ni même que tu la guérisses, mais que tu la recouses à ce dont elle était, ces campagnes, ces moissons, ces fontaines, ce soleil. Un peu pour elle désormais, le soleil fait tourner le moulin chantant des fontaines. Un peu pour elle on construit l'aqueduc. Un peu pour elle la carriole fait son grelot. Et, car elle te semble enfantine ce matin, et non désireuse de sagesse profonde, mais bien plutôt des nouvelles de la maison et des jouets, et des amis, tu lui dis donc : « Écoute… » Et elle reconnaît l'âne qui trottine. Alors elle rit et se tourne vers toi, son soleil, car elle a soif d'amour.

« Et moi qui suis vieux géomètre, j'ai ainsi été à l'école car il n'est de relations que celles auxquelles tu as songé. Tu dis : « Il en est de même… » Et une question meurt. J'ai rendu à tel la soif de l'ami : je l'ai réconcilié. J'ai rendu à telle la soif du lait et de l'amour. Et j'ai dit : « Il en est de même… » Je l'ai guérie. Et, d'énoncer telle relation entre la pierre qui tombe et les étoiles, qu'ai-je fait d'autre ? J'ai dit : « Il en est de même… » Et d'énoncer ainsi telle relation entre des lignes, j'ai dit : « En le triangle cela ou ceci c'est la même chose… » Et ainsi, de mort des questions en mort des questions, je m'achemine doucement vers Dieu en qui nulle question n'est plus posée. »

Et, quittant mon ami, je m'en fus de mes pas lents, moi qui me guéris de mes colères, à cause que, de la montagne que je gravis, se fait une paix véritable qui n'est point de conciliation, de renoncement, de mélange, ni de partage. Car je vois condition là où ils voient litige. Comme il en est de ma contrainte qui est condition de ma liberté, ou de mes règles contre l'amour qui sont condition de l'amour, ou de mon ennemi bien-aimé qui est condition de moi-même, car le navire n'aurait point de forme sans la mer.

D'ennemi concilié en ennemi concilié — mais d'ennemi nouveau en ennemi nouveau — je m'achemine moi aussi le long de la pente que je gravis, vers le calme en Dieu — sachant qu'il ne s'agit point, pour le navire, de se faire indulgent aux assauts de la mer, ni pour la mer de se faire douce au navire, car, des premiers, ils sombreront, et des seconds, ils s'abâtardiront en bateaux plats pour laveuses de linge — mais sachant qu'il importe de ne point fléchir, ni pactiser par faux amour, au cours d'une guerre sans merci qui est condition de la paix, abandonnant sur le chemin des morts qui sont condition de la vie, acceptant des renoncements qui sont condition de la fête, des paralysies de chrysalides qui sont condition des ailes, car il se trouve que tu me noues en plus haut que moi-même, Seigneur, selon ta volonté, et que je ne connaîtrai point la paix ni l'amour hors de Toi, car en Toi seul celui-là qui régnait au nord de mon empire, lequel j'aimais, et moi-même seront conciliés, parce qu'accomplis, car en toi seul tel que j'ai dû châtier malgré mon estime, et moi-même, serons conciliés parce qu'accomplis, car il se trouve qu'en Toi seul se confondent enfin dans leur unité sans litige l'amour, Seigneur, et les conditions de l'amour.

CCVII

Certes est injuste la hiérarchie qui te brime et t'empêche de devenir. Cependant tu iras, à lutter contre cette injustice, de destruction d'architecture en destruction d'architecture jusqu'à la mare étale où les glaciers se seront confondus.

Tu les souhaites semblables les uns aux autres, confondant ton égalité avec l'identité. Mais moi je les dirai égaux de pareillement servir l'empire et non de tant se ressembler.

Ainsi du jeu d'échecs : il est un vainqueur et un vaincu. Et il arrive que le vainqueur s'habille d'un sourire narquois pour humilier le vaincu. Car ainsi sont les hommes. Et tu viens, selon ta justice, interdire les victoires d'échecs. Tu dis : « Quel est le mérite du vainqueur ? Il était plus intelligent ou connaissait mieux l'art du jeu. Sa victoire n'est que l'expression d'un état. Pourquoi serait-il glorifié pour être plus rouge de visage ou plus souple, ou plus chevelu, ou moins chevelu... ? »

Mais j'ai vu le vaincu d'échecs jouer des années durant dans l'espoir de la fête de la victoire. Car tu es plus riche de ce qu'elle existe si même elle n'est point pour toi. Ainsi de la perle du fond des mers.

Car ne te trompe point sur l'envie : elle est signe d'une ligne de force. J'ai fondé telle décoration. Et les élus s'en vont se pavanant avec mon caillou sur la poitrine. Tu envies donc qui je décore. Et tu viens selon ta justice, laquelle n'est qu'esprit de compensation. Et tu décides : « Tous porteront des cailloux contre leur poitrine. » Et certes, désormais, qui s'affublera d'un pareil bijou ? Tu vivais non pour le caillou mais pour sa signification.

Et voilà, diras-tu. J'ai diminué les misères des hommes. Car je les ai guéris de la soif de cailloux auxquels la plupart ne pouvaient prétendre. Car tu juges selon l'envie, laquelle est douloureuse. L'objet de l'envie est donc un mal. Et tu ne laisses rien subsister qui soit hors d'atteinte. L'enfant tend la main et crie vers l'étoile. Ta justice, donc, te fait un devoir de l'éteindre.

Ainsi pour la possession des pierreries. Et tu les entreposes dans le musée. Tu dis : « Elles sont à tous. » Et certes ton peuple défilera le long des vitrines, les jours de pluie. Et ils bâilleront sur les collections d'émeraudes car il n'est plus de cérémonial qui les éclaire d'une signification. Et en quoi sont-elles plus rayonnantes que du verre taillé ?

Tu as purgé jusqu'au diamant de sa nature particulière. Car il pouvait être pour toi. Tu l'as châtré du rayonnement qui lui venait d'être souhaitable. Ainsi des femmes, si tu les interdis. Si belles qu'elles soient, elles seront mannequins de cire. Je n'ai jamais vu quiconque mourir, aussi admirable qu'en fût l'image, *pour* telle ou telle que le bas-relief d'un sarcophage a perpétuée jusqu'à lui. Elle verse la grâce du passé ou sa mélancolie, non la cruauté du désir.

Ainsi ne sera pas le même ton diamant non possédable. Lequel brillait de cette qualité. Car alors il te glorifiait et t'honorait et t'augmentait de son éclat. Mais tu les as changés en décorations de vitrine. Ils seront honneur des vitrines. Mais ne souhaitant point d'être une vitrine, tu ne souhaites pas le diamant.

Et si maintenant tu en brûles un pour ennoblir de ce sacrifice le jour de la fête, et ainsi en multiplier le rayonnement sur ton esprit et sur ton cœur, tu ne brûleras rien. Ce n'est point toi qui sacrifieras le diamant. Il sera don de ta vitrine. Et elle s'en moque. Tu ne peux plus jouer avec le diamant qui ne t'est plus d'aucun usage. Et, murant tel dans la nuit du pilier du temple, afin de le donner aux dieux, tu ne donnes rien. Ton pilier n'est qu'un entrepôt à peine plus discret que la vitrine, laquelle est également discrète si le soleil invite ton peuple à fuir la ville. Ton diamant n'a pas valeur de don puisqu'il n'est pas objet que l'on donne. Il est objet que l'on entrepose. Ici ou là. Il n'est plus aimanté. Il a perdu ses divines lignes de force. Qu'as-tu gagné ?

Mais moi j'interdis que s'habillent en rouge ceux-là qui ne descendent point du prophète. Et en quoi ai-je lésé les autres ? Aucun ne s'habillait en rouge. Le rouge manquait de signification. Désormais tous rêvent de s'habiller en rouge. J'ai fondé le pouvoir du rouge et tu es plus riche de ce qu'il existe, bien qu'il ne soit point pour toi. Et l'envie qui te vient est signe d'une ligne de force nouvelle.

Mais l'empire te semble parfait si au cœur de la ville tel qui s'assiéra les jambes en croix y mourra de soif et de faim. Car rien ne le tirera de préférence ni vers la droite, ni vers la gauche, ni en avant, ni en arrière. Et il ne recevra point d'ordres, de même qu'il n'en donnera point. Et il ne sera en lui d'élan ni vers le diamant non possédable, ni vers le caillou contre la poitrine, ni vers le vêtement rouge. Et chez le marchand d'étoffes de couleur tu le verras qui bâillera des heures durant, attendant que je charge de mes significations la direction de ses désirs.

Mais, de ce que j'ai interdit le rouge, le voilà qui louche vers le violet… ou bien, car il est réfractaire et libre, et hostile aux honneurs, et dominant les conventions, et se moquant bien du sens des couleurs, lesquelles sont de mon arbitraire, tu le vois qui te fait vider tous les rayons du magasin, et tripatouille dans les réserves, afin de trouver la couleur la plus opposée à la couleur rouge, comme le vert cru, et qui te fait le dégoûté tant qu'il n'a pas trouvé la perfection des perfections. Après quoi tu le vois tout glorieux de son vert cru, et se pavanant dans la ville par mépris de ma hiérarchie des couleurs.

Mais il se trouve que je l'ai animé tout le long du jour. Autrement, habillé de rouge, il eût bâillé dans un musée, car il pleut.

« Moi, disait mon père, je fonde une fête. Mais ce n'est point une fête que je fonde, c'est telle relation. J'entends ricaner les réfractaires qui me fondent aussitôt la contre-fête. Et la relation est la même qu'ils affirment et perpétuent. Je les emprisonne donc un peu pour leur plaire, car ils tiennent au sérieux de leur cérémonial. Et moi aussi. »

CCVIII

Donc se leva le jour. Et j'étais là comme le marin, les bras croisés, et qui respire la mer. Telle mer à labourer et non une autre. J'étais là comme le sculpteur devant la glaise. Telle glaise à pétrir et non une autre. J'étais là, tel, sur la colline, et j'adressai à Dieu cette prière :

« Seigneur, se lève le jour sur mon empire. Il m'est ce matin délivré, prêt pour le jeu, comme une harpe Seigneur, naît à la lumière tel lot de villes, de palmeraies, de terres arables et de plantations d'orangers. Et voici, sur ma droite, le golfe de mer pour navires. Et voici, sur ma gauche, la montagne bleue, aux versants bénis de moutons à laine, qui plante les griffes de ses derniers rocs dans le désert. Et au-delà, le sable écarlate où fleurit seul le soleil.

« Mon empire est de tel visage et non d'un autre. Et certes, il est de mon pouvoir d'infléchir quelque peu la courbe de tel fleuve afin d'en irriguer le sable, mais non dans l'instant. Il est de mon pouvoir de fonder ici une ville neuve, mais non dans l'instant. Il est de mon pouvoir de délivrer, rien qu'en soufflant sa graine, une forêt de cèdres victorieuse, mais non dans l'instant. Car j'hérite dans l'instant d'un passé révolu, lequel est tel et non un autre. Telle harpe, prête à chanter.

« De quoi me plaindrais-je, Seigneur, moi qui pèse dans ma sagesse patriarcale cet empire où tout est en place, comme le sont des fruits de couleur dans la corbeille. Pourquoi éprouverais-je la colère, l'amertume, la haine ou la soif de vengeance ? Telle est ma trame pour mon travail. Tel est mon champ pour mon labour. Telle est ma harpe pour chanter.

« Quand va le maître du domaine par ses terres au lever du jour, tu le vois, s'il en trouve, qui ramasse la pierre et arrache la ronce. Il ne s'irrite ni contre la ronce ni contre la pierre. Il embellit sa terre et n'éprouve rien, sinon l'amour.

« Quand celle-là ouvre sa maison au lever du jour, tu la vois balayer la poussière. Elle ne s'irrite point contre la poussière. Elle embellit une maison et n'éprouve rien, sinon l'amour.

« Me plaindrais-je de ce que telle montagne couvre telle frontière et non l'autre ? Elle refuse, ici, avec le calme d'une paume, les tribus qui remontent du désert. Cela est bien. Je bâtirai plus loin, là où l'empire est nu, mes citadelles.

« Et pourquoi me plaindrais-je des hommes ? Je les reçois, dans cette aube-ci, tels qu'ils sont. Certes, il en est qui préparent leur crime, qui méditent leur trahison, qui fourbissent leur mensonge, mais il en est d'autres qui se harnachent pour le travail ou la pitié ou la justice. Et certes, moi aussi, pour embellir ma terre arable, je rejetterai la pierre ou la ronce, mais sans haïr ni la ronce ni la pierre, n'éprouvant rien, sinon l'amour.

« Car j'ai trouvé la paix, Seigneur, au cours de ma prière. Je viens de toi. Je me sens jardinier qui marche à pas lents vers ses arbres. »

Certes, j'ai moi aussi éprouvé, au cours de ma vie, la colère, l'amertume, la haine et la soif de vengeance. Au crépuscule des batailles perdues, comme des rébellions, chaque fois que je me suis découvert impuissant, et comme enfermé en moi-même, faute de pouvoir agir, selon ma volonté, sur mes troupes en vrac que ma parole n'atteignait plus, sur mes généraux séditieux qui s'inventaient des empereurs, sur les prophètes déments qui nouaient des grappes de fidèles en poings aveugles, j'ai connu alors la tentation de l'homme de colère.

Mais tu veux corriger le passé. Tu inventes trop tard la décision heureuse. Tu recommences le pas qui t'eût sauvé, mais participe, puisque l'heure en est révolue, de la pourriture du rêve. Et certes, il est un général qui t'a conseillé, selon ses calculs, d'attaquer à l'ouest. Tu réinventes l'histoire. Tu escamotes le donneur de conseils. Tu attaques au nord. Autant chercher à t'ouvrir une route en soufflant contre le granit d'une montagne. « Ah ! te dis-tu dans la corruption de ton songe, si tel n'avait point agi, si tel n'avait point parlé, si tel n'avait point dormi, si tel n'avait point cru ou refusé de croire, si tel avait été présent, si tel s'était trouvé ailleurs, alors je serais vainqueur ! »

Mais ils te narguent d'être impossibles à effacer, comme la tache de sang du remords. Et te vient le désir de les broyer dans les supplices, pour t'en défaire. Mais empilerais-tu sur eux toutes les meules de l'empire que tu n'empêcherais point qu'ils aient été.

Faible es-tu, de même que lâche, si tu cours ainsi dans la vie à la poursuite de responsables, réinventant un passé révolu dans la pourriture de ton rêve. Et il se trouve que tu livreras, d'épuration en épuration, ton peuple entier au fossoyeur.

Tels ont peut-être été véhicules de la défaite, mais pourquoi tels autres, qui eussent été véhicules de la victoire, n'ont-ils point dominé les premiers ? A cause que le peuple ne les soutenait point ? Alors pourquoi ton peuple a-t-il préféré les mauvais bergers ? Parce qu'ils mentaient ? Mais les mensonges sont toujours exprimés, car tout, toujours est dit, et la vérité et le mensonge. Parce qu'ils payaient ? Mais l'argent est toujours offert, car il est toujours des corrupteurs.

Ceux de tel empire, s'ils sont bien fondés, mon corrupteur y fait sourire. La maladie que je leur offre n'est point pour eux. Si ceux de tel autre sont usés de cœur, la maladie que je leur offre fera son entrée par tel et tel qui succomberont les premiers. Et, progressant de l'un en l'autre, elle pourrira tous ceux de l'empire, car ma maladie était pour eux. Les premiers touchés sont-ils responsables de la pourriture de l'empire ? Tu ne prétends point, dans l'empire le plus sain, que n'existent point les porteurs de chancre ! Ils sont là, mais comme en réserve pour les heures de décadence. Alors seulement se répandra la maladie, laquelle n'avait pas besoin d'eux. Elle en eût trouvé d'autres. Si la maladie pourrit la vigne de racine en racine, je n'accuse point la première racine. L'eussé-je brûlée l'année d'auparavant qu'une autre racine eût servi de porte à la pourriture.

Si l'empire se corrompt, tous ont collaboré à la corruption. Si le plus grand nombre tolère, en quoi n'est-il point responsable ? Je te dis meurtrier si l'enfant se noie dans ta mare, et que tu négliges de le secourir.

Stérile je serai donc si je tente, dans la pourriture du rêve, de sculpter après coup un passé révolu, décapitant les corrupteurs comme les complices de corruption, les lâches comme les complices de lâcheté, les traîtres comme les complices de trahison, car, de conséquence en conséquence, j'anéantirai jusqu'aux meilleurs puisqu'ils auront été inefficaces, et qu'il me restera à leur reprocher leur paresse, ou leur indulgence, ou leur sottise. En fin de compte j'aurai prétendu anéantir de l'homme ce qui est susceptible d'être malade et d'offrir une terre fertile à telle semence, et tous peuvent être malades. Et tous sont terre fertile pour toutes semences. Et il me faudra les supprimer tous. Alors sera parfait le monde, puisque purgé du mal. Mais moi je dis que la perfection est vertu des morts. L'ascension use pour engrais des mauvais sculpteurs comme du mauvais goût. Je ne sers point la vérité en exécutant qui se trompe car la vérité se construit d'erreur en erreur. Je ne sers point la création en exécutant quiconque manque la sienne, car la création se construit d'échec en échec. Je n'impose point telle vérité en exécutant qui en sert une autre, car ma vérité est arbre qui vient. Et je ne connais rien que terre arable, laquelle n'a point encore alimenté mon arbre. Je viens, je suis présent. Je reçois le passé de mon empire en héritage. Je suis le jardinier en marche vers sa terre. Je n'irai point lui reprocher de nourrir des cactus et des ronces. Je me moque bien des cactus et des ronces, si je suis semence du cèdre.

Je méprise la haine, non par indulgence, mais parce que, venant de Toi, Seigneur, où tout est présent, l'empire m'est présent dans chaque instant. Et dans chaque instant, je commence.

Je me souviens de l'enseignement de mon père :

« Ridicule est la graine qui se plaint de ce que la terre à travers elle se fasse salade plutôt que cèdre. Elle n'est donc que graine de salade. »

Il disait de même : « Le bigle a souri à la jeune fille. Elle s'est retournée vers ceux qui plantent droit leur regard. Et le bigle va racontant que ceux dont le regard est droit corrompent les jeunes filles. »

Bien vaniteux les justes qui s'imaginent ne rien devoir aux tâtonnements, aux injustices, aux erreurs, aux hontes qui les transcendent. Ridicule le fruit qui méprise l'arbre !

CCIX

De même que celui-là qui croit trouver sa joie dans la richesse du tas d'objets, impuissant qu'il est à l'en extirper car elle n'y réside point, multiplie ses richesses et empile les objets en pyramides et s'en va s'agiter parmi eux dans leurs caves, pareil à ces sauvages qui te démontent les matériaux du tambour, afin de capturer le bruit.

De même ceux-là, qui d'avoir connu que les relations de mots contraignantes te soumettent à mon poème, que les structures contraignantes te soumettent à la sculpture de mon sculpteur, que les relations contraignantes entre les notes de la guitare te soumettent à l'émotion du guitariste, croyant que le pouvoir réside dans les mots du poème, les matériaux de la sculpture, les notes de la guitare, te les agitent dans un désordre inextricable et, de n'y point retrouver ce pouvoir, puisqu'il n'y réside point, exagèrent, pour se faire entendre, leur tintamarre, charriant au plus en toi l'émotion que tu tireras d'une pile de vaisselle qui se brise, laquelle d'abord est de qualité discutable, laquelle ensuite est de discutable pouvoir, et serait autrement efficace, te régissant, te gouvernant, te provoquant autrement mieux, si tu la tirais de la pesanteur de mon gendarme, quand il t'écrase l'orteil.

Et si je désire te gouverner en te disant « soleil d'octobre » ou « sabres de neige », faut bien que je construise un piège qui emprisonne une capture, laquelle n'est point de son essence. Mais si je désire t'émouvoir par les objets mêmes du piège, faute d'oser te dire mélancolie, crépuscule, bien-aimée, mots de poème achetés tout faits dans le bazar, lesquels te font vomir, je n'en jouerai pas moins sur la faible action de mimétisme, laquelle te fait moins jubilant si je te dis « cadavre » que « corbeille de rosés » bien que ni l'un ni l'autre ne te régissent en profondeur, et je sortirai de l'habituel pour te décrire des supplices dans leur dernier raffinement. Et faute d'ailleurs d'en tirer l'émotion qui n'y réside point, car est faible le pouvoir des mots qui te versent à peine une salive acide lorsque je fais jouer la mécanique du souvenir, tu commences de t'agiter frénétiquement, et de multiplier les tortures et les détails sur la torture et les odeurs de la torture, pour finalement peser moins sur moi que le bon pied de mon gendarme.

De chercher ainsi à te surprendre, par le léger pouvoir de choc de l'inhabituel, et certes je te surprendrai si j'entre à reculons dans la salle d'audience où je te reçois, ou si, plus généralement, je fais appel à quoi que ce soit d'incohérent et d'inattendu, de m'agiter ainsi je ne suis que pillard et je tire mon bruit de la destruction, car certes, à la seconde audience, tu ne t'étonneras plus de mon entrée à reculons et, une fois habitué, non seulement à tel geste absurde, mais à l'imprévu dans l'absurde, tu ne t'étonneras plus de rien. Et bientôt tu t'accroupiras, morne et sans langage, dans l'indifférence d'un monde usé. Mais la seule poésie qui te pourra tirer encore un mouvement de plainte sera celle de l'énorme chaussure cloutée de mon gendarme.

Car il n'est point de réfractaire. Il n'est point d'individu seul. Il n'est point d'homme qui se retranche véritablement. Plus naïfs sont ceux-là que les fabricants de mirlitonneries qui te mélangent sous prétexte de poésie l'amour, le clair de lune, l'automne, les soupirs et la brise.

« Je suis ombre, dit ton ombre, et je méprise la lumière. » Mais elle en vit.

CCX

Je t'accepte tel que tu es. Se peut que la maladie te tourmente d'empocher les bibelots d'or qui tombent sous tes yeux, et que par ailleurs tu sois poète. Je te recevrai donc par amour de la poésie. Et, par amour de mes bibelots d'or, je les enfermerai.

Se peut qu'à la façon d'une femme tu considères les secrets qui te sont confiés comme diamants pour ta parure. Elle va à la fête. Et l'objet rare qu'elle exhibe la fait glorieuse et importante. Il se peut que, par ailleurs, tu sois danseur. Je te recevrai donc par respect pour la danse, mais, par respect pour les secrets, je les tairai.

Mais il se peut que tout simplement tu sois mon ami. Je te recevrai donc par amour pour toi, tel que tu es. Si tu boites je ne te demanderai point de danser. Si tu hais tel ou tel je ne te les infligerai point comme convives. Si tu as besoin de nourriture, je te servirai.

Je n'irai point te diviser pour te connaître. Tu n'es ni cet acte-ci, ni tel autre, ni leur somme. Ni cette parole-ci, ni telle autre, ni leur somme. Je ne te jugerai ni selon ces paroles ni selon ces actes. Mais je jugerai ces actes comme ces paroles selon toi.

J'exigerai ton audience en retour. Je n'ai que faire de l'ami qui ne me connaît pas et réclame des explications. Je n'ai point le pouvoir de me transporter dans le faible vent des paroles. Je suis montagne. La montagne se peut contempler. Mais la brouette ne te l'offrira point.

Comment t'expliquerai-je ce qui n'est point d'abord entendu par l'amour ? Et souvent comment parlerai-je ? Il est des paroles indécentes. Je te l'ai dit de mes soldats dans le désert. Je les considère en silence, aux veilles de combat. L'empire repose sur eux. Ils mourront pour l'empire. Et leur mort leur sera payée dans cet échange. Je connais donc leur ferveur véritable. Que m'enseignerait le vent des paroles ? Qu'ils se plaignent des ronces, qu'ils haïssent le caporal, que la nourriture est avare, que leur sacrifice est amer ?... Ainsi doivent-ils parler ! Je me méfie du soldat trop lyrique. S'il souhaite de mourir pour son caporal, probable est qu'il ne mourra point, trop occupé à te débiter son poème. Je me méfie de la chenille qui se croit amoureuse des ailes. Celle-là n'ira point mourir à soi-même dans la chrysalide. Mais sourd au vent de ses paroles, à travers mon soldat je vois qui il est, non qui il dit. Et celui-là, dans le combat, couvrira son caporal de sa poitrine. Mon ami est un point de vue. I ai besoin d'entendre parler d'où il parle car en cela il est empire particulier et provision inépuisable. Il peut se taire et me combler encore. Je considère alors selon lui et je vois autrement le monde. De même j'exige de mon ami qu'il sache d'abord d'où je parle. Alors seulement il m'entendra. Car les mots toujours se tirent la langue.

CCXI

Me revint voir ce prophète aux yeux durs, qui, nuit et jour, couvait une fureur sacrée, et qui, par surcroît, était bigle.

« Il convient, me dit-il, de sauver les justes.

— Certes, lui répondis-je, il n'est point de raison évidente qui motive leur châtiment.

— De les distinguer d'avec les pécheurs.

— Certes, lui répondis-je. Le plus parfait doit être érigé en exemple. Tu choisis pour le piédestal la meilleure statue du meilleur sculpteur. Tu lis aux enfants les meilleurs poèmes. Tu souhaites pour reines les plus belles. Car la perfection est une direction qu'il convient de montrer, bien qu'il soit hors de ton pouvoir de l'atteindre. »

Mais le prophète s'enflammant.

« Et une fois triée la tribu des justes, il importe de la sauver seule et ainsi, une fois pour toutes, d'anéantir la corruption.

— Eh ! lui dis-je, là tu vas trop fort. Car tu me prétends diviser la fleur d'avec l'arbre. Ennoblir la moisson en supprimant l'engrais. Sauver les grands sculpteurs en décapitant les mauvais sculpteurs. Et moi je ne connais que des hommes plus ou moins imparfaits et, de la tourbe vers la fleur, l'ascension de l'arbre. Et je dis que la perfection de l'empire repose sur les impudiques.

— Tu honores l'impudicité !

— J'honore tout autant ta sottise, car il est bon que la vertu soit offerte comme un état de perfection parfaitement souhaitable et réalisable. Et que soit conçu l'homme vertueux, bien qu'il ne puisse exister, d'abord parce que l'homme est infirme, ensuite parce que la perfection absolue, où qu'elle réside, entraîne la mort. Mais il est bon que la direction prenne figure de but. Autrement tu te lasserais de marcher vers un objet inaccessible. J'ai durement peiné dans le désert. Il apparaît d'abord comme impossible à vaincre. Mais je fais de cette dune lointaine l'escale bienheureuse. Et je l'atteins, et elle se vide de son pouvoir. Je fais alors d'une dentelure de l'horizon l'escale bienheureuse. Et je l'atteins, et elle se vide de son pouvoir. Je me choisis alors un autre point de mire. Et, de point de mire en point de mire, j'émerge des sables.

« L'impudeur, ou bien elle est un signe de simplicité et d'innocence, comme il en est de celle des gazelles, et, si tu daignes l'informer, tu la changeras en candeur vertueuse, ou bien elle tire ses joies de l'agression à la pudeur. Et elle repose sur la pudeur. Et elle en vit et elle la fonde. Et quand passent les soldats ivres, tu vois les mères courir leurs filles et leur interdire de se montrer. Alors que les soldats de ton empire d'utopie, ayant pour coutume de baisser chastement les yeux, il en serait comme s'ils étaient absents et tu ne verrais point d'inconvénient à ce que les filles de chez toi se baignassent nues. Mais la pudeur de mon empire est autre chose qu'absence d'impudeur (car les plus pudiques, alors, sont les morts). Elle est ferveur secrète, réserve, respect de soi-même et courage. Elle est protection du miel accompli, en vue d'un amour. Et s'il passe quelque part un soldat ivre, il se trouve qu'il fonde chez moi la qualité de la pudeur.

— Tu souhaites donc que tes soldats ivres crient leurs ordures...

— Il se trouve que, bien au contraire, je les châtie afin de fonder leur propre pudeur. Mais il se trouve également que, mieux que je l'ai fondée, plus l'agression se fait attrayante. Te procure plus de joie de gravir le pic élevé que la colline ronde. De vaincre un adversaire qui te résiste, que tel benêt qui ne se défend point. Là seulement où les femmes sont voilées te brûle le désir de lire leur visage. Et je juge de la tension des lignes de force de l'empire à la dureté du châtiment qui y équilibre l'appétit. Si je barre un fleuve dans la montagne, me plaît de jauger l'épaisseur du mur. Il est signe de ma puissance. Car, certes, contre la maigre mare me suffit d'un rempart de carton. Et pourquoi souhaiterais-je des soldats châtrés ? Je les veux pesant contre la muraille, car alors seulement ils seront grands dans le crime ou la création qui transcende le crime.

— Tu les souhaites donc gonflés de leurs désirs de stupre...

— Non. Tu n'as rien compris », lui dis-je.

CCXII

Mes gendarmes, dans leur opulente stupidité, me vinrent circonvenir :

« Nous avons découvert la cause de la décadence de l'empire. S'agit de telle secte qu'il faut extirper.

— Eh ! dis-je. A quoi reconnais-tu qu'ils sont liés les uns aux autres ? »

Et ils me racontèrent les coïncidences dans leurs actes, leur parenté selon tel ou tel signe, et le lieu de leurs réunions.

« Et à quoi reconnaissez-vous qu'ils sont une menace pour l'empire ? »

Et ils me décrivirent leurs crimes et la concussion de certains d'entre eux, et les viols commis par certains autres, et la lâcheté de plusieurs, ou leur laideur.

« Eh ! dis-je, je connais une secte plus dangereuse encore, car nul jamais ne s'est avisé de la combattre !

— Quelle secte ? » se hâtèrent de dire mes gendarmes.

Car le gendarme, étant né pour cogner, s'étiole s'il manque d'aliments.

« Celle des hommes, leur répondis-je, qui portent un grain de beauté sur la tempe gauche. »

Mes gendarmes, n'ayant rien compris, m'approuvèrent par un grognement. Car le gendarme peut cogner sans comprendre. Il cogne avec ses poings, lesquels sont vides de cervelle.

Cependant l'un d'entre eux qui était ancien charpentier toussa deux ou trois fois :

« Ils ne montrent point leur parenté. Ils n'ont point de lieu de réunion.

— Certes, lui répondis-je. Là est le danger. Car ils passent inaperçus. Mais à peine aurai-je publié le décret qui les désignera à la fureur publique, tu les verras se chercher l'un l'autre, s'unir l'un à l'autre, vivre en commun et, se dressant contre la justice du peuple, prendre conscience de leur caste.

— Cela n'est que trop vrai », approuvèrent mes gendarmes.

Mais l'ancien charpentier toussa encore

« J'en connais un. Il est doux. Il est généreux. Il est honnête. Et il a gagné trois blessures à la défense de l'empire…

— Certes, lui répondis-je. De ce que les femmes sont écervelées, en déduis-tu qu'il n'en soit aucune qui fasse preuve de raison ? De ce que les généraux sont sonores, en déduis-tu qu'il n'en existe point un, par-ci par-là, qui soit timide ? Ne t'arrête pas sur les exceptions. Une fois triés les porteurs du signe, fouille leur passé. Ils ont été source de crimes, de rapts, de viols, de concussions, de trahisons, de gloutonnerie et d'impudeur. Prétends-tu qu'ils sont purs de tels vices ?

— Certes non, s'écrièrent les gendarmes, l'appétit s'étant éveillé dans leurs poings.

— Or, quand un arbre forme des fruits pourris, reproches-tu la pourriture aux fruits ou à l'arbre ?

— A l'arbre, s'écrièrent les gendarmes.

— Et quelques fruits sains le font-ils absoudre ?

— Non ! non ! s'écrièrent les gendarmes qui, bien heureusement, aimaient leur métier, lequel n'est point d'absoudre.

— Donc serait équitable de me purger l'empire de ces porteurs d'un grain de beauté sur la tempe gauche. »

Mais l'ancien charpentier toussa encore :

« Formule ton objection », lui dis-je, cependant que ses compagnons guidés par leur flair jetaient des coups d'œil lourds d'allusions dans la direction de sa tempe.

L'un d'eux s'enhardit, toisant le suspect :

« Celui qu'il dit avoir connu… ne serait-ce point son frère… ou son père… ou quelqu'un des siens ? »

Et tous grognèrent leur assentiment.

Alors flamba ma colère :

« Plus dangereuse encore est la secte de ceux qui portent un grain de beauté sur la tempe droite ! Car nous n'y avons même pas songé ! Donc elle se dissimule mieux encore. Plus dangereuse encore que celle-là est la secte de ceux qui ne portent point de grain de beauté, car ceux-là vont dans le camouflage, invisibles comme des conjurés. Et en fin de compte, de secte en secte, je condamne la secte des hommes tout entière, car elle est, de toute évidence, source de crimes, de rapts, de viols, de concussions, de gloutonnerie et d'impudeur. Et comme il se trouve que les gendarmes, outre qu'ils sont gendarmes, sont hommes, je commencerai à travers eux, usant d'une telle commodité, l'épuration nécessaire. C'est pourquoi je donne l'ordre au gendarme qui est en vous de jeter l'homme qui est en vous sur le fumier des cachots de mes citadelles ! »

Et s'en furent mes gendarmes, reniflant de perplexité et réfléchissant sans grand résultat, car il se trouve qu'ils réfléchissent avec les poings.

Mais je retins le charpentier, lequel baissait les yeux et faisait le modeste.

« Toi, je te destitue ! lui dis-je. La vérité pour charpentier, laquelle est subtile et contradictoire à cause que le bois lui résiste, n'est point vérité pour gendarme. Si le manuel classe en noir les porteurs de grain sur la tempe, me plaît que mes gendarmes, rien qu'à entendre parler d'eux, sentent croître leurs poings. Me plaît de même que l'adjudant te pèse selon ta science au demi-tour. Car l'adjudant, s'il a droit de juger, il t'excusera dans ta maladresse à cause que tu es grand poète. De même pardonnera-t-il à ton voisin, car il est pieux. Et au voisin de ton voisin, car celui-là est modèle de chasteté. Ainsi régnera la justice. Mais que survienne en guerre la feinte subtile d'un demi-tour et voilà mes soldats empêtrés du coup les uns dans les autres, dans l'éclat d'un grand tintamarre, qui appellent sur eux le carnage. Seront bien consolés par l'estime de leur adjudant ! Je te renvoie donc à tes charpentes, de peur que ton amour de la justice, là où elle n'a que faire, répande un jour le sang inutile. »

CCXIII

Mais vint celui qui m'interrogea sur la justice.

« Ah ! lui dis-je, si je connais des actes équitables je ne connais rien sur l'équité. Il est équitable que tu sois nourri selon ton travail. Il est équitable que tu sois soigné si tu es malade. Il est équitable que tu sois libre si tu es pur. Mais l'évidence ne va pas loin… Est équitable ce qui est conforme au cérémonial.

« J'exige du médecin qu'il franchisse le désert, fût-ce sur les poings et sur les genoux, pour panser une blessure d'homme. Quand bien même cet homme serait un mécréant. Car je fonde ainsi le respect de l'homme. Mais s'il se trouve que l'empire est en guerre contre l'empire du mécréant, j'exige des soldats qu'ils franchissent le même désert pour répandre au soleil les entrailles du même mécréant. Car ainsi je fonde l'empire.

— Seigneur... je ne te comprends pas.

— Me plaît que les forgeurs de clous, qui chantent les cantiques des cloutiers, tendent à piller les outils des scieurs de planches pour servir les clous. Me plaît que les scieurs de planches tendent à débaucher les forgeurs de clous, pour servir les planches. Me plaît que l'architecte qui domine brime les scieurs de planches en protégeant les clous et les forgeurs de clous en protégeant les planches. Car de cette tension des lignes de force, naîtra le navire et je n'attends rien des scieurs de planches sans passion qui vénèrent les clous, ni des forgeurs de clous sans passion qui vénèrent les planches.

— Tu honores donc la haine ?

— Je digère la haine et la surmonte et n'honore que l'amour. Mais il se trouve qu'il ne se noue qu'au-dessus des planches et des clous en le navire. »

Et m'étant retiré, j'adressai à Dieu cette prière : « J'accepte comme provisoires, Seigneur, et bien qu'il ne soit point de mon étage d'en distinguer la clef de voûte, les vérités contradictoires du soldat qui cherche à blesser et du médecin qui cherche à guérir. Je ne concilie point, en breuvage tiède, des boissons glacées et brûlantes. Je ne souhaite point que modérément l'on blesse et soigne. Je châtie le médecin qui refuse ses soins, je châtie le soldat qui refuse ses coups. Et peu m'importe si les mots se tirent la langue. Car il se trouve que ce piège seul, dont les matériaux sont divers, saisit ma capture dans son unité, laquelle est tel homme, de telle qualité et non un autre.

« Je recherche à tâtons tes divines lignes de force, et faute d'évidences qui ne sont point pour mon étage, je dis que j'ai raison dans le choix des rites du cérémonial s'il se trouve que je m'y délivre et y respire. Ainsi de mon sculpteur, Seigneur, que satisfait tel coup de pouce vers la gauche, bien qu'il ne sache dire pourquoi. Car ainsi seulement il lui semble qu'il charge sa glaise de pouvoir.

« Je vais à Toi à la façon de l'arbre qui se développe selon les lignes de force de sa graine. L'aveugle, Seigneur, ne connaît rien du feu. Mais il est, du feu, des lignes de force sensibles aux paumes. Et il marche à travers les ronces, car toute mue est douloureuse. Seigneur, je vais à Toi, selon ta grâce, le long de la pente qui fait devenir.

« Tu ne descends pas vers ta création, et je n'ai rien à espérer pour m'instruire qui soit autre chose que chaleur du feu ou tension de graine. De même de la chenille qui ne sait rien des ailes. Je n'espère point d'être informé par le guignol des apparitions d'archanges, car ne me dirait rien qui vaille la peine. Inutile de parler d'ailes à la chenille comme de navire au forgeur de clous. Suffit que soient, par la passion de l'architecte, les lignes de force du navire. Par la semence, les lignes de force des ailes. Par la graine, les lignes de force de l'arbre. Et Tu sois, Seigneur, tout simplement.

« Glaciale, Seigneur, est quelquefois ma solitude. Et je réclame un signe dans le désert de l'abandon. Mais Tu m'as enseigné au cours d'un songe. J'ai compris que tout signe est vain, car si Tu es de mon étage Tu ne m'obliges point de croître. Et qu'ai-je affaire de moi. Seigneur, tel que je suis ?

« C'est pourquoi je marche, formant des prières auxquelles il n'est point répondu, et n'ayant pour guide, tant je suis aveugle, qu'une faible chaleur sur mes paumes flétries, et Te louant cependant, Seigneur, de ce que Tu ne me répondes point, car si j'ai trouvé ce que je cherche, Seigneur, j'ai achevé de devenir.

« Si Tu faisais vers l'homme, gratuitement, le pas d'archange, l'homme serait accompli. Il ne scierait plus, ne forgerait plus, ne combattrait plus, ne soignerait plus. Il ne balaierait plus sa chambre ni ne chérirait la bien-aimée. Seigneur, s'égarerait-il à T'honorer de sa charité à travers les hommes, s'il Te contemplait ? Quand le temple est bâti, je vois le temple, non les pierres.

« Seigneur, me voilà vieux et de la faiblesse des arbres quand vente l'hiver. Las de mes ennemis comme de mes amis. Non satisfait dans ma pensée d'être contraint de tuer, à la fois, et de guérir, car me vient de

Toi le besoin de dominer tous les contraires qui me fait si cruel mon sort. Et cependant ainsi contraint de monter, de mort de questions en mort des questions, vers Ton silence.

« Seigneur, de celui-là qui repose au nord de mon empire et fut l'ennemi bien-aimé, du géomètre, le seul véritable, mon ami, et de moi-même qui ai, hélas, passé la crête et laisse en arrière ma génération comme sur le versant désormais révolu d'une montagne, daigne faire l'unité pour Ta gloire, en m'endormant au creux de ces sables désertes où j'ai bien travaillé. »

ccxiv

Ton mépris du terreau est surprenant. Tu ne respectes que les objets d'art : « Pourquoi vas-tu chez ces amis si imparfaits ?

Comment supportes-tu celui-là qui a tel défaut, ou tel autre qui a telle odeur ? J'en connais qui sont dignes de toi. »

Ainsi dis-tu à l'arbre : « Pourquoi plantes-tu tes racines dans le fumier ? Je ne respecte, moi, que les fruits et les fleurs. »

Mais je ne vis que de ce que je transforme. Je suis véhicule, voie et charroi. Et tu es stérile comme un mort.

CCXV

Immobile êtes-vous, car, à la façon d'un navire qui délivre, ayant accosté, sa cargaison, laquelle habille les quais du port de couleurs vives, et en effet sont là les étoffes dorées et les épices rouges et vertes et les ivoires, voici que le soleil, comme un fleuve de miel sur les sables, livre le jour. Et vous demeurez sans mouvement, surpris par la qualité de l'aurore, sur les versants du tertre qui domine le puits. Et les bêtes aux grandes ombres sont immobiles aussi. Aucune ne s'agite : elles connaissent qu'une à une elles vont boire. Mais un détail suspend encore la procession. Point n'est encore distribuée l'eau. Manquent les grandes auges que l'on apporte. Et les poings sur les hanches, tu regardes au loin et tu dis : « Que font-ils ? »

Ceux que tu as remontés des entrailles du puits désensablé ont déposé leurs instruments et croisent leurs bras sur la poitrine. Leur sourire t'a renseigné. L'eau est présente. Car l'homme, dans le désert, est animal au museau maladroit, qui cherche à tâtons sa mamelle. Rassuré, tu as donc souri. Et les chameliers t'ayant vu sourire sourient à leur tour. Et voici que tout est sourire. Les sables dans leur lumière et ton visage et le visage de tes hommes et peut-être même quelque chose des bêtes, sous leur écorce, car elles connaissent qu'elles vont boire et sont là, immobiles, toutes résignées dans le plaisir. Et il en est de cette minute comme sur mer quand une déchirure du nuage verse le soleil. Et tu sens tout à coup la présence de Dieu, sans comprendre pourquoi, à cause peut-être du goût répandu de récompense (car il en est d'un puits vivant dans le désert comme d'un cadeau, jamais tout à fait escompté, jamais tout à fait promis), à cause aussi de l'attente de la communion en l'eau prochaine, qui vous tient toujours immobile. Car ceux-là, leurs bras croisés sur la poitrine, n'ont point bougé. Car toi, les poings sur les hanches, au sommet du tertre, tu regardes toujours le même point de l'horizon. Car les bêtes aux grandes ombres organisées en processions sur les versants de sable ne se sont point encore mises en marche. Puisque ceux-là qui apportent les grandes auges où faire boire n'apparaissent point encore, et que tu continues de te demander : « Que font-ils ? » Tout est suspendu encore et cependant tout est promis.

Et vous habitez la paix d'un sourire. Et certes, vous vous réjouirez bientôt de boire mais il ne s'agira plus que de plaisir, alors qu'il s'agit maintenant d'amour. Alors que maintenant, hommes, sables, bêtes et soleil sont comme noués dans leur signification par un simple trou entre des pierres, et qu'ils ne figurent plus autour de toi, dans leur diversité, que les objets d'un même culte, que les éléments d'un cérémonial, que les mots d'un cantique.

Et toi le grand prêtre qui présidera, toi le général qui ordonnera, toi le maître de cérémonies, immobile, les poings sur les hanches, retenant encore ta décision, tu interroges l'horizon d'où l'on t'apporte les grandes auges où faire boire. Car manque encore un objet pour le culte, un mot pour le poème, un pion pour la victoire, une épice pour le festin, un hôte d'honneur pour la cérémonie, une pierre à la basilique afin qu'elle éclate sous les regards. Et cheminent quelque part ceux qui apportent comme clef de voûte les grandes auges et auxquels tu crieras quand ils apparaîtront : « Eh ! vous de là-bas, hâtez-vous donc ! » Ils ne répondront pas. Ils graviront le tertre. Ils s'agenouilleront pour installer leurs ustensiles. Alors tu ne feras qu'un geste. Et commencera de crier la corde qui accouche la terre, commenceront les bêtes de mettre en branle, lentement, leur procession. Et commenceront les hommes de les gouverner dans l'ordre prévu, à coups de triques, et de pousser contre elles les cris gutturaux du commandement. Ainsi commencera de se dérouler, selon son rituel, la cérémonie du don de l'eau sous la lente ascension du soleil.

CCXVI

Donc me vinrent trouver les logiciens, historiens et critiques pour argumenter et démontrer et déduire leurs systèmes de conséquence en conséquence. Et tout était impitoyablement exact. Et ils me construisaient, à qui mieux mieux, des sociétés, des civilisations et des empires qui admirablement favorisaient, délivraient, alimentaient et enrichissaient l'homme.

Quand ils eurent longtemps parlé, je leur demandai simplement.

« Pour ainsi valablement pérorer sur l'homme, conviendrait d'abord de me dire ce qui est important de l'homme et pour l'homme… »

Se lancèrent de nouveau et avec volupté dans des constructions nouvelles, car si tu offres à ceux-là occasion de discourir, te la saisissent par la crinière et se lancent dans la voie imprudemment ouverte comme une charge de cavalerie, avec tintamarre des armes, poudroiement d'or du sable et vent orageux de la course. Mais ils ne vont nulle part.

« Donc, leur dis-je, quand ayant cessé de produire leur bruit ils en attendirent des compliments (car ceux-là courent non pour servir mais pour être vus, entendus ou admirés dans leur voltige et, leur tourneboulis terminé, ils te prennent d'avance l'air modeste), donc, si j'ai bien compris, vous me prétendez favoriser ce qui est, de l'homme et pour l'homme, le plus important. Mais j'ai bien compris que vos systèmes favorisaient son tour de ventre — cela certes est utile mais s'agit d'un moyen, non d'un but puisqu'il en est de leur charpente comme de la solidité du véhicule — ou sa santé, mais s'agit là d'un moyen non d'un but, puisqu'il en est de l'entretien de leurs organes comme de l'entretien du véhicule, ou son nombre, mais s'agit là toujours d'un moyen non d'un but. Car il s'agit ici de la quantité des véhicules. Et certes, je souhaite pour l'empire beaucoup d'hommes sains convenablement alimentés. Mais quand j'ai prononcé ces fortes évidences je n'ai rien dit encore sur l'essentiel, sinon qu'il est une matière disponible. Mais qu'en ferai-je, où la conduirai-je et que lui dois-je fournir pour la grandir ? Car il n'est là que véhicule, voie et charroi… »

Me discouraient sur l'homme comme on discourt sur la salade. Et n'ont rien laissé d'elle qui mérite d'être raconté, les générations de salades qui se sont succédé dans mon potager.

Mais ils ne surent point me répondre. Car, myopes et le nez contre, ne se préoccupant jamais que de la qualité de l'encre ou du papier et non de la signification du poème.

J'ajoutai donc :

« Moi qui suis positif et méprise la pourriture du rêve. Moi qui ne comprends l'île à musique que comme construction concrète. Moi qui ne suis point, comme les financiers, tout ivre des fumées du rêve — moi qui, d'honorer l'expérience, place tout naturellement l'art de la danse au-dessus de l'art de la concussion, de l'accaparement, de la prévarication, à cause qu'elle procure plus de plaisir et que la signification en est plus claire — car tes richesses accaparées, faudra bien leur trouver un emploi et, de ce que la danse touche les hommes, tu t'achèteras quelque danseuse, mais ne sachant rien de la danse tu la choisiras sans génie et tu ne posséderas rien. Moi qui regarde et qui entends — de ne point écouter les mots dans le silence de mon amour — j'ai constaté que rien ne valait pour l'homme une odeur de cire par un certain soir, une abeille d'or par une certaine aube, une perle noire non possédée au fond des mers. Et, des financiers eux-mêmes, j'ai constaté qu'il leur arrivait d'échanger une fortune durement acquise par la concussion, la prévarication, l'accaparement, l'exploitation de l'esclavage, les nuits blanches brûlées à des travaux de procédure et en rongeantes additions de comptable, en une noisette large comme l'ongle et d'apparence de verre taillé, qui, de se dénommer diamant et d'être issue du cérémonial des fouilles dans l'épaisseur des organes de la terre, prenait ainsi valeur d'odeur de cire ou de lueur d'abeille, et méritait d'être sauvée, fût-ce au péril de la vie, contre les voleurs.

« M'est donc apparu que le don essentiel était le don de la route à suivre pour accéder à la fête. Et que d'abord pour juger ta civilisation je veux que tu me dises quelles sont tes fêtes — et de quel goût pour le cœur et — puisqu'elles sont instant de passage, porte franchie, éclosion hors de la chrysalide après la mue, — d'où tu viens et où tu vas. Alors seulement je connaîtrai quel homme tu es, et si vaut la peine que tu sois prospère dans ta santé, ton tour de ventre et ton nombre.

« Et puisqu'il se trouve que, pour que tu tendes vers telle route, est nécessaire que tu éprouves la soif dans telle direction et non dans une autre et qu'elle suffira à ton ascension, car elle guidera tes pas et fertilisera ton génie (comme il en est de la pente vers la mer dont il me suffit que je t'augmente pour obtenir de toi des navires) je veux que tu m'éclaires sur la qualité de la soif que tu fondes chez toi dans les hommes. Car il se trouve que l'amour, essentiellement, est soif d'amour, la culture, soif de culture, et le plaisir du cérémonial vers la perle noire, soif de perle noire du fond des mers. »

CCXVII

Tu ne jugeras point selon la somme. « De ceux-là, me viens-tu dire, il n'est rien à attendre. Sont grossièreté, goût du lucre, égoïsme, absence de courage, laideur. » Mais ainsi peux-tu me parler des pierres, lesquelles sont rudesse, dureté, pesanteur morne et épasseur, mais non de ce que tu tires des pierres : statue ou temple. J'ai trop vu que l'être ne fonctionnait presque jamais comme l'eussent fait prévoir ses parties — et certes ceux-là des peuplades voisines, si tu les prends chacun à part, tu trouves chacun qui hait la guerre, ne souhaite point quitter son foyer, car il aime ses enfants et son épouse et les repas d'anniversaire — ni verser le sang car il est bon, et il nourrit son chien, et il caresse son âne, ni le pillage d'autrui car tu l'observes qui ne chérit que sa propre maison et lustre ses bois et repeint ses murs et embaume son jardin de fleurs — et tu me diras donc : « Ils figurent dans le monde l'amour de la paix... » Et cependant leur empire n'est que grande soupière où mijote la guerre. Et leur bonté, et leur douceur, et leur pitié pour l'animal blessé, et leur émotion devant les fleurs ne sont qu'ingrédient d'une magie qui prépare les cliquetis d'armes, comme il en est de tel mélange de neige, de bois verni et de cire chaude qui prépare les grands battements de ton cœur, bien que la capture, ici comme ailleurs, ne soit point de l'essence du piège.

Me juges-tu l'arbre sur les matériaux ? Me viens-tu parler de l'oranger en me critiquant sa racine, ou le goût de sa fibre, ou le visqueux ou le rugueux de son écorce, ou l'architecture de ses branches ? Ne t'importent point les matériaux. Tu juges l'oranger sur l'orange.

Ainsi de ceux-là que tu persécutes. Alors que pris à part ils sont tel et tel et tel. M'en moque bien. Leur arbre me fabrique de temps à autre des âmes de glaive prêtes à sacrifier le corps dans les supplices, contredisant la lâcheté du plus grand nombre, et des regards lucides qui dépouillent, comme de son écorce le fruit, de ses vains attributs la vérité, et, contredisant l'appétit vulgaire du plus grand nombre, t'observent les étoiles de la fenêtre de leur mansarde et vivent d'un fil de lumière — alors me voilà satisfait. Car je vois condition là où tu vois litige. L'arbre est condition du fruit, la pierre du temple et les hommes condition de l'âme qui rayonne sur la tribu. Et de même que dans la bonté et la rêverie douce et l'amour de la maison de ceux-là, j'irai aisément planter mon talon car il ne s'agit, malgré l'apparence, que d'ingrédients pour la soupière, de peste, de crime et de famine. Je pardonnerai aux autres leur absence de bonté ou leur refus de rêverie ou leur faiblesse d'amour pour les maisons (car il se peut qu'ils aient longtemps été nomades) s'il se trouve que ces ingrédients sont conditions de la noblesse de quelques-uns. Et de cela je ne sais rien prévoir par l'enchaînement des mots aux mots à cause qu'il n'est point de logique qui fasse passer d'un étage à l'autre.

CCXVIII

Car ceux-là se pâment et te voudraient faire croire qu'ils brûlent nuit et jour. Mais ils mentent.

Ment la sentinelle des remparts qui te chante nuit et jour son amour de la ville. Elle lui préfère sa soupe.

Ment le poète qui nuit et jour te parle de l'ivresse du poème. Lui arrive de souffrir de quelque mal de ventre et se moque de tous les poèmes.

Ment l'amoureux qui te prétend que nuit et jour il est habité par l'image de sa bien-aimée. Une puce l'en détourne, car elle pique. Ou le simple ennui, et il bâille.

Ment le voyageur qui te prétend que nuit et jour il s'enivre de ses découvertes, car si la houle est par trop creuse le voilà qui vomit.

Ment le saint qui te prétend que nuit et jour il contemple Dieu. Dieu se retire de lui parfois, comme la mer. Et le voilà plus sec qu'une plage à galets.

Mentent ceux qui pleurent leur mort nuit et jour. Pourquoi nuit et jour le pleureraient-ils, quand ils ne l'aimaient pas nuit et jour ? Connaissaient les heures de dispute ou de lassitude ou de distractions hors de l'amour. Et certes, le mort est plus présent que le vivant, d'être contemplé hors des litiges, devenu un. Mais tu es infidèle, même à tes morts.

Mentent tout ceux-là, car ils renient leurs heures de sécheresse, n'ayant rien compris. Et ils te font douter de toi car, de les entendre affirmer leur ferveur, tu crois en leur permanence et, à ton tour, rougissant de ta sécheresse tu changes ta voix et ton visage, quand tu es en deuil, si l'on te regarde.

Mais je ne connais que l'ennui qui te puisse être permanent. Lequel te vient de l'infirmité de ton esprit qui ne sait lire aucun visage au travers des matériaux. Ainsi qui considère le matériel du jeu d'échecs sans deviner qu'un problème s'y inscrit. Mais, si t'est accordée de temps à autre, en récompense de fidélité dans la chrysalide, la seconde d'illumination de la sentinelle, ou du poète, ou du croyant, ou de l'amant, ou du voyageur, ne te plains point de ne point contempler en permanence le visage qui transporte. Car il en est de si brûlants qu'ils consument qui les contemple. La fête n'est point pour tous les jours.

Donc tu te trompes quand tu condamnes les hommes sur leurs mouvements de routine, à la façon du prophète aux yeux bigles qui nuit et jour couvait une fureur sacrée. Car je sais trop que le cérémonial s'abâtardit dans l'ordinaire en ennui et routine. Car je sais trop que la pratique de la vertu s'abâtardit dans l'ordinaire en concessions aux gendarmes. Car je sais trop que les hautes règles de la justice s'abâtardissent dans l'ordinaire en paravent pour jeux sordides. Mais que m'importe ? Je sais aussi de l'homme qu'il lui arrive de dormir. Me plaindrai-je alors de son inertie ? Je sais aussi de l'arbre qu'il n'est point fleur, mais condition de la fleur.

CCXIX

J'ai désiré fonder en toi l'amour pour le frère. Et du même coup j'ai fondé la tristesse de la séparation d'avec le frère. J'ai désiré fonder en toi l'amour pour l'épouse. Et j'ai fondé en toi la tristesse de la séparation d'avec l'épouse. J'ai désiré fonder en toi l'amour pour l'ami. Et du même coup j'ai fondé en toi la tristesse de la séparation d'avec l'ami, de même que celui-là qui bâtit les fontaines bâtit leur absence.

Mais de te découvrir tourmenté par la séparation plus que par tout autre mal, j'ai voulu te guérir et t'enseigner sur la présence. Car la fontaine absente est plus douce encore pour qui meurt de soif qu'un monde sans fontaines. Et même si t'en voilà exilé au loin pour toujours, quand ta maison brûle tu pleures.

Je connais des présences généreuses comme des arbres, lesquels étendent loin leurs branches pour verser l'ombre. Car je suis celui qui habite et te montrerai ta demeure.

Souviens-toi du goût de l'amour quand tu embrasses ton épouse à cause que le petit jour a rendu leur couleur aux légumes dont tu installes sur ton âne la pyramide un peu branlante car tu te mets en route pour les vendre au marché. Ta femme donc te sourit. Elle demeure là sur le seuil prête, ainsi que toi, pour son travail, car elle balaiera la maison et lustrera les ustensiles et s'emploiera à la cuisson de ton repas, songeant à toi, à cause de tel régal dont elle mijote la surprise, se disant à soi-même : « Qu'il ne revienne pas trop tôt car il me gâterait mon plaisir à me surprendre… » Rien donc ne la sépare de toi bien qu'en apparence tu t'en ailles au loin et qu'elle souhaite ton retard. Et il en est pour toi de même, car ton voyage servira la maison dont il faut bien que tu répares l'usure et alimentes la gaieté. Et tu as prévu sur ton gain quelque tapis de haute laine et, pour ton épouse, tel collier d'argent. C'est pourquoi tu chantes sur la route et habites la paix de l'amour, bien qu'en apparence tu t'exiles. Tu bâtis ta maison, à petits pas de ta baguette, en guidant l'âne, en rajustant les corbeilles, en te frottant les yeux car il est tôt. Tu es solidaire de ta femme mieux qu'aux heures d'oisiveté quand tu te tournes vers l'horizon, du seuil de chez toi, ne songeant même pas à te retourner pour savourer quoi que ce soit de ton royaume, car tu rêves alors d'un mariage lointain où tu souhaites de te rendre, ou de telle corvée, ou de tel ami.

Et maintenant que vous voilà mieux réveillés, s'il arrive à ton âne d'essayer un peu de montrer son zèle, tu écoutes le trot peu durable qui fait comme un chant de cailloux et tu médites ta matinée. Et tu souris. Car tu as choisi déjà la boutique où tu marchanderas le bracelet d'argent. Tu connais le vieux boutiquier. Il se réjouira de ta visite car tu es son meilleur ami. Il s'informera sur ta femme. Il te questionnera sur sa santé, car ta femme est précieuse et fragile. Il t'en dira tant de bien et tant de bien, et d'une voix si pénétrée, que le passant le moins subtil, rien qu'à entendre de telles louanges, l'estimerait digne du bracelet d'or. Mais tu pousseras un soupir. Car ainsi est la vie. Tu n'es point roi. Tu es maraîcher pour légumes. Et le marchand de même poussera un soupir. Et, quand vous aurez bien soupiré en hommage à l'inaccessible bracelet d'or, il t'avouera, de ceux d'argent, qu'il les préfère. « Un bracelet, t'expliquera-t-il, avant tout se doit d'être lourd. Et ceux d'or sont toujours légers. Le bracelet a sens mystique. S'agit là du premier chaînon de la chaîne qui vous lie l'un à l'autre. Il est doux, dans l'amour, de sentir le poids de la chaîne. Au bras joliment soulevé, quand la main rajuste le voile, le bijou doit peser car il informe ainsi le cœur. » Et l'homme te reviendra de son arrière-boutique avec le plus pesant de ses anneaux et il te priera d'essayer l'effet de son poids en le balançant les yeux fermés et en méditant sur la qualité de ton plaisir. Et tu subiras l'expérience. Tu approuveras. Et tu pousseras un autre soupir. Car ainsi est la vie. Tu n'es point capitaine d'une riche caravane. Mais ânier d'un âne. Et tu montreras l'âne, lequel attend devant la porte et n'est guère vigoureux ! et tu diras : « Mes richesses sont si peu de chose que ce matin, sous leur fardeau, il a trotté. » Le marchand donc poussera aussi un soupir Et quand vous aurez bien soupiré en hommage à l'inaccessible bracelet lourd, il t'avouera des bracelets légers qu'après tout ils l'emportent par la qualité de la ciselure, laquelle est plus fine. Et il te montrera celui de ton souhait. Car depuis des jours tu as décidé, selon ta sagesse, comme un chef d'État. Il est à réserver une part des gains du mois pour le tapis de haute laine, et une autre pour le râteau neuf, une autre enfin pour la nourriture de tous les jours…

Et maintenant commence la danse véritable, car le marchand connaît les hommes. S'il devine que son hameçon est bien planté, il ne te rendra point de corde. Mais tu lui dis que le bracelet est trop coûteux et tu prends congé. Il te rappelle donc. Il est ton ami. A la beauté de ton épouse il consentira un sacrifice. L'attristerait si fort de se défaire de son trésor entre les mains d'une laideronne. Tu reviens donc mais à pas lents. Tu règles ton retour comme une flânerie. Tu fais la moue. Tu soupèses le bracelet. N'ont pas grande valeur s'ils ne sont point lourds. Et l'argent ne brille guère. Tu hésites donc entre un maigre bijou et la belle étoffe de couleur que tu as remarquée dans l'autre boutique. Mais ne faut point non plus que tu fasses trop le dédaigneux, car s'il désespère de te rien vendre il te laissera t'éloigner. Et tu rougiras du mauvais prétexte dans lequel tu t'embrouilleras pour lui revenir.

Et certes, celui-là qui ne connaîtrait rien des hommes regarderait danser la danse de l'avarice, alors qu'elle est danse de l'amour et croirait, à l'entendre parler d'âne et de légumes, ou philosopher sur l'or et l'argent, la quantité ou la finesse, et retarder ainsi ton retour par de longues et lointaines démarches, que te voilà très loin de ta maison, alors que tu l'habites véritablement dans l'instant même. Car il n'est point d'absence hors de la maison ou de l'amour si tu fais les pas du cérémonial de l'amour ou de la maison. Ton absence ne te sépare point mais te lie, ne te retranche point mais te confond. Et peux-tu me dire où loge la borne au-delà de laquelle l'absence est coupure ? Si le cérémonial est bien noué, si tu contemples bien le dieu en lequel vous vous confondez, si ce dieu est assez brûlant, qui te séparera de la maison ou de l'ami ? J'ai connu des fils qui me disaient : « Mon père est mort n'ayant point achevé de bâtir l'aile gauche de sa demeure. Je la bâtis. N'ayant point achevé de planter ses arbres. Je les plante. Mon père est mort en déléguant le soin de poursuivre plus loin son ouvrage. Je le poursuis. Ou de demeurer fidèle à son roi. Je suis fidèle. » Et je n'ai point senti dans ces maisons-là que le père fût mort.

De ton ami et de toi-même, si tu cherches ailleurs qu'en toi ou ailleurs qu'en lui la racine commune, s'il est pour vous deux, lu à travers le disparate des matériaux, quelque nœud divin qui noue les choses, il n'est ni distance ni temps qui vous puissent séparer, car de tels dieux, en quoi votre unité se fonde, se rient et des murs et des mers.

J'ai connu un vieux jardinier qui me parlait de son ami. Tous deux avaient longtemps vécu en frères avant que la vie les séparât, buvant le thé du soir ensemble, célébrant les mêmes fêtes, et se cherchant l'un l'autre pour se demander quelques conseils ou se délivrer de confidences. Et certes, ils avaient peu à se dire et bien plutôt on les voyait se promener, le travail fini, considérant sans prononcer un mot les fleurs, les jardins, le ciel et les arbres. Mais si l'un d'eux hochait la tête en tâtant du doigt quelque plante, l'autre se penchait à son tour et, reconnaissant la trace des chenilles, hochait la sienne. Et les fleurs bien ouvertes leur procuraient à tous les deux le même plaisir.

Or il arriva qu'un marchand ayant engagé l'un des deux, il l'associa pour quelques semaines à sa caravane. Mais les pillards de caravanes puis les hasards de l'existence, et les guerres entre les empires, et les tempêtes, et les naufrages, et les ruines, et les deuils, et les métiers pour vivre ballottèrent celui-là des années durant, comme un tonneau la mer, le repoussant de jardin en jardin, jusqu'aux confins du monde.

Or voici que mon jardinier, après une vieillesse de silence, reçut une lettre de son ami. Dieu sait combien d'années elle avait navigué. Dieu sait quelles diligences, quels cavaliers, quels navires, quelles caravanes l'avaient tour à tour acheminée avec cette même obstination des milliers de vagues de la mer jusqu'à son jardin. Et ce matin-là, comme il rayonnait de son bonheur et le voulait faire partager, il me pria de lire, comme l'on prie de lire un poème, la lettre qu'il avait reçue. Et il guettait sur mon visage l'émotion de ma lecture. Et certes il n'était là que quelques mots car les deux jardiniers se trouvaient être plus habiles à la bêche qu'à l'écriture. Et je lus simplement : « Ce matin j'ai taillé mes rosiers… » puis méditant ainsi sur l'essentiel, lequel me paraissait informulable, je hochai la tête comme ils l'eussent fait.

Voici donc que mon jardinier ne connut plus le repos. Tu l'eusses pu entendre qui s'informait sur la géographie, la navigation, les courriers et les caravanes et les guerres entre les empires. Et trois années plus tard vint le jour de hasard de quelque ambassade que j'expédiai de l'autre côté de la terre. Je convoquai donc mon jardinier : « Tu peux écrire à ton ami. » Et mes arbres en souffrirent un peu et les légumes du potager, et ce fut fête chez les chenilles, car il te passait les journées chez soi, à griffonner, à raturer, à recommencer la besogne, tirant la langue comme un enfant sur son travail, car il se connaissait quelque chose d'urgent à dire et il lui fallait se transporter tout entier, dans sa vérité, chez son ami. Il lui fallait construire sa propre passerelle sur l'abîme, rejoindre l'autre part de soi à travers l'espace et le temps. Il lui fallait dire son amour. Et voici que tout rougissant, il me vint soumettre sa réponse afin de guetter cette fois encore sur mon visage un reflet de la joie qui illuminerait le destinataire, et d'essayer ainsi sur moi le pouvoir de ses confidences. Et (car il n'était rien en vérité de plus important à faire connaître, puisqu'il s'agissait là pour lui de ce en quoi d'abord il s'échangeait, à la façon des vieilles qui s'usent les yeux aux jeux d'aiguille pour fleurir leur dieu) je lus qu'il confiait à l'ami, de son écriture appliquée et malhabile, comme une prière toute convaincue, mais de mots humbles : « Ce matin, moi aussi, j'ai taillé mes rosiers... » Et je me tus, sur ma lecture, méditant sur l'essentiel qui commençait de m'apparaître mieux, car ils Te célébraient, Seigneur, se joignant en Toi, au-dessus des rosiers, sans le connaître.

Ah ! Seigneur, je prierai pour moi-même, ayant de mon mieux enseigné mon peuple. A cause que j'ai reçu de Toi trop de travail pour rejoindre en particulier tel ou tel que j'eusse pu aimer, et qu'il a bien fallu que je me sevrasse d'un commerce qui procure seul les plaisirs du cœur, car sont doux les retours ici et non ailleurs et les sons de voix particuliers et les confidences enfantines de telle qui croit pleurer son bijou perdu, quand elle pleure déjà la mort qui sépare de tous les bijoux. Mais Tu m'as condamné au silence afin qu'au-delà du vent des paroles j'en entendisse la signification, puisqu'il est de mon rôle de me pencher sur l'angoisse des hommes dont j'ai décidé de les guérir.

Certes, tu m'as voulu économiser le temps que j'eusse usé en bavardage, et l'enfer des paroles sur le bijou perdu (et nul ne sortira jamais de ces litiges puisqu'il ne s'agit point ici d'un bijou mais de la mort) comme sur l'amitié ou sur l'amour. Car amour ou amitié ne se nouent véritablement qu'en Toi seul et il est de ta décision de ne me permettre d'y accéder qu'à travers ton silence.

Que recevrai-je, puisque je sais qu'il n'est point de ta dignité, ni même de ta sollicitude, de me visiter à mon étage et que je n'attends rien du guignol des apparitions d'archanges ? Car moi qui m'adresse non à tel ou tel, mais au laboureur comme au berger, j'ai beaucoup à donner mais je n'ai rien à recevoir. Et, s'il se trouve que mon sourire puisse enivrer la sentinelle, puisque je suis le roi et qu'en moi l'empire se noue qui est fait de leur sang, et qu'ainsi en retour l'empire à travers moi paie leur propre sang par mon sourire, qu'ai-je, Seigneur, à attendre du sourire de celle-là ? Des uns comme des autres je ne sollicite point pour moi l'amour, et peu m'importe s'ils m'ignorent ou me haïssent, à condition qu'ils me respectent comme le chemin vers Toi, car l'amour je le sollicite pour Toi seul dont ils sont — et dont je suis — nouant la gerbe de leurs mouvements d'adoration, et Te la déléguant de même que je délègue à l'empire, non à moi, la génuflexion de ma sentinelle, car je ne suis point mur mais opération de graine qui de la terre tire des branchages pour soleil.

Me vient donc quelquefois, puisqu'il n'est point de roi pour moi qui me puisse rembourser par un sourire, qu'il convient que j'aille ainsi jusqu'à l'heure où tu daigneras me recevoir et me confondre avec ceux-là de mon amour, me vient donc, de temps à autre, la lassitude d'être seul, et le besoin de rejoindre ceux de mon peuple, car, sans doute, je ne suis point encore assez pur.

De juger heureux le jardinier qui communiquait avec son ami me vient donc parfois le désir de me lier ainsi, selon leur dieu, aux jardiniers de mon empire. Et il m'arrive de descendre à pas lents, un peu avant l'aube, les marches de mon palais vers le jardin. Je m'achemine dans la direction des roseraies. J'observe ici et là, et me penche attentif sur quelque tige, moi qui, midi venu, déciderai le pardon ou la mort, la paix ou la guerre. La survie ou la destruction des empires. Puis, me relevant de mon travail avec effort, car je me fais vieux, je dis simplement, en mon cœur, afin de les rejoindre par la seule voie qui soit efficace, à tous les jardiniers vivants et morts : « Moi aussi, ce matin, j'ai taillé mes rosiers. » Et peu importe, d'un tel message, s'il chemine ou non des années durant, s'il parvient ou non à tel ou tel. Là n'est point l'objet du message. Pour rejoindre mes jardiniers j'ai simplement salué leur dieu, lequel est rosier au lever du jour.

Seigneur, ainsi de mon ennemi bien-aimé que je ne rejoindrai qu'au-delà de moi-même. Et pour qui, car il me ressemble, il en est également ainsi. Donc je rends la justice selon ma sagesse. Il rend la justice selon la sienne. Elles paraissent contradictoires et, si elles s'affrontent, nourrissent nos guerres. Mais lui et moi, par des chemins contraires, nous suivons de nos paumes les lignes de force du même feu. En Toi seul, Seigneur, elles se retrouvent.

J'ai donc, mon travail achevé, embelli l'âme de mon peuple. Il a, son travail achevé, embelli l'âme de son peuple. Et moi qui pense à lui, et lui qui pense à moi, bien que nul langage ne nous soit offert pour nos rencontres, quand nous avons jugé, ou dicté le cérémonial, ou puni ou pardonné, nous pouvons dire, lui pour moi, comme moi pour lui : « Ce matin j'ai taillé mes rosiers… »

Car tu es, Seigneur, la commune mesure de l'un et de l'autre. Tu es le nœud essentiel d'actes divers.